鲁迅全集

第四卷

鲁迅 著

王德领 钱振文 葛涛 等审订

三闲集
二心集
伪自由书

中国科学技术出版社
·北 京·

图书在版编目（CIP）数据

鲁迅全集. 第四卷 / 鲁迅著. -- 北京：中国科学
技术出版社, 2024.3
ISBN 978-7-5236-0206-5

Ⅰ. ①鲁… Ⅱ. ①鲁… Ⅲ. ①鲁迅著作－全集 Ⅳ.
①I210.1

中国国家版本馆CIP数据核字（2023）第073760号

目 录

二心集

伪自由书

三闲集

序言

我的第四本杂感《而已集》的出版，算起来已在四年之前了。去年春天，就有朋友催促我编集¹此后的杂感。看看近几年的出版界，创作和翻译，或大题目的长论文，是还不能说它寥落的，但短短的批评，纵意而谈，就是所谓"杂感"者，却确乎很少见，我一时也说不出这所以然的原因。

但粗粗一想，恐怕这"杂感"两个字，就使志趣高超的作者厌恶，避之惟恐²不远了。有些人们，每当意在奚落我的时候，就往往称我为"杂感家"，以显出在高等文人的眼中的鄙视，便是一个证据。还有，我想，有名的作家虽然未必不改换姓名，写过这一类文字，但或者不过图报私怨，再提恐或玷其令名，或者别有深心，揭穿反有妨于战斗，因此就大抵任其消灭了。

"杂感"之于我，有些人固然看作"死症"，我自己确也因此很吃过一点苦，但编集是还想编集的。只因为翻阅刊物，剪帖成书，也是一件颇觉麻烦的事，因此拖延了大半年，终于没有动过手。一月二十八日之夜，上海打起仗来了，越打越凶，终于使我们只好单身出走，书报留在火线下，一任它烧得精光，我也可以靠这"火的洗礼"之灵，洗掉了"不满于现状"的"杂感家"这一个恶谥。殊不料三月底重回旧寓，书报却丝毫也没有损，于是就东翻西觅，开手编辑起来了，好像大病新愈的人，偏比平时更要照顾自己的瘦削的脸，摩摩³枯皱的皮肤似的。

1　现代汉语常用"编辑"。——编者注
2　现代汉语常用"唯恐"。——编者注
3　现代汉语常用"摸摸"。——编者注

　　我先编集一九二八至二九年的文字，篇数少得很，但除了五六回在北平、上海的讲演，原就没有记录外，别的也仿佛并无散失。我记得起来了，这两年正是我极少写稿，没处投稿的时期。我是在二七年被血吓得目瞪口呆，离开广东的，那些吞吞吐吐、没有胆子直说的话，都载在《而已集》里。但我到了上海，却遇见文豪们的笔尖的围剿了，创造社、太阳社、"正人君子"们的新月社中人，都说我不好，连并不标榜文派的现在多升为作家或教授的先生们，那时的文字里，也得时常暗暗地奚落我几句，以表示他们的高明。我当初还不过是"有闲即是有钱""封建余孽"或"没落者"，后来竟被判为主张杀青年的棒喝主义者了。这时候，有一个从广东自云避祸逃来，而寄住在我的寓里的廖君，也终于忿忿⁴的⁵对我说道："我的朋友都看不起我，不和我来往了，说我和这样的人住在一处。"

　　那时候，我是成了"这样的人"的。自己编着的《语丝》，实乃无权，不单是有所顾忌（详见卷末《我和〈语丝〉的始终》），至于别处，则我的文章一向是被"挤"才有的，而目下正在"剿"，我投进去干什么呢？所以只写了很少的一点东西。

　　现在我将那时所做的文字的错的和至今还有可取之处的，都收纳在这一本里。至于对手的文字呢，《鲁迅论》和《中国文艺论战》中虽然也有一些，但那都是峨冠博带的礼堂上的阳面的大文，并不足以窥见全体，我想另外搜集也是"杂感"一流的作品，编成一本，谓之《围剿集》。如果和我的这一本对比起来，不但可以增加读者的趣味，也更能明白别一面的，即阴面的战法的五花八门。这些方法一时恐怕不会失传，去年的"左翼作家都为了卢布"说，就是老谱里面的一着。自问和文艺有些关系的青年，仿照固然可以不必，

4　现代汉语常用"愤愤"。——编者注
5　现代汉语常用"地"。——编者注

但也不妨知道知道的。

其实呢，我自己省察，无论在小说中、在短评中，并无主张将青年来"杀，杀，杀"的痕迹，也没有怀着这样的心思。我一向是相信进化论的，总以为将来必胜于过去，青年必胜于老人，对于青年，我敬重之不暇，往往给我十刀，我只还他一箭，然而后来我明白我倒是错了。这并非唯物史观的理论或革命文艺的作品蛊惑我的，我在广东，就目睹了同是青年，而分成两大阵营，或则投书告密，或则助官捕人的事实！我的思路因此轰毁，后来便时常用了怀疑的眼光去看青年，不再无条件的敬畏了，然而此后也还为初初上阵的青年们呐喊几声，不过也没有什么大帮助。

这集子里所有的，大概是两年中所作的全部，只有书籍的序引，却只将觉得还有几句话可供参考之作，选录了几篇。当翻检书报时，一九二七年所写而没有编在《而已集》里的东西，也忽然发现了一点，我想，大约《夜记》是因为原想另成一书，讲演和通信是因为浅薄或不关紧要，所以那时不收在内的。

但现在又将这编在前面，作为《而已集》的补遗了。我另有了一样想头，以为只要看一篇讲演和通信中所引的文章，便足可明白那时香港的面目。我去讲演，一共两回，第一天是《老调子已经唱完》，现在寻不到底稿了，第二天便是这《无声的中国》，粗浅平庸到这地步，而竟至于惊为"邪说"，禁止在报上登载的。是这样的香港，但现在是这样的香港几乎要遍中国了。

我有一件事要感谢创造社的，是他们"挤"我看了几种科学底[6]文艺论，明白了先前的文学史家们说了一大堆，还是纠缠不清的疑问。并且因此译了一本普列汉诺夫的《艺术论》，以救正[7]我——还因

---

6 现代汉语常用"的"。——编者注
7 现代汉语常用"纠正"。——编者注

我而及于别人——的只信进化论的偏颇。但是,我将编《中国小说史略》时所集的材料,印为《小说旧闻钞》,以省青年的检查之力,而成仿吾以无产阶级之名,指为"有闲",而且"有闲"还至于有三个,却是至今还不能完全忘却的。我以为无产阶级是不会有这样锻炼周纳法的,他们没有学过"刀笔"。编成而名之曰《三闲集》,尚以射仿吾也。

一九三二年四月二十四日之夜,编讫并记。

一九二七年

无声的中国

——二月十六日在香港青年会讲

以我这样没有什么可听的无聊的讲演，又在这样大雨的时候，竟还有这许多来听的诸君，我首先应当声明我的郑重的感谢。

我现在所讲的题目是《无声的中国》。

现在，浙江、陕西都在打仗，那里的人民哭着呢还是笑着呢，我们不知道。香港似乎很太平，住在这里的中国人，舒服呢还是不很舒服呢，别人也不知道。

发表自己的思想、感情给大家知道是要用文章的[1]，然而拿文章来达意，现在一般的中国人还做不到，这也怪不得我们，因为那文字，先就是我们的祖先留传给我们的可怕的遗产。人们费了多年的工夫，还是难于运用。因为难，许多人便不理它了，甚至于连自己的姓也写不清是张还是章，或者简直不会写，或者说道：Chang。虽然能说话，而只有几个人听到，远处的人们便不知道，结果也等于无声。又因为难，有些人便当作宝贝，像玩把戏似的，之乎者也，只有几个人懂——其实是不知道可真懂，而大多数的人们却不懂得，结果也等于无声。

文明人和野蛮人的分别，其一，是文明人有文字，能够把他们的思想、感情，藉此[2]传给大众，传给将来。中国虽然有文字，现在却已经和大家不相干，用的是难懂的古文，讲的是陈旧的古意思，

1　此处原文为"感情给大家知道的是要用文章的"，疑为原文多字，故更正。——编者注
2　现代汉语常用"借此"。——编者注

所有的声音，都是过去的，都就是只等于零的。所以，大家不能互相了解，正像一大盘散沙。

将文章当作古董，以不能使人认识，使人懂得为好，也许是有趣的事罢[3]。但是，结果怎样呢？是我们已经不能将我们想说的话说出来。我们受了损害，受了侮辱，总是不能说出些应说的话。拿最近的事情来说，如中日战争、拳匪事件、民元革命这些大事件，一直到现在，我们可有一部像样的著作？民国以来，也还是谁也不作声。反而在外国，倒常有说起中国的，但那都不是中国人自己的声音，是别人的声音。

这不能说话的毛病，在明朝是还没有这样厉害的，他们还比较地能够说些要说的话。待到满洲[4]人以异族侵入中国，讲历史的，尤其是讲宋末的事情的人被杀害了，讲时事的自然也被杀害了。所以，到乾隆年间，人民大家便更不敢用文章来说话了。所谓读书人，便只好躲起来读经，校刊古书，做些古时的文章，和当时毫无关系的文章。有些新意，也还是不行的，不是学韩，便是学苏。韩愈、苏轼他们，用他们自己的文章来说当时要说的话，那当然可以的。我们却并非唐、宋时人，怎么做和我们毫无关系的时候的文章呢？即使做得像，也是唐、宋时代的声音，韩愈、苏轼的声音，而不是我们现代的声音。然而直到现在，中国人却还要着这样的旧戏法。人是有的，没有声音，寂寞得很。人会没有声音的么？没有，可以说：是死了。倘要说得客气一点，那就是：已经哑了。

要恢复这多年无声的中国，是不容易的，正如命令一个死掉的人道："你活过来！"我虽然并不懂得宗教，但我以为正如想出现一

3　现代汉语常用"吧"。——编者注
4　该词的使用并无贬义，共有两种含义。一是满族的旧称。1635 年，皇太极改女真为满洲，辛亥革命后称满族。二是旧时指我国东北一带，清末日俄势力入侵，称东三省为满洲。——编者注

个宗教上之所谓"奇迹"一样。

首先来尝试这工作的是"五四运动"前一年，胡适之先生所提倡的"文学革命"。"革命"这两个字，在这里不知道可害怕，有些地方是一听到就害怕的。但这和文学两字连起来的"革命"，却没有法国革命的"革命"那么可怕，不过是革新，改换一个字，就很平和了，我们就称为"文学革新"罢，中国文字上，这样的花样是很多的。那大意也并不可怕，不过说：我们不必再去费尽心机，学说古代的死人的话，要说现代的活人的话；不要将文章看作古董，要做容易懂得的白话的文章。然而，单是文学革新是不够的，因为腐败思想能用古文做，也能用白话做。所以后来就有人提倡思想革新。思想革新的结果，是发生社会革新运动。这运动一发生，自然一面就发生反动，于是便酿成战斗……

但是，在中国，刚刚提起文学革新，就有反动了。不过白话文却渐渐风行起来，不大受阻碍。这是怎么一回事呢？就因为当时又有钱玄同先生提倡废止汉字，用罗马字母来替代。这本也不过是一种文字革新，很平常的，但被不喜欢改革的中国人听见，就大不得了了，于是便放过了比较的平和的文学革命，而竭力来骂钱玄同。白话乘了这一个机会，居然减去了许多敌人，反而没有阻碍，能够流行了。

中国人的性情是总喜欢调和、折中的。譬如你说，这屋子太暗，须在这里开一个窗，大家一定不允许的。但如果你主张拆掉屋顶，他们就会来调和，愿意开窗了。没有更激烈的主张，他们总连平和的改革也不肯行。那时白话文之得以通行，就因为有废掉中国字而用罗马字母的议论的缘故。

其实，文言和白话的优劣的讨论，本该早已过去了，但中国是总不肯早早解决的，到现在还有许多无谓的议论。例如，有的说：

古文各省人都能懂，白话就各处不同，反而不能互相了解了。殊不知，这只要教育普及和交通发达就好，那时就人人都能懂较为易解的白话文。至于古文，何尝各省人都能懂？便是一省里，也没有许多人懂得的。有的说：如果都用白话文，人们便不能看古书，中国的文化就灭亡了。其实呢，现在的人们大可以不必看古书，即使古书里真有好东西，也可以用白话来译出的，用不着那么心惊胆战。他们又有人说，外国尚且译中国书，足见其好，我们自己倒不看么？殊不知埃及的古书，外国人也译，非洲黑人的神话，外国人也译，他们别有用意，即使译出，也算不了怎样光荣的事的。

近来还有一种说法，是思想革新紧要，文字改革倒在其次，所以不如用浅显的文言来作新思想的文章，可以少招一重反对，这话似乎也有理。然而我们知道，连他长指甲都不肯剪去的人，是决不[5]肯剪去他的辫子的。

因为我们说着古代的话，说着大家不明白、不听见的话，已经弄得像一盘散沙，痛痒不相关了。我们要活过来，首先就须由青年们不再说孔子、孟子和韩愈、柳宗元们的话。时代不同，情形也两样，孔子时代的香港不这样，孔子口调的"香港论"是无从做起的，"吁嗟阔哉香港也"，不过是笑话。

我们要说现代的、自己的话，用活着的白话，将自己的思想、感情直白地说出来。但是，这也要受前辈先生非笑的。他们说白话文卑鄙，没有价值；他们说年青人[6]作品幼稚，贻笑大方。我们中国能做文言的有多少呢？其余的都只能说白话，难道这许多中国人，就都是卑鄙，没有价值的么[7]？至于幼稚，尤其没有什么可羞，正如孩子对于老人，毫没有什么可羞一样。幼稚是会生长、会成熟的，

5　现代汉语常用"绝不"。——编者注
6　现代汉语常用"年轻人"。——编者注
7　现代汉语常用"吗"。——编者注

只不要衰老、腐败,就好。倘说待到纯熟了才可以动手,那是虽是村妇也不至于这样蠢。她的孩子学走路,即使跌倒了,她绝不至于叫孩子从此躺在床上,待到学会了走法再下地面来的。

青年们先可以将中国变成一个有声的中国。大胆地说话,勇敢地进行,忘掉了一切利害,推开了古人,将自己的真心的话发表出来——真,自然是不容易的。譬如态度,就不容易真,讲演时候就不是我的真态度,因为我对朋友、孩子说话时候的态度是不这样的——但总可以说些较真的话,发些较真的声音。只有真的声音,才能感动中国的人和世界的人,必须有了真的声音,才能和世界的人同在世界上生活。

我们试想现在没有声音的民族是那[8]几种民族。我们可听到埃及人的声音?可听到安南[9]、朝鲜的声音?印度除了泰戈尔,别的声音可还有?

我们此后实在只有两条路:一是抱着古文而死掉,一是舍掉古文而生存。

8　现代汉语常用"哪"。——编者注
9　今称"越南"。——编者注

怎么写

——夜记之一

写什么是一个问题，怎么写又是一个问题。

今年不大写东西，而写给《莽原》的尤其少，我自己明白这原因，说起来是极可笑的，就因为它纸张好。有时有一点杂感，子细[1]一看，觉得没有什么大意思，不要去填黑了那么洁白的纸张，便废然而止了，好的又没有。我的头里是如此地荒芜、浅陋、空虚。

可谈的问题自然多得很，自宇宙以至社会国家，高超的还有文明、文艺。古来许多人谈过了，将来要谈的人也将无穷无尽，但我都不会谈。记得还是去年躲在厦门岛上的时候，因为太讨人厌了，终于得到"敬鬼神而远之"式的待遇，被供在图书馆楼上的一间屋子里。白天还有馆员、钉书匠、阅书的学生，夜九时后，一切星散，一所很大的洋楼里，除我以外，没有别人，我沉静下去了。寂静浓到如酒，令人微醺。望后窗外骨立的乱山中许多白点，是丛冢，一粒深黄色火，是南普陀寺的琉璃灯。前面则海天微茫，黑絮一般的夜色简直似乎要扑到心坎里。我靠了石栏远眺，听得自己的心音，四远还仿佛有无量悲哀、苦恼、零落、死灭，都杂入这寂静中，使它变成药酒，加色、加味、加香。这时，我曾经想要写，但是不能写，无从写。这也就是我所谓"当我沉默着的时候，我觉得充实，我将开口，同时感到空虚"。

莫非这就是一点"世界苦恼"么？我有时想。然而大约又不是的，这不过是淡淡的哀愁，中间还带些愉快。我想接近它，但我愈

---

1 现代汉语常用"仔细"。——编者注

想，它却愈渺茫了，几乎就要发现仅只我独自倚着石栏，此外一无所有。必须待到我忘了努力，才又感到淡淡的哀愁。

那结果却大抵不很高明。腿上钢针似的一刺，我便不假思索地用手掌向痛处直拍下去，同时只知道蚊子在咬我。什么哀愁，什么夜色，都飞到九霄云外去了，连靠过的石栏也不再放在心里。而且这还是现在的话，那时呢，回想起来，是连不将石栏放在心里的事也没有想到的。仍是不假思索地走进房里去，坐在一把唯一的半躺椅——躺不直的藤椅子——上，抚摩着蚊喙的伤，直到它由痛转痒，渐渐肿成一个小疙瘩。我也就从抚摩转成搔、掐，直到它由痒转痛，比较地能够打熬。

此后的结果就更不高明了，往往是坐在电灯下吃柚子。

虽然不过是蚊子的一叮，总是本身上的事来得切实。能不写自然更快活，倘非写不可，我想，也只能写一些这类小事情，而还万不能写得正如那一天所身受的显明深切。而况千叮万叮，而况一刀一枪，那是写不出来的。

尼采爱看血写的书。但我想，血写的文章，怕未必有罢。文章总是墨写的，血写的倒不过是血迹。它比文章自然更惊心动魄，更直截[2]分明，然而容易变色，容易消磨。这一点，就要任凭文学逞能，恰如冢中的白骨，往古来今，总要以它的永久来傲视少女颊上的轻红似的。

能不写自然更快活，倘非写不可，我想，就是随便写写罢，横竖也只能如此。这些都应该和时光一同消逝，假使会比血迹永远鲜活，也只足证明文人是侥幸者，是乖角儿。但真的血写的书，当然不在此例[3]。

2　现代汉语常用"直接"。——编者注
3　现代汉语常用"此列"。——编者注

当我这样想的时候，便觉得"写什么"倒也不成什么问题了。

"怎样写"的问题，我是一向未曾想到的。初知道世界上有着这么一个问题，还不过两星期之前。那时偶然上街，偶然走进了卜书店去，偶然看见一叠《这样做》，便买取了一本，这是一种期刊，封面上画着一个骑马的少年兵士。我一向有一种偏见，凡书面上画着这样的兵士和手捏铁锄的农工的刊物，是不大去涉略⁴的，因为我总疑心它是宣传品。发抒自己的意见，结果弄成带些宣传气味了的易卜生等辈的作品，我看了倒并不发烦。但对于先有了"宣传"两个大字的题目，然后发出议论来的文艺作品，却总有些格格不入，那不能直吞下去的模样，就和雒诵教训文学的时候相同。但这《这样做》却又有些特别，因为我还记得日报上曾经说过，是和我有关系的。也是凡事切己，则格外关心的一例罢，我便再不怕书面上的骑马的英雄，将它买来了。回来后一检查剪存的旧报，还在的，日子是三月七日，可惜没有注明报纸的名目，但不是《民国日报》，便是《国民新闻》，因为我那时所看的只有这两种。下面抄一点报上的话：

> 自鲁迅先生南来后，一扫广州文学之寂寞，先后创办者有《做什么》《这样做》两刊物。闻《这样做》为革命文学社定期出版物之一，内容注重革命文艺及本党主义之宣传……

开首的两句话有些含混，说我都与闻其事的也可以，说因我"南来"了而别人创办的也通，但我是全不知情。当初将日报剪存，大概是想调查一下的，后来却又忘却，搁下了。现在还记得《做什么》出版后，曾经送给我五本。我觉得这团体是共产青年主持的，

4　现代汉语常用"涉猎"。——编者注

因为其中有"坚如""三石"等署名，该是毕磊，通信处也是他。他还曾将十来本《少年先锋》送给我，而这刊物里面则分明是共产青年所作的东西。果然，毕磊君大约确是共产党，于四月十八日从中山大学被捕。据我的推测，他一定早已不在这世上了，这看去很是瘦小精干的湖南的青年。

《这样做》却在两星期以前才见面，已经出到七八期合册了。第六期没有，或者说被禁止，或者说未刊，莫衷一是，我便买了一本七八合册和第五期。看日报的记事便知道，这该是和《做什么》反对，或对立的。我拿回来，倒看上去，通讯栏里就这样说："在一般 CP 气焰盛张之时……而你们一觉悟起来，马上退出 CP，不只是光退出便了事，尤其值得 CP 气死的，就是破天荒的接二连三的退出共产党登报声明……"那么，确是如此了。

这里又即刻出了一个问题。为什么这么大相反对的两种刊物，都因我"南来"而"先后创办"呢？这在我自己，是容易解答的，因为我新来而且灰色。但要讲起来，怕又有些话长，现在姑且保留，待有相当的机会时再说罢。

这回且说我看《这样做》。看过通讯，懒得倒翻上去了，于是看目录。忽而看见一个题目道:《郁达夫先生休矣》，便又起了好奇心，立刻看文章。这还是切己的琐事总比世界的哀愁关心的老例，达夫先生是我所认识的，怎么要他"休矣"了呢？急于要知道。假使说的是张龙、赵虎，或是我素昧平生的伟人，老实说罢，我决不会如此留心。

原来是达夫先生在《洪水》上有一篇《在方向转换的途中》，说这一次的革命是阶级斗争的理论的实现，而记者则以为是民族革命的理论的实现，大约还有英雄主义不适宜于今日等类的话罢，所以便被认为"中伤"和"挑拨离间"，非"休矣"不可了。

我在电灯下回想，达夫先生我见过好几面，谈过好几回，只觉他稳健和平，不至于得罪于人，更何况得罪于国。怎么一下子就这么流于"偏激"了？我倒要看看《洪水》。

这期刊，听说在广西是被禁止的了，广东倒还有。我得到的是第三卷第二十九至三十二期。照例的坏脾气，从三十二期倒看上去，不久便翻到第一篇《日记文学》，也是达夫先生做的，于是便不再去寻《在方向转换的途中》，变成看谈文学了。我这种模模胡胡[5]的看法，自己也明知道是不对的，但"怎么写"的问题，却就出在那里面。

作者的意思，大略是说凡文学家的作品，多少总带点自叙传的色彩的，若以第三人称来写出，则时常有误成第一人称的地方。而且叙述这第三人称的主人公的心理状态过于详细时，读者会疑心这别人的心思，作者何以会晓得得这样精细？于是那一种幻灭之感，就使文学的真实性消失了。所以散文作品中最便当的体裁，是日记体，其次是书简体。

这诚然也值得讨论的。但我想，体裁似乎不关重要。上文的第一缺点，是读者的粗心。但只要知道作品大抵是作者借别人以叙自己，或以自己推测别人的东西，便不至于感到幻灭，即使有时不合事实，然而还是真实。其真实，正与用第三人称时或误用第一人称时毫无不同。倘有读者只执滞于体裁，只求没有破绽，那就以看新闻记事为宜，对于文艺，活该幻灭。而其幻灭也不足惜，因为这不是真的幻灭，正如查不出大观园的遗迹，而不满于《红楼梦》者相同。倘作者如此牺牲了抒写的自由，即使极小部分，也无异于削足适履的。

第二种缺陷，在中国也已经是颇古的问题。纪晓岚攻击蒲留仙

5　现代汉语常用"模模糊糊"。——编者注

的《聊斋志异》，就在这一点。两人密语，决不肯泄，又不为第三人所闻，作者何从知之？所以他的《阅微草堂笔记》，竭力只写事状，而避去心思和密语。但有时又落了自设的陷阱，于是只得以《春秋左氏传》的"浑良夫梦中之噪"来解嘲。他的支绌的原因，是在要使读者信一切所写为事实，靠事实来取得真实性，所以一与事实相左，那真实性也随即灭亡。如果他先意识到这一切是创作，即是他个人的造作，便自然没有一切挂碍了。

一般的幻灭的悲哀，我以为不在假，而在以假为真。记得年幼时，很喜欢看变戏法，猢狲骑羊，石子变白鸽，最末是将一个孩子刺死，盖上被单，一个江北口音的人向观众装出撒钱模样道："Huazaa！Huazaa！"大概是谁都知道，孩子并没有死，喷出来的是装在刀柄里的苏木汁，Huazaa 一够，他便会跳起来的。但还是出神地看着，明明意识着这是戏法，而全心沉浸在这戏法中。万一变戏法的定要做得真实，买了小棺材，装进孩子去，哭着抬走，倒反索然无味了。这时候，连戏法的真实也消失了。

我宁看《红楼梦》，却不愿看新出的《林黛玉日记》，它一页能够使我不舒服小半天。《板桥家书》我也不喜欢看，不如读他的《道情》。我所不喜欢的是他题了"家书"两个字。那么，为什么刻了出来给许多人看的呢？不免有些装腔。幻灭之来，多不在假中见真，而在真中见假。日记体、书简体，写起来也许便当得多罢，但也极容易起幻灭之感，而一起则大抵很厉害，因为它起先模样装得真。

《越缦堂日记》近来已极风行了，我看了却总觉得他每次要留给我一点很不舒服的东西。为什么呢？一是钞[6]上谕。大概是受了何焯的故事的影响的，他提防有一天要蒙"御览"。二是许多墨涂。

6　现代汉语常用"抄"。——编者注

写了尚且涂去，该有许多不写的罢？三是早给人家看、钞，自以为一部著作了。我觉得从中看不见李慈铭的心，却时时看到一些做作，仿佛受了欺骗。翻翻一部小说，虽是很荒唐、浅陋、不合理，倒从来不起这样的感觉的。

听说后来胡适之先生也在做日记，并且给人传观了，照文学进化的理论讲起来，一定该好得多，我希望他提前陆续的印出。

但我想，散文的体裁，其实是大可以随便的，有破绽也不妨。做作的写信和日记，恐怕也还不免有破绽，而一有破绽，便破灭到不可收拾了。与其防破绽，不如忘破绽。

在钟楼上
——夜记之二

也还是我在厦门的时候，柏生从广州来，告诉我说，爱而君也在那里了，大概是来寻求新的生命的罢，曾经写了一封长信给 K 委员，说明自己的过去和将来的志望。

"你知道有一个叫爱而的么？他写了一封长信给我，我没有看完。其实，这种文学家的样子，写长信，就是反革命的！"有一天，K 委员对柏生说。

又有一天，柏生又告诉了爱而，爱而跳起来道：

"怎么？……怎么说我是反革命的呢？"

厦门还正是和暖的深秋，野石榴开在山中，黄的花——不知道叫什么名字——开在楼下。我在用花刚石[1]墙包围着的楼屋里听到这小小的故事，K 委员的眉头打结的正经的脸，爱而的活泼中带着沉闷的年青的脸，便一齐在眼前出现，又仿佛如见当 K 委员的眉头打结的面前，爱而跳了起来——我不禁从窗隙间望着远天失笑了。

但同时也记起了苏俄曾经有名的诗人，《十二个》的作者勃洛克的话来：

> 共产党不妨碍做诗[2]，但于觉得自己是大作家的事却有妨碍。大作家者，是感觉自己一切创作的核心，在自己里面保持着规律的。

1　现代汉语常用"花岗石"。——编者注
2　现代汉语常用"作诗"。——编者注

共产党和诗，革命和长信，真有这样地不相容么？我想。

以上是那时的我想。这时我又想，在这里有插入几句声明的必要：

我不过说是变革和文艺之不相容，并非在暗示那时的广州政府是共产政府或委员是共产党。这些事我一点不知道。只有若干已经"正法"的人们，至今不听见有人鸣冤或冤鬼诉苦，想来一定是真的共产党罢。至于有一些，则一时虽然从一方面得了这样的谥号，但后来两方相见，杯酒言欢，就明白先前都是误解，其实是本来可以合作的。

必要已毕，于是放心回到本题。却说爱而君不久也给了我一封信，通知我已经有了工作了。信不甚长，大约还有被冤为"反革命"的余痛罢。但又发出牢骚来：一，给他坐在饭锅旁边，无聊得很；二，有一回正在按风琴，一个漠不相识的女郎来送给他一包点心，就弄得他神经过敏，以为北方女子太死板而南方女子太活泼，不禁"感慨系之矣"了。

关于第一点，我在秋蚊围攻中所写的回信中置之不答。夫面前无饭锅而觉得无聊，觉得苦痛，人之常情也，现在已见饭锅，还要无聊，则明明是发了革命热。老实说，远地方在革命，不相识的人们在革命，我是的确有点高兴听的，然而——没有法子，索性老实说罢——如果我的身边革起命来，或者我所熟识的人去革命，我就没有这么高兴听。有人说我应该拼命去革命，我自然不敢不以为然，但如叫我静静地坐下，调给我一杯罐头牛奶喝，我往往更感激。但是，倘说，你就死心塌地地从饭锅里装饭吃罢，那是不像样的，然而叫他离开饭锅去拼命，却又说不出口，因为爱而是我的极熟的熟人。于是只好袭用仙传的古法，装聋作哑，置之不问不闻之列。只对于第二点加以猛烈的教诫，大致是说他"死板"和"活泼"既然都不赞成，即等于主张女性应该不死不活，那是万分不对的。

约略一个多月之后，我抱着和爱而一类的梦，到了广州，在饭锅旁边坐下时，他早已不在那里了，也许竟并没有接到我的信。

我住的是中山大学中最中央而最高的处所，通称"大钟楼"。一月之后，听得一个戴瓜皮小帽的秘书说，才知道这是最优待的住所，非"主任"之流是不准住的。但后来我一搬出，又听说就给一位办事员住进去了，莫名其妙。不过当我住在那里的时候，总还是非主任之流即不准住的地方，所以直到知道办事员搬进去了的那一天为止，我总是常常又感激，又惭愧。

然而这优待室却并非容易居住的所在，至少的缺点，是不很能够睡觉的。一到夜间，便有十多匹——也许二十来匹罢，我不能知道确数——老鼠出现，驰骋文坛，什么都不管。只要可吃的，它就吃，并且能开盒子盖，广州中山大学里非主任之流即不准住的楼上的老鼠，仿佛也特别聪明似的，我在别的地方未曾遇到过[3]。到清晨呢，就有"工友"们大声唱歌——我所不懂的歌。

白天来访的本省的青年，却大抵怀着非常的好意的。有几个热心于改革的，还希望我对于广州的缺点加以激烈的攻击。这热诚很使我感动，但我终于说是还未熟悉本地的情形，而且已经革命，觉得无甚可以攻击之处，轻轻地推却了。那当然要使他们很失望的，过了几天，尸一君就在《新时代》上说：

> ……我们中几个很不以他这句话为然，我们以为我们还有许多可骂的地方，我们正想骂骂自己，难道鲁迅先生竟看不出我们的缺点么？……

其实呢，我的话一半是真的。我何尝不想了解广州、批评广

---

3 此处原文为"我在别地方未曾遇到过"，疑为原文漏字，故更正。——编者注

州呢，无奈慨自被供在大钟楼上以来，工友以我为教授，学生以我为先生，广州人以我为"外江佬"，孤子特立，无从考查。而最大的阻碍则是言语。直到我离开广州的时候止，我所知道的言语，除一二三四等数目外，只有一句凡有"外江佬"几乎无不因为特别而记住的 Hanbaran（统统）和一句凡有学习异地言语者几乎无不最容易学得而记住的骂人话 Tiu-na-ma 而已。

这两句有时也有用。那是我已经搬在白云路寓屋里的时候了，有一天，巡警捉住了一个窃取电灯的偷儿，那管屋的陈公便跟着一面骂，一面打。骂了一大套，而我从中只听懂了这两句。然而似乎已经全懂得，心里想："他所说的，大约是因为屋外的电灯几乎 Hanbaran 被他偷去，所以要 Tiu-na-ma 了。"于是就仿佛解决了一件大问题似的，即刻安心归坐，自去再编我的《唐宋传奇集》。

但究竟不知道是否真如此。私自推测是无妨的，倘若据以论广州，却未免太卤莽[4]罢。

但虽只这两句，我却发见[5]了吾师太炎先生的错处了。记得先生在日本给我们讲文字学时，曾说《山海经》上"其州在尾上"的"州"是女性生殖器。这古语至今还留存在广东，读若 Tiu。故 Tiuhei 二字，当写作"州戏"，名词在前，动词在后的。我不记得他后来可曾将此说记在《新方言》里，但由今观之，则"州"乃动词，非名词也。

至于我说无甚可以攻击之处的话，那可的确是虚言。其实是，那时我于广州无爱憎，因而也就无欣戚、无褒贬。我抱着梦幻而来，一遇实际，便被从梦境放逐了，不过剩下些索漠[6]。我觉得广州究竟是中国的一部分，虽然奇异的花果、特别的语言，可以淆乱游

---

4 现代汉语常用"鲁莽"。——编者注
5 现代汉语常用"发现"。——编者注
6 现代汉语常用"索寞"。——编者注

子的耳目，但实际是和我所走过的别处都差不多的。倘说中国是一幅画出的不类人间的图，则各省的图样实无不同，差异的只在所用的颜色。黄河以北的几省，是黄色和灰色画的，江、浙是淡墨和淡绿，厦门是淡红和灰色，广州是深绿和深红。我那时觉得似乎其实未曾游行，所以也没有特别的骂詈之辞，要专一倾注在素馨和香蕉上——但这也许是后来的回忆的感觉，那时其实是还没有如此分明的。

到后来，却有些改变了，往往斗胆说几句坏话。然而有什么用呢？在一处演讲时，我说广州的人民并无力量，所以这里可以做"革命的策源地"，也可以做反革命的策源地……当译成广东话时，我觉得这几句话似乎被删掉了。给一处做文章时，我说青天白日旗插远去，信徒一定加多。但有如大乘佛教一般，待到居士也算佛子的时候，往往戒律荡然，不知道是佛教的弘通，还是佛教的败坏？……然而终于没有印出，不知所往了……

广东的花果，在"外江佬"的眼里，自然依然是奇特的。我所最爱吃的是"杨桃"，滑而脆，酸而甜，做成罐头的，完全失却了本味。汕头的一种较大，却是"三廉"，不中吃了。我常常宣传杨桃的功德，吃的人大抵赞同，这是我这一年中最卓著的成绩。

在钟楼上的第二月，即戴了"教务主任"的纸冠的时候，是忙碌的时期。学校大事，盖无过于补考与开课也，与别的一切学校同。于是点头开会、排时间表、发通知书、秘藏题目、分配卷子……于是又开会、讨论、计分、发榜。工友规矩，下午五点以后是不做工的，于是一个事务员请门房帮忙，连夜贴一丈多长的榜。但到第二天的早晨，就被撕掉了，于是又写榜。于是辩论：分数多寡的辩论；及格与否的辩论；教员有无私心的辩论；优待革命青年，优待的程度，我说已优，他说未优的辩论；补救落第，我说权不在我，他说在我，我说无法，他说有法的辩论；试题的难易，我说不难，他说太难的辩论；还有因为有族人在台湾，自己也可以算作台湾人，取得优待"被压迫民族"的特权与否的辩论；还有人本无名，所以无所谓冒名顶替的玄学底辩论……这样地一天一天的过去，而每夜是十多匹——或二十匹——老鼠的驰骋，早上是三位工友的响亮的歌声。

现在想起那时的辩论来，人是多么和有限的生命开着玩笑呵。然而那时却并无怨尤，只有一事觉得颇为变得特别：对于收到的长信渐渐有些仇视了。

这种长信，本是常常收到的，一向并不为奇。但这时竟渐嫌其长，如果看完一张，还未说出本意，便觉得烦厌。有时见熟人在旁，就托付他，请他看后告诉我信中的主旨。

"不错，'写长信，就是反革命的！'"我一面想。

我当时是否也如 K 委员似的眉头打结呢？未曾照镜，不得而知。仅记得即刻也自觉到我的开会和辩论的生涯，似乎难以称为"在革命"，为自便计，将前判加以修正了：

"不，'反革命'太重，应该说是'不革命'的。然而还太重。其实是——写长信，不过是吃得太闲空罢了。"

有人说，文化之兴，须有余裕，据我在钟楼上的经验，大致是真的罢。闲人所造的文化，自然只适宜于闲人，近来有些人摩拳擦掌，大鸣不平，正是毫不足怪——其实，便是这钟楼，也何尝不造得蹊跷。但是，四万万男女同胞、侨胞、异胞之中，有的是"饱食终日，无所用心"，有的是"群居终日，言不及义"。怎不造出相当的文艺来呢？只说文艺，范围小，容易些。那结论只好是这样：有余裕，未必能创作，而要创作是必须有余裕的。故"花呀月呀"，不出于啼饥号寒者之口，而"一手奠定中国的文坛"，亦为苦工猪仔所不敢望也。

我以为这一说于我倒是很好的，我已经自觉到自己久已不动笔，但这事却应该归罪于匆忙。

大约就在这时候，《新时代》上又发表了一篇《鲁迅先生往那里躲》，宋云彬先生做的。文中有这样的对于我的警告：

> 他到了中大，不但不曾恢复他"呐喊"的勇气，并且似乎在说"在北方时受着种种迫压[7]、种种刺激，到这里来没有压迫和刺激，也就无话可说了"。噫嘻！异哉！鲁迅先生竟跑出了现社会，躲向牛角尖里去了。旧社会死去的苦痛，新社会生出的苦痛，多多少放在他眼前，他竟熟视无睹！他把人生的镜子藏起来了，他把自己回复到过去时代去了。噫嘻！异哉！鲁迅先生躲避了。

而编辑者还很客气，用案语[8]声明着这是对于我的好意的希望和怂恿，并非恶意的笑骂的文章。这是我很明白的，记得看见时颇为感动。因此也曾想如上文所说的那样，写一点东西，声明我虽不呐喊，却正在辩论和开会，有时一天只吃一顿饭，有时只吃一条鱼，也还未失掉了勇气。《在钟楼上》就是预定的题目。然而一则还是因为辩论和开会，二则因为篇首引有拉狄克的两句话，另外又引起了我许多杂乱的感想，很想说出，终于反而搁下了。那两句话是：

> 在一个最大的社会改变的时代，文学家不能做旁观者！

---

7 现代汉语常用"压迫"。——编者注
8 现代汉语常用"按语"。——编者注

但拉狄克的话，是为了叶赛宁和梭波里的自杀而发的。他那一篇《无家可归的艺术家》译载在一种期刊上时，曾经使我发生过暂时的思索。我因此知道凡有革命以前的幻想或理想的革命诗人，很可有碰死在自己所讴歌希望的现实上的运命[9]，而现实的革命倘不粉碎了这类诗人的幻想或理想，则这革命也还是布告上的空谈。但叶赛宁和梭波里是未可厚非的，他们先后给自己唱了挽歌，他们有真实，他们以自己的沉没，证明着革命的前行，他们到底并不是旁观者。

但我初到广州的时候，有时确也感到一点小康。前几年在北方，常常看见迫压党人，看见捕杀青年，到那里可都看不见了。后来才悟到这不过是"奉旨革命"的现象，然而在梦中时是委实有些舒服的。假使我早做了《在钟楼上》，文字也许不如此。无奈已经到了现在，又经过目睹"打倒反革命"的事实，纯然的那时的心情，实在无从追蹑了，现在就只好是这样罢。

9　现代汉语常用"命运"。——编者注

辞顾颉刚教授令"候审"

来信

鲁迅先生：

顷发一挂号信，以未悉先生住址，由中山大学转奉，嗣恐先生未能接到，特探得尊寓所在，另钞一分奉览。

敬请大安。

颉刚敬上。十六，七，廿四日

钞件

鲁迅先生：

颉刚不知以何事开罪于先生，使先生对于颉刚竟作如此强烈之攻击，未即承教，良用耿耿。前日见汉口《中央日报副刊》上，先生及谢玉生先生通信，始悉先生等所以反对颉刚者，盖欲伸党国大义，而颉刚所作之罪恶直为天地所不容，无任惶骇。诚恐此中是非，非笔墨口舌所可明了，拟于九月中回粤后提起诉讼，听候法律解决。如颉刚确有反革命之事实，虽受死刑，亦所甘心，否则先生等自当负发言之责任。务请先生及谢先生暂勿离粤，以俟开审，不胜感盼。

敬请大安，谢先生处并候。

中华民国十六年七月廿四日

回信

颉刚先生：

　　来函谨悉，甚至于吓得绝倒矣。先生在杭盖已闻仆于八月中须离广州之讯，于是顿生妙计，命以难题。如命，则仆尚须提空囊赁屋买米，作穷打算，恭候偏何来迟，提起诉讼。不如命，则先生可指我为畏罪而逃也；而况加以照例之一传十，十传百乎哉？但我意早决，八月中仍当行，九月已在沪。江、浙俱属党国所治，法律当与粤不异，且先生尚未启行，无须特别函挽听审，良不如请即就近在浙起诉，尔时仆必到杭，以负应负之责。倘其典书卖裤，居此生活费綦昂之广州，以俟月余后或将提起之诉讼，天下那易有如此十足笨伯哉！《中央日报副刊》未见；谢君处恕不代达，此种小傀儡，可不做则不做而已，无他秘计也。此复，顺请
著安！

鲁迅

匪笔三篇

今之"正人君子"，论事有时喜欢讲"动机"。案动机，我自己知道，绍介[1]这三篇文章是未免有些有伤忠厚的。旅资将尽，非逐食不可了，许多人已知道我将于八月中走出广州。七月末就收到了一封所谓"学者"的信，说我的文字得罪了他，"拟于九月中回粤后提起诉讼，听候法律解决"。且叫我"暂勿离粤，以俟开审"。命令被告枵腹恭候于异地，以俟自己雍容布置，慢慢开审，真是霸道得可观。第二天偶在报纸上看见飞天虎寄亚妙信，有"提防剑仔"的话，不知怎地[2]忽而欣然独笑，还想到别的两篇东西，要执绍介之劳了。这种拉扯牵连、若即若离的思想，自己也觉得近乎刻薄——但是，由它去罢，好在"开审"时总会结帐[3]的。

在我的估计上，这类文章的价值却并不在文人学者的名文之下。先前也曾收集，得了五六篇，后来只在北京的《平民周刊》上发表过一篇模范监狱里的一个囚人的自序，其余的呢，我跑出北京以后，不知怎样了，现在却还想搜集。要夸大地说起来，则此类文章于学术上也未始无用。我记得 lombroso[4] 所做的一本书——大约是《天才与狂人》，请读者恕我手头无书，不能指实——后面，就附有许多疯子的作品。然而这种金字招牌，我辈却无须挂起来。

这回姑且将现成的三篇介绍，都是从香港《循环日报》上采取

1　现代汉语常用"介绍"。——编者注
2　现代汉语常用"怎的"。——编者注
3　现代汉语常用"结账"。——编者注
4　即"龙勃罗梭"。——编者注

的。以其都不是韵文，所以取阮氏《文笔对》之说，名之曰：笔。倘有好事之徒，寄我材料，无任欢迎。但此后拟不限有韵无韵，并且廓大[5]范围，并收土匪、骗子、犯人、疯子等等[6]的创作。但经文人润色，或拟作赝作者不收。

其实，古如陈涉帛书，米巫题字，近如义和团传单，同善社乩笔，也都是这一流。我想，凡见于古书的，也都可以抄出来编为一集，和现在的来比照，看思想手段，有什么不同。

来件想托北新书局代收，当择优发表——但这是我倘不忙于"以俟开审"或下了牢监的话。否则，自己的文章也就是材料，不必旁搜博采了。

闲话休提，言归正传：

一　撕票布告

潘平

广州佛山缸瓦栏维新码头发现烂艇一艘，有水浸淹其中，用蓑衣覆盖男子尸身一具，露出手足，旁有粗碗一只，白旗一面，书明云云。由六区水警，将该尸艇移泊西医院附近。验得该尸颈旁有一枪孔，直贯其鼻，显系生前轰毙。查死者年约三十岁，乃穿短线衫裤，剪平头装者。

南海紫洞潘平布告。

为布告事：昨四月廿六日，在禄步共掳得乡人十余名，困留月余，并望赎音。兹提出禄步笋洞沙乡，姓许名进洪一名，枪毙示众，

5　现代汉语常用"扩大"。——编者注
6　此句式在现代汉语中常用一个"等"。——编者注

以傲其余。四方君子，特字周知，切勿视财如命！此布。

（据七月十三日《循环报[7]》。）

二 致信女某书

金吊桶

　　广西梧州洞天酒店相命家金吊桶，原名黄卓生，新会人，日前有行骗陈社恩、黄心、黄作梁夫妇银钱单据，为警备司令部将其捕获，又搜获一封固之信，内空白信笺一张，以火烘之，发现字迹如下：

　　今日民国十六年五月二十九日，吕纯阳先师下降，查明汝信女系广西人。汝今生为人，心善清洁，今天上玉皇赐横财四千五百两银过你，汝信享福养儿育女。但此财分作八回中足，今年七月尾只中白鸽票七百五十元左右。老来结局有个子，第三位有官星发达，有官太做。但汝终身要派大三房妾伴，不能坐正位。今生条命极好。汝前世犯了白虎五鬼天狗星，若想得横财旺子，要用六元六毫交与金吊桶先生代汝解除，方得平安无事。若不信解除，汝条命得来十分无夫福无子福，有子死子，有夫死夫。但见字要求先生共汝解去此凶星为要可也。汝想得财得子者，为夫福者，有夫权者，要求先生共汝行礼，交合阴阳一二回，方可平安。如有不顺从先生者，汝条命有好处，无安乐也⋯⋯

　　（据七月二十六日《循环报》。）

7　即"循环日报"。——编者注

三 诘妙嫦书

飞天虎

香港永乐街如意茶楼女招待妙嫦，年仅双十，寓永吉街三十号二楼。七月二十九日晚十一时许，散工之后，偕同女侍三数人归家，道经大道中永吉街口，遇大汉三四人，要截于途，诘妙嫦曰：汝其为妙玲乎？嫦不敢答，闪避而行。讵大汉不使去，逞凶殴之，凡两拳，且曰：汝虽不语，固认识汝之面目者也！嫦被殴，大哭不已，归家后，以为大汉等所殴者为妙玲，故尚自怨无辜被辱，不料翌早复接恐吓信一通，按址由邮局投至，遂知昨晚之被殴，确为寻己，乃将事密报侦探，并告以所疑之人，务使就捕雪恨云。

亚妙女招待看！启者：久在如意茶楼，用诸多好言，殴辱我兄弟，及用滚水来陆之兄弟，灵端相劝，置之不理，与续大发雌雄，反口相齿，亦所谓恶不甚言矣。昨晚在此二人殴打已捶，亦非介意，不过小小之用。刻下限你一星期内答复，妥讲此事，若有无答复，早出夜入，提防剑仔，决列对待，及难保性命之虞，勿怪书不在先，置于死地之险也。诸多未及，难解了言，顺候，此询危险。七月初一晚，卅六友飞天虎谨。

（据八月一日《循环报》。）

某笔两篇

昨天又得幸逢了两种奇特的广告，仍敢执绍介之劳。标点是我所加的，以醒眉目。该称什么笔呢，想了两天两夜，没有好结果。姑且称为"某笔"，以俟博雅君子教正。

这回的"动机"比较地近于纯正，除希望"有目共赏"外，似乎并不含有其他的副作用了。但又发生了一种妄想。记得前清时，曾有一种专选各种报上较好的论说的，叫作《选报》。现在如有好事之徒，也还可以办这一类的刊物。每省须有访员数人，专收该地报上奇特的社论、记事、文艺、广告等等，汇刊成册，公之于世。则其显示各种"社会相"也，一定比游记之类要深切得多。不知 CF 男士以为何如？

一九二七年九月二十二日午饭之前。

其一

熊仲卿　榜名文蔚。历任民国县长、所长、处长、局长、厅长、通儒、显宦，兼作良医，尤擅女科。住本港跑马地黄泥涌道门牌五十五号一楼中医熊寓，每日下午应诊及出诊。电话总局五二七零。

（右一则见九月二十一日香港《循环日报》。）

谨案：以吾所闻，向来或称世医，以其数代为医也；或称儒医，以其曾做八股也；或称官医，以其亦为官家所雇也；或称御医，以其曾经走进（？）太医院也。若夫"县长、所长、处长、局长、厅长、通儒、显宦"，而又"兼作良医"，则诚旷古未有者矣。而五"长"做全，尤为难得云。

其二

征求父母广告　余现已授中等教育有年，品行端正，纯无嗜好。因不幸父母相继逝世，余独取家资，来学广州。自思自觉单身儿子，有非常之寂寞，于是自愿甘心为人儿子，并自愿倾家产而从四方人事而无儿子者。有相当之家庭，且欲儿子者，请来函报告（家庭状况经济地位若何），并写明通讯地址。俟我回复，方接洽面商。阅报诸君而能介绍我好事成功者，应以百金敬酬。不成功者，当有谢谢。申一〇六

通讯处　广东省立第一中学校余希成具。

（右一则见同日广州《民国日报》。）

谨案：我辈生当浇漓之世，于"征求伴侣"等类广告，早经司空见惯，不以为奇。昔读茅泮林所辑《古孝子传》，见有三男皆无母，乃共迎养一不相干之老妪，当作母亲一事，颇以为奇。然那时孝廉方正，可以做官，故尚能疑为别有作用也。而此广告则挟家资以求亲，悬百金而待荐，雒诵之余，乌能不欣人心之复返于淳古，表而出之，以为留心世道者告，而为打爹骂娘者劝哉？特未知阅报诸君，可知广州有欲儿子者否？要知道倘为介绍，即使好事不成，亦有"谢谢"者也。

述香港恭祝圣诞

记者先生：

文宣王大成至圣先师孔夫子圣诞，香港恭祝，向称极盛。盖北方仅得东邻鼓吹，此地则有港督督率，实事求是，教导有方。侨胞亦知崇拜本国至圣，保存东方文明，故能发扬光大，盛极一时也。今年圣诞，尤为热闹，文人雅士，则在陶园雅集，即席挥毫，表示国粹。各学校皆行祝圣礼，往往欢迎各界参观，夜间或演新剧，或演电影，以助圣兴。超然学校每年祝圣，例有新式对联，贴于门口，而今年所制，尤为高超。今敬谨录呈，乞昭示内地，以愧意欲打倒帝国主义者：

乾　男校门联

本鲁史，作《春秋》，罪齐田恒，地义天经，打倒贼子乱臣，免得赤化宣传，讨父仇孝，共产公妻，破坏纲常伦纪。

堕三都，出藏甲，诛少正卯，风行雷厉，铲除贪官悍吏，训练青年德育，修身齐家，爱亲敬长，挽回世道人心。

坤　女校门联

母凭子贵，妻藉夫荣，方今祝圣诚心，正宜遵憬三从，岂可开口自由，埋口自由，一味误会自由，趋附潮流成水性。

男禀乾刚，女占坤顺，此际尊孔主义，切勿反违四德，动说有乜所谓，冇乜所谓，至则不知所谓，随同社会出风头。

埋犹言合，乜犹言何，冇犹言无，盖女子小人，不知雅训，故用俗字耳。舆论之类，琳琅尤多，今仅将载于《循环日报》者录出一篇，以见大概：

孔诞祝圣言感
佩蘅

　　金风送爽，凉露惊秋，转瞬而孔诞时期届矣。迩来圣教衰落，邪说嚣张，礼孔之举，惟¹港中人士，犹相沿奉行。至若内地，大多数不甚注意。盖自新学说出，而旧道德日即于沦亡。自新人物出，而古圣贤胥归于淘汰。一般学子崇持列宁、马克思种种谬说，不惜举二千年来炳若日星之圣教，摧陷而廓清之，其诋人也，不曰腐化即曰老朽，实则若曹少不更事。卤莽灭裂，不惜假新学说以便其私图，而古人之大义微言，俨如肉中刺、眼中钉，必欲拔除之而后快。孔子且在于打倒之列，更何有孔诞之可言？呜呼！长此以往，势不至等人道于禽兽不止。何幸此海隅之地，古风未泯，经教犹存。当此祝圣时期，济济跄跄一时称盛耶。虽然，吾人祝圣，特为此形式上之纪念耳，尤当注重孔教之精神。孔教重伦理、重实行。所谓齐家、治国、平天下，由近及远，由内及外，皆有轨道之可循，天不变道亦不变，自有确凿之理由在。虽暴民嚣张，摧残圣教，然浮云之翳，何伤日月之明？吾人当蒙泉剥果之余，伤今思古，首当发挥大义，羽翼微言。子舆氏谓能言距杨墨者，圣人之徒，生今之世，群言淆乱，异说争鸣，众口铄金，积非成是，与圣教为难者，向只杨墨，就贵词而辟之，为吾道作干城，树中流之砥柱。若乎张皇耳目，涂饰仪文，以敷衍为心。作例行之举，则非吾所望于祝圣诸公也，感而书之如此。

1　现代汉语常用"唯"。——编者注

香港孔圣会则于是日在太平戏院日夜演大尧天班，其广告云：

> 祝大成之圣节，乐奏钧天，彰正教于人群，欢腾大地。我
> 国数千年来，崇奉孔教，诚以圣道足以维持风化，挽救人心者
> 也。本会定期本月廿七日演大尧天班。是日演《加官大送子》
> 《游龙戏凤》。夜通宵先演《六国大封相》及《风流皇后》新剧。
> 查《风流皇后》一剧，情节新奇，结构巧妙。惟此剧非演通宵，
> 不能结局，故是晚经港政府给发数特别执照，演至通宵……预
> 日沽票处在荷李活道中华书院孔圣会办事所。

> 丁卯年八月廿四日，香港孔圣会谨启。

《风流皇后》之名，虽欠雅驯，然"子见南子"，《论语》不讳，惟
此"海隅之地，古风未泯"者，能知此意耳。余如各种电影，亦复
美不胜收，新戏院则演《济公传》四集，预告者尚有《齐天大圣大闹
天宫》，新世界有《武松杀嫂》，全系国粹，足以发扬国光。皇后戏
院之《假面新娘》虽出邻邦，然观其广告云："孔子有言，'始吾于
人也，听其言而信其行，今吾于人也，听其言而观其行，于予与改
是。'请君今日来看《假面新娘》，以证孔子之言，然后知圣人一言
而为天下法，所以不愧称为万世师表也。"则固亦有裨圣教者耳。

嗟夫！乘桴浮海，曾闻至圣之微言，崇正辟邪，幸有大英之德
政。爱国䥽古之士，当亦必额手遥庆，恨不得受一廛而为氓也。专
此布达，即颂　　　辑祺。

　　　　　　　　　　　　　　　　圣诞后一日，华约瑟谨启

吊与贺

《语丝》在北京被禁之后，一个相识者寄给我一块剪下的报章，是十一月八日的北京《民国晚报》的《华灯》栏，内容是这样的：

吊丧文
孔伯尼

顷闻友云："《语丝》已停"，其果然欤？查《语丝》问世，三年于斯，素无余润，常经风波。以久特闻，迄未少衰焉。方期益臻坚壮，岂意中道而崩？"闲话"失慎，"随感"伤风欤？抑有他故耶？岂明老人再不兴风作浪，叛徒首领无从发令施威；忠臣孝子，或可少申余愤；义士仁人，大宜下井投石[1]。"语丝派"已亡，众怒少息，"拥旗党"犹在，五色何忧？从此狂澜平静，邪说歼绝。有关风化，良匪浅鲜！则《语丝》之停也，岂不懿欤？所惜者余孽未尽，祸根犹存，复萌故态，诚堪预防！自宜除恶务尽，何容姑息养奸？兴仁义师，招抚并用；设文字狱，赏罚分明。打倒异端，惩办祸首，以安民心，而属众望。岂惟功垂不朽，曷止德及黎庶？抑亦国旗为荣耶？效《狂飙》之往例，草《语丝》之哀辞，当仁不让，舍我其谁？朝野君子，乞勿忽之。

未废标点，已禁语体之秋，阳历晦日，杏坛上。

1　现代汉语常用"投井下石""落井下石"。——编者注

先前没有想到，这回却记得起来了。去年我在厦门岛上时，也有一个朋友剪寄我一片报章，是北京的《每日评论》，日子是"丙寅年十二月二十……"阳历的日子被剪掉了。内容是这一篇：

挽狂飙

燕生

不料我刚作了《读狂飙》一文之后，《狂飙》疾终于上海正寝的讣闻随着就送到了。本来《狂飙》不会长命百岁[2]，是我们早已料到的，但它夭折的这样快，却确乎"出于意表之外"。尤其是当这与"思想界的权威者"正在宣战的时候，而突然得到如此的结果，多心的人也许会猜疑到权威者的反攻战略上面，"这话当然不确"，"不过"自由批评家所走不到的光华书局，"思想界的权威"也许竟能走得到了，于是乎《狂飙》乃停，于是乎《狂飙》乃不得不停。

但当今之世，权威亦多矣，《狂飙》所得罪者不知是南方之强欤？北方之强欤？抑……欤？

思想家究竟不如武人爽快，《狂飙》虽停，而长虹终于能安然走到北京，这个，我们倒要向长虹道贺。

呜呼！回想非宗教大同盟轰轰烈烈之际，则有五教授慨然署名于拥护思想自由之宣言，曾几何时，而自由批评已成为反动者唯一之口号矣。自由乎！自由乎！其随线装书以入于毛厕[3]坑中乎！嘻嘻！呱呱！

2　此处原文为"本来《狂飙》的不会长命百岁"，疑为原文多字，故更正。——编者注
3　现代汉语常用"茅厕"。——编者注

《语丝》本来并非选定了几个人,加以恭维或攻击或诅咒之后,便将作者和刊物的荣枯存灭,都推在这几个人的身上的出版物。但这回的禁终于燕京北寝的讣闻,却"也许"不"会猜疑到权威者的反攻战略上面"去了罢。诚然,我亦觉得"思想家究竟不如武人爽快"也!

但是,这个,我倒要向燕生和五色国旗道贺。

十二月四日,于上海正寝

一九二八年

"醉眼"中的朦胧

旧历和新历的今年似乎于上海的文艺家们特别有着刺激力，接连的两个新正一过，期刊便纷纷而出了。他们大抵将全力用尽在伟大或尊严的名目上，不惜将内容压杀，连产生了不止一年的刊物，也显出拼命的挣扎和突变来。作者呢，有几个是初见的名字，有许多却还是看熟的，虽然有时觉得有些生疏，但那是因为停笔了一年半载的缘故。他们先前在做什么，为什么今年一齐动笔了？说起来怕话长。要而言之，就因为先前可以不动笔，现在却只好来动笔，仍如旧日的无聊的文人、文人的无聊一模一样。这是有意识或无意识地，大家都有些自觉的，所以总要向读者声明"将来"：不是"出国""进研究室"，便是"取得民众"。功业不在目前，一旦回国、出室、得民之后，那可是非同小可了。自然，倘有远识的人、小心的人、怕事的人、投机的人，最好是此刻预致"革命的敬礼"。一到将来，就要"悔之晚矣"了。

然而各种刊物，无论措辞怎样不同，都有一个共通之点，就是：有些朦胧。这朦胧的发祥地，由我看来——虽然是冯乃超的所谓"醉眼陶然"——也还在那有人爱，也有人憎的官僚和军阀。和他们已有瓜葛，或想有瓜葛的，笔下便往往笑迷迷[1]，向大家表示和气，然而有远见，梦中又害怕铁锤和镰刀，因此也不敢分明恭维现在的主子，于是在这里留着一点朦胧。和他们瓜葛已断，或则并无瓜葛，走向大众去的，本可以毫无顾忌地说话了，但笔下即使雄纠

---

[1] 现代汉语常用"笑眯眯"。——编者注

纠[2]，对大家显英雄，会忘却了他们的指挥刀的傻子是究竟不多的，这里也就留着一点朦胧。于是想要朦胧而终于透露色彩的，想显色彩而终于不免朦胧的，便都在同地同时出现了。

其实朦胧也不关怎样紧要。便在最革命的国度里，文艺方面也何尝不带些朦胧。然而革命者决不怕批判自己，他知道得很清楚，他们敢于明言。惟有中国特别，知道跟着人称托尔斯泰为"卑汙的说教人"了，而对于中国"目前的情状"，却只觉得在"事实上，社会各方面亦正受着乌云密布的势力的支配"，连他的"剥去政府的暴力，裁判行政的喜剧的假面"的勇气的几分之一也没有。知道人道主义不彻底了，但当"杀人如草不闻声"的时候，连人道主义式的抗争也没有。剥去和抗争，也不过是"咬文嚼字"，并非"直接行动"。我并不希望做文章的人去直接行动，我知道做文章的人是大概只能做文章的。

可惜略迟了一点，创造社前年招股本，去年请律师，今年才揭起"革命文学"的旗子，复活的批评家成仿吾总算离开守护"艺术之官"的职掌，要去"获得大众"，并且给革命文学家"保障最后的胜利"了，这飞跃也可以说是必然的。弄文艺的人们大抵敏感，时时也感到，而且防着自己的没落，如漂浮在大海里一般，拼命向各处抓攫。二十世纪以来的表现主义、踏踏主义、什么什么主义的此兴彼衰，便是这透露的消息。现在则已是大时代、动摇的时代、转换的时代，中国以外，阶级的对立大抵已经十分锐利化，农工大众日日显得着重，倘要将自己从没落救出，当然应该向他们去了。何况"呜呼！小资产阶级原有两个灵魂……"虽然也可以向资产阶级去，但也能够向无产阶级去的呢。

这类事情，中国还在萌芽，所以见得新奇，须做《从文学革命

2　现代汉语常用"雄赳赳"。——编者注

到革命文学》那样的大题目，但在工业发达、贫富悬隔的国度里，却已是平常的事情。或者因为看准了将来的天下是劳动者的天下，跑过去了；或者因为倘帮强者，宁帮弱者，跑过去了；或者两样都有，错综地作用着，跑过去了。也可以说，或者因为恐怖，或者因为良心。成仿吾教人克服小资产阶级根性，拉"大众"来作"给予"和"维持"的材料，文章完了，却正留下一个不小的问题：

倘若难于"保障最后的胜利"，你去不去呢？

这实在还不如在成仿吾的祝贺之下，也从今年产生的《文化批判》上的李初梨的文章，索性主张无产阶级文学，但无须无产者自己来写。无论出身是什么阶级，无论所处是什么环境，只要"以无产阶级的意识，产生出来的一种斗争的文学 3"就是，直截爽快得多了。但他一看见"以趣味为中心"的可恶的"语丝派"的人名就不免曲折，仍旧"要问甘人君，鲁迅是第几阶级的人？"

我的阶级已由成仿吾判定："他们所矜持的是'闲暇，闲暇，第三个闲暇'；他们是代表着有闲的资产阶级，或者睡在鼓里的小资产阶级……如果北京的乌烟瘴气不用十万两无烟火药炸开的时候，他们也许永远这样过活的罢。"

我们的批判者才将创造社的功业写出，加以"否定的否定"，要去"获得大众"的时候，便已梦想"十万两无烟火药"，并且似乎要将我挤进"资产阶级"去（因为"有闲就是有钱"云），我倒颇也觉得危险了。后来看见李初梨说："我以为一个作家，不管他是第一、第二……第百、第千阶级的人，他都可以参加无产阶级文学运动，不过我们先要审察他们的动机……"这才有些放心，但可虑的是对于我仍然要问阶级。"有闲便是有钱"，倘使无钱，该是第四阶级，可以"参加无产阶级文学运动"了罢，但我知道那时又要问"动

3　此处原文为"产生出来的一种的斗争的文学"，疑为原文多字，故更正。——编者注

机"。总之，最要紧是"获得无产阶级的阶级意识"——这回可不能只是"获得大众"便算完事了。横竖缠不清，最好还是让李初梨去"由艺术的武器到武器的艺术"，让成仿吾去坐在半租界里积蓄"十万两无烟火药"，我自己是照旧讲"趣味"。

那成仿吾的"闲暇，闲暇，第三个闲暇"的切齿之声，在我是觉得有趣的。因为我记得曾有人批评我的小说，说是"第一个是冷静，第二个是冷静，第三个还是冷静"，"冷静"并不算好批判，但不知怎地竟像一板斧劈着了这位革命的批评家的记忆中枢似的，从此"闲暇"也有三个了。倘有四个，连《小说旧闻钞》也不写，或者只有两个，见得比较地忙，也许可以不至于被"奥伏赫变"（"除掉"的意思，Aufheben 的创造派的译音，但我不解何以要译得这么难写，在第四阶级，一定比照描一个原文难）罢，所可惜的是偏偏是三个。但先前所定的不"努力表现自己"之罪，大约总该也和成仿吾的"否定的否定"，一同勾消[4]了。

创造派"为革命而文学"，所以仍旧要文学，文学是现在最紧要的一点，因为将"由艺术的武器，到武器的艺术"，一到"武器的艺术"的时候，便正如"由批判的武器，到用武器的批判"的时候一般，世界上有先例，"徘徊者变成同意者，反对者变成徘徊者"了。

但即刻又有一点不小的问题：为什么不就到"武器的艺术"呢？

这也很像"有产者差来的苏秦的游说"。但当现在"无产者未曾从有产者意识解放以前"，这问题是总须起来的，不尽是资产阶级的退兵或反攻的毒计。因为这极彻底而勇猛的主张，同时即含有可疑的萌芽了。那解答只好是这样：

因为那边正有"武器的艺术"，所以这边只能"艺术的武器"。

这艺术的武器，实在不过是不得已，是从无抵抗的幻影脱出，

4　现代汉语常用"勾销"。——编者注

坠入纸战斗的新梦里去了。但革命的艺术家，也只能以此维持自己的勇气，他只能这样。倘他牺牲了他的艺术，去使理论成为事实，就要怕不成其为革命的艺术家。因此必然的应该坐在无产阶级的阵营中，等待"武器的铁和火"出现。这出现之际，同时拿出"武器的艺术"来。倘那时铁和火的革命者已有一个"闲暇"，能静听他们自叙的功勋，那也就成为一样的战士了。最后的胜利。然而文艺是还是批判不清的，因为社会有许多层，有先进国的史实在，要取目前的例，则《文化批判》已经拖住 Upton Sinclair[5]，《创造月刊》也背了 Vigny[6] 在"开步走"了。

倘使那时不说"不革命便是反革命"，革命的迟滞是语丝派之所为，给人家扫地也还可以得到半块面包吃，我便将于八时间工作之暇，坐在黑房里，续钞我的《小说旧闻钞》，有几国的文艺也还是要谈的，因为我喜欢。所怕的只是成仿吾们真像符拉特弥尔·伊力支一般，居然"获得大众"，那么，他们大约更要飞跃又飞跃，连我也会升到贵族或皇帝阶级里，至少也总得充军到北极圈内去了。译著的书都禁止，自然不待言。

不远总有一个大时代要到来。现在创造派的革命文学家和无产阶级作家虽然不得已而玩着"艺术的武器"，而有着"武器的艺术"的非革命武学家也玩起这玩意儿来了，有几种笑迷迷的期刊便是这。他们自己也不大相信手里的"武器的艺术"了罢。那么，这一种最高的艺术——"武器的艺术"现在究竟落在谁的手里了呢？只要寻得到，便知道中国的最近的将来。

二月二十三日，上海

5　即"厄普顿·辛克莱"。——编者注
6　即"维尼"。——编者注

看司徒乔君的画

我知道司徒乔君的姓名还在四五年前，那时是在北京，知道他不管功课，不寻导师，以他自己的力，终日在画古庙、土山、破屋、穷人、乞丐……

这些自然应该最会打动南来的游子的心。在黄埃漫天的人间，一切都成土色，人于是和天然争斗，深红和绀碧的栋宇、白石的栏干[1]、金的佛像、肥厚的棉袄、紫糖色脸、深而多的脸上的皱纹……凡这些，都在表示人们对于天然并不降服，还在争斗。

在北京的展览会里，我已经见过作者表示了中国人的这样的对于天然的倔强的魂灵。我曾经得到他的一幅"四个警察和一个女人"。现在还记得一幅"耶稣基督"，有一个女性的口，在他荆冠上接吻。

这回在上海相见，我便提出质问：

"那女性是谁？"

"天使。"他回答说。

这回答不能使我满足。

因为这回我发现了作者对于北方的景物——人们和天然苦斗而成的景物——又加以争斗，他有时将他自己所固有的明丽，照破黄埃。至少，是使我觉得有"欢喜"（Joy）的萌芽，如胁下的矛伤，尽管流血，而荆冠上却有天使——照他自己所说——的嘴唇。无论如何，这是胜利。

后来所作的爽朗的江、浙风景，热烈的广东风景，倒是作者的本

---

1 现代汉语常用"栏杆"。——编者注

色。和北方风景相对照，可以知道他挥写之际，盖稔熟[2]而高兴，如逢久别的故人。但我却爱看黄埃，因为由此可见这抱着明丽之心的作者，怎样为人和天然的苦斗的古战场所惊，而自己也参加了战斗。

中国全土必须沟通。倘将来不至于割据，则青年的背着历史而竭力拂去黄埃的中国彩色，我想，首先是这样的。

一九二八年三月十四日夜，于上海

2　现代汉语常用"熟稔"。——编者注

在上海的鲁迅启事

大约一个多月以前，从开明书店转到 M 女士的一封信，其中有云：

> 自一月十日在杭州孤山别后，多久没有见面了。前蒙允时常通讯及指导……

我便写了一封回信，说明我不到杭州，已将十年，决不能在孤山和人作别，所以她所看见的，是另一人。两礼拜前，蒙 M 女士和两位曾经听过我的讲义的同学见访，三面证明，知道在孤山者，确是别一"鲁迅"。但 M 女士又给我看题在曼殊师坟旁的四句诗：

> 我来君寂居，唤醒谁氏魂？
> 飘萍山林迹，待到它年随公去。
> 　鲁迅游杭　吊老友
> 曼殊句
> 　　　　　　　　一，一〇，十七年

我于是写信去打听寓杭的 H 君，前天得到回信，说确有人见过这样的一个人，就在城外教书，自说姓周，曾做一本《彷徨》，销了八万部，但自己不满意，不远将有更好的东西发表云云。

中国另有一个本姓周或不姓周，而要姓周，也名鲁迅，我是毫没法子的。但看他自叙，有大半和我一样，却有些使我为难。那首诗的不大高明，不必说了，而硬替人向曼殊说"待到它年随公去"，也未免太专制。"去"呢，自然总有一天要"去"的，然而去"随"曼殊，却连我自己也梦里都没有想到过。但这还是小事情，尤其不敢当的，倒是什么对别人预约"指导"之类……

我自到上海以来，虽有几种报上说我"要开书店"，或"游了杭州"。其实我是书店也没有开，杭州也没有去，不过仍旧躲在楼上译一点书。因为我不会拉车，也没有学制无烟火药，所以只好这样用笔来混饭吃。因为这样在混饭吃，于是忽被推为"前驱"，忽被挤为"落伍"，那还可以说是自作自受，管他娘的去。但若再有一个"鲁迅"，替我说教，代我题诗，而结果还要我一个人来担负，那可真不能"有闲，有闲，第三个有闲"，连译书的工夫也要没有了。

所以这回再登一个启事，要声明的是：我之外，今年至少另外还有一个叫"鲁迅"的在，但那些个"鲁迅"的言动，和我也曾印过一本《彷徨》而没有销到八万本的鲁迅无干。

三月二十七日，在上海

文艺与革命

来信

鲁迅先生：

在《新闻报》的《学海》栏内，读到你底一篇《文学和政治的歧途》的讲演，解释文学者和政治者之背离不合，其原因在政治者以得到目前的安宁为满足，这满足，在感觉锐敏[1]的文学者看去，一样是胡涂[2]不彻底，表示失望，终于遭政治家之忌，潦倒一生，站不住脚。我觉得这是世界各国成为定例的事实。最近又在《语丝》上读到《民众主义和天才》和你底《"醉眼"中的朦胧》两篇文字，确实提醒了此刻现在做着似是而非的平凡主义和革命文学的迷梦的人们之朦胧不少，至少在我是这样。

我相信文艺思潮无论变到怎样，而艺术本身有无限的价值等级存在，这是不得否认的。这是说，文艺之流，从最初的什么主义到现在的什么主义，所写着的内容，如何不同，而要有精刻熟练的才技，造成一篇优美无媲的文艺作品，终是一样。一条长江，上流和下流所呈现的形相[3]，虽然不同，而长江还是一条长江。我们看它那下流的广大深缓，足以灌田亩、驶巨舶，便忘记了给它形成这广大深缓的来源，已觉糊涂到透顶。若再断章取义，说：此刻现在，我们所要的是长江的下流，因为可以利用，增加我们的财富，上流的长江可以不要，有着简直无用。这是完全以经济价值去评断长江本身

1　现代汉语常用"敏锐"。——编者注
2　现代汉语常用"糊涂"。——编者注
3　现代汉语常用"形象"。——编者注

整个的价值了。这种评断,出于着眼在经济价值的商人之口,不足为怪;出于着眼在艺术价值的文艺家之口,未免昏乱至于无可救药了。因为拿艺术价值去评断长江之上流,未始没有意义,或竟比之下流较为自然奇伟,也未可知。

真与美是构成一件成功的艺术品的两大要素。而构成这真与美至于最高等级,便是造成一件艺术品,使它含有最高级的艺术价值,那便非赖最高级的天才不可了。如果这个论断可以否认,那末[4]我们为什么称颂荷马、但丁、莎士比亚和歌德呢?我们为什么不能创造和他们同等的文艺作品呢,我们也有观察现象的眼,有运用文思的脑,有握管伸纸的手?

在现在,离开人生说艺术,固然有躲在象牙塔里忘记时代之嫌;而离开艺术说人生,那便是政治家和社会运动家的本相,他们无须谈艺术了。由此说,热心革命的人,尽可投入革命的群众里去,冲锋也好,做后方的工作也好,何必拿文艺作那既稳当又革命的勾当?

我觉得许多提倡革命文学的所谓革命文艺家,也许是把表现人生这句话误解了。他们也许以为十九世纪以来的文艺,所表现的都是现实的人生,在那里面,含有显著的时代精神。文艺家自惊醒了所谓"象牙之塔"的梦以后,都应该跟着时代环境奔走。离开时代而创造文艺,便是独善主义或贵族主义的文艺了。他们看到易卜生之伟大,看到陀思妥耶夫斯基的深刻,尤其看到俄国革命时期内的作家叶赛宁和高尔基们的热切动人,便以为现在此后的文艺家都须拿当时的生活现象来诅咒、刻划[5],予社会以改造革命的机会,使文艺变为民众的和革命的文艺。生在所谓"世纪末"的现代社会里

4　现代汉语常用"那么"。——编者注
5　现代汉语常用"刻画"。——编者注

面的人，除非是神经麻木了的，未始不会感到苦闷和悲哀。文艺家终比一般人感觉锐敏一点。摆在他们眼前的既是这么一个社会，蕴在他们心中的当有怎么一种情绪呢！他们有表现或刻划的才技，他们便要如实地写了出来，便无意地成为这时代的社会的呼声了。然而他们还是忠于自己，忠于自己的艺术，忠于自己的情知。易卜生被称颂为改革社会的先驱，陀思妥耶夫斯基被称为人道主义的极致者，还须赖他们自己特有的精妙的才技，经几个真知灼见的批评者为之阐扬而后可。然而，真能懂得他们的艺术的，究竟还是少数。至于叶赛宁是碰死在自己的希望碑上不必说了，高尔基呢，听人说，已有点灰色了。这且不说。便是以艺术本身而论，他何尝不崇尚真切精到的才技？我曾看到他的一首讥笑那不切实的诗人的诗。况且我们以艺术价值去衡量他的作品，是否他已是了不得的作家了，究竟还是疑问呵[6]。

实在说，文艺家是不会抛弃社会的，他们是站在民众里面的。有一位否认有条件的文艺批评者，对于泰纳（Taine）的时间条件，认为不确，其理由是：文艺家是看前五十年。我想，看前五十年的文艺家，还是站在那时候，以那时候的生活环境做地盘而出发，所以他毕竟是那时候的民众之一员，而能在朦胧平安中看出残缺和破败。他们便以熟练的才技，写出这种残缺和破败，于艺术上达到高级的价值为止，在他们自己的能力范围之内。在创造时，他们也许只顾到艺术的精细微妙，并没想到如何激动民众，予民众以强烈的刺激，使他们血脉偾张，而从事于革命。

我们如果承认艺术有独立的无限的价值，艺术家有完成艺术本身最终目的之必要，那末我们便不能而且不应该撇开艺术价值去指摘艺术家的态度，这和拿艺术家的现实行为去评断他的艺术作品者

6　现代汉语常用"啊"。——编者注

一样可笑。波特莱尔的诗并不因他的狂放而稍减其价值。浅薄者许要咒他为人群的蛇蝎，却不知道他底厌弃人生，正是他的渴慕人生之反一面的表白。我们平常讥刺一个人，还须观察到他的深处，否则便见得浮薄可鄙。至于拿了自己的似是而非的标准，既没有看到他的深处，又抛弃了衡量艺术价值的尺度，便无的放矢地攻刺一个忠于艺术的人，真的糊涂呢还是别有用意！这不过使我们觉到此刻现在的中国文艺界真不值一谈，因为以批评成名而又是创造自许的所谓文艺家者，还是这样地崇奉功利主义呵！

　　我——自然不是什么文艺家——喜欢读些高级的文艺作品，颇多古旧的东西，很有人说这是迷旧的时代摈弃者。他们告诉我，现在是民众文艺当世了，崭新的专为第四阶级玩味的文艺当世了。我为之愕然者久之，便问他们：民众文艺怎样写法？文艺家用什么手段，使民众都能玩味？现在民众文艺已产生了若干部？革了命之后的民众能够赏识所谓民众文艺者已有几分之几？莫非现在有许多新《三字经》，或新《神童诗》出版了么？我真不知民众化的文艺如何化法，化在内容呢，那我们本有表现民众生活的文艺了的；化在技艺上吧，那末一首国民革命歌尽够充数了，你听："国民革命成功……齐欢唱……"多么宏壮而明白呵！我们为什么还要别的文艺？他们不能明确地回答，而我也糊涂到而今。此刻现在，才从《民众主义与天才》一文里得了答案，是：

　　"无论民众艺术如何地主张艺术的普遍性或平等性，但艺术作品无论如何自有无限的价值等差，这个事实是不可否认的。所谓普遍性啦、平等性啦这一类话，意思不外乎是说艺术的内容是关于广众的民间生活或关于人生的普遍事象，而有这种内容的艺术，始可以供给一般民众的玩味。艺术备有像这种意味的普遍性和平等性不待说是不可以否认的，然而艺术作品既有无限的价值等级存在。

以上，那些比较高级的艺术品，好，就可以说多少能够供给一般民众的玩味，若要说一切人都能够一样的精细、一样的深刻、一样的微妙——换句话说，绝对平等的来玩味它，那无论如何是不得有的事实。"

记得有人说过这样的话：最先进的思想只有站在最高层的先进的少数人能够了解，等到这种思想透入群众里去的时候，已经不是先进的思想了。这些话，是告诉我们芸芸众生，到底有一大部分感觉不敏的。世界上有这样的不平等，除了诅咒造物的不公，我们还能怨谁呢？这是事实。如果不是事实，人类的演进史，可以一笔抹杀，而革命也不能发生了。世界文化的推进，全赖少数先觉之冲锋陷阵，如果各个人的聪明才智，都是相等，文化也早就发达到极致了，世界也就大同了，所谓"螺旋式进行"一句话，还不是等于废话？艺术是文化的一部，文化有进退，艺术自不能除外。民众化的艺术，以艺术本身有无限的价值等差来说，简直不能成立。自然，藉文艺以革命这梦呓，也终究是一种梦呓罢了！

以上是我的意思，未知先生以为如何？

一九二八，三，二五，冬芬

回信

冬芬先生：

我不是批评家，因此也不是艺术家，因为现在要做一个什么家，总非自己或熟人兼做批评不可，没有一伙，是不行的，至少，在现在的上海滩上。因为并非艺术家，所以并不以为艺术特别崇高，正如自己不卖膏药，便不来打拳赞药一样。我以为这不过是一种社会现象，是时代的人生记录，人类如果进步，则无论他所写的是外表，是内心，总要陈旧，以至灭亡的。不过近来的批评家，似乎很怕这两个字，只想在文学上成仙。

各种主义的名称的勃兴，也是必然的现象。世界上时时有革命，自然会有革命文学。世界上的民众很有些觉醒了，虽然有许多在受难，但也有多少占权，那自然也会有民众文学——说得彻底一点，则第四阶级文学。

中国的批评界怎样的趋势，我却不大了然，也不很注意。就耳目所及，只觉得各专家所用的尺度非常多，有英国、美国尺，有德国尺，有俄国尺，有日本尺，自然又有中国尺，或者兼用各种尺。有的说要真正，有的说要斗争，有的说要超时代，有的躲在人背后说几句短短的冷话。还有，是自己摆着文艺批评家的架子，而憎恶别人的鼓吹了创作。倘无创作，将批评什么呢？这是我最所不能懂得他的心肠的。

别的此刻不谈。现在所号称革命文学家者，是斗争和所谓超时代。超时代其实就是逃避，倘自己没有正视现实的勇气，又要挂革命的招牌，便自觉地或不自觉地必然地要走入那一条路的。身在现世，怎么离去？这是和说自己用手提着耳朵，就可以离开地球者一样地欺人。社会停滞着，文艺决不能独自飞跃，若在这停滞的社会里居然滋长了，那倒是为这社会所容，已经离开革命，其结果，不过多卖几本刊物，或在大商店的刊物上挣得揭载稿子的机会罢了。

斗争呢，我倒以为是对的。人被压迫了，为什么不斗争？正人君子者流深怕这一着，于是大骂"偏激"之可恶，以为人人应该相爱，现在被一班坏东西教坏了，他们饱人大约是爱饿人的，但饿人却不爱饱人，黄巢时候，人相食，饿人尚且不爱饿人，这实在无须斗争文学作怪。我是不相信文艺的旋乾转坤的力量的，但倘有人要在别方面应用他，我以为也可以。譬如"宣传"就是。

美国的辛克莱说："一切文艺是宣传。"我们的革命的文学者曾经当作宝贝，用大字印出过，而严肃的批评家又说他是"浅薄的社会主义者"。但我——也浅薄——相信辛克莱的话。一切文艺是宣传，只要你一给人看。即使个人主义的作品，一写出，就有宣传的可能，除非你不作文，不开口。那么，用于革命，作为工具的一种，自然也可以的。

但我以为当先求内容的充实和技巧的上达，不必忙于挂招牌。"稻香村"，"陆稿荐"，已经不能打动人心了，"皇太后鞋店"的顾客，我看见也并不比"皇后鞋店"里的多。一说"技巧"，革命文学家是又要讨厌的。但我以为一切文艺固是宣传，而一切宣传却并非全是文艺，这正如一切花皆有色（我将白也算作色），而凡颜色未必都是花一样。革命之所以于口号、标语、布告、电报、教科书……之外，要用文艺者，就因为它是文艺。

但中国之所谓革命文学，似乎又作别论。招牌是挂了，却只在吹嘘同伙的文章，而对于目前的暴力和黑暗不敢正视。作品虽然也有些发表了，但往往是拙劣到连报章记事都不如，或则将剧本的动作辞句都推到演员的"昨日的文学家"身上去。那么，剩下来的思想的内容一定是很革命底了罢？我给你看两句冯乃超的剧本的结末的警句：

野雉：我再不怕黑暗了。
偷儿：我们反抗去！

四月四日　鲁迅

扁

中国文艺界上可怕的现象，是在尽先输入名词，而并不绍介这名词的函义[1]。

于是各各以意为之。看见作品上多讲自己，便称之为表现主义；多讲别人，是写实主义；见女郎小腿肚作诗，是浪漫主义；见女郎小腿肚不准作诗，是古典主义；天上掉下一颗头，头上站着一头牛，爱呀，海中央的青霹雳呀……是未来主义，等等。

还要由此生出议论来：这个主义好，那个主义坏，等等。

乡间一向有一个笑谈：两位近视眼要比眼力，无可质证，便约定到关帝庙去看这一天新挂的扁额[2]。他们都先从漆匠探得字句，但因为探来的详略不同，只知道大字的那一个便不服，争执起来了，说看见小字的人是说谎的，又无可质证，只好一同探问一个过路的人。那人望了一望，回答道："什么也没有，扁还没有挂哩。"

我想，在文艺批评上要比眼力，也总得先有那块扁额挂起来才行。空空洞洞的争，实在只有两面自己心里明白。

四月十日

1　现代汉语常用"含义"。——编者注
2　现代汉语常用"匾额"。——编者注

路

又记起了 Gogol[1] 做的《巡按使[2]》的故事，中国也译出过的：一个乡间忽然纷传皇帝使者要来私访了，官员们都很恐怖，在客栈里寻到一个疑似的人，便硬拉来奉承了一通。等到奉承十足之后，那人跑了，而听说使者真到了，全台演了一个哑口无言剧收场。

上海的文界今年是恭迎无产阶级文学使者，沸沸扬扬，说是要来了。问问黄包车夫，车夫说并未派遣。这车夫的本阶级意识形态不行，早被别阶级弄歪曲了罢。另外有人把握着，但不一定是工人。于是只好在大屋子里寻，在客店里寻，在洋人家里寻，在书铺子里寻，在咖啡馆里寻。

文艺家的眼光要超时代，所以到否虽不可知，也须先行拥篲清道，或者伛偻奉迎。于是做人便难起来，口头不说"无产"便是"非革命"，还好；"非革命"即是"反革命"，可就险了。这真要没有出路。

现在的人间也还是"大王好见，小鬼难当"的处所，出路是有的。何以无呢？只因多鬼祟，他们将一切路都要糟蹋了。这些都不要，才是出路。自己坦坦白白，声明了因为没法子，只好暂在炮屁股上挂一挂招牌，倒也是出路的萌芽。

"地火在地下运行，奔突。熔岩一旦喷出，将烧尽一切野草，以及乔木，于是并且无可朽腐。"

"但我坦然，欣然。我将大笑，我将歌唱。"（《野草》序）

还只说说，而革命文学家似乎不敢看见了，如果因此觉得没有了出路，那可实在是很可怜，令我也有些不忍再动笔了。

四月十日

1　即"果戈理"。——编者注
2　现译"钦差大臣"。——编者注

头

三月二十五日的《申报》上有一篇梁实秋教授的《关于卢梭》，以为引辛克莱的话来攻击白璧德，是"借刀杀人"，"不一定是好方法"。至于他之攻击卢梭，理由之二，则在"卢梭个人不道德的行为，已然成为一般浪漫文人行为之标类的代表，对于卢梭的道德的攻击，可以说即是给一般浪漫的人的行为的攻击"……

那么，这虽然并非"借刀杀人"，却成了"借头示众"了。假使他没有成为"一般浪漫文人行为之标类的代表"，就不至于路远迢迢，将他的头挂给中国人看。一般浪漫文人，总算害了遥拜的祖师，给了他一个死后也不安静。他现在所受的罚，是因为影响罪，不是本罪了，可叹也夫！

以上的话不大"谨饬"，因为梁教授不过要笔伐，并未说须挂卢梭的头，说到挂头，是我看了今天《申报》上载湖南共产党郭亮"伏诛"后，将他的头挂来挂去，"遍历长岳"，偶然拉扯上去的。可惜湖南当局，竟没有写了列宁（或者溯而上之，到马克思；或者更溯而上之，到黑格尔等等）的道德上的罪状，一同张贴，以正其影响之罪也。湖南似乎太缺少批评家。

记得《三国志演义[1]》记袁术（？）死后，后人有诗叹道："长揖横刀出，将军盖代雄，头颅行万里，失计杀田丰。"当三个有闲之暇，也活剥一首来吊卢梭：

"脱帽怀铅出，先生盖代穷。头颅行万里，失计造儿童。"

四月十日

1　即"三国演义"。——编者注

通信

来信

鲁迅先生：

　　精神和肉体，已被困到这般地步——怕无以复加，也不能形容——的我，不得不撑了病体向"你老"作最后的呼声了！——不，或者说求救，甚而是警告！

　　好在你自己也极明白：你是在给别人安排酒筵，"泡制醉虾"的一个人。我，就是其间被制的一个！

　　我，本来是个小资产阶级里的骄子，温乡里的香花。有吃有着，尽可安闲地过活。只要梦想着的"方帽子"到手了也就满足，委实一无他求。

　　《呐喊》出版了，《语丝》发行了（可怜《新青年》时代，我尚看不懂呢），《说胡须》《论照相之类》一篇篇连续地戟刺[1]着我的神经。当时，自己虽是青年中之尤青者，然而因此就感到同伴们的浅薄和盲目。"革命！革命！"的叫卖，在马路上呐喊得洋溢，随了所谓革命的势力，也奔腾澎湃了。我，确竟被其吸引。当然也因我嫌弃青年的浅薄，且想在自己生命上找一条出路[2]。那知竟又被我认识了人类的欺诈、虚伪、阴险……的本性！果然，不久，军阀和政客们弃了身上的蒙皮，而显出本来的狰狞面目！我呢，也随了所谓"清党"之声而把我一颗沸腾着的热烈的心清去。当时想："素以敦厚诚

1　现代汉语常用"刺激"。——编者注
2　此处原文为"且在想自己生命上找一条出路"，疑为原文错误，故更正。——编者注

朴"的第四阶级,和那些"遁世之士"的"居士"们,或许尚足为友吧?——唉,真的,"令弟"岂明先生说得是:"中国虽然有阶级,可是思想是相同的,都是升官发财",而且我几疑置身在纪元前的社会里了,那种愚蠢比鹿豕还要愚蠢的言动(或者国粹家正以为这是国粹呢!)真不禁令我茫然——茫然于叫我究竟怎么办呢?

利,莫利于失望之矢。我失望,失望之矢贯穿了我的心,于是乎吐血。转辗床上不能动已几个月!

不错,没有希望之人应该死,然而我没有勇气,而且自己还年青,仅仅廿一岁,还有爱人。不死,则精神和肉体,都在痛苦中挨生活,差不多每秒钟。爱人亦被生活所压迫着。我自己,薄薄的遗产已被"革命"革去了,所以非但不能相慰,相对亦徒唏嘘!

不识不知幸福了,我因之痛苦。然而施这毒药者是先生,我实完全被先生所"泡制"。先生,我既已被引至此,索性请你指示我所应走的最终的道路。不然,则请你麻痹了我的神经,因为不识不知是幸福的,好在你是习医,想必不难"还我头来"!我将效梁遇春先生(?)之言而大呼。

末了,更劝告你的:"你老"现在可以歇歇了,再不必为军阀们赶制适口的鲜味,保全几个像我这样的青年。倘为生活问题所驱策,则可以多做些"拥护"和"打倒"的文章,以你先生之文名,正不愁富贵之不及,"委员""主任",如操左券也。

快呀,请指示我!莫要"为德不卒"!

或《北新》,或《语丝》上答复均可。能免,莫把此信刊出,免笑。

原谅我写得草率,因病中,乏极!

　　　　　　　　　　一个被你毒害的青年 Y,枕上书

　　　　　　　　　　三月十三日

回信

Y 先生：

我当答复之前，先要向你告罪，因为我不能如你的所嘱，不将来信发表。来信的意思，是要我公开答复的，那么，倘将原信藏下，则我的一切所说，便变成"无题诗 N 百韵"，令人莫名其妙了。况且我的意见，以为这也不足耻笑。自然，中国很有为革命而死掉的人，也很有虽然吃苦，仍在革命的人，但也有虽然革命，而在享福的人……革命而尚不死，当然不能算革命到底，殊无以对死者，但一切活着的人，该能原谅的罢，彼此都不过是靠侥幸，或靠狡滑³、巧妙。他们只要用镜子略略一照，大概就可以收起那一副英雄嘴脸来的。

我在先前，本来也还无须卖文糊口的，拿笔的开始，是在应朋友的要求。不过大约心里原也藏着一点不平，因此动起笔来，每不免露些愤言激语，近于鼓动青年的样子。段祺瑞执政之际，虽颇有人造了谣言，但我敢说，我们所做的那些东西，决不沾别国的半个卢布、阔人的一文津贴，或者书铺的一点稿费。我也不想充"文学家"，所以也从不连络⁴一班同伙的批评家叫好。几本小说销到上万，是我想也没有想到的。

至于希望中国有改革，有变动之心，那的确是有一点的。虽然有人指定我为没有出路——哈哈，出路，中状元么——的作者，"毒笔"的文人，但我自信并未抹杀一切。我总以为下等人胜于上等人，青年胜于老头子，所以从前并未将我的笔尖的血，洒到他们身上去。我也知道一有利害关系的时候，他们往往也就和上等人老头

3　现代汉语常用"狡猾"。——编者注
4　现代汉语常用"联络"。——编者注

子差不多了，然而这是在这样的社会组织之下，势所必至的事。对于他们，攻击的人又正多，我何必再来助人下石呢，所以我所揭发的黑暗是只有一方面的，本意实在并不在欺蒙阅读的青年。

以上是我尚在北京，就是成仿吾所谓"蒙在鼓里"做小资产阶级时候的事。但还是因为行文不慎，饭碗敲破了，并且非走不可了，所以不待"无烟火药"来袭，便辗转跑到了"革命策源地"。住了两月，我就骇然，原来往日所闻，全是谣言，这地方，却正是军人和商人所主宰的国土。于是接着是清党，详细的事实，报章上是不大见的，只有些风闻。我正有些神经过敏，于是觉得正像是"聚而歼旃"，很不免哀痛。虽然明知道这是"浅薄的人道主义"，不时髦已经有两三年了，但因为小资产阶级根性未除，于心总是戚戚。那时我就想到我恐怕也是安排筵宴的一个人，就在答有恒先生的信中，表白了几句。

先前的我的言论，的确失败了，这还是因为我料事之不明。那原因，大约就在多年"坐在玻璃窗下，醉眼朦胧看人生"的缘故。然而那么风云变幻的事，恐怕世界上是不多有的，我没有料到，未曾描写，可见我还不很有"毒笔"。但是，那时的情形，却连在十字街头，在民间，在官间，前看五十年的超时代的革命文学家也似乎没有看到，所以毫不先行"理论斗争"。否则，该可以救出许多人的罢。我在这里引出革命文学家来，并非要在事后讥笑他们的愚昧，不过是说，我的看不到后来的变幻，乃是我还欠刻毒，因此便发生错误，并非我和什么人协商，或自己要做什么，立意来欺人。

但立意怎样，于事实是无干的。我疑心吃苦的人们中，或不免有看了我的文章，受了刺激，于是挺身出而革命的青年，所以实在很苦痛。但这也因为我天生的不是革命家的缘故，倘是革命巨子，看这一点牺牲，是不算一回事的。第一是自己活着，能永远做指导，因为没有指导，革命便不成功了。你看革命文学家，就都在上海租界左近，一有风吹草动，就有洋鬼子造成的铁丝网，将反革命文学的华界隔离，于是从那里面掷出无烟火药——约十万两——来，轰然一声，一切有闲阶级便都"奥伏赫变"了。

那些革命文学家，大抵是今年发生的，有一大串。虽然还在互相标榜，或互相排斥，我也分不清是"革命已经成功"的文学家呢，还是"革命尚未成功"的文学家。不过似乎说是因为有了我的一本《呐喊》或《野草》，或我们印了《语丝》，所以革命还未成功，或青年懒于革命了，这口吻却大家大略一致的，这是今年革命文学界的舆论。对于这些舆论，我虽然又好气又好笑，但也颇有些高兴。因为虽然得了延误革命的罪状，而一面却免去诱杀青年的内疚了。那么，一切死者、伤者、吃苦者，都和我无关。先前真是擅负责任。我先前是立意要不讲演，不教书，不发议论，使我的名字从社会上死去，算是我的赎罪的，今年倒心里轻松了，又有些想活动。不料得了你的信，却又使我的心沉重起来。

但我已经没有去年那么沉重。近大半年来，征之舆论，按之经验，知道革命与否，还在其人，不在文章的。你说我毒害了你[5]，但这里的批评家，却明明说我的文字是"非革命"的。假使文学足以移人，则他们看了我的文章，应该不想做革命文学了，现在他们已经看了我的文章，断定是"非革命"，而仍不灰心，要做革命文学者，可见文字于人，实在没有什么影响——只可惜是同时打破了革命文学的牌坊。不过先生和我素昧平生，想来决不至于诬栽我，所以我再从别一面来想一想。第一，我以为你胆子太大了，别的革命文学家，因为我描写黑暗，便吓得屁滚尿流，以为没有出路了，所以他们一定要讲最后的胜利，付多少钱终得多少利，像人寿保险公

5　此处原文为"你说我毒害了你了"，疑为原文多字，故更正。——编者注

司一般。而你并不计较这些，偏要向黑暗进攻，这是吃苦的原因之一。既然太大胆，那么，第二，就是太认真。革命是也有种种的。你的遗产被革去了，但也有将遗产革来的，但也有连性命都革去的，也有只革到薪水，革到稿费，而倒捐了革命家的头衔的。这些英雄，自然是认真的，但若较原先更有损了，则我以为其病根就在"太"。第三，是你还以为前途太光明，所以一碰钉子，便大失望，如果先前不期必胜，则即使失败，苦痛恐怕会小得多罢。

那么，我没有罪戾么？有的，现在正有许多正人君子和革命文学家，用明枪暗箭，在办我革命及不革命之罪，将来我所受的伤的总计，我就划一部分赔偿你的尊"头"。

这里添一点考据："还我头来"这话，据《三国志演义》，是关云长夫子说的，似乎并非梁遇春先生。

以上其实都是空话。一到先生个人问题的阵营，倒是十分难于动手了，这决不是什么"前进呀，杀呀，青年呵"那样英气勃勃的文字所能解决的。真话呢，我也不想公开，因为现在还是言行不大一致的好。但来信没有住址，无法答复，只得在这里说几句。第一，要谋生，谋生之道，则不择手段。且住，现在很有些没分晓汉，以为"问目的不问手段"是共产党的口诀，这是大错的。人们这样的很多，不过他们不肯说出口。苏俄的学艺教育人民委员卢那察尔斯基所作的《被解放的吉诃德先生》里，将这手段使一个公爵使用，可见也是贵族的东西，堂皇冠冕。第二，要爱护爱人。这据舆论，是大背革命之道的。但不要紧，你只要做几篇革命文字，主张革命青年不该讲恋爱就好了。只是假如有一个有权者或什么敌前来问罪的时候，这也许仍要算一条罪状，你会后悔轻信了我的话。因此，我得先行声明：等到前来问罪的时候，倘没有这一节，他们就会找别一条的。盖天下的事，往往决计问罪在先，而搜集罪状（普通是十条）在后也。

先生，我将这样的话写出，可以略蔽我的过错了罢。因为只这一点，我便可以又受许多伤。先是革命文学家就要哭骂道："虚无主义者呀，你这坏东西呀！"呜呼，一不谨慎，又在新英雄的鼻子上抹了一点粉了。趁便先辩几句罢：无须大惊小怪，这不过不择手段的手段，还不是主义哩。即使是主义，我敢写出，肯写出，还不算坏东西。等到我坏起来，就一定将这些宝贝放在肚子里，手头集许多钱，住在安全地带，而主张别人必须做牺牲。

先生，我也劝你暂时玩玩罢，随便弄一点糊口之计，不过我并不希望你永久"没落"，有能改革之处，还是随时可以顺手改革的，无论大小。我也一定遵命，不但"歇歇"，而且玩玩。但这也并非因为你的警告，实在是原有此意的了。我要更加讲趣味，寻闲暇，即使偶然涉及什么，那是文字上的疏忽，若论"动机"或"良心"，却也许并不这样的。

纸完了，回信也即此为止。并且顺颂

痊安，又祝

令爱人不挨饿。

鲁迅　四月十日

太平歌诀

四月六日的《申报》上有这样的一段记事：

> 南京市近日忽发现一种无稽谣传，谓总理墓行将工竣，石匠有摄收幼童灵魂，以合龙口之举。市民以讹传讹，自相惊扰，因而家家幼童，左肩各悬红布一方，上书歌诀四句，借避危险。其歌诀约有三种：（一）人来叫我魂，自叫自当承。叫人叫不着，自己顶石坟。（二）石叫石和尚，自叫自承当。急早回家转，免去顶坟坛。（三）你造中山墓，与我何相干？一叫魂不去，再叫自承当。（后略）

这三首中的无论那一首，虽只寥寥二十字，但将市民的见解：对于革命政府的关系，对于革命者的感情，都已经写得淋漓尽致。虽有善于暴露社会黑暗面的文学家，恐怕也难有做到这么简明深切的了。"叫人叫不着，自己顶石坟"，则竟包括了许多革命者的传记和一部中国革命的历史。

看看有些人们的文字，似乎硬要说现在是"黎明之前"。然而市民是这样的市民，黎明也好，黄昏也好，革命者们总不能不背着这一伙市民进行。鸡肋，弃之不甘，食之无味，就要这样地牵缠下去。五十一百年后能否就有出路，是毫无把握的。

近来的革命文学家往往特别畏惧黑暗，掩藏黑暗，但市民却毫不客气，自己表现了。那小巧的机灵和这厚重的麻木相撞，便使革命文学家不敢正视社会现象，变成婆婆妈妈，欢迎喜鹊，憎厌枭鸣，只检[1]一点吉祥之兆来陶醉自己，于是就算超出了时代。

恭喜的英雄，你前去罢，被遗弃了的现实的现代，在后面恭送你的行旌。

但其实还是同在，你不过闭了眼睛。不过眼睛一闭，"顶石坟"却可以不至于了，这就是你的"最后的胜利"。

四月十日

---

1 现代汉语常用"捡"。——编者注

铲共大观

　　仍是四月六日的《申报》上，又有一段《长沙通信》，叙湘省破获共产党省委会，"处死刑者三十余人，黄花节斩决八名"。其中有几处文笔做得极好，抄一点在下面：

　　……是日执行之后，因马（淑纯，十六岁；志纯，十四岁）傅（凤君，二十四岁）三犯，系属女性，全城男女往观者，终日人山人海，拥挤不通。加以共魁郭亮之首级，又悬之司门口示众，往观者更众。司门口八角亭一带，交通为之断绝。计南门一带民众，则看郭亮首级后，又赴教育会看女尸。北门一带民众，则在教育会看女尸后，又往司门口看郭首级。全城扰攘，铲共空气，为之骤张。直至晚间，观者始不似日间之拥挤。

　　抄完之后，觉得颇不妥。因为我就想发一点议论，然而立刻又想到恐怕一面有人疑心我在冷嘲（有人说，我是只喜欢冷嘲的），一面又有人责罚我传播黑暗，因此咒我灭亡，自己带着一切黑暗到地底里去。但我熬不住——别的议论就少发一点罢，单从"为艺术的艺术"说起来，你看这不过一百五六十字的文章，就多么有力。我一读，便仿佛看见司门口挂着一颗头，教育会前列着三具不连头的女尸。而且至少是赤膊的——但这也许我猜得不对，是我自己太黑暗之故。而许多"民众"，一批是由北往南，一批是由南往北，挤着，嚷着……再添一点蛇足，是脸上都表现着或者正在神往，或者已经满足的神情。在我所见的"革命文学"或"写实文学"中，还没有遇到过这么强有力的文学。批评家罗喀绥夫斯奇说的罢："安特列夫竭力要我们恐怖，我们却并不怕；契诃夫不这样，我们倒恐怖了。"这百余字实在抵得上小说一大堆，何况又是事实。

且住。再说下去，恐怕有些英雄们又要责我散布黑暗，阻碍革命了。一理是也有一理的，现在易犯嫌疑，忠实同志被误解为共党，或关或释的，报上向来常见。万一不幸，沉冤莫白，那真是……倘使常常提起这些来，也许未免会短壮士之气。但是，革命被头挂退的事是很少有的，革命的完结，大概只由于投机者的潜入，也就是内里蛀空。这并非指赤化，任何主义的革命都如此。但不是正因为黑暗，正因为没有出路，所以要革命的么？倘必须前面贴着"光明"和"出路"的包票，这才雄赳赳地去革命，那就不但不是革命者，简直连投机家都不如了。虽是投机，成败之数也不能预卜的。

我临末还要揭出一点黑暗，是我们中国现在（现在！不是超时代的）的民众，其实还不很管什么党，只要看"头"和"女尸"。只要有，无论谁的都有人看，拳匪之乱，清末党狱，民二，去年和今年，在这短短的二十年中，我已经目睹或耳闻了好几次了。

四月十日

我的态度气量和年纪

英勇的刊物是层出不穷，"文艺的分野"上的确热闹起来了。日报广告上的《战线》这名目就惹人注意，一看便知道其中都是战士。承蒙一个朋友寄给我三本，才得看见了一点枪烟，并且明白弱水做的《谈中国现在的文学界》里的有一粒弹子，是瞄准着我的。为什么呢？因为先是《"醉眼"中的朦胧》做错了。据说错处有三：一是态度，二是气量，三是年纪。复述易于失真，还是将这粒子弹移置在下面罢：

> 鲁迅那篇，不敬得很，态度太不兴了。我们从他先后的论战上看来，不能不说他的量气太窄了。最先（据所知）他和西滢战，继和长虹战，我们一方面觉得正直是在他这面，一方面又觉得辞锋太有点尖酸刻薄，现在又和创造社战，辞锋仍是尖酸，正直却不一定落在他这面。是的，仿吾和初梨两人对他的批评是可以有反驳的地方，但这应庄严出之，因为他们所走的方向不能算不对，冷嘲热刺[1]，只有对于冥顽不灵者为必要，因为是不可理喻，对于热烈猛进的绝对不合用这种态度。他那种态度，虽然在他自己亦许觉得骂得痛快，但那种口吻，适足表出"老头子"的确不行吧了。好吧，这事本该是没有勉强的必要和可能，让各人走各人的路去好了。我们不禁想起了五四时的林琴南先生了！

---

[1] 现代汉语常用"冷嘲热讽"。——编者注

这一段虽然并不涉及是非，只在态度、量气、口吻上，断定这"老头子的确不行"，从此又自然而然地抹杀我那篇文字，但粗粗一看，却很像第三者从旁的批评。从我看来，"尖酸刻薄"之处也不少，作者大概是青年，不会有"老头子"气的，这恐怕因为我"冥顽不灵"，不得已而用之的罢，或者便是自己不觉得。不过我要指摘，这位隐姓埋名的弱水先生，其实是创造社那一面的。我并非说，这些战士，大概是创造社里常见他的脚踪，或在艺术大学里兼有一只饭碗，不过指明他们是相同的气类。因此，所谓《战线》，也仍不过是创造社的战线。所以我和西滢、长虹战，他虽然看见正直，却一声不响，今和创造社战，便只看见尖酸，忽然显战士身而出现了。其实所断定的先两回的我的"正直"，也还是死了已经两千多年了的老头子老聃先师的"将欲取之，必先与之"的战略，我并不感服这类的公评。陈西滢也知道这种战法的，他因为要打倒我的短评，便称赞我的小说，以见他之公正。

即使真以为先两回是正直在我这面的罢，也还是因为这位弱水先生是不和他们同系、同社、同派、同流……从他们那一面看来，事情可就两样了。我"和西滢战"了以后，现代系的唐有壬曾说《语丝》的言论，是受了墨斯科[2]的命令。"和长虹战"了以后，狂飙派的常燕生曾说《狂飙》的停版，也许因为我的阴谋。但除了我们两方以外，恐怕不大有人注意或记得了罢。事不干己，是很容易滑过去的。

这次对于创造社，是的，"不敬得很"，未免有些不"庄严"，即使在我以为是直道而行，他们也仍可认为"尖酸刻薄"。于是"论战"便变成"态度战""量气战""年龄战"了。但成仿吾辈的对我的"态度"，战士们虽然不屑留心到，在我本身是明白的。我有兄弟，自以为算不得就是我"不可理喻"，而这位批评家于《呐喊》出版时，即加以讥刺道："这回由令弟编了出来，真是好看得多了。"这传统直到五年之后，再见于冯乃超的论文，说是"无聊赖地跟他弟弟说几句人道主义的美丽的说话"。我的主张如何且不论，即使相同，何以说话相同便是"无聊赖地"？莫非一有"弟弟"，就必须反对，一个讲革命，一个即该讲保皇，一个学地理，一个就得学天文么？还有，我合印一年的杂感为《华盖集》，另印先前所钞的小说史料为《小说旧闻钞》，是并不相干的。这位成仿吾先生却加以编排道："我们的鲁迅先生坐在华盖之下正在抄他的《小说旧闻》。"这使李初梨很高兴，今年又抄在《文化批判》里，还乐得不可开交道："他（成仿吾）这段文章，比'趣味文学'还更有趣些。"但是还不够，他们因为我生在绍兴，绍兴出酒，便说"醉眼陶然"；因为我年纪比他们大了，便说"老生"，还要加注道："若许我用文学的表现。"而这一个"老"的错处，还给《战线》上的弱水先生作为"的确不行"的根源。我自信对于创造社，还不至于用了他们的籍贯、家族、年纪来作奚落的资料，不过今年偶然做了一篇文章，其中第一次指摘了他们文字里的矛盾和笑话而已。但是"态度"问题来了，"量气"问题也来了，连战士也以为尖酸刻薄。莫非必须我学革命文学家所指为"卑污"的托尔斯泰，毫无抵抗，或者上一呈文："小资产阶级或有产阶级臣鲁迅诚惶诚恐谨呈革命的'印贴利更追亚'老爷麾下"，这才不至于"的确不行"么？

　　至于我是"老头子"，却的确是我的不行。"和长虹战"的时候，他也曾指出我这一条大错处，此外还嘲笑我的生病。而且也是真的，我的确生过病，这回弱水这一位"小头子"对于这一节没有话说，可见有些青年究竟还怀着纯朴的心，很是厚道的。所以他将"冷嘲热刺"的用途，也瓜分开来，给"热烈猛进的"制定了优待条件。可惜我生得太早，已经不属于那一类，不能享受同等待遇了。但幸而我年青时没有真上战线去，受过创伤，倘使身上有了残疾，那就又添一件话柄，现在真不知道要受多少奚落哩。这是"不革命"的好处，应该感谢自己的。

其实这回的不行，还只是我不行，无关年纪的。托尔斯泰、克罗颇特庚、马克思，虽然言行有"卑污"与否之分，但毕竟都苦斗了一生，我看看他们的照相，全有大胡子。因为我一个而抹杀一切"老头子"，大约是不算公允的。然而中国呢，自然不免又有些特别，不行的多。少年尚且老成，老年当然成老。林琴南先生是确乎应该想起来的，他后来真是暮年景象，因为反对白话，不能论战，便从横道儿来做一篇影射小说，使一个武人痛打改革者——说得"美丽"一点，就是神往于"武器的文艺"了。旧的和新的，往往有极其相同之点，如个人主义者和社会主义者往往都反对资产阶级，保守者和改革者往往都主张为人生的艺术，都讳言黑暗，棒喝主义者和共产主义者都厌恶人道主义等——林琴南先生的事也正是一个证明。至于所以不行之故，其关键就全在他生得更早，不知道这一阶级将被"奥优赫变"，及早变计，于是归根结蒂[3]，分明现出 Fascist 本相了。但我以为"老头子"如此，是不足虑的，他总比青年先死，林琴南先生就早已死去了，可怕的是将为将来柱石的青年，还像他的东拉西扯。

又来说话，量气又太小了，再说下去，就要更小，"正直"岂但"不一定"在这一面呢，还要一定不在这一面。而且所说的又都是自己的事，并非"大贫"的民众……但是，即使所讲的只是个人的事，有些人固然只看见个人，有些人却也看见背景或环境。例如《鲁迅在广东》这一本书，今年战士们忽以为编者和被编者希图不

---

3 现代汉语常用"归根结底"，也说"归根结蒂""归根到底"。——编者注

朽，于是看得"烦躁"，也给了一点对于"冥顽不灵"的冷嘲。我却以为这太偏于唯心论了，无所谓不朽，不朽又干吗？这是现代人大抵知道的。所以会有这一本书，其实不过是要黑字印在白纸上，订成一本，作商品出售罢了。无论是怎样泡制法，所谓"鲁迅"也者，往往不过是充当了一种的材料。这种方法，便是"所走的方向不能算不对"的创造社也在所不免的。托洛茨基虽然已经"没落"，但他曾说，不含利害关系的文章，当在将来另一制度的社会里。我以为他这话却还是对的。

四月二十日

革命咖啡店

革命咖啡店的革命底广告式文字，昨天在报章上看到了，仗着第四个"有闲"，先抄一段在下面：

> ……但是读者们，我却发现了这样一家我们所理想的乐园，我一共去了两次，我在那里遇见了我们今日文艺界上的名人，龚冰庐、鲁迅、郁达夫等。并且认识了孟超、潘汉年、叶灵凤等，他们有的在那里高谈着他们的主张，有的在那里默默沉思，我在那里领会到不少教益呢……

遥想洋楼高耸，前临阔街，门口是晶光闪灼的玻璃招牌，楼上是"我们今日文艺界上的名人"，或则高谈，或则沉思，面前是一大杯热气蒸腾的无产阶级咖啡，远处是许许多多"龌龊的农工大众"，他们喝着、想着、谈着、指导着、获得着，那是，倒也实在是"理想的乐园"。

何况既喝咖啡，又领"教益"呢？上海滩上，一举两得的买卖本来多。大如弄几本杂志，便算革命；小如买多少钱书籍，即赠送真丝光袜或请吃冰淇淋[1]——虽然我至今还猜不透那些惠顾的人们，究竟是意在看书呢，还是要穿丝光袜。至于咖啡店，先前只听说不过可以兼看舞女、使女，"以饱眼福"罢了。谁料这回竟是"名人"，给人"教益"，还演"高谈""沉思"种种好玩的把戏，那简直是现实的乐园了。

1　现代汉语常用"冰激凌"。——编者注

但我又有几句声明——

就是：这样的咖啡店里，我没有上去过，那一位作者所"遇见"的，又是别一人。因为：一，我是不喝咖啡的，我总觉得这是洋大人所喝的东西（但这也许是我的"时代错误"），不喜欢，还是绿茶好。二，我要抄"小说旧闻"之类，无暇享受这样乐园的清福。三，这样的乐园，我是不敢上去的，革命文学家，要年青[2]貌美，齿白唇红，如潘汉年、叶灵凤辈，这才是天生的文豪、乐园的材料。如我者，在《战线》上就宣布过一条"满口黄牙"的罪状，到那里去高谈，岂不亵渎了"无产阶级文学"么？还有四，则即使我要上去，也怕走不到，至多，只能在店后门远处彷徨彷徨，嗅嗅咖啡渣的气息罢了。你看这里面不很有些在前线的文豪么，我却是"落伍者"，决不会坐在一屋子里的。

以上都是真话。叶灵凤革命艺术家曾经画过我的像，说是躲在酒坛的后面，这事的然否我不谈，现在所要声明的，只是这乐园中我没有去，也不想去，并非躲在咖啡杯后面在骗人。

杭州另外有一个鲁迅时，我登了一篇启事，"革命文学家"就挖苦了。但现在仍要自己出手来做一回，一者因为我不是咖啡，不愿意在革命店里做装点；二是我没有创造社那么阔，有一点事就一个律师，两个律师。

八月十日

2　现代汉语常用"年轻"。——编者注

文坛的掌故

来信

编者先生：

由最近一个上海的朋友告诉我，"沪上的文艺界，近来为着革命文学的问题，闹得十分嚣。"有趣极了！这问题，在去年中秋前后，成都的文艺界同样也剧烈的争论过，但闹得并不"嚣"，战区也不见扩大，便结束。大约除了成都，别处是很少知道有这一回事的。

现在让我来简约地说一说。

这争论的起源，已经过了长时期的酝酿。双方的主体——赞成革命文学的，是国民日报社；怀疑他们所谓革命文学的，是九五日报社。最先还仅是暗中的鼎峙，接着因了国民政府在长江一带逐渐发展，成都的革命文学家，便投机似的成立了"革命文艺研究社"，来竭力鼓吹无产阶级的文学。而凑巧有个署名张拾遗君的《谈谈革命文学》一篇论文在那时出现，于是挑起了一班革命文学家的怒，两面的战争，便开始攻击。

至于两方面的战略：革命文学者以为一切都应该革命，要革命才有进步，才顺潮流。不革命便是封建社会的余孽、帝国主义的爪牙，同样和创造社是以唯物史观为根据的，可是又无他们的彻底，而把"文学革命"与"革命文学"并为一谈。反对者承认"革命文学"和"平民文学""贵族文学"同为文学上一种名词，与文学革命无关，而怀疑其像煞有介事的神圣不可侵犯。且文学不应如此狭义，何况革命的题材未必多，即有，隔靴搔痒的写来，也未必好。

是近乎有些"为艺术而艺术"的说法。加入这战团的，革命文学方面，多为"清一色"的会员；而反对系，则半属不相识的朋友。

这一场混战的结果，是由"革命文艺研究社"不欲延长战线，自愿休兵。但何故休兵，局外人是不能猜测的。

关于那次的文件，因"文献不足"，只好从略。

上海这次想必一定很可观。据我的朋友抄来的目录看，已颇有洋洋乎之概！可惜重庆方面，还没有看这些刊物的眼福！

这信只算预备将来"文坛的掌故"起见，并无挑拨，拥护任何方面的意思。

废话已说得不少，就此打住，敬祝

撰安！

徐匀。十七年七月八日，于重庆

回信

徐匀先生：

多谢你写寄"文坛的掌故"的美意。

从年月推算起来，四川的"革命文学"，似乎还是去年出版的一本《革命文学论集》（书名大概如此，记不确切了，是丁丁编的）的余波。上海今年的"革命文学"，不妨说是又一幕。至于"嚣"与不"嚣"，那是要凭耳闻者的听觉的锐钝而定了。

我在"革命文学"战场上，是"落伍者"，所以中心和前面的情状，不得而知。但向他们屁股那面望过去，则有成仿吾司令的《创造月刊》《文化批判》《流沙》，蒋光X（恕我还不知道现在已经改了那一字）拜帅的《太阳》、王独清领头的《我们》、青年革命艺术家叶灵凤独唱的《戈壁》、也是青年革命艺术家潘汉年编撰的《现代小说》和《战线》，再加一个真是"跟在弟弟背后说漂亮话"的潘梓年的速成的《洪荒》。但前几天看见K君对日本人的谈话（见《战旗》七月号），才知道潘叶之流的"革命文学"是不算在内的。

含混地只讲"革命文学"，当然不能彻底，所以今年在上海所挂出来的招牌却确是无产阶级文学，至于是否以唯物史观为根据，则因为我是外行，不得而知。但一讲无产阶级文学，便不免归结到斗争文学，一讲斗争，便只能说是最高的政治斗争的一翼。这在俄国，是正当的，因为正是劳农专政，在日本也还不打紧，因为究竟还有一点微微的出版自由，居然也还说可以组织劳动政党。中国则不然，所以两月前就变了相，不但改名"新文艺"，并且根据了资产社会的法律，请律师大登其广告，来吓唬别人了。

向"革命的知识阶级"叫打倒旧东西，又拉旧东西来保护自己，要有革命者的名声，却不肯吃一点革命者往往难免的辛苦，于是不但笑啼俱伪，并且左右不同，连叶灵凤所抄袭来的"阴阳脸"，也还不足以淋漓尽致地为他们自己写照，我以为这是很可惜，也觉得颇寂寞的。

但这是就大局而言，倘说个人，却也有已经得到好结果的。例如成仿吾，做了一篇"开步走"和"打发他们去"，又改换姓名（石厚生）做了一点"踢鲁迅"之后，据日本的无产文艺月刊《战旗》七月号所载，他就又走在修善寺温泉的近旁（可不知洗了澡没有），并且在那边被尊为"可尊敬的普罗塔利亚特作家"，"从支那[1]的劳动者农民所选出的他们的艺术家"了。

鲁迅　八月十日

1　此为鲁迅原译，原文并无贬义。"支那"一词是古代印度梵文中的支那（China）的音译，也是古代欧亚大陆诸国对中国最流行的称呼。一般认为，中日签订《马关条约》后，日本侵略者开始使用"支那"称呼中国，并带有蔑视和贬义。——编者注

文学的阶级性

来信

鲁迅先生:

侍桁先生译林癸未夫著的《文学上之个人性与阶级性》,本来这是一篇绝好的文章,但可惜篇末涉及唯物史观的问题,理论未免是勉强一点,也许是著者的误解唯物史观。他说:

> 以这种理由若推论下去,有产者的个人性与无产者的个人性,"全个"是不相同的了。就是说不承认有产者与无产者之间有共同的人性。再换一句话说,有产者与无产者只是有阶级性,而全然缺少个人性的。

这是什么话!唯物史观的理论,岂是这样简单的。它的理论并不否认个人性,因此,也不否认思想、道德、感情、艺术。但以性格、思想、道德、感情、艺术,都是受支配于经济的。林氏的文章是着意于个人性,我们就以个人性而论。譬如农村经济宗法社会里拿妻子为男子的财产,但是文化进步到今日的社会,就承认妻子有相当的人格。这个观念,当然是有产者和无产者所共同的。虽然是共同,却并非天赋的,仍然逃不了经济的支配。有产者和无产者物质生活上受经济的影响而有差等,个人性同样地受经济的影响而却是共同的,并不是有产者和无产者人性的共同而就是不受经济制度的影响了。

林氏以此而可以驳唯物史观，那末，何以不拿"人是同样的是圆顶方趾，要吃饭，要睡觉，是有产者和无产者所共同的"而来驳唯物史观，爽快得多了。

最后，我须声明：我是个资本主义制度下的职工。因为是职工，所以学识的谫陋是谁都可以肯定的。这文中自然有不少不能达意和不妥之处。但我希望有更了解马克思学说的人来为唯物史观打一打仗。

因为避学者嫌疑起见，以信底形式而写给鲁迅先生。能否发表，是编者的特权了。

恺良于上海，一九二八，七，二十八

回信

恺良先生：

我对于唯物史观是门外汉，不能说什么。但就林氏的那一段文字而论，他将话两次一换，便成为"只有"和"全然缺少"，却似乎决定得太快一点了。大概以弄文学而又讲唯物史观的人，能从基本的书籍上一一钩剔出来的，恐怕不很多，常常是看几本别人的提要就算。而这种提要，又因作者的学识意思而不同，有些作者，意在使阶级意识明了锐利起来，就竭力增强阶级性说，而别一面就也容易招人误解。作为本文根据的林氏别一篇论文，我没有见，不能说他是否因此而走了相反的极端，但中国却有此例，竟会将个性，共同的人性（即林氏之所谓个人性），个人主义即利己主义混为一谈，来加以自以为唯物史观底申斥，倘再有人据此来论唯物史观，那真是糟糕透顶了。

来信的"吃饭睡觉"的比喻，虽然不过是讲笑话，但脱洛茨基曾以对于"死之恐怖"为古今人所共同，来说明文学中有不带阶级性的分子，那方法其实是差不多的。在我自己，是以为若据性格、感情等，都受"支配于经济"（也可以说根据于经济组织或依存于经济组织）之说，则这些就一定都带着阶级性，但是"都带"，而非"只有"。所以不相信有一切超乎阶级、文章如日月的永久的大文豪，也不相信住洋房、喝咖啡，却道"唯我把握住了无产阶级意识，所以我是真的无产者"的革命文学者。

有马克思学识的人来为唯物史观打仗，在此刻，我是不赞成的。我只希望有切实的人，肯译几部世界上已有定评的关于唯物史观的书，至少，是一部简单浅显的，两部精密的，还要一两本反对的著作。那么，论争起来，可以省说许多话。

鲁迅　八月十日

一九二九年

"革命军马前卒"和"落伍者"

西湖博览会上要设先烈博物馆了，在征求遗物。这是不可少的盛举，没有先烈，现在还拖着辫子也说不定的，更那能如此自在。

但所征求的，末后又有"落伍者的丑史"，却有些古怪了。仿佛要令人于饮水思源以后，再喝一口脏水，历亲芳烈之余，添嗅一下臭气似的。

而所征求的"落伍者的丑史"的目录中，又有"邹容的事实"，那可更加有些古怪了。如果印本没有错而邹容不是别一人，那么，据我所知道，大概是这样的：

他在满清时，做了一本《革命军》，鼓吹排满，所以自署曰"革命军马前卒邹容"。后来从日本回国，在上海被捕，死在西牢里了，其时盖在一九〇二年。自然，他所主张的不过是民族革命，未曾想到共和，自然更不知道三民主义，当然也不知道共产主义。但这是大家应该原谅他的，因为他死得太早了，他死了的明年，同盟会才成立。

听说中山先生的自叙上就提起他的，开目录的诸公，何妨于公余之暇，去查一查呢？

后烈实在前进得快，二十五年前的事，就已经茫然了，可谓美史也已。

二月十七日

《近代世界短篇小说集》小引

一时代的纪念碑底的文章[1]，文坛上不常有，即有之，也什九是大部的著作。以一篇短的小说而成为时代精神所居的大宫阙者，是极其少见的。

但至今，在巍峨灿烂的巨大的纪念碑底的文学之旁，短篇小说也依然有着存在的充足的权利。不但巨细高低，相依为命，也譬如身入大伽蓝中，但见全体非常宏丽，眩人眼睛，令观者心神飞越，而细看一雕阑[2]一画础，虽然细小，所得却更为分明，再以此推及全体，感受遂愈加切实，因此那些终于为人所注重了。

在现在的环境中，人们忙于生活，无暇来看长篇，自然也是短篇小说的繁生的很大原因之一。只顷刻间，而仍可藉一斑略知全豹，以一目尽传精神，用数顷刻，遂知种种作风、种种作者、种种所写的人和物和事状，所得也颇不少的。而便捷、易成、取巧……这些原因还在外。

中国于世界所有的大部杰作很少译本，翻译短篇小说的却特别的多者，原因大约也为此。我们——译者的汇印这书，则原因就在此。贪图用力少，绍介多，有些不肯用尽呆气力的坏处，是自问恐怕也在所不免的。但也有一点，只要能培一朵花，就不妨做做会朽的腐草的近于不坏的意思。还有，是要将零星的小品，聚在一本里，可以较不容易于散亡。

我们——译者，都是一面学习、一面试做的人，虽于这一点小

1　此处原文为"一时代的纪念碑底的文章"，疑为原文多字，故更正。——编者注
2　现代汉语常用"雕栏"。——编者注

事，力量也还很不够，选的不当和译的错误，想来是一定不免的。我们愿受读者和批评者的指正。

　　一九二九年四月二十六日，朝花社同人识。

现今的新文学的概观

——五月二十二日在燕京大学国文学会讲

这一年多，我不很向青年诸君说什么话了，因为革命以来，言论的路很窄小，不是过激，便是反动，于大家都无益处。这一次回到北平，几位旧识的人要我到这里来讲几句，情不可却，只好来讲几句。但因为种种琐事，终于没有想定究竟来讲什么——连题目都没有。

那题目，原是想在车上拟定的，但因为道路坏，汽车颠起来有尺多高，无从想起。我于是偶然感到，外来的东西，单取一件，是不行的，有汽车也须有好道路，一切事总免不掉环境的影响。文学——在中国的所谓新文学，所谓革命文学，也是如此。

中国的文化，便是怎样的爱国者，恐怕也大概不能不承认是有些落后。新的事物，都是从外面侵入的。新的势力来到了，大多数人还是莫名其妙[1]。北平还不到这样，譬如上海租界，那情形，外国人是处在中央，那外面，围着一群翻译、包探、巡捕、西崽之类，是懂得外国话、熟悉租界章程的。这一圈之外，才是许多老百姓。

老百姓一到洋场，永远不会明白真实情形，外国人说"Yes"，翻译道："他在说打一个耳光。"外国人说"No"，翻出来却是他说"去枪毙"。倘想要免去这一类无谓的冤苦，首先是在知道得多一点，冲破了这一个圈子。

在文学界也一样，我们知道得太不多，而帮助我们知识的材料

1　此处原文为"大多数的人们还是莫名其妙"，疑为原文多字，故更正。——编者注

也太少。梁实秋有一个白璧德，徐志摩有一个泰戈尔，胡适之有一个杜威。是的，徐志摩还有一个曼殊斐儿，他到她坟上去哭过。创造社有革命文学，时行的文学。不过附和的、创作的很有，研究的却不多，直到现在，还是给几个出题目的人们圈了起来。

各种文学，都是应环境而产生的，推崇文艺的人，虽喜欢说文艺足以煽起风波来，但在事实上，却是政治先行，文艺后变。倘以为文艺可以改变环境，那是"唯心"之谈，事实的出现，并不如文学家所预想。所以巨大的革命，以前的所谓革命文学者还须灭亡，待到革命略有结果，略有喘息的余裕，这才产生新的革命文学者。为什么呢？因为旧社会将近崩坏之际，是常常会有近似带革命性的文学作品出现的，然而其实并非真的革命文学。例如：或者憎恶旧社会，而只是憎恶，更没有对于将来的理想；或者也大呼改造社会，而问他要怎样的社会，却是不能实现的乌托邦；或者自己活得无聊了，便空泛地希望一大转变，来作刺戟[2]，正如饱于饮食的人，想吃些辣椒爽口；更下的是原是旧式人物，但在社会里失败了，却想另挂新招牌，靠新兴势力获得更好的地位。

希望革命的文人，革命一到，反而沉默下去的例子，在中国便曾有过的。即如清末的南社，便是鼓吹革命的文学团体，他们叹汉族的被压制，愤满人的凶横，渴望着"光复旧物"。但民国成立以后，倒寂然无声了。我想，这是因为他们的理想，是在革命以后，"重见汉官威仪"，峨冠博带。而事实并不这样，所以反而索然无味，不想执笔了。俄国的例子尤为明显，十月革命开初，也曾有许多革命文学家非常惊喜，欢迎这暴风雨的袭来，愿受风雷的试炼。但后来，诗人叶赛宁、小说家索波里自杀了，近来还听说有名的小说家爱伦堡有些反动。这是什么缘故呢？就因为四面袭来的并不

2　现代汉语常用"刺激"。——编者注

是暴风雨，来试炼的也并非风雷，却是老老实实的"革命"。空想被击碎了，人也就活不下去，这倒不如古时候相信死后灵魂上天，坐在上帝旁边吃点心的诗人们福气。因为他们在达到目的之前，已经死掉了。

中国，据说，自然是已经革了命——政治上也许如此罢，但在文艺上，却并没有改变。有人说，"小资产阶级文学之抬头"了，其实是，小资产阶级文学在那里[3]呢？连"头"也没有，那里说得到"抬"？这照我上面所讲的推论起来，就是文学并不变化和兴旺，所反映的便是并无革命和进步——虽然革命家听了也许不大喜欢。

至于创造社所提倡的，更彻底的革命文学——无产阶级文学，自然更不过一个题目。这边也禁、那边也禁的王独清的从上海租界里遥望广州暴动的诗，"Pong Pong Pong"，铅字逐渐大了起来，只在说明他曾为电影的字幕和上海的酱园招牌所感动，有模仿勃洛克的《十二个》之志而无其力和才。郭沫若的《一只手》是很有人推为佳作的，但内容说一个革命者革命之后失了一只手，所余的一只还能和爱人握手的事，却未免"失"得太巧。五体、四肢之中，倘要失去其一，实在还不如一只手，一条腿就不便，头自然更不行了。只准备失去一只手，是能减少战斗的勇往之气的。我想，革命者所不惜牺牲的，一定不只这一点。《一只手》也还是穷秀才落难，后来终于中状元，谐花烛的老调。

但这些却也正是中国现状的一种反映。新近上海出版的革命文学的一本书的封面上，画着一把钢叉，这是从《苦闷的象征》的书面上取来的，叉的中间的一条尖刺上，又安一个铁锤，这是从苏联的旗子上取来的。然而这样合了起来[4]，却弄得既不能刺，又不能

3　现代汉语常用"哪里"。——编者注
4　此处原文为"然而这样地合了起来"，疑为原文多字，故更正。——编者注

敲，只能表明这位作者的庸陋[5]——也正可以做那些文艺家的徽章。

从这一阶级走到那一阶级去，自然是能有的事，但最好是意识如何，便一一直说，使大众看去，为仇为友，了了分明。不要脑子里存着许多旧的残滓，却故意瞒了起来，演戏似的指着自己的鼻子道："惟我是无产阶级！"现在的人们既然神经过敏，听到"俄"字便要气绝，连嘴唇也快要不准红了，对于出版物，这也怕，那也怕，而革命文学家又不肯多介绍别国的理论和作品，单是这样的指着自己的鼻子，临了便会像前清的"奉旨申斥"一样，令人莫名其妙的。

对于诸君，"奉旨申斥"大概还须解释几句才会明白罢。这是帝制时代的事。一个官员犯了过失了，便叫他跪在一个什么门外面，皇帝差一个太监来斥骂。这时须得用一点化费[6]，那么，骂几句就完，倘若不用，他便从祖宗一直骂到子孙。这算是皇帝在骂，然而谁能去问皇帝，问他究竟可是要这样地骂呢？去年，据日本的杂志上说，成仿吾是由中国的农工大众选他往德国研究戏曲去了，我们也无从打听，究竟真是这样地选了没有。

所以我想，倘要比较地明白，还只好用我的老话"多看外国书"来打破这包围的圈子。这事，于诸君是不甚费力的。关于新兴文学的英文书或英译书，即使不多，然而所有的几本，一定较为切实可靠。多看些别国的理论和作品之后，再来估量中国的新文艺，便可以清楚得多了。更好是介绍到中国来，翻译并不比随便的创作容易，然而于新文学的发展却更有功，于大家更有益。

---

5 此处原文为"只能在表明这位作者的庸陋"，疑为原文多字，故更正。——编者注
6 现代汉语常用"花费"。——编者注

"皇汉医学"

革命成功之后，"国术""国技""国花""国医"闹得乌烟瘴气之时，日本人汤本求真做的《皇汉医学》译本也将乘时出版了。广告上这样说：

> 日医汤本求真氏于明治三十四年卒业金泽医学专门学校后，应世多年觉中西医术各有所长短，非比较同异，舍短取长不可爱，发愤学汉医，历十八年之久，汇集吾国历来诸家医书及彼邦人士，研究汉医药心得之作著《皇汉医学》一书，引用书目多至一百余种，旁求博考洵大观也……

我们"皇汉"人实在有些怪脾气的：外国人论及我们缺点的不欲闻，说好处就相信，讲科学者不大提，有几个说神见鬼的便绍介。这也正是同例，金泽医学专门学校卒业者何止数千人，做西洋医学的也有十几位了，然而我们偏偏刮目于可入《无双谱》的汤本先生的《皇汉医学》。

小朋友梵儿在日本东京，化¹了四角钱在地摊上买到一部冈千仞作的《观光纪游》，是明治十七年（一八八四）来游中国的日记。他看过之后，在书头卷尾写了几句牢骚话，寄给我了。来得正好，钞一段在下面：

> 二十三日，梦香、竹孙来访……梦香盛称多纪氏医书。余

1　现代汉语常用"花"。——编者注

曰："敝邦西洋医学盛开，无复手多纪氏书者，故贩原板上海书肆，无用陈余之刍狗也。"曰："多纪氏书，发仲景氏微旨，他年日人必悔此事。"曰："敝邦医术大开，译书续出，十年之后，中人争购敝邦译书，亦不可知。"梦香默然。余因以为合信氏医书（案：盖指《全体新论》），刻于宁波，宁波距此咫尺，而梦香满口称多纪氏，无一语及合信氏者，何故也？……"（卷三《苏杭日记》下二页）

冈氏于此等处似乎终于不明白。这是"四千余年古国古"的人民的"收买废铜烂铁"脾气，所以文人则"盛称多纪氏"，武人便大买旧炮和废枪，给外国"无用陈余之刍狗"有一条出路。

冈氏距明治维新后不久，还有改革的英气，所以他的日记里常有好意的苦言。革命底批评家或云与其看世纪末的烦琐隐晦没奈何之言，不如上观任何民族开国时文字，证以此事，是颇有一理的。

七月二十八日

《吾国征俄战史之一页》

大家都说要打俄国，或者"愿为前驱"，或者"愿作后盾"，连中国文学所赖以不坠的新月书店，也登广告出卖关于俄国的书籍两种，则举国之同仇敌忾也可知矣。自然，大势如此，执笔者也应当做点应时的东西，庶几不至于落伍。我于是在七月廿六日《新闻报》的《快活林》里，遇见一篇题作《吾国征俄战史之一页》的叙述详细而昏不可当的文章，可惜限于篇幅，只能摘抄：

> ……乃尝读史至元成吉思汗，起自蒙古，入主中夏。开国以后，奄有钦察阿速诸部，命速不台征蔑里吉，复引兵绕宽田吉思海，转战至太和岭。洎太宗七年，又命速不台为前驱，随诸王拔都，皇子贵田、皇侄哥等伐西域。十年乃大举征俄，直逼耶烈赞城，而陷莫斯科。太祖长子术赤遂于其地即汗位，可谓破前古未有之纪载[1]矣。夫一代之英主，开创之际，战胜攻取，用其兵威，不难统一区宇。史册所叙，纵极铺张，要不过禹域以内，讫无西至流沙，举朔北辽绝之地而空之，不特唯是，犹复鼓其余勇，进逼欧洲内地，而有欧亚混一之势者。谓非吾国战史上最有光彩最有荣誉之一页得乎……

那结论是：

> ……质言之，元时之兵锋，不仅足以扼欧亚之吭，而有席

1　现代汉语常用"记载"。——编者注

卷包举之气象，有足以壮吾国后人之勇气者，固自有在。余故备述之，以告应付时局而固边围者。

这只有这作者"清瘼"先生是蒙古人，倒还说得过去。否则，成吉思汗"入主中夏"，术赤在莫斯科"即可汗位"，那时咱们中、俄两国的境遇正一样，就是都被蒙古人征服的。为什么中国人现在竟来硬霸"元人"为自己的先人，仿佛满脸光彩似的，去骄傲同受压迫的斯拉夫种的呢？

倘照这样的论法，俄国人就也可以作"吾国征华史之一页"，说他们在元代奄有中国的版图。

倘照这样的论法，则即使俄人此刻"入主中夏"，也就有"欧、亚混一之势"，"有足以壮吾国后人"之后人"之勇气者"矣。

嗟乎，赤俄未征，白痴已出，殊"非吾国战史上最有光彩最有荣誉之一页"也！

　　　　　　　　　　七月二十八日

叶永蓁作《小小十年》小引

这是一个青年的作者，以一个现代的活的青年为主角，描写他十年中的行动和思想的书。

旧的传统和新的思潮，纷纭于他的一身，爱和憎的纠缠、感情和理智的冲突、缠绵和决撒的迭代、欢欣和绝望的起伏，都逐着这《小小十年》而开展，以形成一部感伤的书、个人的书。但时代是现代，所以从旧家庭所希望的"上进"而渡到革命，从交通不大方便的小县而渡到"革命策源地"的广州，从本身的婚姻不自由而渡到伟大的社会改革——但我没有发见其间的桥梁。

一个革命者，将——而且实在也已经（！）——为大众的幸福斗争，然而独独宽恕首先压迫自己的亲人，将枪口移向四面是敌，但又四不见敌的旧社会；一个革命者，将为人我争解放，然而当失去爱人的时候，却希望她自己负责，并且为了革命之故，不愿自己有一个情敌——志愿愈大，希望愈高，可以致力之处就愈少，可以自解之处也愈多。终于，则甚至闪出了惟本身目前的刹那间为惟一[1]的现实一流的阴影。在这里，是屹然站着一个个人主义者，遥望着集团主义的大纛，但在"重上征途"之前，我没有发见其间的桥梁。

释迦牟尼出世以后，割肉喂鹰，投身饲虎的是小乘，渺渺茫茫地说教的倒算是大乘，总是发达起来，我想，那机微就在此。

然而这书的生命，却正在这里。他描出了背着传统，又为世界思潮所激荡的一部分的青年的心，逐渐写来，并无遮瞒，也不装点，虽然间或有若干辩解，而这些辩解，却又正是脱去了自己的衣裳。至少，将为现在作一面明镜，为将来留一种记录，是无疑的罢。多

1　现代汉语常用"唯一"。——编者注

少伟大的招牌，去年以来，在文摊上都挂过了，但不到一年，便以变相和无物，自己告发了全盘的欺骗，中国如果还会有文艺，当然先要以这样直说自己所本有的内容的著作，来打退骗局以后的空虚。因为文艺家至少是须有直抒己见的诚心和勇气的，倘不肯吐露本心，就更谈不到什么意识。

我觉得最有意义的是渐向战场的一段，无论意识如何，总之，许多青年，从东江起，而上海，而武汉，而江西，为革命战斗了，其中的一部分，是抱着种种的希望，死在战场上，再看不见上面摆起来的是金交椅呢，还是虎皮交椅。种种革命，便都是这样地进行，所以掉弄笔墨的，从实行者看来，究竟还是闲人之业。

这部书的成就，是由于曾经革命而没有死的青年。我想，活着，而又在看小说的人们，当有许多人发生同感。

技术，是未曾矫揉造作的。因为事情是按年叙述的，所以文章也倾泻而下，至使[2]作者在《后记》里不愿称之为小说，但也自然是小说。我所感到累赘的只是说理之处过于多，校读时删节了一点，倘使反而损伤原作了，那便成了校者的责任。还有好像缺点而其实是优长之处，是语汇的不丰，新文学兴起以来，未忘积习而常用成语如我的和故意作怪而乱用谁也不懂的生语如创造社一流的文字，都使文艺和大众隔离，这部书却加以扫荡了，使读者可以更易于了解，然而从中作梗的还有许多新名词。

通读了这部书，已经在一月之前了，因为不得不写几句，便凭着现在所记得的写了这些字。我不是什么社的内定的"斗争"的"批评家"之一员，只能直说自己所愿意说的话。我极欣幸能绍介这真实的作品于中国，还渴望看见"重上征途"以后之作的新吐的光芒。

一九二九年七月二十八日，于上海，鲁迅记。

2　现代汉语常用"致使"。——编者注

柔石作《二月》小引

冲锋的战士、天真的孤儿、年青的寡妇、热情的女人、各有主义的新式公子们，死气沉沉而交头接耳的旧社会，倒也并非如蜘蛛张网，专一在待飞翔的游人，但在寻求安静的青年的眼中，却化为不安的大苦痛。这大苦痛，便是社会的可怜的椒盐，和战士孤儿等辈一同，给无聊的社会一些味道，使他们无聊地持续下去。

浊浪在拍岸，站在山冈上者和飞沫不相干，弄潮儿则于涛头且不在意，惟有衣履尚整、徘徊海滨的人，一溅水花，便觉得有所沾湿，狼狈起来。这从上述的两类人们看来，是都觉得诧异的。但我们书中的青年萧君，便正落在这境遇里。他极想有为，怀着热爱，而有所顾惜，过于矜持，终于连安住几年之处，也不可得。他其实并不能成为一小齿轮，跟着大齿轮转动，他仅是外来的一粒石子，所以轧了几下，发几声响，便被挤到女佛山——上海去了。

他幸而还坚硬，没有变成润泽齿轮的油。

但是，瞿昙（释迦牟尼）从夜半醒来，目睹宫女们睡态之丑，于是慨然出家，而霍善斯坦因以为是醉饱后的呕吐。那么，萧君的决心遁走，恐怕是胃弱而禁食的了，虽然我还无从明白其前因，是由于气质的本然，还是战后的暂时的劳顿。

我从作者用了工妙的技术所写成的草稿上，看见了近代青年中这样的一种典型，周遭的人物，也都生动，便写下一些印象，算是序文。大概明敏的读者，所得必当更多于我，而且由读时所生的诧异或同感，照见自己的姿态的罢？那实在是很有意义的。

一九二九年八月二十日，鲁迅记于上海。

《小彼得》译本序

这连贯的童话六篇，原是日本林房雄的译本（一九二七年东京晓星阁出版），我选给译者，作为学习日文之用的。逐次学过，就顺手译出，结果是成了这一部中文的书。但是，凡学习外国文字的，开手不久便选读童话，我以为不能算不对，然而开手就翻译童话，却很有些不相宜的地方，因为每容易拘泥原文，不敢意译，令读者看得费力。这译本原先就很有这弊病，所以我当校改之际，就大加改译了一通，比较地近于流畅了。这也就是说，倘因此而生出不妥之处来，也已经是校改者的责任。

作者海尔密尼亚·至尔·妙伦（Hermynia Zur Muehlen），看姓氏好像德国或奥国人，但我不知道她的事迹。据同一原译者所译的同作者的别一本童话《真理之城》（一九二八年南宋书院出版）的序文上说，则是匈牙利的女作家，但现在似乎专在德国做事，一切战斗的科学底社会主义的期刊——尤其是专为青年和少年而设的页子上，总能够看见她的姓名。作品很不少，致密的观察，坚实的文章，足够成为真正的社会主义作家之一人，而使她有世界底的名声者，则大概由于那独创底的童话云。

不消说，作者的本意，是写给劳动者的孩子们看的，但输入中国，结果却又不如此。首先的缘故，是劳动者的孩子们轮不到受教育，不能认识这四方形的字和格子布模样的文章，所以在他们，和这是毫无关系，且不说他们的无钱买书和无暇读书。但是，即使在受过教育的孩子们的眼中，那结果也还是和在别国不一样。为什么呢？第一，还是因为文章，故事第五篇中所讽刺的话法的缺点，在我们的文章中可以说是几乎全篇都是。第二，这故事前四篇所用的背景是：煤矿、森林、玻璃厂、染色厂。读者恐怕大多数都未曾亲历，那么，印象也当然不能怎样地分明。第三，作者所被认为"真正的社会主义作家"者，我想，在这里，有主张大家的生存权（第二篇），主张一切应该由战斗得到（第六篇之末）等处，可以看出，但披上童话的花衣，而就遮掉些斑斓的血汗了。尤其是在中国仅有几本这种的童话孤行，而并无基本底、坚实底的文籍相帮的时候。并且，我觉得，第五篇中银茶壶的话，太富于纤细的、琐屑的、女性底的色彩，在中国现在，或者更易得到共鸣罢，然而却应当忽略的。第四，则故事中的物件，在欧美虽然很普通，中国却纵是中产人家，也往往未曾见过。火炉即是一，水瓶和杯子，则是细颈大肚的玻璃瓶和长圆的玻璃杯，在我们这里，只在西洋菜馆的桌上和汽船的二等舱中可以见到。破雪草也并非我们常见的植物，有是有的，药书上称为"獐耳细辛"（多么烦难[1]的名目呵！），是一种毛茛科的小草，叶上有毛，冬末就开白色或淡红色的小花，来"报告冬天就要收场的好消息"，日本称为"雪割草"，也为此。破雪草又是日本名的意译，我曾用在《桃色的云》上，现在也袭用了，似乎较胜于"獐耳细辛"之古板罢。

总而言之，这作品一经搬家，效果已大不如作者的意料。倘使硬要加上一种意义，那么，至多，也许可以供成人而不失赤子之心的，或并未劳动而不忘勤劳大众的人们的一览，或者给留心世界文学的人们，报告现代劳动者文学界中，有这样的一位作家，这样的一种作品罢了。

原译本有六幅乔治·格罗兹（George Grosz）的插图，现在也加上了，但因为几经翻印，和中国制版术的拙劣，制版者的不负责任，

---

[1] 现代汉语常用"繁难"。——编者注

已经几乎全失了原作的好处——尤其是如第二图——只能算作一个空名的绍介。格罗斯是德国人，原属踏踏主义[2]（Dadaismus）者之一人，后来却转了左翼。据匈牙利的批评家玛察（I. Matza）说，这是因为他的艺术要有内容——思想，已不能被踏踏主义所牢笼的缘故。欧洲大战时候，大家用毒瓦斯来打仗，他曾画了一幅讽刺画，给钉在十字架上的耶稣的嘴上，也蒙上一个避毒的嘴套，于是很受了一场罚，也是有名的事，至今还颇有些人记得的。

一九二九年九月十五日，校讫记。

鲁迅

2　现代汉语常用"达达主义"。——编者注

流氓的变迁

孔、墨都不满于现状，要加以改革，但那第一步，是在说动人主，而那用以压服人主的家伙，则都是"天"。

孔子之徒为儒，墨子之徒为侠。"儒者，柔也"，当然不会危险的。惟侠老实，所以墨者的末流，至于以"死"为终极的目的。到后来，真老实的逐渐死完，止[1]留下取巧的侠，汉的大侠，就已和公侯权贵相馈赠，以备危急时来作护符之用了。

司马迁说："儒以文乱法，而侠以武犯禁。""乱"之和"犯"，决不是"叛"，不过闹点小乱子而已，而况有权贵如"五侯"者在。

"侠"字渐消，强盗起了，但也是侠之流，他们的旗帜是"替天行道"。他们所反对的是奸臣，不是天子；他们所打劫的是平民，不是将相。李逵劫法场时，抡起板斧来排头砍去，而所砍的是看客。一部《水浒》，说得很分明：因为不反对天子，所以大军一到，便受招安，替国家打别的强盗——不"替天行道"的强盗去了，终于是奴才。

满洲[2]入关，中国渐被压服了，连有"侠气"的人，也不敢再起盗心，不敢指斥奸臣，不敢直接为天子效力，于是跟一个好官员或钦差大臣，给他保镖[3]，替他捕盗，一部《施公案》，也说得很分明，还有《彭公案》《七侠五义》之流，至今没有穷尽。他们出身清白，连先前

1　现代汉语常用"只"。——编者注
2　该词的使用并无贬义，共有两种含义。一是满族的旧称。1635年，皇太极改女真为满洲，辛亥革命后称满族。二是旧时指我国东北一带，清末日俄势力入侵，称东三省为满洲。——编者注
3　现代汉语常用"保镖"。——编者注

也并无坏处，虽在钦差之下，究居平民之上，对一方面固然必须听命，对别方面还是大可逞雄，安全之度增多了，奴性也跟着加足。

然而为盗要被官兵所打，捕盗也要被强盗所打，要十分安全的侠客，是觉得都不妥当的，于是有流氓。和尚喝酒他来打，男女通奸他来捉，私娼、私贩他来凌辱，为的是维持风化；乡下人不懂租界章程他来欺侮，为的是看不起无知；剪发女人他来嘲骂，社会改革者他来憎恶，为的是宝爱秩序。但后面是传统的靠山，对手又都非浩荡的强敌，他就在其间横行过去。现在的小说，还没有写出这一种典型的书，惟《九尾龟》中的章秋谷，以为他给妓女吃苦，是因为她要敲人们竹杠，所以给以惩罚之类的叙述，约略近之。

由现状再降下去，大概这一流人将成为文艺书中的主角了，我在等候"革命文学家"张资平"氏"的近作。

新月社批评家的任务

新月社中的批评家，是很憎恶嘲骂的，但只嘲骂一种人，是做嘲骂文章者。新月社中的批评家，是很不以不满于现状的人为然的，但只不满于一种现状，是现在竟有不满于现状者。

这大约就是"即以其人之道，还治其人之身"，挥泪以维持治安的意思。

譬如，杀人，是不行的。但杀掉"杀人犯"的人，虽然同是杀人，又谁能说他错？打人，也不行的。但大老爷要打斗殴犯人的屁股时，皂隶来一五一十的打，难道也算犯罪么？新月社批评家虽然也有嘲骂，也有不满，而独能超然于嘲骂和不满的罪恶之外者，我以为就是这一个道理。

但老例，刽子手和皂隶既然做了这样维持治安的任务，在社会上自然要得到几分的敬畏，甚至于还不妨随意说几句话，在小百姓面前显显威风，只要不大妨害治安，长官向来也就装作不知道了。

现在新月社的批评家这样尽力地维持了治安，所要的却不过是"思想自由"，想想而已，决不实现的思想。而不料遇到了另一种维持治安法，竟连想也不准想了。从此以后，恐怕要不满于两种现状了罢。

书籍和财色

今年在上海所见，专以小孩子为对手的糖担，十有九带了赌博性了，用一个铜元，经一种手续，可有得到一个铜元以上的糖的希望。但专以学生为对手的书店，所给的希望却更其大，更其多——因为那对手是学生的缘故。

书籍用实价，废去"码洋"的陋习，是始于北京的新潮社——北新书局的，后来上海也多仿行，盖那时改革潮流正盛，以为买卖两方面，都是志在改进的人（书店之以介绍文化者自居，至今还时见于广告上），正不必先定虚价，再打折扣，玩些互相欺骗的把戏。然而将麻雀牌送给世界，且以此自豪的人民，对于这样简捷了当、没有意外之利的办法，是终于耐不下去的。于是老病出现了，先是小试其技：送画片。继而打折扣，自九折以至对折，但自然又不是旧法，因为总有一个定期和原因，或者因为学校开学，或者因为本店开张一年半的纪念之类。花色一点的还有赠丝袜，请吃冰淇淋，附送一只锦盒，内藏十件宝贝，价值不资。更加见得切实，然而确是惊人的，是定一年报或买几本书，便有得到"劝学奖金"一百元或"留学经费"二千元的希望。洋场上的"轮盘赌"，付给赢家的钱，最多也不过每一元付了三十六元，真不如买书，那"希望"之大，远甚远甚。

我们的古人有言，"书中自有黄金屋"，现在渐在实现了。但后一句，"书中自有颜如玉"呢？

日报所附送的画报上，不知为了什么缘故而登载的什么"女校高材生[1]"和什么"女士在树下读书"的照相之类，且作别论，则买书

1　现代汉语常用"高材生"。——编者注

一元，赠送裸体画片的勾当，是应该举为带着"颜如玉"气味的一例的了。在医学上，"妇人科"虽然设有专科，但在文艺上，"女作家"分为一类却未免滥用了体质的差别，令人觉得有些特别的。但最露骨的是张竞生博士所开的"美的书店"，曾经对面呆站着两个年青脸白的女店员，给买主可以问她"《第三种水》出了没有"等类，一举两得，有玉有书。可惜"美的书店"竟遭禁止，张博士也改弦易辙，去译《卢梭忏悔录》，此道遂有中衰之叹了。

书籍的销路如果再消沉下去，我想，最好是用女店员卖女作家的作品及照片，仍然抽彩，给买主又有得到"劝学""留学"的款子的希望。

我和《语丝》的始终

同我关系较为长久的，要算《语丝》了。

大约这也是原因之一罢，"正人君子"们的刊物，曾封我为"语丝派主将"，连急进的青年所做的文章，至今还说我是《语丝》的"指导者"。去年，非骂鲁迅便不足以自救其没落的时候，我曾蒙匿名氏寄给我两本中途的《山雨》，打开一看，其中有一篇短文，大意是说我和孙伏园君在北京因被晨报馆所压迫，创办《语丝》，现在自己一做编辑，便在投稿后面乱加按语，曲解原意，压迫别的作者了，孙伏园君却有绝好的议论，所以此后鲁迅应该听命于伏园。这听说是张孟闻先生的大文，虽然署名是另外两个字，看来好像一群人，其实不过一两个，这种事现在是常有的。

自然，"主将"和"指导者"，并不是坏称呼，被晨报馆所压迫，也不能算是耻辱，老人该受青年的教训，更是进步的好现象，还有什么话可说呢？但是"不虞之誉"也和"不虞之毁"一样地无聊，如果生平未曾带过一兵半卒，而有人拱手颂扬道："你真像拿破仑呀！"则虽是志在做军阀的未来的英雄，也不会怎样舒服的。我并非"主将"的事，前年早已声辩了——虽然似乎很少效力——这回想要写一点下来的，是我从来没有受过晨报馆的压迫，也并不是和孙伏园先生两个人创办了《语丝》。这的创办，倒要归功于伏园一位的。

那时伏园是《晨报副刊》的编辑，我是由他个人来约，投些稿件的人。

然而我并没有什么稿件，于是就有人传说，我是特约撰述，无论投稿多少，每月总有酬金三四十元的。据我所闻，则晨报馆确有这一种太上作者，但我并非其中之一，不过因为先前的师生——恕我僭妄，暂用这两个字——关系罢，似乎也颇受优待：一是稿子一去，刊登得快；二是每千字二元至三元的稿费，每月底大抵可以取到；三是短短的杂评，有时也送些稿费来。但这样的好景象并不久长，伏园的椅子颇有不稳之势。因为有一位留学生（不幸我忘掉了他的名姓）新从欧洲回来，和晨报馆有深关系，甚不满意于副刊，决计加以改革，并且为战斗计，已经得了"学者"的指示，在开手看 Anatole France[1] 的小说了。

那时的法兰斯、威尔士、萧，在中国是大有威力，足以吓倒文学青年的名字，正如今年的辛克莱一般，所以以那时而论，形势实在是已经非常严重。不过我现在无从确说，从那位留学生开手读法兰斯的小说起，到伏园气忿忿地跑到我的寓里来为止的时候，其间相距是几月还是几天。

"我辞职了。可恶！"

这是有一夜，伏园来访，见面后的第一句话。那原是意料中事，不足异的。第二步，我当然要问问辞职的原因，而不料竟和我有了关系。他说，那位留学生乘他外出时，到排字房去将我的稿子抽掉，因此争执起来，弄到非辞职不可了。但我并不气忿[2]，因为那稿子不过是三段打油诗，题作《我的失恋》，是看见当时"阿[3]呀阿唷，我要死了"之类的失恋诗盛行，故意做一首用"由她去罢"收场的东西，开开玩笑的。这诗后来又添了一段，登在《语丝》上，再后来就收在《野草》中。而且所用的又是另一个新鲜的假名，在不肯登载第一次看见姓名的作者的稿子的刊物上，也当然很容易被有权者所放逐的。

1　即"阿纳托尔·法郎士"。——编者注
2　现代汉语常用"气愤"。——编者注
3　现代汉语常用"啊"。——编者注

　　但我很抱歉伏园为了我的稿子而辞职，心上似乎压了一块沉重的石头。几天之后，他提议要自办刊物了，我自然答应愿意竭力"呐喊"。至于投稿者，倒全是他独力邀来的，记得是十六人，不过后来也并非都有投稿。于是印了广告，到各处张贴、分散，大约又一星期，一张小小的周刊便在北京——尤其是大学附近——出现了，这便是《语丝》。

　　那名目的来源，听说，是有几个人，任意取一本书，将书任意翻开，用指头点下去，那被点到的字，便是名称。那时我不在场，不知道所用的是什么书，是一次便得了《语丝》的名，还是点了好几次，而曾将不像名称的废去。但要之，即此已可知这刊物本无所谓一定的目标、统一的战线。那十六个投稿者，意见态度也各不相同，例如顾颉刚教授，投的便是"考古"稿子，不如说，和《语丝》的喜欢涉及现在社会者，倒是相反的。不过有些人们，大约开初是只在敷衍和伏园的交情的罢，所以投了两三回稿，便取"敬而远之"的态度，自然离开。连伏园自己，据我的记忆，自始至今，也只做过三回文字，末一回是宣言从此要大为《语丝》撰述，然而宣言之后，却连一个字也不见了。于是《语丝》的固定的投稿者，至多便只剩了五六人，但同时也在不意中显了一种特色，是：任意而谈，无所顾忌，要催促新的产生，对于有害于新的旧物，则竭力加以排击——但应该产生怎样的"新"，却并无明白的表示，而一到觉得有些危急之际，也还是故意隐约其词。陈源教授痛斥"语丝派"的时候，说我们不敢直骂军阀，而偏和握笔的名人为难，便由于这一点。但是，叱吧儿狗险于叱狗主人，我们其实也知道的，所以隐约其词者，不过要使走狗嗅得，跑去献功时，必须详加说明，比较地费些力气，不能直捷⁴痛快，就得好处而已。

4　现代汉语常用"直接"。——编者注

当开办之际，努力确也可惊，那时做事的，伏园之外，我记得还有小峰和川岛，都是乳毛还未褪尽的青年，自跑印刷局，自去校对，自叠报纸，还自己拿到大众聚集之处去兜售，这真是青年对于老人、学生对于先生的教训，令人觉得自己只用一点思索，写几句文章，未免过于安逸，还须竭力学好了。

但自己卖报的成绩，听说并不佳，一纸风行的，还是在几个学校，尤其是北京大学，尤其是第一院（文科），理科次之。在法科，则不大有人顾问。倘若说，北京大学的法、政、经济科出身诸君中，绝少有《语丝》的影响，恐怕是不会很错的。至于对于《晨报》的影响，我不知道，但似乎也颇受些打击，曾经和伏园来说和，伏园得意之余，忘其所以，曾以胜利者的笑容，笑着对我说道：

"真好，他们竟不料踏在炸药上了！"

这话对别人说是不算什么的。但对我说，却好像浇了一碗冷水，因为我即刻觉得这"炸药"是指我而言，用思索，做文章，都不过使自己为别人的一个小纠葛而粉身碎骨，心里就一面想：

"真糟，我竟不料被埋在地下了！"

我于是乎"彷徨"起来。

谭正璧先生有一句用我的小说的名目，来批评我的作品的经过的极伶俐而省事的话道："鲁迅始于'呐喊'而终于'彷徨'"（大意），我以为移来叙述我和《语丝》由始以至此时的历史，倒是很确切的。

但我的"彷徨"并不用许多时，因为那时还有一点读过尼采的《Zarathustra[5]》的余波，从我这里只要能挤出——虽然不过是挤出——文章来，就挤了去罢，从我这里只要能做出一点"炸药"来，就拿去做了罢，于是也就决定，还是照旧投稿了——虽然对于意外

5　即"查拉图斯特拉"。——编者注

的被利用,心里也耿耿了好几天。

《语丝》的销路可只是增加起来,原定是撰稿者同时负担印费的,我付了十元之后,就不见再来收取了,因为收支已足相抵,后来并且有了赢余⁶。于是小峰就被尊为"老板",但这推尊并非美意,其时伏园已另就《京报副刊》编辑之职,川岛还是捣乱小孩,所以几个撰稿者便只好拜住了多眍眼而少开口的小峰,加以荣名,勒令拿出赢余来,每月请一回客。这"将欲取之,必先与之"的方法果然奏效,从此市场中的茶居或饭铺的或一房门外,有时便会看见挂着一块上写"语丝社"的木牌。倘一驻足,也许就可以听到疑古玄同先生的又快又响的谈吐。但我那时是在避开宴会的,所以毫不知道内部的情形。

我和《语丝》的渊源和关系,就不过如此,虽然投稿时多时少,但这样地一直继续到我走出了北京。到那时候,我还不知道实际上是谁的编辑。

到得厦门,我投稿就很少了。一者因为相离已远,不受催促,责任便觉得轻;二者因为人地生疏,学校里所遇到的又大抵是些念佛老妪式口角,不值得费纸墨。倘能做《鲁滨逊教书记》或《蚊虫叮卵脬论》,那也许倒很有趣的,而我又没有这样的"天才",所以只寄了一点极琐碎的文字。这年底到了广州,投稿也很少。第一原因是和在厦门相同的;第二,先是忙于事务,又看不清那里的情形,后来颇有感慨了,然而我不想在它的敌人的治下去发表。

不愿意在有权者的刀下,颂扬他的威权,并奚落其敌人来取媚,可以说,也是"语丝派"一种几乎共同的态度。所以《语丝》在北京虽然逃过了段祺瑞及其吧儿狗们的撕裂,但终究被"张大元帅"所禁止了,发行的北新书局,且同时遭了封禁,其时是

---

6 现代汉语常用"盈余"。——编者注

一九二七年。

这一年，小峰有一回到我的上海的寓居，提议《语丝》就要在上海印行，且嘱我担任做编辑。以关系而论，我是不应该推托的，于是担任了。从这时起，我才探问向来的编法。那很简单，就是：凡社员的稿件，编辑者并无取舍之权，来则必用，只有外来的投稿，由编辑者略加选择，必要时且或略有所删除。所以我应做的，不过后一段事，而且社员的稿子，实际上也十之九直寄北新书局，由那里径送印刷局的，等到我看见时，已在印钉成书之后了。所谓"社员"，也并无明确的界限，最初的撰稿者，所余早已无多，中途出现的人，则在中途忽来忽去。因为《语丝》是又有爱登碰壁人物的牢骚的习气的，所以最初出阵，尚无用武之地的人，或本在别一团体，而发生意见，借此反攻的人，也每和《语丝》暂时发生关系，待到功成名遂，当然也就淡漠起来。至于因环境改变，意见分歧而去的，那自然尤为不少。因此所谓"社员"者，便不能有明确的界限。前年的方法，是只要投稿几次，无不刊载，此后便放心发稿，和旧社员一律待遇了。但经旧的社员介绍，直接交到北新书局，刊出之前，为编辑者的眼睛所不能见者，也间或有之。

经我担任了编辑之后，《语丝》的时运就很不济了，受了一回政府的警告，遭了浙江当局的禁止，还招了创造社式"革命文学"家的拼命的围攻。警告的来由，我莫名其妙，有人说是因为一篇戏剧。禁止的缘故也莫名其妙，有人说是因为登载了揭发复旦大学内幕的文字，而那时浙江的党务指导委员老爷却有复旦大学出身的人们。至于创造社派的攻击，那是属于历史底的了，他们在把守"艺术之宫"，还未"革命"的时候，就已经将"语丝派"中的几个人看作眼中钉的，叙事夹在这里太冗长了，且待下一回再说罢。

但《语丝》本身，却确实也在消沉下去。一是对于社会现象的批评几乎绝无，连这一类的投稿也少有，二是所余的几个较久的撰稿者，这时又少了几个了。前者的原因，我以为是在无话可说，或有话而不敢言，警告和禁止，就是一个实证。后者，我恐怕是其咎在我的。举一点例罢，自从我万不得已，选登了一篇极平和的纠正刘半农先生的"林则徐被俘"之误的来信以后，他就不再有片纸只字；江绍原先生介绍了一篇油印的《冯玉祥先生……》来，我不给编入之后，绍原先生也就从此没有投稿了。并且这篇油印文章不久便在也是伏园所办的《贡献》上登出，上有郑重的小序，说明着我托辞不载的事由单。

还有一种显著的变迁是广告的杂乱。看广告的种类，大概是就可以推见这刊物的性质的。例如"正人君子"们所办的《现代评论》上，就会有金城银行的长期广告，南洋华侨学生所办的《秋野》上，就能见"虎标良药"的招牌。虽是打着"革命文学"旗子的小报，只要有那上面的广告大半是花柳药和饮食店，便知道作者和读者，仍然和先前的专讲妓女、戏子的小报的人们同流，现在不过用男作家、女作家来替代了倡优，或捧或骂，算是在文坛上做工夫。《语丝》初办的时候，对于广告的选择是极严的，虽是新书，倘社员以为不是好书，也不给登载。因为是同人杂志，所以撰稿者也可行使这样的职权。听说北新书局之办《北新半月刊》，就因为在《语丝》上不能自由登载广告的缘故。但自从移在上海出版以后，书籍不必说，连医生的诊例也出现了，袜厂的广告也出现了，甚至于立愈遗精药品的广告也出现了。固然，谁也不能保证《语丝》的读者决不遗精，况且遗精也并非恶行，但善后办法，却须向《申报》之类，要稳当，则向《医药学报》的广告上去留心的。我因此得了几封诘责的信件，又就在《语丝》本身上登了一篇投来的反对的文章。

但以前我也曾尽了我的本分。当袜厂出现时，曾经当面质问过小峰，回答是"发广告的人弄错的"；遗精药出现时，是写了一封信，并无答复，但从此以后，广告却也不见了。我想，在小峰，大约还要算是让步的，因为这时对于一部分的作家，早由北新书局致送稿费，不只负发行之责，而《语丝》也因此并非纯粹的同人杂志了。

积了半年的经验之后，我就决计向小峰提议，将《语丝》停刊，没有得到赞成，我便辞去编辑的责任。小峰要我寻一个替代的人，我于是推举了柔石。

但不知为什么，柔石编辑了六个月，第五卷的上半卷一完，也辞职了。

以上是我所遇见的关于《语丝》四年中的琐事。试将前几期和近几期一比较，便知道其间的变化，有怎样的不同，最分明的是几乎不提时事，且多登中篇作品了，这是因为容易充满页数而又可免于遭殃。虽然因为毁坏旧物和戳破新盒子而露出里面所藏的旧物来的一种突击之力，至今尚为旧的和自以为新的人们所憎恶，但这力是属于往昔的了。

十二月二十二日

鲁迅译著书目

一九二一年

　　《工人绥惠略夫》(俄国 M. 阿尔志跋绥夫作中篇小说。商务印书馆印行《文学研究会丛书》之一，后归北新书局，为《未名丛刊》之一，今绝版。)

一九二二年

　　《一个青年的梦》(日本武者小路实笃作戏曲。商务印书馆印行《文学研究会丛书》之一，后归北新书局，为《未名丛刊》之一，今绝版。)

　　《爱罗先珂童话集》(商务印书馆印行《文学研究会丛书》之一。)

一九二三年

　　《桃色的云》(俄国 V. 爱罗先珂作童话剧。北新书局印行《未名丛刊》之一。)

　　《呐喊》(短篇小说集，一九一八至二二年作，共十四篇。印行所同上。)

　　《中国小说史略》上册(改订之北京大学文科讲义。印行所同上。)

一九二四年

《苦闷的象征》(日本厨川白村作论文。北新书局印行《未名丛刊》之一。)

《中国小说史略》下册(印行所同上。后合上册为一本。)

一九二五年

《热风》(一九一八至二四年的短评。印行所同上。)

一九二六年

《彷徨》(短篇小说集之二,一九二四至二五年作,共十一篇。印行所同上。)

《华盖集》(短评集之二,皆一九二五年作。印行所同上。)

《华盖集续编》(短评集之三,皆一九二六年作。印行所同上。)

《小说旧闻钞》(辑录旧文,间有考正。印行所同上。)

《出了象牙之塔》(日本厨川白村作随笔,选译。未名社印行《未名丛刊》之一,今归北新书局。)

一九二七年

《坟》(一九〇七至二五年的论文及随笔。未名社印行。今版被抵押,不能印。)

《朝花夕拾》(回忆文十篇。未名社印行《未名新集》之一。今版被抵押，由北新书局另排印行。）

《唐宋传奇集》十卷（辑录并考正。北新书局印行。）

一九二八年

《小约翰》（荷兰凡·伊登作长篇童话。未名社印行《未名丛刊》之一。今版被抵押，不能印。）

《野草》（散文小诗。北新书局印行。）

《而已集》（短评集之四，皆一九二七年作。印行所同上。）

《思想山水人物》（日本鹤见祐辅作随笔，选译。印行所同上，今绝版。）

一九二九年

《壁下译丛》（译俄国及日本作家与批评家之论文集。印行所同上。）

《近代美术史潮论》（日本板垣鹰穗作。印行所同上。）

《蕗谷虹儿画选》（并译题词。朝华社印行《艺苑朝华》之一，今绝版。）

《无产阶级文学的理论与实际》（日本片上伸作。大江书店印行《文艺理论小丛书》之一。）

《艺术论》（苏联 A. 卢那察尔斯基作。印行所同上。）

一九三〇年

《艺术论》（俄国 G. 普列汉诺夫作。光华书局印行《科学的艺术论丛书》之一。）

《文艺与批评》（苏联卢那察尔斯基作论文及演说。水沫书店印行同丛书之一。）

《文艺政策》（苏联关于文艺的会议录及决议。并同上。）

《十月》（苏联 A. 雅各武莱夫作长篇小说。神州国光社收稿为《现代文艺丛书》之一，今尚未印。）

一九三一年

《药用植物》（日本刈米达夫作。商务印书馆收稿，分载《自然界》中。）

《毁灭》（苏联 A·法捷耶夫作长篇小说。三闲书屋印行。）

译著之外，又有所校勘者，为：

唐刘恂《岭表录异》三卷（以唐宋类书所引校《永乐大典》本，并补遗。未印。）

魏中散大夫《嵇康集》十卷（校明丛书堂钞本，并补遗。未印。）

所纂辑者，为：

《古小说钩沉》三十六卷（辑周至隋散佚小说。未印。）

谢承《后汉书辑本》五卷（多于汪文台辑本。未印。）

所编辑者，为：

《莽原》（周刊。北京《京报》附送，后停刊。）

《语丝》（周刊。所编为在北平被禁，移至上海出版后之第四卷至第五卷之半。北新书局印行，后废刊。）

《奔流》（自一卷一册起，至二卷五册停刊。北新书局印行。）

《文艺研究》（季刊。只出第一册。大江书店印行。）

所选定，校字者，为：

《故乡》（许钦文作短篇小说集。北新书局印行《乌合丛书》之一。）

《心的探险》（长虹作杂文集。同上。）

《飘渺[1]的梦》（向培良作短篇小说集。同上。）

《忘川之水》（真吾诗选。北新书局印行。）

所校订，校字者，为：

《苏俄的文艺论战》（苏联褚沙克等论文，附《普列汉诺夫与艺术问题》，任国桢译。北新书局印行《未名丛刊》之一。）

《十二个》（苏联 A. 勃洛克作长诗，胡斅译。同上。）

《争自由的波浪》（俄国 V. 但兼珂等作短篇小说集，董秋芳译。同上。）

《勇敢的约翰》（匈牙利裴多菲·山陀尔作民间故事诗，孙用译。湖风书局印行。）

1　现代汉语常用"缥缈"。——编者注

《夏娃日记》(美国马克·吐温作小说,李兰译。湖风书局印行《世界文学名著译丛》之一。)

所校订者,为:

《二月》(柔石作中篇小说。朝华社印行,今绝版。)

《小小十年》(叶永蓁作长篇小说。春潮书局印行。)

《穷人》(俄国 F. 陀思妥耶夫斯基作小说,韦丛芜译。未名社印行《未名丛书》之一。)

《黑假面人》(俄国 L. 安特莱夫作戏曲,李霁野译。同上。)

《红笑》(前人作小说,梅川译。商务印书馆印行。)

《小彼得》(匈牙利 H. 至尔·妙伦作童话,许霞译。朝华社印行,今绝版。)

《进化与退化》(周建人所译生物学的论文选集。光华书局印行。)

《浮士德与城》(苏联 A. 卢那察尔斯基作戏曲,柔石译。神州国光社印行《现代文艺丛书》之一。)

《静静的顿河》(苏联 M. 肖洛霍夫作长篇小说,第一卷,贺非译。同上。)

《铁甲列车第一四——六九》(苏联 V. 伊凡诺夫作小说,侍桁译。同上,未出。)

所印行者,为:

《士敏土之图》(德国 C. 梅斐尔德木刻十幅。珂罗版印。)

《铁流》(苏联 A. 绥拉菲靡维奇作长篇小说,曹靖华译。)

《铁流之图》(苏联 I. 毕斯凯莱夫木刻四幅。印刷中被炸毁。)

我所译著的书,景宋曾经给我开过一个目录,载在《关于鲁迅及其著作》里,但是并不完全的。这回因为载在开手编集杂感,打开了装着和我有关的书籍的书箱,就顺便另抄了一张书目,如上。

我还要将这附在《三闲集》的末尾。这目的,是为着自己,也有些为着别人。据书目察核[2]起来,我在过去的近十年中,费去的力气实在也并不少,即使校对别人的译著,也真是一个字一个字的看下去,决不肯随便放过,敷衍作者和读者的,并且毫不怀着有所利用的意思。虽说做这些事,原因在于"有闲",但我那时却每日必须将八小时为生活而出卖,用在译作和校对上的,全是此外的工夫,常常整天没有休息。倒是近四五年没有先前那么起劲了。

但这些陆续用去了的生命,实不只成为徒劳,据有些批评家言,倒都是应该从严发落的罪恶。做了"众矢之的"者,也已经四五年,开首是"作恶",后来是"受报"了,有几位论客,还几分含讥,几分恐吓,几分快意的这样"忠告"我。然而我自己却并不全是这样想,我以为我至今还是存在,只有将近十年没有创作,而现在还有人称我为"作者",却是很可笑的。

我想,这缘故,有些在我自己,有些则在于后起的青年的。在我自己的,是我确曾认真译著,并不如攻击我的人们所说的取巧的投机。所出的许多书,功罪姑且弗论,即使全是罪恶罢,但在出版界上,也就是一块不小的斑痕,要"一脚踢开",必须有较大的腿劲。凭空的攻击,似乎也只能一时收些效验,而最坏的是他们自己又忽而影子似的淡去,消去了。

但是,试再一检我的书目,那些东西的内容也实在穷乏得可

2 现代汉语常用"核查"。——编者注

以。最致命的是，创作既因为我缺少伟大的才能，至今没有做过一部长篇；翻译又因为缺少外国语的学力，所以徘徊观望，不敢译一种世上著名的巨制。后来的青年，只要做出相反的一件，便不但打倒，而且立刻会跨过的。但仅仅宣传些在西湖苦吟什么出奇的新诗，在外国创作着百万言的小说之类却不中用。因为言太夸则实难副，志极高而心不专，就永远只能得传扬一个可惊可喜的消息。然而静夜一想，自觉空虚，便又不免焦躁起来，仍然看见我的黑影遮在前面，好像一块很大的"绊脚石"了。

对于为了远大的目的，并非因个人之利而攻击我者，无论用怎样的方法，我全都没齿无怨言。但对于只想以笔墨问世的青年，我现在却敢据几年的经验，以诚恳的心，进一个苦口的忠告。那就是，不断的（！）努力一些，切勿想以一年半载，几篇文字和几本期刊，便立了空前绝后的大勋业。还有一点是，不要只用力于抹杀别个，使他和自己一样的空无，而必须跨过那站着的前人，比前人更加高大。初初出阵的时候，幼稚和浅薄都不要紧，然而也须不断的（！）生长起来才好。并不明白文艺的理论而任意做些造谣生事的评论，写几句闲话便要扑灭异己的短评，译几篇童话就想抹杀一切的翻译，归根结蒂，于己于人，还都是"可怜无益费精神"的事，这也就是所谓"聪明误"了。

当我被"进步的青年"们所口诛笔伐的时候，我"还不到五十岁"，现在却真的过了五十岁了，据勒南（E. Renan）说，年纪一大，性情就会苛刻起来。我愿意竭力防止这弱点，因为我又明明白白地知道，世界决不和我同死，希望是在于将来的。但灯下独坐，春夜又倍觉凄清，便在百静中，信笔写了这一番话。

一九三二年四月二十九日，鲁迅于沪北寓楼记。

二心集

序言

　　这里是一九三〇年与三一年两年间的杂文的结集。

　　当三〇年的时候，期刊已渐渐的少见，有些是不能按期出版了，大约是受了逐日加紧的压迫。《语丝》和《奔流》，则常遭邮局的扣留、地方的禁止，到底也还是敷衍不下去。那时我能投稿的，就只剩了一个《萌芽》，而出到五期，也被禁止了，接着是出了一本《新地》。所以在这一年内，我只做了收在集内的不到十篇的短评。

　　此外还曾经在学校里演讲过两三回，那时无人记录，讲了些什么，此刻连自己也记不清楚了。只记得在有一个大学里演讲的题目是《象牙塔和蜗牛庐》。大意是说，象牙塔里的文艺，将来决不会出现于中国，因为环境并不相同，这里是连摆这"象牙之塔"的处所也已经没有了，不久可以出现的，恐怕至多只有几个"蜗牛庐"。蜗牛庐者，是三国时所谓"隐逸"的焦先曾经居住的那样的草窠，大约和现在江北穷人手搭的草棚相仿，不过还要小，光光的伏在那里面，少出、少动、无衣、无食、无言。因为那时是军阀混战，任意杀掠的时候，心里不以为然的人，只有这样才可以苟延他的残喘。但蜗牛界里那里会有文艺呢？所以这样下去，中国的没有文艺，是一定的。这样的话，真可谓已经大有蜗牛气味的了，不料不久就有一位勇敢的青年在政府机关的上海《民国日报》上给我批评，说我的那些话使他非常看不起，因为我没有敢讲共产党的话的勇气。谨案在"清党"以后的党国里，讲共产主义是算犯大罪的，捕杀的网罗，张遍了全中国，而不讲，却又为党国的忠勇青年所鄙视。这实在只好变了真的蜗牛，才有"庶几得免于罪戾"的幸福了。

　　而这时左翼作家拿着苏联的卢布之说，在所谓"大报"和小报上，一面又纷纷的宣传起来，新月社的批评家也从旁很卖了些力气。有些报纸，还拾了先前的创造社派的几个人的投稿于小报上的话，讥笑我为"投降"，有一种报则载起《文坛贰臣传》来，第一个就是我——但后来好像并不再做下去了。

　　卢布之谣，我是听惯了的。大约六七年前，《语丝》在北京说了几句涉及陈源教授和别的"正人君子"们的话的时候，上海的《晶报》上就发表过"现代评论社主角"唐有壬先生的信札，说是我们的言动，都由于墨斯科的命令。这又正是祖传的老谱，宋末有所谓"通房"，清初又有所谓"通海"，向来就用了这类的口实，害过许多人们的。所以含血喷人，已成了中国士君子的常经，实在不单是他们的识见，只能够见到世上一切都靠金钱的势力。至于"贰臣"之说，却是很有些意思的，我试一反省，觉得对于时事，即使未尝动笔，有时也不免于腹诽，"臣罪当诛兮天皇圣明"，腹诽就决不是忠臣的行径。但御用文学家的给了我这个徽号，也可见他们的"文坛"上是有皇帝的了。

　　去年偶然看见了几篇梅林（Franz Mehring）的论文，大意说，在坏了下去的旧社会里，倘有人怀一点不同的意见，有一点携贰的心思，是一定要大吃其苦的。而攻击陷害得最凶的，则是这人的同阶级的人物。他们以为这是最可恶的叛逆，比异阶级的奴隶造反还可恶，所以一定要除掉他。我才知道中外古今，无不如此，真是读书可以养气，竟没有先前那样"不满于现状"了，并且仿《三闲集》之例而变其意，拾来做了这一本书的名目，然而这并非在证明我是无产者。一阶级里，临末也常常会自己互相闹起来的，就是《诗经》里说过的那"兄弟阋于墙"——但后来却未必"外御其侮"。例如同是军阀，就总在整年的大家相打，难道有一面是无产阶级么？而且我时时说些自己的事情，怎样地在"碰壁"，怎样地在做蜗牛，好像全世界的苦恼，萃于一身，在替大众受罪似的：也正是中产的知识阶级分子的坏脾气。只是原先是憎恶这熟识的本阶级，毫不可惜它的溃灭，后来又由于事实的教训，以为惟新兴的无产者才有将来，却是的确的。

自从一九三一年二月起，我写了较上年更多的文章，但因为揭载的刊物有些不同，文字必得和它们相称，就很少做《热风》那样简短的东西了。而且看看对于我的批评文字，得了一种经验，好像评论做得太简括，是极容易招得无意的误解，或有意的曲解似的。又，此后也不想再编《坟》那样的论文集和《壁下译丛》那样的译文集，这回就连较长的东西也收在这里面，译文则选了一篇《现代电影与有产阶级》附在末尾，因为电影之在中国，虽然早已风行，但这样扼要的论文却还少见，留心世事的人们，实在很有一读的必要的。还有通信，如果只有一面，读者也往往很不容易了然，所以将紧要一点的几封来信，也擅自一并编进去了。

一九三二年四月三十日之夜，编讫并记。

一九三○年

"硬译"与"文学的阶级性"

一

听说《新月》月刊团体里的人们在说，现在销路好起来了。这大概是真的，以我似的交际极少的人，也在两个年青朋友的手里见过第二卷第六、七号的合本。顺便一翻，是争"言论自由"的文字和小说居多。近尾巴处，则有梁实秋先生的一篇《论鲁迅先生的"硬译"》，以为"近于死译"。而"死译之风也断不可长"，就引了我的三段译文，以及在《文艺与批评》的后记里所说："但因为译者的能力不够，和中国文本来的缺点，译完一看，晦涩，甚而至于难解之处也真多。倘将仂句拆下来呢，又失了原来的语气。在我，是除了还是这样的硬译之外，只有束手这一条路了，所余的惟一的希望，只在读者还肯硬着头皮看下去而已"这些话，细心地在字旁加上圆圈，还在"硬译"两字旁边加上套圈，于是"严正"地下了"批评"道："我们'硬着头皮看下去'了，但是无所得。'硬译'和'死译'有什么分别呢？"

新月社的声明中，虽说并无什么组织，在论文里，也似乎痛恶无产阶级式的"组织""集团"这些话，但其实是有组织的，至少，关于政治的论文，这一本里都互相"照应"；关于文艺，则这一篇是登在上面的同一批评家所作的《文学是有阶级性的吗？》的余波。在那一篇里有一段说："……但是不幸得很，没有一本这类的书能被我看懂……最使我感到困难的是文字……简直读起来比天书还难……现在还没有一个中国人，用中国人所能看得懂的文字，写一篇文章告诉我们无产文学的理论究竟是怎么一回事。"字旁也有圈圈，怕排印麻烦，恕不照画了。总之，梁先生自认是一切中国人的代表，这些书既为自己所不懂，也就是为一切中国人所不懂，应该在中国断绝其生命，于是出示曰："此风断不可长"云。

别的"天书"译著者的意见我不能代表，从我个人来看，则事情是不会这样简单的。第一，梁先生自以为"硬着头皮看下去"了，但究竟硬了没有，是否能够，还是一个问题。以硬自居了，而实则其软如棉，正是新月社的一种特色。第二，梁先生虽自来代表一切中国人了，但究竟是否全国中的最优秀者，也是一个问题。这问题从《文学是有阶级性的吗？》这篇文章里，便可以解释。Proletary 这字不必译音，大可译义，是有理可说的。但这位批评家却道："其实翻翻字典，这个字的涵义并不见得体面，据《韦白斯特大字典[1]》，Proletary 的意思就是：A citizen of the lowest class who served the state not with property, but only by having children.……普罗列塔利亚是国家里只会生孩子的阶级！（至少在罗马时代是如此）"其实正无须来争这"体面"，大约略有常识者，总不至于以现在为罗马时代，将现在的无产者都看作罗马人的。这正如将 Chemie 译作"舍密学"，读者必不和埃及的"炼金术"混同，对于"梁"先生所作的文章，也绝不会去考查语源，误解为"独木小桥"竟会动笔一样。连"翻翻字典"（《韦白斯特大字典》）也还是"无所得"，一切中国人未必全是如此的罢。

二

但于我最觉得有兴味的，是上节所引的梁先生的文字里，有

1　现译"韦伯斯特大字典"。——编者注

两处都用着一个"我们"，颇有些"多数"和"集团"气味了。自然，作者虽然单独执笔，气类则决不只一人，用"我们"来说话，是不错的，也令人看起来较有力量，又不至于一人双肩负责。然而，当"思想不能统一"时，"言论应该自由"时，正如梁先生的批评资本制度一般，也有一种"弊病"。就是，既有"我们"便有我们以外的"他们"，于是新月社的"我们"虽以为我的"死译之风断不可长"了，却另有读了并不"无所得"的读者存在，而我的"硬译"，就还在"他们"之间生存，和"死译"还有一些区别。

我也就是新月社的"他们"之一，因为我的译作和梁先生所需的条件，是全都不一样的。

那一篇《论硬译》的开头论误译胜于死译说："一部书断断不会完全曲译……部分的曲译即使是错误，究竟也还给你一个错误，这个错误也许真是害人无穷的，而你读的时候究竟还落个爽快。"末两句大可以加上夹圈，但我却从来不干这样的勾当。我的译作，本不在博读者的"爽快"，却往往给以不舒服，甚而至于使人气闷、憎恶、愤恨。读了会"落个爽快"的东西，自有新月社的人们的译著在：徐志摩先生的诗，沈从文、凌叔华先生的小说，陈西滢（即陈源）先生的闲话，梁实秋先生的批评，潘光旦先生的优生学，还有白璧德先生的人文主义。

所以，梁先生后文说："这样的书，就如同看地图一般，要伸着手指来寻找句法的线索位置"这些话，在我也就觉得是废话，虽说犹如不说了。是的，由我说来，要看"这样的书"就如同看地图一样，要伸着手指来找寻"句法的线索位置"的。看地图虽然没有看《杨妃出浴图》或《岁寒三友图》那么"爽快"，甚而至于还须伸着手指（其实这恐怕梁先生自己如此罢了，看惯地图的人，是只用眼睛就可以的），但地图并不是死图，所以"硬译"即使有同一之劳，照例子也就和"死译"有了些"什么区别"。识得 ABCD 者自以为新学家,仍旧和化学方程式无关,会打算盘的自以为数学家,看起笔算的演草来还是无所得。现在的世间,原不是一为学者,便与一切事都会有缘的。

然而梁先生有实例在,举了我三段的译文,虽然明知道"也许因为没有上下文的缘故,意思不能十分明了"。在《文学是有阶级性的吗?》这篇文章中,也用了类似手段,举出两首译诗来,总评道:"也许伟大的无产文学还没有出现,那么我愿意等着,等着,等着。"这些方法,诚然是很"爽快"的,但我可以就在这一本《新月》月刊里的创作——是创作呀!——《搬家》第八页上,举出一段文字来——

> "小鸡有耳朵没有?"
>
> "我没看见过小鸡长耳朵的。"
>
> "它怎样听见我叫它呢?"她想到前天四婆告诉她的耳朵是管听东西,眼是管看东西的。
>
> "这个蛋是白鸡黑鸡?"枝儿见四婆没答她,站起来摸着蛋子又问。
>
> "现在看不出来,等孵出小鸡才知道。"
>
> "婉儿姊[2]说小鸡会变大鸡,这些小鸡也会变大鸡么?"
>
> "好好的喂它就会长大了,像这个鸡买来时还没有这样大吧?"

也够了,"文字"是懂得的,也无须伸出手指来寻线索,但我不"等着"了,以为就这一段看,是既不"爽快",而且和不创作是很少

2　现代汉语常用"姐"。——编者注

区别的。

临末，梁先生还有一个诘问："中国文和外国文是不同的……翻译之难即在这个地方。假如两种文中的文法句法词法完全一样，那么翻译还成为一件工作吗？……我们不妨把句法变换一下，以使读者能懂为第一要义，因为'硬着头皮'不是一件愉快的事，并且'硬译'也不见得能保存'原来的精悍的语气'。假如'硬译'而还能保存'原来的精悍的语气'，那真是一件奇迹，还能说中国文是有'缺点'吗？"我倒不见得如此之愚，要寻求和中国文相同的外国文，或者希望"两种文中的文法句法词法完全一样"。我但以为文法繁复的国语，较易于翻译外国文，语系相近的，也较易于翻译，而且也是一种工作。荷兰翻德国，俄国翻波兰，能说这和并不工作没有什么区别么？日本语和欧美很"不同"，但他们逐渐添加了新句法，比起古文来，更宜于翻译而不失原来的精悍的语气，开初自然是须"找寻句法的线索位置"，很给了一些人不"愉快"的，但经找寻和习惯，现在已经同化，成为己有了。中国的文法，比日本的古文还要不完备，然而也曾有些变迁，例如《史》《汉》不同于《书经》，现在的白话文又不同于《史》《汉》，有添造，例如唐译佛经、元译上谕，当时很有些"文法句法词法"是生造的，一经习用，便不必伸出手指，就懂得了。现在又来了"外国文"，许多句子，即也须新造——说得坏点，就是硬造。据我的经验，这样译来，较之化为几句，更能保存原来的精悍的语气，但因为有待于新造，所以原先的中国文是有缺点的。有什么"奇迹"，干什么"吗"呢？但有待于"伸出手指"，"硬着头皮"，于有些人自然"不是一件愉快的事"。不过我是本不想将"爽快"或"愉快"来献给那些诸公的，只要还有若干的读者能够有所得，梁实秋先生"们"的苦乐以及无所得，实在"于我如浮云"。

但梁先生又有本不必求助于无产文学理论,而仍然很不了了的地方,例如他说:"鲁迅先生前些年翻译的文学,例如厨川白村的《苦闷的象征》,还不是令人看不懂的东西,但是最近翻译的书似乎改变风格了。"只要有些常识的人就知道:"中国文和外国文是不同的",但同是一种外国文,因为作者各人的做法,而"风格"和"句法的线索位置"也可以很不同。句子可繁可简,名词可常可专,决不会一种外国文,易解的程度就都一式。我的译《苦闷的象征》,也和现在一样,是按板规逐句,甚而至于逐字译的,然而梁实秋先生居然以为还能看懂者,乃是原文原是易解的缘故,也因为梁实秋先生是中国新的批评家了的缘故,也因为其中硬造的句法,是比较地看惯了的缘故。若在三家村里,专读《古文观止》的学者们,看起来又何尝不比"天书"还难呢?

三

但是,这回的"比天书还难"的无产文学理论的译本们,却给了梁先生不小的影响。看不懂了,会有影响,虽然好像滑稽,然而是真的,这位批评家在《文学是有阶级性的吗?》里说:"我现在批评所谓无产文学理论,也只能根据我所能了解的一点材料而已。"这就是说:因此而对于这理论的知识,极不完全了。

但对于这罪过,我们(包含一切"天书"译者在内,故曰"们")也只能负一部分的责任,一部分是要作者自己的胡涂或懒惰来负的。"什么卢那察尔斯基、普列汉诺夫"的书我不知道,若夫"婆格达诺夫之类"的三篇论文和托洛茨基的半部《文学与革命》,则确有英文译本的了。英国没有"鲁迅先生",译文定该非常易解。梁先生对于伟大的无产文学的产生,曾经显示其"等着,等着,等

"着"的耐心和勇气，这回对于理论，何不也等一下子，寻来看了再说呢。不知其有而不求曰胡涂，知其有而不求曰懒惰，如果单是默坐，这样也许是"爽快"的，然而开起口来，却很容易咽进冷气去了。

例如就是那篇《文学是有阶级性的吗？》的高文，结论是并无阶级性。要抹杀阶级性，我以为最干净的是吴稚晖先生的"什么马克思牛克思"以及什么先生的"世界上并没有阶级这东西"的学说。那么，就万喙息响，天下太平。但梁先生却中了一些"什么马克思"毒了，先承认了现在许多地方是资产制度，在这制度之下则有无产者。不过这"无产者本来并没有阶级的自觉。是几个过于富同情心而又态度偏激的领袖把这个阶级观念传授了给他们"，要促起他们的联合，激发他们争斗的欲念。不错，但我以为传授者应该并非由于同情，却因了改造世界的思想。况且"本无其物"的东西，是无从自觉、无从激发的，会自觉、能激发，足见那是原有的东西。原有的东西，就遮掩不久，即如伽利略说地体运动，达尔文说生物进化，当初何尝不或者几被宗教家烧死，或者大受保守者攻击呢，然而现在人们对于两说，并不为奇者，就因为地体终于在运动，生物确也在进化的缘故。承认其有而要掩饰为无，非有绝技是不行的。

但梁先生自有消除斗争的办法，以为如卢梭所说"资产是文明的基础"，"所以攻击资产制度，即是反抗文明"，"一个无产者假如他是有出息的，只消辛辛苦苦诚诚实实的工作一生，多少必定可以得到相当的资产。这才是正当的生活斗争的手段"。我想，卢梭去今虽已百五十年，但当不至于以为过去未来的文明，都以资产为基础。（但倘说以经济关系为基础，那自然是对的。）希腊、印度，都有文明，而繁盛时俱非在资产社会，他大概是知道的，倘不知道，那也是他的错误。至于无产者应该"辛辛苦苦"爬上有产阶级去的"正当"的方法，则是中国有钱的老太爷高兴时候，教导穷工人的古训，在实际上，现今正在"辛辛苦苦诚诚实实"想爬上一级去的"无产者"也还多。然而这是还没有人"把这个阶级观念传授了给他们"的时候。一经传授，他们可就不肯一个一个的来爬了，诚如梁先生所说，"他们是一个阶级了，他们要有组织了，他们是一个集团了，于是他们便不循常轨的一跃而夺取政权财权，一跃而为统治阶级。"但可还有想"辛辛苦苦诚诚实实工作一生，多少必定可以得到相当的资产"的"无产者"呢？自然还有的。然而他要算是"尚未发财的有产者"了。梁先生的忠告，将为无产者所呕吐了，将只好和老太爷去互相赞赏而已了。

那么，此后如何呢？梁先生以为是不足虑的。因为"这种革命的现象不能是永久的，经过自然进化之后，优胜劣败的定律又要证明了，还是聪明才力过人的人占优越的地位，无产者仍是无产者"。但无产阶级大概也知道"反文明的势力早晚要被文明的势力所征服"，所以"要建立所谓'无产阶级文化'……这里面包括文艺学术"。

自此以后，这才入了文艺批评的本题。

四

梁先生首先以为无产者文学理论的错误，是"在把阶级的束缚加在文学上面"，因为一个资本家和一个劳动者，有不同的地方，但还有相同的地方，"他们的人性（这两字原本有套圈）并没有两样"，例如都有喜怒哀乐，都有恋爱（但所"说的是恋爱的本身，不是恋爱的方式"），"文学就是表现这最基本的人性的艺术"。这些话是矛盾而空虚的。既然文明以资产为基础，穷人以竭力爬上去为"有出息"，那么，爬上是人生的要谛，富翁乃人类的至尊，文学也只要表现资产阶级就够了，又何必如此"过于富同情心"，一并包括"劣败"的无产者？况且"人性"的"本身"，又怎样表现的呢？譬如原质或杂质的化学底性质，有化合力，物理学底性质有硬度，要显示这力和度数，是须用两种物质来表现的，倘说要不用物质而显示化合力和硬度的单单"本身"，无此妙法，但一用物质，这现象即又因物质而不同。文学不借人，也无以表示"性"，一用人，而且还在阶级社会里，即断不能免掉所属的阶级性，无需加以"束缚"，实乃出于必然。自然，"喜怒哀乐，人之情也"，然而穷人决无开交易所折本的懊恼，煤油大王那会知道北京捡煤渣老婆子身受的酸辛，饥区的灾民，大约总不去种兰花，像阔人的老太爷一样，贾府上的焦大，也不爱林妹妹的。"汽笛呀！""列宁呀！"固然并不就是无产文学，然而"一切东西呀！""一切人呀！""可喜的事来了，人喜了呀！"也不是表现"人性"的"本身"的文学。倘以表现最普通的人性的文学为至高，则表现最普遍的动物性——营养、呼吸、运动、生殖——的文学，或者除去"运动"，表现生物性的文学，必当更在其上。倘说，因为我们是人，所以以表现人性为限，那么，无产者就因为是无产阶级，所以要做无产文学。

其次，梁先生说作者的阶级和作品无关。托尔斯泰出身贵族，而同情于贫民，然而并不主张阶级斗争；马克思并非无产阶级中的人物；终身穷苦的约翰逊博士，志行吐属，过于贵族。所以估量文学，当看作品本身，不能连累到作者的阶级和身分[3]。这些例子，也全不足以证明文学的无阶级性的。托尔斯泰正因为出身贵族，旧性荡涤不尽，所以只同情于贫民而不主张阶级斗争。马克思原先诚非无产阶级中的人物，但也并无文学作品，我们不能悬拟他如果动

3　现代汉语常用"身份"。——编者注

笔，所表现的一定是不用方式的恋爱本身。至于约翰逊博士终身穷苦，而志行吐属，过于王侯者，我却实在不明白那缘故，因为我不知道英国文学和他的传记。也许，他原想"辛辛苦苦诚诚实实的工作一生，多少必定可以得到相当的资产"，然后再爬上贵族阶级去，不料终于"劣败"，连相当的资产也积不起来，所以只落得摆空架子，"爽快"了罢。

其次，梁先生说，"好的作品永远是少数人的专利品，大多数永远是蠢的，永远是和文学无缘"，但鉴赏力之有无却和阶级无干，因为"鉴赏文学也是天生的一种福气"，就是，虽在无产阶级里，也会有这"天生的一种福气"的人。由我推论起来，则只要有这一种"福气"的人，虽穷得不能受教育，至于一字不识，也可以赏鉴《新月》月刊，来作"人性"和文艺"本身"，原无阶级性的证据。但梁先生也知道天生这一种福气的无产者一定不多，所以另定一种东西（文艺？）来给他们看，"例如什么通俗的戏剧、电影、侦探小说之类"，因为"一般劳工劳农需要娱乐，也许需要少量的艺术的娱乐"的缘故。这样看来，好像文学确因阶级而不同了，但这是因鉴赏力之高低而定的，这种力量的修养和经济无关，乃是上帝之所赐——"福气"。所以文学家要自由创造，既不该为皇室贵族所雇用，也不该受无产阶级所威胁，去做讴功颂德的文章。这是不错的，但在我们所见的无产文学理论中，也并未见过有谁说或一阶级的文学家，不该受皇室贵族的雇用，却该受无产阶级的威胁，去做讴功颂德的文章，不过说，文学有阶级性，在阶级社会中，文学家虽自以为"自由"，自以为超了阶级，而无意识底地，也终受本阶级的阶级意识所支配，那些创作，并非别阶级的文化罢了。例如梁先生的这篇文章，原意是在取消文学上的阶级性，张扬真理的。但以资产为文明的祖宗，指穷人为劣败的渣滓，只要一瞥，就知道是资产家的斗争的"武器"——不，"文章"了。无产文学理论家以主张"全人类""超阶级"的文学理论为帮助有产阶级的东西，这里就给了一个极分明的例证。至于成仿吾先生似的"他们一定胜利的，所以我们去指导安慰他们去"，说出"去了"之后，便来"打发"自己以外的"他们"那样的无产文学家[4]，那不消说，是也和梁先生一样地对于无产文学的理论，未免有"以意为之"的错误的。

又其次，梁先生最痛恨的是无产文学理论家以文艺为斗争的武器，就是当作宣传品。他"不反对任何人利用文学来达到另外的目的"，但"不能承认宣传式的文字便是文学"。我以为这是自扰之谈。据我所看过的那些理论，都不过说凡文艺必有所宣传，并没有谁主张只要宣传式的文字便是文学。诚然，前年以来，中国确曾有许多诗歌小说，填进口号和标语去，自以为就是无产文学。但那是因为内容和形式，都没有无产气，不用口号和标语，便无从表示其"新兴"的缘故，实际上也并非无产文学。今年，有名的"无产文学底批评家"钱杏邨先生在《拓荒者》上还在引卢那察尔斯基的话，以为他推重大众能解的文学，足见用口号标语之未可厚非，来给那些"革命文学"辩护。但我觉得那也和梁实秋先生一样，是有意的或无意的曲解。卢那察尔斯基所谓大众能解的东西，当是指托尔斯泰做了分给农民的小本子那样的文体，工农一看便会了然的语法、歌调、诙谐。只要看杰米扬·别德内（Demian Bednii）曾因诗歌得到赤旗章，而他的诗中并不用标语和口号，便可明白了。

最后梁先生要看货色。这不错的，是最切实的办法；但抄两首

4　此处原文为"便来'打发'自己们以外的'他们'那样的无产文学家"，疑为原文多字，故更正。——编者注

译诗算是在示众，是不对的。《新月》上就曾有《论翻译之难》，何况所译的文是诗。就我所见的而论，卢那察尔斯基的《被解放的堂·吉诃德》，法捷耶夫的《溃灭》，格拉特珂夫的《水门汀》，在中国这十一年中，就并无可以和这些相比的作品。这是指"新月社"一流的蒙资产文明的余荫，而且衷心在拥护它的作家而言。于号称无产作家的作品中，我也举不出相当的成绩。但钱杏邨先生也曾辩护，说新兴阶级，于文学的本领当然幼稚而单纯，向他们立刻要求好作品，是"布尔乔亚"的恶意。这话为农工而说，是极不错的。这样的无理要求，恰如使他们冻饿了好久，倒怪他们为什么没有富翁那么肥胖一样。但中国的作者，现在却实在并无刚刚放下锄斧柄子的人，大多数都是进过学校的知识者，有些还是早已有名的文人，莫非克服了自己的小资产阶级意识之后，就连先前的文学本领也随着消失了么？不会的。俄国的老作家列夫·托尔斯泰和魏列萨耶夫、普里什文，至今都还有好作品。中国的有口号而无随同的实证者，我想，那病根并不在"以文艺为阶级斗争的武器"，而在"借阶级斗争为文艺的武器"，在"无产者文学"这旗帜之下，聚集了不少的忽翻筋斗的人，试看去年的新书广告，几乎没有一本不是革命文学，批评家又但将辩护当作"清算"，就是请文学坐在"阶级斗争"的掩护之下，于是文学自己倒不必着力，因而于文学和斗争两方面都少关系了。

　　但中国目前的一时现象，当然毫不足作无产文学之新兴的反证的。梁先生也知道，所以他临末让步说："假如无产阶级革命家一定要把他的宣传文学唤做无产文学，那总算是一种新兴文学，总算是文学国土里的新收获，用不着高呼打倒资产的文学来争夺文学的领域，因为文学的领域太大了，新的东西总有它的位置的。"但这好像"中日亲善，同存共荣"之说，从羽毛未丰的无产者看来，是一种欺骗。愿意这样的"无产文学者",现在恐怕实在也有的罢,不过这是梁先生所谓"有出息"的要爬上资产阶级去的"无产者"一流,他的作品是穷秀才未中状元时候的牢骚,从开手到爬上以及以后,都决不是无产文学。无产者文学是为了以自己们之力,来解放本阶级并及一切阶级而斗争的一翼,所要的是全般,不是一角的地位。就拿文艺批评界来比方罢,假如在"人性"的"艺术之宫"(这须从成仿吾先生处租来暂用)里,向南面摆两把虎皮交椅,请梁实秋、钱杏邨两位先生并排坐下,一个右执"新月",一个左执"太阳",那情形可真是"劳资"媲美了。

五

到这里,又可以谈到我的"硬译"去了。

推想起来,这是很应该跟着发生的问题:无产文学既然重在宣传,宣传必须多数能懂,那么,你这些"硬译"而难懂的理论"天书",究竟为什么而译的呢? 不是等于不译么?

我的回答是:为了我自己,和几个以无产文学批评家自居的人,和一部分不图"爽快",不怕艰难,多少要明白一些这理论的读者。

从前年以来,对于我个人的攻击是多极了,每一种刊物上,大抵总要看见"鲁迅"的名字,而作者的口吻,则粗粗一看,大抵好像革命文学家。但我看了几篇,竟逐渐觉得废话太多了。解剖刀既不中腠理,子弹所击之处,也不是致命伤。例如我所属的阶级罢,就至今还未判定,忽说小资产阶级,忽说"布尔乔亚",有时还升为"封建余孽",而且又等于猩猩(见《创造月刊》上的"东京通信"),有一回则骂到牙齿的颜色。在这样的社会里,有封建余孽出风头,是十分可能的，但封建余孽就是猩猩，却在任何"唯物史观"上都没有说明，也找不出牙齿色黄，即有害于无产阶级革命的论据。我于是想，可供参考的这样的理论，是太少了，所以大家有些胡涂。对于敌人，解剖、咬嚼，现在是在所不免的，不过有一本解剖学，有一本烹饪法，依法办理，则构造味道，总还可以较为清楚、有味。人往往以神话中的 Prometheus[5] 比革命者，以为窃火给人，虽遭天帝之虐待不悔，其博大坚忍正相同。但我从别国里窃得火来，本意却在煮自己的肉的，以为倘能味道较好，庶几在咬嚼者那一面也得到较多的好处，我也不枉费了身躯：出发点全是个人主义，并且还夹杂着小市民性的奢华，以及慢慢地摸出解剖刀来，反而刺进解剖者的心脏里去的"报复"。梁先生说"他们要报复！"其实岂只[6]"他们"，这样的人在"封建余孽"中也很有的。然而，我也愿意于社会上有些用处，看客所见的结果仍是火和光。这样，首先开手的就是《文艺政策》，因为其中含有各派的议论。

郑伯奇先生现在是开书铺，印 Hauptmann[7] 和 Gregory 夫人的剧本了，那时他还是革命文学家，便在所编的《文艺生活》上笑我的翻译这书是不甘没落，而可惜被别人着了先鞭。翻一本书便会浮起，做革命文学家真太容易了，我并不这样想。有一种小报，则说我的译《艺术论》是"投降"。是的，投降的事，为世上所常有。但其时成仿吾元帅早已爬出日本的温泉，住进巴黎的旅馆了，在这里又向谁去输诚呢？今年，说法又两样了，在《拓荒者》和《现代小说》上，都说是"方向转换"。我看见日本的有些杂志中，曾将这四字加在先前的新感觉派片冈铁兵上，算是一个好名词。其实，这些纷纭之谈，也还是只看名目，连想也不肯想的老病。译一本关于无

5　即"普罗米修斯"。——编者注
6　现代汉语常用"岂止"。——编者注
7　即"豪普特曼"。——编者注

产文学的书，是不足以证明方向的，倘有曲译，倒反足以为害。我的译书，就也要献给这些速断的无产文学批评家，因为他们是有不贪"爽快"，耐苦来研究这些理论的义务的。

但我自信并无故意的曲译，打着我所不佩服的批评家的伤处了的时候我就一笑，打着我的伤处了的时候我就忍疼，却决不肯有所增减，这也是始终"硬译"的一个原因。自然，世间总会有较好的翻译者，能够译成既不曲，也不"硬"或"死"的文章的，那时我的译本当然就被淘汰，我就只要来填这从"无有"到"较好"的空间罢了。

然而世间纸张还多，每一文社的人数却少，志大力薄，写不完所有的纸张，于是一社中的职司克敌助友，扫荡异类的批评家，看见别人来涂写纸张了，便喟然兴叹，不胜其摇头顿足之苦。上海的《申报》上，至于称社会科学的翻译者为"阿狗阿猫"，其愤愤有如此。在"中国新兴文学的地位，早为读者所共知"的蒋光Z先生，曾往日本东京养病，看见藏原惟人。谈到日本有许多翻译太坏，简直比原文还难读……他就笑了起来，说："……那中国的翻译界更要莫名其妙了，近来中国有许多书籍都是译自日文的，如果日本人将欧洲人那一国的作品带点错误和删改，从日文译到中国去，试问这作品岂不是要变了一半相貌么？……"（见《拓荒者》）也就是深不满于翻译，尤其是重译的表示。不过梁先生还举出书名和坏处，蒋先生却只嫣然一笑，扫荡无余，真是普遍得远了。藏原惟人是从俄文直接译过许多文艺理论和小说的，于我个人就极有裨益。我希望中国也有一两个这样的诚实的俄文翻译者，陆续译出好书来，不仅自骂一声"混蛋"就算尽了革命文学家的责任。

然而现在呢，这些东西，梁实秋先生是不译的，称人为"阿狗阿猫"的伟人也不译，学过俄文的蒋先生原是最为适宜的了，可惜养病之后，只出了一本《一周间》，而日本则早已有了两种的译本。中国曾经大谈达尔文，大谈尼采，到欧战时候，则大骂了他们一通，但达尔文的著作的译本，至今只有一种，尼采的则只有半部，学英、德文的学者及文豪都不暇顾及，或不屑顾及，拉倒了。所以暂时之间，恐怕还只好任人笑骂，仍从日文来重译，或者取一本原文，比照了日译本来直译罢。我还想这样做，并且希望更多有这样做的人，来填一填彻底的高谈中的空虚，因为我们不能像蒋先生那样的"好笑起来"，也不该如梁先生的"等着，等着，等着"了。

六

我在开头曾有"以硬自居了，而实则其软如棉，正是新月社的一种特色"这些话，到这里还应该简短地补充几句，就作为本篇的收场。

《新月》一出世，就主张"严正态度"，但于骂人者则骂之，讥人者则讥之，这并不错，正是"即以其人之道，还治其人之身"，虽然也是一种"报复"，而非为了自己。到二卷六、七号合本的广告上，还说"我们都保持'容忍'的态度（除了'不容忍'的态度是我们所不能容忍以外），我们都喜欢稳健的合乎理性的学说"。上两句也不错，"以眼还眼，以牙还牙"，和开初仍然一贯。然而从这条大路走下去，一定要遇到"以暴力抗暴力"，这和新月社诸君所喜欢的"稳健"也不能相容了。

这一回，新月社的"自由言论"遭了压迫，照老办法，是必须对于压迫者，也加以压迫的，但《新月》上所显现的反应，却是一篇《告压迫言论自由者》，先引对方的党义，次引外国的法律，终引东西史例，以见凡压迫自由者，往往臻于灭亡：是一番替对方设想的警告。

　　所以，新月社的"严正态度""以眼还眼"法，归根结蒂，是专施之力量相类，或力量较小的人的，倘给有力者打肿了眼，就要破例，只举手掩住自己的脸，叫一声"小心你自己的眼睛！"

习惯与改革

体质和精神都已硬化了的人民，对于极小的一点改革，也无不加以阻挠，表面上好像恐怕于自己不便，其实是恐怕于自己不利，但所设的口实，却往往见得极其公正而且堂皇。

今年的禁用阴历，原也是琐碎的，无关大体的事，但商家当然叫苦连天了。不特此也，连上海的无业游民、公司雇员，竟也常常慨然长叹，或者说这很不便于农家的耕种，或者说这很不便于海船的候潮。他们居然因此念起久不相干的乡下的农夫、海上的舟子来，这真像煞有些博爱。

一到阴历的十二月二十三，爆竹就到处毕毕剥剥。我问一家的店伙："今年仍可以过旧历年，明年一准过新历年么？"那回答是："明年又是明年，要明年再看了。"他并不信明年非过阳历年不可。但日历上，却诚然删掉了阴历，只存节气。然而一面在报章上，则出现了《一百二十年阴阳合历》的广告。好，他们连曾孙玄孙时代的阴历，也已经给准备妥当了，一百二十年！

梁实秋先生们虽然很讨厌多数，但多数的力量是伟大、要紧的，有志于改革者倘不深知民众的心，设法利导、改进，则无论怎样的高文宏议、浪漫古典，都和他们无干，仅止于几个人在书房中互相叹赏，得些自己满足。假如竟有"好人政府"，出令改革乎，不多久，就早被他们拉回旧道上去了。

真实的革命者，自有独到的见解，例如列宁先生，他是将"风俗"和"习惯"，都包括在"文化"之内的，并且以为改革这些，很为困难。我想，但倘不将这些改革，则这革命即等于无成，如沙上建塔，顷刻倒坏。中国最初的排满革命，所以易得响应者，因为口号是"光复旧物"，就是"复古"，易于取得保守的人民同意的缘故。但到后来，竟没有历史上定例的开国之初的盛世，只枉然失了一条辫子，就很为大家所不满了。

以后较新的改革，就著著失败，改革一两，反动十斤，例如上述的一年日历上不准注阴历，却来了阴阳合历一百二十年。

这种合历，欢迎的人们一定是很多的，因为这是风俗和习惯所拥护，所以也有风俗和习惯的后援。别的事也如此，倘不深入民众的大层中，于他们的风俗习惯加以研究、解剖、分别好坏、立存废的标准，而于存于废，都慎选施行的方法，则无论怎样的改革，都将为习惯的岩石所压碎，或者只在表面上浮游一些时。

现在已不是在书斋中，捧书本高谈宗教、法律、文艺、美术等等的时候了，即使要谈论这些，也必须先知道习惯和风俗，而且有正视这些的黑暗面的勇猛和毅力。因为倘不看清，就无从改革。仅大叫未来的光明，其实是欺骗怠慢的自己和怠慢的听众的。

非革命的急进革命论者

倘说，凡大队的革命军，必须一切战士的意识都十分正确、分明，这才是真的革命军，否则不值一哂。这言论，初看固然是很正当、彻底似的，然而这是不可能的难题，是空洞的高谈，是毒害革命的甜药。

譬如在帝国主义的主宰之下，必不容训练大众个个有了"人类之爱"，然后笑嘻嘻地拱手变为"大同世界"一样，在革命者们所反抗的势力之下，也决不容用言论或行动，使大多数人统得到正确的意识。所以每一革命部队的突起，战士大抵不过是反抗现状这一种意思，大略相同，终极目的是极为歧异的。或者为社会，或者为小集团，或者为一个爱人，或者为自己，或者简直为了自杀。然而革命军仍然能够前行。因为在进军的途中，对于敌人，个人主义者所发的子弹，和集团主义者所发的子弹是一样地能够制其死命。任何战士死伤之际，便要减少些军中的战斗力，也两者相等的。但自然，因为终极目的的不同，在行进时，也时时有人退伍，有人落荒，有人颓唐，有人叛变，然而只要无碍于进行，则愈到后来，这队伍也就愈成为纯粹、精锐的队伍了。

我先前为叶永蓁君的《小小十年》作序，以为已经为社会尽了些力量，便是这意思。书中的主角，究竟上过前线、当过哨兵（虽然连放枪的方法也未曾被教），比起单是抱膝哀歌、握笔愤叹的文豪们来，实在也切实得远了。倘若要现在的战士都是意识正确，而且坚于钢铁之战士，不但是乌托邦的空想，也是出于情理之外的苛求。

但后来在《申报》上，却看见了更严厉、更彻底的批评，因为书中的主角的从军，动机是为了自己，所以深加不满。《申报》是最求和平、最不鼓动革命的报纸，初看仿佛是很不相称似的，我在这里要指出貌似彻底的革命者，而其实是极不革命或有害革命的个人主义的论客来，使那批评的灵魂和报纸的躯壳正相适合。

其一是颓废者，因为自己没有一定的理想和能力，便流落而求刹那的享乐；一定的享乐，又使他发生厌倦，则时时寻求新刺戟，而这刺戟又须厉害，这才感到畅快。革命便也是那颓废者的新刺戟之一，正如饕餮者餍足了肥甘，味厌了、胃弱了，便要吃胡椒和辣椒之类，使额上出一点小汗，才能送下半碗饭去一般。他于革命文艺，就要彻底的、完全的革命文艺，一有时代的缺陷的反映，就使他皱眉，以为不值一哂。和事实离开是不妨的，只要一个爽快。法国的波特莱尔，谁都知道是颓废的诗人，然而他欢迎革命，待到革命要妨害他的颓废生活的时候，他才憎恶革命了。所以革命前夜的纸张上的革命家，而且是极彻底、极激烈的革命家，临革命时，便能够撕掉他先前的假面——不自觉的假面。这种史例，是也应该献给一碰小钉子、一有小地位（或小款子）便东窜东京、西走巴黎的成仿吾那样"革命文学家"的。

其一，我还定不出他的名目。要之，是毫无定见，因而觉得世上没有一件对，自己没有一件不对，归根结蒂，还是现状最好的人们。他现为批评家而说话的时候，就随便捞到一种东西以驳诘相反的东西。要驳互助说时用争存说，驳争存说时用互助说；反对和平论时用阶级争斗说，反对斗争时就主张人类之爱。论敌是唯心论者呢，他的立场是唯物论，待到和唯物论者相辩难，他却又化为唯心论者了。要之，是用英尺来量俄里，又用法尺来量密达，而发见无一相合的人。因为别的一切，无一相合，于是永远觉得自己是"允执厥中"，永远得到自己满足。从这些人们的批评的指示，则只要不完全、有缺陷就不行。但现在的人、事[1]，那里会有十分完全、并无缺陷的呢？为万全计，就只好毫不动弹。然而这毫不动弹却也就是一个大错。总之，做人之道，是非常之烦难了，至于做革命家，那当然更不必说。

《申报》的批评家对于《小小十年》虽然要求彻底的革命的主角，但于社会科学的翻译，是加以刻毒的冷嘲的，所以那灵魂是后一流，而略带一些颓废者的对于人生的无聊，想吃些辣椒来开开胃的气味。

---

1 此处原文为"但现在的人、的事"，疑为原文多字，故更正。——编者注

张资平氏的"小说学"

张资平氏据说是"最进步"的"无产阶级作家",你们还在"萌芽",还在"拓荒",他却已在收获了,这就是进步,拔步飞跑,望尘莫及。然而你如果追踪而往呢,就看见他跑进"乐群书店"中。

张资平氏先前是三角恋爱小说作家,并且看见女的性欲比男人还要熬不住,她来找男人,贱人呀贱人,该吃苦。这自然不是无产阶级小说。但作者一转方向,则一人得道,鸡犬飞升,何况神仙的遗蜕呢,《张资平全集》还应该看的。这是收获呀,你明白了没有?

还有收获哩。《申报》报告,今年的大夏学生,敬请"为青年所崇拜的张资平先生"去教"小说学"了。中国老例,英文先生是一定会教外国史的,国文先生是一定会教伦理学的,何况小说先生,当然满肚子小说学。要不然,他做得出来吗?我们能保得定荷马没有"史诗作法",莎士比亚没有"戏剧学概论"吗?

呜呼,听讲的门徒是有福了,从此会知道如何三角,如何恋爱,你想女人吗?不料女人的性欲冲动比你还要强,自己跑来了。朋友,等着罢。但最可怜的是不在上海,只好遥遥"崇拜",难以身列门墙的青年,竟不能恭听这伟大的"小说学"。现在我将《张资平全集》和"小说学"的精华,提炼在下面,遥献这些崇拜家,算是"望梅止渴"云。

那就是——△

二月二十二日

对于左翼作家联盟的意见

——三月二日在左翼作家联盟成立大会讲

有许多事情，有人在先已经讲得很详细了，我不必再说。我以为在现在，"左翼"作家是很容易成为"右翼"作家的。为什么呢？第一，倘若不和实际的社会斗争接触，单关在玻璃窗内做文章、研究问题，那是无论怎样的激烈，"左"都是容易办到的，然而一碰到实际，便即刻要撞碎了。关在房子里，最容易高谈彻底的主义，然而也最容易"右倾"。西洋的叫做"Salon 的社会主义者"，便是指这而言。"Salon"是客厅的意思，坐在客厅里谈谈社会主义，高雅得很，漂亮得很，然而并不想到实行的。这种社会主义者，毫不足靠。并且在现在，不带点广义的社会主义的思想的作家或艺术家，就是说工农大众应该做奴隶，应该被虐杀、被剥削的这样的作家或艺术家，是差不多没有了，除非墨索里尼，但墨索里尼并没有写过文艺作品。（当然，这样的作家，也还不能说完全没有，例如中国的新月派诸文学家，以及所说的墨索里尼所宠爱的邓南遮便是。）

第二，倘不明白革命的实际情形，也容易变成"右翼"。革命是痛苦，其中也必然混有污秽和血，决不是如诗人所想象的那般有趣、那般完美。革命尤其是现实的事，需要各种卑贱的、麻烦的工作，决不如诗人所想象的那般浪漫。革命当然有破坏，然而更需要建设，破坏是痛快的，但建设却是麻烦的事。所以对于革命抱着浪漫谛克[1]的幻想的人，一和革命接近，一到革命进行，便容易失望。听说俄国的诗人叶赛宁，当初也非常欢迎十月革命，当时他叫道：

1　现译"罗曼蒂克""浪漫蒂克"。——编者注

"万岁，天上和地上的革命！"又说"我是一个布尔什维克了！"然而一到革命后，实际上的情形，完全不是他所想象的那么一回事，终于失望、颓废。叶赛宁后来是自杀了的，听说这失望是他的自杀的原因之一。又如皮利尼亚克和爱伦堡，也都是例子。在我们辛亥革命时也有同样的例，那时有许多文人，例如属于"南社"的人们，开初大抵是很革命的，但他们抱着一种幻想，以为只要将满洲[2]人赶出去，便一切都恢复了"汉官威仪"，人们都穿大袖的衣服，峨冠博带，大步地在街上走。谁知赶走满清皇帝以后，民国成立，情形却全不同，所以他们便失望，以后有些人甚至成为新的运动的反动者。但是，我们如果不明白革命的实际情形，也容易和他们一样的。

还有，以为诗人或文学家高于一切人，他底工作比一切工作都高贵，也是不正确的观念。举例说，从前海涅以为诗人最高贵，而上帝最公平，诗人在死后，便到上帝那里去，围着上帝坐着，上帝请他吃糖果。在现在，上帝请吃糖果的事，是当然无人相信的了，但以为诗人或文学家，现在为劳动大众革命，将来革命成功，劳动阶级一定从丰报酬，特别优待，请他坐特等车，吃特等饭，或者劳动者捧着牛油面包来献他，说："我们的诗人，请用吧！"这也是不正确的，因为实际上决不会有这种事，恐怕那时比现在还要苦，不但没有牛油面包，连黑面包都没有也说不定，俄国革命后一二年的情形便是例子。如果不明白这情形，也容易变成"右翼"。事实上，劳动者大众，只要不是梁实秋所说"有出息"者，也决不会特别看重知识阶级者的，如我所译的《溃灭》中的美谛克（知识阶级出身），反而常被矿工等所嘲笑。不待说，知识阶级有知识阶级的事

2　该词的使用并无贬义，共有两种含义。一是满族的旧称。1635年，皇太极改女真为满洲，辛亥革命后称满族。二是旧时指我国东北一带，清末日俄势力入侵，称东三省为满洲。——编者注

要做，不应特别看轻，然而劳动阶级决无特别例外地优待诗人或文学家的义务。

现在，我说一说我们今后应注意的几点。

第一，对于旧社会和旧势力的斗争，必须坚决，持久不断，而且注重实力。旧社会的根柢[3]原是非常坚固的，新运动非有更大的力不能动摇它什么。并且旧社会还有它使新势力妥协的好办法，但它自己是决不妥协的。在中国也有过许多新的运动了，却每次都是新的敌不过旧的，那原因大抵是在新的一面没有坚决的广大的目的，要求很小，容易满足。譬如白话文运动，当初旧社会是死力抵抗的，但不久便容许白话文底存在，给它一点可怜地位，在报纸的角头等地方可以看见用白话写的文章了，这是因为在旧社会看来，新的东西并没有什么，并不可怕，所以就让它存在，而新的一面也就满足，以为白话文已得到存在权了。又如一二年来的无产文学运动，也差不多一样，旧社会也容许无产文学，因为无产文学并不厉害，反而他们也来弄无产文学，拿去做装饰，仿佛在客厅里放着许多古董磁器[4]以外，放一个工人用的粗碗，也很别致。而无产文学者呢，他已经在文坛上有个小地位，稿子已经卖得出去了，不必再斗争，批评家也唱着凯旋歌："无产文学胜利！"但除了个人的胜利，即以无产文学而论，究竟胜利了多少？况且无产文学，是无产阶级解放斗争底一翼，它跟着无产阶级的社会的势力的成长而成长，在无产阶级的社会地位很低的时候，无产文学的文坛地位反而很高，这只是证明无产文学者离开了无产阶级，回到旧社会去罢了。

第二，我以为战线应该扩大。在前年和去年，文学上的战争是有的，但那范围实在太小，一切旧文学旧思想都不为新派的人所注

3　现代汉语常用"根底"。——编者注
4　现代汉语常用"瓷器"。——编者注

意，反而弄成了在一角里新文学者和新文学者的斗争，旧派的人倒能够闲舒地在旁边观战。

第三，我们应当造出大群的新的战士。因为现在人手实在太少了，譬如我们有好几种杂志，单行本的书也出版得不少，但做文章的总同是这几个人，所以内容就不能不单薄。一个人做事不专，这样弄一点，那样弄一点，既要翻译，又要做小说，还要做批评，并且也要做诗，这怎么弄得好呢？这都因为人太少的缘故，如果人多了，则翻译的可以专翻译，创作的可以专创作，批评的专批评，对敌人应战，也军势雄厚，容易克服。关于这点，我可带便地说一件事。前年创造社和太阳社向我进攻的时候，那力量实在单薄，到后来连我都觉得有点无聊，没有意思反攻了，因为我后来看出了敌军在演"空城计"。那时候我的敌军是专事于吹擂，不务于招兵练将的，攻击我的文章当然很多，然而一看就知道都是化名，骂来骂去都是同样的几句话。我那时就等待有一个能操马克思主义批评的枪法的人来狙击我的，然而他终于没有出现。在我倒是一向就注意新的青年战士底养成的，曾经弄过好几个文学团体，不过效果也很小。但我们今后却必须注意这点。

我们急于要造出大群的新的战士，但同时，在文学战线上的人还要"韧"。所谓韧，就是不要像前清做八股文的"敲门砖"似的办法。前清的八股文，原是"进学"做官的工具，只要能做"起承转合"，借以进了"秀才举人"，便可丢掉八股文，一生中再也用不到它了，所以叫做"敲门砖"，犹之用一块砖敲门，门一敲进，砖就可抛弃了，不必再将它带在身边。这种办法，直到现在，也还有许多人在使用，我们常常看见有些人出了一二本诗集或小说集以后，他们便永远不见了，到那里去了呢？是因为出了一本或二本书，有了一点小名或大名，得到了教授或别的什么位置，功成名遂，不必再写诗写小说了，所以永远不见了。这样，所以在中国无论文学或科学都没有东西，然而在我们是要有东西的，因为这于我们有用（卢那察尔斯基是甚至主张保存俄国的农民美术，因为可以造出来卖给外国人，在经济上有帮助。我以为如果我们文学或科学上有东西拿得出去给别人，则甚至于脱离帝国主义的压迫的政治运动上也有帮助）。但要在文化上有成绩，则非韧不可。

最后，我以为联合战线是以有共同目的为必要条件的。我记得好像曾听到过这样一句话："反动派且已经有联合战线了，而我们还没有团结起来！"其实他们也并未有有意的联合战线，只因为他们的目的相同，所以行动就一致，在我们看来就好像联合战线。而我们战线不能统一，就证明我们的目的不能一致，或者只为了小团体，或者还其实只为了个人，如果目的都在工农大众，那当然战线也就统一了。

我们要批评家

看大概的情形（我们这里得不到确凿的统计），从去年以来，挂着"革命的"的招牌的创作小说的读者已经减少，出版界的趋势，已在转向社会科学了，这不能不说是好现象。最初，青年的读者迷于广告式批评的符咒，以为读了"革命的"创作，便有出路，自己和社会，都可以得救，于是随手拈来，大口吞下，不料许多并不是滋养品 [1]，是新袋子里的酸酒、红纸包里的烂肉，那结果，是吃得胸口痒痒的，好像要呕吐。

得了这一种苦楚的教训之后，转而去求医于根本的、切实的社会科学，自然是一个正当的前进。

然而，大部分是因为市场的需要。社会科学的译著又风起云涌了，较为可看的和很要不得的都杂陈在书摊上，开始寻求正确的知识的读者们已经在惶惑。然而新的批评家不开口，类似批评家之流便趁势一笔抹杀："阿狗阿猫"。

到这里，我们所需要的。就只得还是几个坚实的、明白的，真懂得社会科学及其文艺理论的批评家。

批评家的发生，在中国已经好久了，每一个文学团体中，大抵总有一套文学的人物。至少是一个诗人、一个小说家，还有一个尽职于宣传本团体的光荣和功绩的批评家。这些团体，都说是志在改革，向旧的堡垒取攻势的，然而还在中途，就在旧的堡垒之下纷纷自己扭打起来，扭得大家乏力了，这才放开了手，因为不过是"扭"而已矣，所以大创是没有的，仅仅喘着气。一面喘着气，一面各自

---

[1] 此处原文为"不料许多许多是并不是滋养品"，疑为原文多字，故更正。——编者注

以为胜利,唱着凯歌。旧堡垒上简直无须守兵,只要袖手俯首,看这些新的敌人自己所唱的喜剧就够。他无声,但他胜利了。

这两年中,虽然没有极出色的创作,然而据我所见,印成本子的,如李守章的《跋涉的人们》、台静农的《地之子》、叶永蓁的《小小十年》前半部、柔石的《二月》及《旧时代之死》、魏金枝的《七封信的自传》、刘一梦的《失业以后》,总还是优秀之作。可惜我们的有名的批评家,梁实秋先生还在和陈西滢相呼应,这里可以不提;成仿吾先生是怀念了创造社过去的光荣之后,摇身一变而成为"石厚生",接着又流星似的消失了;钱杏邨先生近来又只在《拓荒者》上,挽着藏原惟人,一段又一段的,在和茅盾扭结。每一个文学团体以外的作品,在这样忙碌或萧闲的战场,便都被"打发"或默杀了。

这回的读书界的趋向社会科学,是一个好的、正当的转机,不惟有益于别方面,即对于文艺,也可催促它向正确、前进的路。但在出品的杂乱和旁观者的冷笑中,是极容易凋谢的,所以现在所首先需要的,也还是——

几个坚实的、明白的、真懂得社会科学及其文艺理论的批评家。

"好政府主义"

梁实秋先生这回在《新月》的《零星》上，也赞成"不满于现状"了，但他以为"现在有知识的人（尤其是素来有'前驱者''权威''先进'的徽号的人），他们的责任不仅仅是冷讥热嘲地发表一点'不满于现状'的杂感而已，他们应该更进一步的诚诚恳恳地去求一个积极医治'现状'的药方"。

为什么呢？因为有病就须下药，"三民主义是一副[1]药——梁先生说——共产主义也是一副药，国家主义也是一副药，无政府主义也是一副药，好政府主义也是一副药"，现在你"把所有的药方都褒贬得一文不值，都挖苦得不留余地……这可是什么心理呢？"

这种心理，实在是应该责难的。但在实际上，我却还未曾见过这样的杂感，譬如说，同一作者，而以为三民主义者是违背了英美的自由，共产主义者又收受了俄国的卢布，国家主义太狭，无政府主义又太空……所以梁先生的《零星》，是将他所见的杂感的罪状夸大了。

其实是，指摘一种主义的理由的缺点，或因此而生的弊病，虽是并非某一主义者，原也无所不可的。有如被压榨得痛了，就要叫喊，原不必在想出更好的主义之前，就定要咬住牙关。但自然，能有更好的主张，便更成一个样子。

不过我以为梁先生所谦逊地放在末尾的"好政府主义"，却还得更谦逊地放在例外的，因为自三民主义以至无政府主义，无论它性质的寒温如何，所开的究竟还是药名，如石膏、肉桂之类——

1　现代汉语常用"服"。——编者注

至于服后的利弊，那是另一个问题。独有"好政府主义"这"一副药"，他在药方上所开的却不是药名，而是"好药料"三个大字，以及一些唠唠叨叨的名医架子的"主张"。不错，谁也不能说医病应该用坏药料，但这张药方，是不必医生才配摇头，谁也会将他"褒贬得一文不值"（"褒"是"称赞"之意，用在这里，不但"不通"，也证明了不识"褒"字，但这是梁先生的原文，所以姑仍其旧）的。

倘这医生羞恼成怒[2]，喝道："你嘲笑我的好药料主义，就开出你的药方来！"那就更是大可笑的"现状"之一，即使并不根据什么主义，也会生出杂感来的。杂感之无穷无尽，正因为这样的"现状"太多的缘故。

一九三〇，四，十七

2　现代汉语常用"恼羞成怒"。——编者注

"丧家的""资本家的乏走狗"

梁实秋先生为了《拓荒者》上称他为"资本家的走狗",就做了一篇自云"我不生气"的文章。先据《拓荒者》第二期第六七二页上的定义,"觉得我自己便有点像是无产阶级里的一个"之后,再下"走狗"的定义,为"大凡做走狗的都是想讨主子的欢心因而得到一点恩惠",于是又因而发生疑问道——

> 《拓荒者》说我是资本家的走狗,是那一个资本家,还是所有的资本家?我还不知道我的主子是谁,我若知道,我一定要带着几分杂志去到主子面前表功,或者还许得到几个金镑或卢布的赏费呢……我只知道不断的劳动下去,便可以赚到钱来维持生计,如何可以到资本家的帐房[1]去领金镑,如何可以到××党去领卢布,这一套本领,我可怎么能知道呢?……

这正是"资本家的走狗"的活写真。凡走狗,虽或为一个资本家所豢养,其实是属于所有的资本家的,所以它遇见所有的阔人都驯良,遇见所有的穷人都狂吠。不知道谁是它的主子,正是它遇见所有阔人都驯良的原因,也就是属于所有的资本家的证据。即使无人豢养,饿的[2]精瘦,变成野狗了,但还是遇见所有的阔人都驯良,遇见所有的穷人都狂吠的,不过这时它就愈不明白谁是主子了。

---

1 现代汉语常用"账房"。——编者注
2 现代汉语常用"得"。——编者注

梁先生既然自叙[3]他怎样辛苦，好像"无产阶级"（即梁先生先前之所谓"劣败者"），又不知道"主子是谁"，那是属于后一类的了，为确当计，还得添几个字，称为"丧家的""资本家的走狗"。

然而这名目还有些缺点。梁先生究竟是有知识的教授，所以和平常的不同。他终于不讲"文学是有阶级性的吗？"了，在《答鲁迅先生》那一篇里，很巧妙地插进电杆上写"武装保护苏联"，敲碎报馆玻璃那些句子去，在上文所引的一段里又写出"到××党去领卢布"字样来，那故意暗藏的两个×，是令人立刻可以悟出的"共产"这两字，指示着凡主张"文学有阶级性"，得罪了梁先生的人，都是在做"拥护苏联"或"去领卢布"的勾当，和段祺瑞的卫兵枪杀学生，《晨报》却道学生为了几个卢布送命，自由大同盟上有我的名字，《革命日报》的通信上便说为"金光灿烂的卢布所买收"，都是同一手段。在梁先生，也许以为给主子嗅出匪类（"学匪"），也就是一种"批评"，然而这职业，比起"刽子手"来，也就更加下贱了。

我还记得，"国共合作"时代，通信和演说，称赞苏联，是极时髦的，现在可不同了，报章所载，则电杆上写字和"××党"，捕房正在捉得非常起劲，那么，为将自己的论敌指为"拥护苏联"或"××党"，自然也就髦得合时，或者还许会得到主子的"一点恩惠"了。但倘说梁先生意在要得"恩惠"或"金镑"，是冤枉的，决没有这回事，不过想借此助一臂之力，以济其"文艺批评"之穷罢了。所以从"文艺批评"方面看来，就还得在"走狗"之上，加上一个形容字："乏"。

一九三〇，四，十九

---

3 现代汉语常用"自述"。"自叙"今同"自序"，指作者自己写的序言，或指叙述自己生平经历的文章。——编者注

《进化和退化》小引

　　这是译者从十年来所译的将近百篇的文字中，选出不很专门、大家可看之作，集在一处，希望流传较广的本子。一，以见最近的进化学说的情形，二，以见中国人将来的运命。

　　进化学说之于中国，输入是颇早的，远在严复的译述赫胥黎《天演论》。但终于也不过留下一个空泛的名词，欧洲大战时代，又大为论客所误解，到了现在，连名目也奄奄一息了。其间学说几经迁流，德弗里斯的突变说兴而又衰，拉马克的环境说废而复振，我们生息于自然中，而于此等自然大法的研究，大抵未尝加意。此书首尾的各两篇，即由新拉马克主义立论，可以窥见大概，略弥缺憾的。

　　但最要紧的是末两篇。沙漠之逐渐南徙，营养之已难支持，都是中国人极重要、极切身的问题，倘不解决，所得的将是一个灭亡的结局。可以解中国古史难以探索的原因，可以破中国人最能耐苦的谬说，还不过是副次的收获罢了。林木伐尽、水泽湮枯，将来的一滴水，将和血液等价，倘这事能为现在和将来的青年所记忆，那么，这书所得的酬报，也就非常之大了。

　　然而自然科学的范围，所说就到这里为止，那给与[1]的解答，也只是治水和造林。这是一看好像极简单、容易的事，其实却并不如此。我可以引史沫特莱女士在《中国乡村生活断片》中的两段话作证——

　　　　她（使女）说，明天她要到南苑去运动狱吏释放她的亲属。

1　现代汉语常用"给予"。——编者注

这人，同六十个别的乡人，男女都有，在三月以前被捕和收监，因为当别的生活资料都没有了以后，他们曾经砍过树枝或剥过树皮。他们这样做，并非出于捣乱，因为他们可以卖掉木头来买粮食。

　　……南苑的人民，没有收成，没有粮食，没有工做，就让有这两亩田又有什么用处？……一遇到些少的扰乱，就把整千的人投到灾民的队伍里去……南苑在那时（军阀混战时）除了树木之外什么都没有了，当乡民一对着树木动手的时候，警察就把他们捉住并且监禁起来。(《萌芽月刊》五期一七七页)

　　所以这样的树木保护法，结果是增加剥树皮、掘草根的人民，反而促进沙漠的出现。但这书以自然科学为范围，所以没有顾及了。接着这自然科学所论的事实之后，更进一步地来加以解决的，则有社会科学在。

一九三〇年五月五日

做古文和做好人的秘诀

——夜记之五

从去年以来一年半之间，凡有对于我们的所谓批评文字中，最使我觉得气闷的、滑稽的，是常燕生先生在一种月刊叫作《长夜》的上面，摆出公正脸孔，说我的作品至少还有十年生命的话。记得前几年，《狂飙》停刊时，同时这位常燕生先生也曾有文章发表，大意说《狂飙》攻击鲁迅，现在书店不愿出版了，安知（！）不是鲁迅运动了书店老板，加以迫害？于是接着大大地颂扬北洋军阀度量之宽宏。我还有些记性，所以在这回的公正脸孔上，仍然隐隐看见刺着那一篇锻炼文字，一面又想起陈源教授的批评法：先举一些美点，以显示其公平，然而接着是许多大罪状——由公平的衡量而得的大罪状。将功折罪，归根结蒂，终于是"学匪"，理应枭首挂在"正人君子"的旗下示众。所以我的经验是：毁或无妨，誉倒可怕，有时候是极其"汲汲乎殆哉"的。更何况这位常燕生先生满身五色旗气味，即令真心许我以作品的不灭，在我也好像宣统皇帝忽然龙心大悦，钦许我死后谥为"文忠"一般。于满肚气闷中的滑稽之余，仍只好诚惶诚恐，特别脱帽鞠躬，敬谢不敏之至了。

但在同是《长夜》的另一本上，有一篇刘大杰先生的文章——这些文章，似乎《中国的文艺论战》上都未收载——我却很感激的读毕了，这或者就因为正如作者所说，和我素不相知，并无私人恩怨，夹杂其间的缘故。然而尤使我觉得有益的，是作者替我设法，以为在这样四面围剿之中，不如放下刀笔，暂且出洋，并且给我忠告，说是在一个人的生活史上留下几张白纸，也并无什么紧要。在仅仅一个人的生活史上，有了几张白纸，或者全本都是白纸，或者竟全本涂成黑纸，地球也决不会因此炸裂，我是早知道的。这回意外地所得的益处，是三十年来，若有所悟，而还是说不出简明扼要的纲领的做古文和做好人的方法，因此恍然抓住了蹩头了。

其口诀曰：要做古文，做好人，必须做了一通，仍旧等于一张的白纸。

从前教我们作文的先生，并不传授什么《马氏文通》《文章作法》之流，一天到晚，只是读、做，读、做；做得不好，又读，又做。他却决不说坏处在那里，作文要怎样。一条暗胡同，一任你自己去摸索，走得通与否，大家听天由命。但偶然之间，也会不知怎么一来——真是"偶然之间"而且"不知怎么一来"，卷子上的文章，居然被涂改的少下去，留下的，而且有密圈的处所多起来了。于是学生满心欢喜，就照这样——真是自己也莫名其妙，不过是"照这样"——做下去，年深月久之后，先生就不再删改你的文章了，只在篇末批些"有书有笔，不蔓不枝"之类，到这时候，即可以算作"通"。自然，请高等批评家梁实秋先生来说，恐怕是不通的，但我是就世俗一般而言，所以也姑且从俗。

这一类文章，立意当然要清楚的，什么意见，倒在其次。譬如说，做《工欲善其事，必先利其器论》罢，从正面说，发挥"其器不利，则工事不善"固可，即从反面说，偏以为"工以技为先，技不纯，则器虽利，而事亦不善"也无不可。就是关于皇帝的事，说"天皇圣明，臣罪当诛"固可，即说皇帝不好，一刀杀掉也无不可的，因为我们的孟夫子有言在先，"闻诛独夫纣矣，未闻弑君也"，现在我们圣人之徒，也正是这一个意思[1]。但总之，要从头到底，一层一层说下去，弄得明明白白，还是天皇圣明呢，还是一刀

1　此处原文为"也正是这一个意思儿"，疑问原文多字，故更正。——编者注

杀掉，或者如果都不赞成，那也可以临末声明"虽穷淫虐之威，而究有君臣之分，君子不为已甚，窃以为放诸四裔可矣"的。这样的做法，大概先生也未必不以为然，因为"中庸"也是我们古圣贤的教训。

然而，以上是清朝末年的话，如果在清朝初年，倘有什么人去一告密，那可会"灭族"也说不定的，连主张"放诸四裔"也不行，这时他不和你来谈什么孟子孔子了。现在革命方才成功，情形大概也和清朝开国之初相仿。（不完）

　　这是《夜记》之五的小半篇。《夜记》这东西，是我于一九二七年起，想将偶然的感想，在灯下记出，留为一集的，那年就发表了两篇。到得上海，有感于屠戮之凶，又做了一篇半，题为《虐杀》，先讲些日本幕府的磔杀耶教徒、俄国皇帝的酷待革命党之类的事。但不久就遇到了大骂人道主义的风潮，我也就借此偷懒，不再写下去，现在连稿子也不见了。

　　到得前年，柔石要到一个书店去做杂志的编辑，来托我做点随随便便，看起来不大头痛的文章。这一夜我就又想到做《夜记》，立了这样的题目。大意是想说，中国的作文和做人，都要古已有之，但不可直钞整篇，而须东拉西扯，补缀得看不出缝，这才算是上上大吉。所以做了一大通，还是等于没有做，而批评者则谓之好文章或好人。社会上的一切，什么也没有进步的病根就在此。当夜没有做完，睡觉去了。第二天柔石来访，将写下来的给他看，他皱皱眉头，以为说得太噜苏[2]一点，且怕过占了篇幅。于是我就约他另译一篇短文，将这放下了。

2　现代汉语常用"啰唆"。——编者注

现在去柔石的遇害，已经一年有余了，偶然从乱纸里检出这稿子来，真不胜其悲痛。我想将全文补完，而终于做不到，刚要下笔，又立刻想到别的事情上去了。所谓"人琴俱亡"者，大约也就是这模样的罢。现在只将这半篇附录在这里，以作柔石的纪念。

一九三二年四月二十六日之夜，记。

一九三一年

关于《唐三藏取经诗话》的版本

——寄开明书店中学生杂志社

编辑先生：

这一封信，不知道能否给附载在《中学生》上？

事情是这样的——

《中学生》新年号内，郑振铎先生的大作《宋人话本》中关于《唐三藏取经诗话》，有如下的一段话：

> 此话本的时代不可知，但王国维氏据书末："中瓦子张家印"数字，而断定其为宋椠，语颇可信。故此话本，当然亦必为宋代的产物。但也有人加以怀疑的。不过我们如果一读元代吴昌龄的《西游记》杂剧，便知这部原始的取经故事其产生必定是远在于吴氏《西游记》杂剧之前的。换一句话说，必定是在元代之前的宋代的。而"中瓦子"的数字恰好证实其为南宋临安城中所出产的东西，而没有什么疑义。

我先前作《中国小说史略》时，曾疑此书为元椠，甚招收藏者德富苏峰先生的不满，著论辟谬，我也略加答辩，后来收在杂感集中。所以郑振铎先生大作中之所谓"人"，其实就是"鲁迅"，于唾弃之中，仍寓代为遮羞的美意，这是我万分惭而且感的。但我以为考证固不可荒唐，而亦不宜墨守，世间许多事，只消常识，便得了然。藏书家欲其所藏版本之古，史家则不然。故于旧书，不以缺笔定时代，如遗老现在还有将"儀"字缺末笔者，但现在确是中华民国；也不专以地名定时代，如我生于绍兴，然而并非南宋人，因为许多地名，是不随朝代而改的；也不仅据文意的华朴巧拙定时代，因为作者是文人还是市人，于作品是大有分别的。

所以倘无积极的确证，《唐三藏取经诗话》似乎还可怀疑为元椠。即如郑振铎先生所引据的同一位"王国维氏"，他别有《两浙古刊本考》两卷，民国十一年序，收在遗书第二集中。其卷上"杭州府刊版"的"辛、元杂本"项下，有这样的两种在内——

《京本通俗小说》
《大唐三藏取经诗话》三卷

是不但定《取经诗话》为元椠，且并以《通俗小说》为元本了。《两浙古本考》虽然并非僻书，但中学生诸君也并非专治文学史者，恐怕未必有暇涉猎。所以录寄贵刊，希为刊载，一以略助多闻，二以见单文孤证，是难以"必定"一种史实而常有"什么疑义"的。

专此布达，并请

撰安。

鲁迅启上　一月十九夜

柔石小传

柔石，原名平复，姓赵，以一九〇一年生于浙江省台州宁海县的市门头。前几代都是读书的，到他的父亲，家景已不能支，只好去营小小的商业，所以他直到十岁，这才能入小学。一九一七年赴杭州，入第一师范学校，一面为杭州晨光社之一员，从事新文学运动。毕业后，在慈溪等处为小学教师，且从事创作，有短篇小说集《疯人》一本，即在宁波出版，是为柔石作品印行之始。一九二三年赴北京，为北京大学旁听生。

回乡后，于一九二五年春，为镇海中学校务主任，抵抗北洋军阀的压迫甚力。秋，咯血，但仍力助宁海青年，创办宁海中学，至次年，竟得募集款项，造成校舍，一面又任教育局局长，改革全县的教育。

一九二八年四月，乡村发生暴动。失败后，到处反动，较新的全被摧毁，宁海中学既遭解散，柔石也单身出走，寓居上海，研究文艺。十二月为《语丝》编辑，又与友人设立朝华社，于创作之外，并致力于介绍外国文艺，尤其是北欧，东欧的文学与版画，出版的有《朝华》周刊二十期、旬刊十二期及《艺苑朝华》五本。后因代售者不付书价，力不能支，遂中止。

一九三〇年春，自由运动大同盟发动，柔石为发起人之一。不久，左翼作家联盟成立，他也为基本构成员之一，尽力于普罗文学运动。先被选为执行委员，次任常务委员编辑部主任。五月间，以左联代表的资格，参加全国苏维埃区域代表大会，毕后，作《一个伟大的印象》一篇。

一九三一年一月十七日被捕，由巡捕房经特别法庭移交龙华警备司令部，二月七日晚，被秘密枪决，身中十弹。

柔石有子二人，女一人，皆幼。文学上的成绩，创作有诗剧《人间的喜剧》，未印，小说《旧时代之死》《三姊妹》《二月》《希望》，翻译有卢那察尔斯基的《浮士德与城》，高尔基的《阿尔泰莫诺夫氏之事业》及《丹麦短篇小说集》等。

中国无产阶级革命文学和前驱的血

中国的无产阶级革命文学在今天和明天之交发生，在诬蔑和压迫之中滋长，终于在最黑暗里，用我们的同志的鲜血写了第一篇文章。

我们的劳苦大众历来只被最剧烈的压迫和榨取，连识字教育的布施也得不到，惟有默默地身受着宰割和灭亡。繁难的象形字，又使他们不能有自修的机会。知识的青年们意识到自己的前驱的使命，便首先发出战叫。这战叫和劳苦大众自己的反叛的叫声一样地使统治者恐怖，走狗的文人即群起进攻，或者制造谣言，或者亲作侦探，然而都是暗做，都是匿名，不过证明了他们自己是黑暗的动物。

统治者也知道走狗的文人不能抵挡无产阶级革命文学，于是一面禁止书报，封闭书店，颁布恶出版法，通缉著作家；一面用最末的手段，将左翼作家逮捕、拘禁、秘密处以死刑，至今并未宣布。这一面固然在证明他们是在灭亡中的黑暗的动物，一面也在证实中国无产阶级革命文学阵营的力量，因为如传略所罗列，我们的几个遇害的同志的年龄、勇气，尤其是平日的作品的成绩，已足使全队走狗不敢狂吠。

然而我们的这几个同志已被暗杀了，这自然是无产阶级革命文学的若干的损失，我们的很大的悲痛。但无产阶级革命文学却仍然滋长，因为这是属于革命的广大劳苦群众的，大众存在一日，壮大一日，无产阶级革命文学也就滋长一日。我们的同志的血，已经证明了无产阶级革命文学和革命的劳苦大众是在受一样的压迫，一样的残杀，作一样的战斗，有一样的运命，是革命的劳苦大众的文学。

现在，军阀的报告，已说虽是六十岁老妇，也为"邪说"所中，租界的巡捕，虽对于小学儿童，也时时加以检查。他们除从帝国主义得来的枪炮和几条走狗之外，已将一无所有了，所有的只是老老小小——青年不必说——的敌人。而他们的这些敌人，便都在我们的这一面。

我们现在以十分的哀悼和铭记，纪念我们的战死者，也就是要牢记中国无产阶级革命文学的历史的第一页，是同志的鲜血所记录，永远在显示敌人的卑劣的凶暴和启示我们的不断的斗争。

黑暗中国的文艺界的现状

——为美国《新群众》作

现在，在中国，无产阶级的革命的文艺运动，其实就是惟一的文艺运动，因为这乃是荒野中的萌芽，除此以外，中国已经毫无其他文艺。属于统治阶级的所谓"文艺家"，早已腐烂到连所谓"为艺术的艺术"以至"颓废"的作品也不能生产，现在来抵制左翼文艺的，只有诬蔑、压迫、囚禁和杀戮；来和左翼作家对立的，也只有流氓、侦探、走狗、刽子手了。

这一点，已经由两年以来的事实，证明得十分明白。

前年，最初绍介普列汉诺夫（Plekhanov）和卢那察尔斯基（Lunacharsky）的文艺理论进到中国的时候，先使一位白璧德先生（Mr. Prof. Irving Babbitt）的门徒，感觉锐敏的"学者"愤慨，他以为文艺原不是无产阶级的东西，无产者倘要创作或鉴赏文艺，先应该辛苦地积钱，爬上资产阶级去，而不应该大家浑身褴褛，到这花园中来吵嚷。并且造出谣言，说在中国主张无产阶级文学的人，是得了苏俄的卢布。这方法也并非毫无效力，许多上海的新闻记者就时时捏造新闻，有时还登出卢布的数目。但明白的读者们并不相信它，因为比起这种纸上的新闻来，他们却更切实地在事实上看见只有从帝国主义国家运到杀戮无产者的枪炮。

统治阶级的官僚，感觉比学者慢一点，但去年也就日加迫压了。禁期刊，禁书籍，不但内容略有革命性的，而且连书面用红字的，作者是俄国的，绥拉菲靡维奇（A. Serafimovitch）、伊凡诺夫（V. Ivanov）和奥格涅夫（N. Ognev）不必说了，连契诃夫（A. Chekhov）

和安特莱夫（L. Andreev）的有些小说，也都在禁止之列。于是使书店只好出算学教科书和童话，如 Mr. Cat 和 Miss Rose 谈天，称赞春天如何可爱之类——因为至尔·妙伦（H. Zur Mühlen）所作的童话的译本也已被禁止，所以只好竭力称赞春天。但现在又有一位将军发怒，说动物居然也能说话而且称为 Mr.，有失人类的尊严了。

单是禁止，还不是根本的办法，于是今年有五个左翼作家失了踪，经家族去探听，知道是在警备司令部，然而不能相见，半月以后，再去问时，却道已经"解放"——这是"死刑"的嘲弄的名称——了，而上海的一切中文和西文的报章上，绝无记载。接着是封闭曾出新书或代售新书的书店，多的时候，一天五家——但现在又陆续开张了，我们不知道是怎么一回事，惟看书店的广告，知道是在竭力印些英汉对照，如斯蒂文森（Robert Stevenson）、王尔德（Oscar Wilde）等人的文章。

然而统治阶级对于文艺，也并非没有积极的建设。一方面，他们将几个书店的原先的老板和店员赶开，暗暗换上肯听嗾使的自己的一伙。但这立刻失败了。因为里面满是走狗，这书店便像一座威严的衙门，而中国的衙门，是人民所最害怕最讨厌的东西，自然就没有人去，喜欢去跑跑的还是几只闲逛的走狗。这样子，又怎能使门市热闹呢？但是，还有一方面，是做些文章，印行杂志，以代被禁止的左翼的刊物，至今为止，已将十种。然而这也失败了。最有妨碍的是这些"文艺"的主持者，乃是一位上海市的政府委员和一位警备司令部的侦缉队长，他们的善于"解放"的名誉，都比"创作"要大得多。他们倘做一部"杀戮法"或"侦探术"，大约倒还有人要看的，但不幸竟在想画画、吟诗。这实在譬如美国的亨利·福特（Henry Ford）先生不谈汽车，却来对大家唱歌一样，只令人觉得非常诧异。

官僚的书店没有人来，刊物没有人看，救济的方法，是去强迫早经有名，而并不分明左倾的作者来做文章，帮助他们的刊物的流布。那结果，是只有一两个胡涂的中计，多数却至今未曾动笔，有一个竟吓得躲到不知道什么地方去了。

现在他们里面的最宝贵的文艺家，是当左翼文艺运动开始，未受迫害，为革命的青年所拥护的时候，自称左翼，而现在爬到他们的刀下，转头来害左翼作家的几个人。为什么被他们所宝贵的呢？因为他曾经是左翼，所以他们的有几种刊物，那面子还有一部分是通红的，但将其中的农工的图，换上了比亚兹莱（Aubrey Beardsley）的个个好像病人的图画了。

在这样的情形之下，那些读者们，凡是一向爱读旧式的强盗小说的和新式的肉欲小说的，倒并不觉得不便。然而较进步的青年，就觉得无书可读，他们不得已，只得看看空话很多，内容极少——这样的才不至于被禁止——的书，姑且安慰饥渴，因为他们知道，与其去买官办的催吐的毒剂，还不如喝喝空杯，至少，是不至于受害。但一大部分革命的青年，却无论如何，仍在非常热烈地要求、拥护、发展左翼文艺。

所以，除官办及其走狗办的刊物之外，别的书店的期刊，还是不能不设种种方法，加入几篇比较的急进的作品去，他们也知道专卖空杯，这生意决难久长。左翼文艺有革命的读者大众支持，"将来"正属于这一面。

这样子，左翼文艺仍在滋长。但自然是好像压于大石之下的萌芽一样，在曲折地滋长。

所可惜的，是左翼作家之中，还没有农工出身的作家。一者，因为农工历来只被迫压、榨取，没有略受教育的机会；二者，因为中国的象形——现在是早已变得连形也不像了——的方块字，使农工虽是读书十年，也还不能任意写出自己的意见。这事情很使拿刀的"文艺家"喜欢。他们以为受教育能到会写文章，至少一定是小资产阶级，小资产者应该抱住自己的小资产，现在却反而倾向无产者，那一定是"虚伪"。惟有反对无产阶级文艺的小资产阶级的作家倒是出于"真"心的。"真"比"伪"好，所以他们的对于左翼作家的诬蔑、压迫、囚禁和杀戮，便是更好的文艺。

但是，这用刀的"更好的文艺"，却在事实上证明了左翼作家们正和一样在被压迫被杀戮的无产者负着同一的运命，惟有左翼文艺现在在和无产者一同受难（Passion），将来当然也将和无产者一同起来。单单的杀人究竟不是文艺，他们也因此自己宣告了一无所有了。

上海文艺之一瞥

——八月十二日在社会科学研究会讲

上海过去的文艺，开始的是《申报》。要讲《申报》，是必须追溯到六十年以前的，但这些事我不知道。我所能记得的，是三十年以前，那时的《申报》，还是用中国竹纸的，单面印，而在那里做文章的，则多是从别处跑来的"才子"。

那时的读书人，大概可以分他为两种，就是君子和才子。君子是只读四书五经，做八股，非常规矩的。而才子却此外还要看小说，例如《红楼梦》，还要做考试上用不着的古今体诗之类。这是说，才子是公开的看《红楼梦》的，但君子是否在背地里也看《红楼梦》，则我无从知道。有了上海的租界——那时叫作"洋场"，也叫"夷场"，后来有怕犯讳的，便往往写作"彝场"——有些才子们便跑到上海来，因为才子是旷达的，那里都去；君子则对于外国人的东西总有点厌恶，而且正在想求正路的功名，所以决不轻易的乱跑。孔子曰："道不行，乘桴浮于海。"从才子们看来，就是有点才子气的，所以君子们的行径，在才子就谓之"迂"。

才子原是多愁多病，要闻鸡生气，见月伤心的。一到上海，又遇见了婊子。去嫖的时候，可以叫十个二十个的年青姑娘聚集在一处，样子很有些像《红楼梦》，于是他就觉得自己好像贾宝玉。自己是才子，那么婊子当然是佳人，于是才子佳人的书就产生了。内容多半是，惟才子能怜这些风尘沦落的佳人，惟佳人能识坎坷不遇的才子，受尽千辛万苦之后，终于成了佳偶，或者是都成了神仙。

他们又帮申报馆印行些明清的小品书出售，自己也立文社，出灯谜，有入选的，就用这些书做赠品，所以那流通很广远。也有大部书，如《儒林外史》《三宝太监西洋记》《快心编》等。现在我们在旧书摊上，有时还看见第一页印有"上海申报馆仿聚珍板印"字样的小本子，那就都是的。

佳人才子的书盛行的好几年，后一辈的才子的心思就渐渐改变了。他们发见了佳人并非因为"爱才若渴"而做婊子的，佳人只为的是钱。然而佳人要才子的钱，是不应该的，才子于是想了种种制伏婊子的妙法，不但不上当，还占了她们的便宜，叙述这各种手段的小说就出现了，社会上也很风行，因为可以做嫖学教科书去读。这些书里面的主人公，不再是才子+（加）呆子，而是在婊子那里得了胜利的英雄豪杰，是才子+流氓。

在这之前，早已出现了一种画报，名目就叫《点石斋画报》，是吴友如主笔的，神仙人物，内外新闻，无所不画，但对于外国事情，他很不明白，例如画战舰罢，是一只商船，而舱面上摆着野战炮；画决斗则两个穿礼服的军人在客厅里拔长刀相击，至于将花瓶也打落跌碎。然而他画"老鸨虐妓""流氓拆梢"之类，却实在画得很好的，我想，这是因为他看得太多了的缘故，就是在现在，我们在上海也常常看到和他所画一般的脸孔。这画报的势力，当时是很大的，流行各省，算是要知道"时务"——这名称在那时就如现在之所谓"新学"——的人们的耳目。前几年又翻印了，叫作《吴友如墨宝》，而影响到后来也实在利害[1]，小说上的绣像不必说了，就是在教科书的插画上，也常常看见所画的孩子大抵是歪戴帽，斜视眼，满脸横肉，一副流氓气。在现在，新的流氓画家又出了叶灵凤先生，叶先生的画是从英国的比亚兹莱（Aubrey Beardsley）剥来的，比亚兹莱是"为艺术的艺术"派，他的画极受日本的"浮世绘"

---

[1] 现代汉语常用"厉害"。——编者注

（Ukiyoe）的影响。浮世绘虽是民间艺术，但所画的多是妓女和戏子，胖胖的身体，斜视的眼睛——Erotic（色情的）眼睛。不过比亚兹莱画的人物却瘦瘦的，那是因为他是颓废派（Decadence）的缘故。颓废派的人们多是瘦削的、颓丧的，对于壮健的女人他有点惭愧，所以不喜欢。我们的叶先生的新斜眼画，正和吴友如的老斜眼画合流，那自然应该流行好几年。但他也并不只画流氓的，有一个时期也画过普罗列塔利亚，不过所画的工人也还是斜视眼，伸着特别大的拳头。但我以为画普罗列塔利亚应该是写实的，照工人原来的面貌，并不须画得拳头比脑袋还要大。

现在的中国电影，还在很受着这"才子＋流氓"式的影响，里面的英雄，作为"好人"的英雄，也都是油头滑脑的，和一些住惯了上海、晓得怎样"拆梢""揩油""吊膀子"的滑头少年一样。看了之后，令人觉得现在倘要做英雄，做好人，也必须是流氓。

才子＋流氓的小说，但也渐渐的衰退了。那原因，我想，一则因为总是这一套老调子——妓女要钱，嫖客用手段，原不会写不完的；二则因为所用的是苏白，如什么倪＝我，耐＝你，阿是＝是否之类，除了老上海和江浙的人们之外，谁也看不懂。

然而才子＋佳人的书，却又出了一本当时震动一时的小说，那就是从英文翻译过来的《迦茵小传》（H. R. Haggard: *Joan Haste*）。但只有上半本，据译者说，原本从旧书摊上得来，非常之好，可惜觅不到下册，无可奈何了。果然，这很打动了才子佳人们的芳心，流行得很广很广。后来还至于打动了林琴南先生，将全部译出，仍旧名为《迦茵小传》。而同时受了先译者的大骂，说他不该全译，使迦茵的价值降低，给读者以不快的。于是才知道先前之所以只有半部，实非原本残缺，乃是因为记着迦茵生了一个私生子，译者故意不译的。其实这样的一部并不很长的书，外国也不至于分印成两本。但是，即此一端，也很可以看出当时中国对于婚姻的见解了。

这时新的才子＋佳人小说便又流行起来，但佳人已是良家女子了，和才子相悦相恋，分拆不开，柳阴花下，像一对胡蝶[2]，一双鸳鸯一样，但有时因为严亲，或者因为薄命，也竟至于偶见悲剧的结局，不再都成神仙了——这实在不能不说是一个大进步。到了近来是在制造兼可擦脸的牙粉了的天虚我生先生所编的月刊杂志《眉语》出现的时候，是这鸳鸯胡蝶式文学的极盛时期。后来《眉语》虽遭禁止，势力却并不消退，直待《新青年》盛行起来，这才受了打击。这时有易卜生的剧本的介绍和胡适之先生的《终身大事》的别一形式的出现，虽然并不是故意的，然而鸳鸯胡蝶派作为命根的那婚姻问题，却也因此而娜拉（Nora）似的跑掉了。

这后来，就有新才子派的创造社的出现。创造社是尊贵天才的，为艺术而艺术的，专重自我的，崇创作，恶翻译，尤其憎恶重译的，与同时上海的文学研究会相对立。那出马的第一个广告上，说有人"垄断"着文坛，就是指着文学研究会。文学研究会却也正相反，是主张为人生的艺术的，是一面创作，一面也看重翻译的，是注意于绍介被压迫民族文学的，这些都是小国度，没有人懂得他们的文字，因此也几乎全都是重译的。并且因为曾经声援过《新青年》，新仇夹旧仇，所以文学研究会这时就受了三方面的攻击。一方面就是创造社，既然是天才的艺术，那么看那为人生的艺术的文学研究会自然就是多管闲事，不免有些"俗"气，而且还以为无能，所以倘被发现一处误译，有时竟至于特做一篇长长的专论。一方面是留学过美国的绅士派，他们以为文艺是专给老爷太太们看的，所以主角除老爷太太之外，只配有文人、学士、艺术家、教授、小姐等等，要会说 Yes, No，这才是绅士的庄严，那时吴宓先生就曾经发表过文

2　现代汉语常用"蝴蝶"。——编者注

章，说是真不懂为什么有些人竟喜欢描写下流社会。第三方面，则就是以前说过的鸳鸯胡蝶派，我不知道他们用的是什么方法，到底使书店老板将编辑《小说月报》的一个文学研究会会员撤换，还出了《小说世界》，来流布他们的文章。这一种刊物，是到了去年才停刊的。

创造社的这一战，从表面看来，是胜利的。许多作品，既和当时的自命才子们的心情相合，加以出版者的帮助，势力雄厚起来了。势力一雄厚，就看见大商店如商务印书馆，也有创造社员的译著的出版——这是说，郭沫若和张资平两位先生的稿件。这以来，据我所记得，是创造社也不再审查商务印书馆出版物的误译之处，来做专论了。这些地方，我想，是也有些才子＋流氓式的。然而，"新上海"是究竟敌不过"老上海"的，创造社员在凯歌声中，终于觉到了自己就在做自己们的出版者的商品，种种努力，在老板看来，就等于眼镜铺大玻璃窗里纸人的眨眼，不过是"以广招徕"。待到希图独立出版的时候，老板就给吃了一场官司，虽然也终于独立，说是一切书籍，大加改订，另行印刷，从新[3]开张了，然而旧老板却还是永远用了旧版子，只是印、卖，而且年年是什么纪念的大廉价。

商品固然是做不下去的，独立也活不下去。创造社的人们的去路，自然是在较有希望的"革命策源地"的广东。在广东，于是也有"革命文学"这名词的出现，然而并无什么作品，在上海，则并且还没有这名词。

到了前年，"革命文学"这名目这才旺盛起来了，主张的是从"革命策源地"回来的几个创造社元老和若干新份子。革命文学之所以旺盛起来，自然是因为由于社会的背景，一般群众、青年有了这样的要求。当从广东开始北伐的时候，一般积极的青年都跑到实

3　现代汉语常用"重新"。——编者注

际工作去了，那时还没有什么显著的革命文学运动，到了政治环境突然改变，革命遭了挫折，阶级的分化非常显明，国民党以"清党"之名，大戮共产党及革命群众，而死剩的青年们再入于被迫压的境遇，于是革命文学在上海这才有了强烈的活动。所以这革命文学的旺盛起来，在表面上和别国不同，并非由于革命的高扬，而是因为革命的挫折。虽然其中也有些是旧文人解下指挥刀来重理笔墨的旧业，有些是几个青年被从实际工作排出，只好借此谋生，但因为实在具有社会的基础，所以在新份子里，是很有极坚实正确的人存在的。但那时的革命文学运动，据我的意见，是未经好好的计划，很有些错误之处的。例如，第一，他们对于中国社会，未曾加以细密的分析，便将在苏维埃政权之下才能运用的方法，来机械地运用了。再则他们，尤其是成仿吾先生，将革命使一般人理解为非常可怕的事，摆着一种极左倾的凶恶的面貌，好似革命一到，一切非革命者就都得死，令人对革命只抱着恐怖。其实革命是并非教人死而是教人活的。这种令人"知道点革命的厉害"，只图自己说得畅快的态度，也还是中了才子＋流氓的毒。

激烈得快的，也平和得快，甚至于也颓废得快。倘在文人，他总有一番辩护自己的变化的理由，引经据典。譬如说，要人帮忙时候用克鲁巴金的互助论，要和人争闹的时候就用达尔文的生存竞争说。无论古今，凡是没有一定的理论，或主张的变化并无线索可寻，而随时拿了各种各派的理论来作武器的人，都可以称之为流氓。例如上海的流氓，看见一男一女的乡下人在走路，他就说："喂，你们这样子，有伤风化，你们犯了法了！"他用的是中国法。倘看见一个乡下人在路旁小便呢，他就说："喂，这是不准的，你犯了法，该捉到捕房去！"这时所用的又是外国法。但结果是无所谓法不法，只要被他敲去了几个钱就都完事。

在中国，去年的革命文学者和前年很有点不同了。这固然由于境遇的改变，但有些"革命文学者"的本身里，还藏着容易犯到的病根。"革命"和"文学"，若断若续，好像两只靠近的船，一只是"革命"，一只是"文学"，而作者的每一只脚就站在每一只船上面。当环境较好的时候，作者就在革命这一只船上踏得重一点，分明是革命者，待到革命一被压迫，则在文学的船上踏得重一点，他变了不过是文学家了。所以前年的主张十分激烈，以为凡非革命文学，统得扫荡的人，去年却记得了列宁爱着冈察洛夫（I. A. Gontcharov）的作品的故事，觉得非革命文学，意义倒也十分深长。还有最彻底的革命文学家叶灵凤先生，他描写革命家，彻底到每次上茅厕时候都用我的《呐喊》去揩屁股，现在却竟会莫名其妙的跟在所谓民族主义文学家屁股后面了。

类似的例，还可以举出向培良先生来，在革命渐渐高扬的时候，他是很革命的。他在先前，还曾经说，青年人不但嗥叫，还要露出狼牙来。这自然也不坏，但也应该小心，因为狼是狗的祖宗，一到被人驯服的时候，是就要变而为狗的，向培良先生现在在提倡人类的艺术了，他反对有阶级的艺术的存在，而在人类中分出好人和坏人来，这艺术是"好坏斗争"的武器。狗也是将人分为两种的，豢养它的主人之类是好人，别的穷人和乞丐在它的眼里就是坏人，不是叫，便是咬。然而这也还不算坏，因为究竟还有一点野性，如果再一变而为吧儿狗，好像不管闲事，而其实在给主子尽职，那就正如现在的自称不问俗事的为艺术而艺术的名人们一样，只好去点缀大学教室了。

这样的翻着筋斗的小资产阶级，即使是在做革命文学家，写着革命文学的时候，也最容易将革命写歪，写歪了，反于革命有害，所以他们的转变是毫不足惜的。当革命文学的运动勃兴时，许多小资产阶级的文学家忽然变过来了，那时用来解释这现象的，是突变之说。但我们知道，所谓突变者，是说 A 要变 B，几个条件已经完备，而独缺其一的时候，这一个条件一出现，于是就变成了 B。譬如水的结冰，温度须到零点，同时又须有空气的振动，倘没有这，则即便到了零点，也还是不结冰，这时空气一振动，这才突变而为冰了。所以外面虽然好像突变，其实是并非突然的事。倘没有应具的条件的，那就是即使自说已变，实际上却并没有变，所以有些忽然一天晚上自称突变过来的小资产阶级革命文学家，不久就又突变回去了。

去年左翼作家联盟在上海的成立，是一件重要的事实。因为这时已经输入了普列汉诺夫、卢那察尔斯基等的理论，给大家能够互相切磋，更加坚实而有力，但也正因为更加坚实而有力了，就受到世界上古今所少有的压迫和摧残，因为有了这样的压迫和摧残，就使那时以为左翼文学将大出风头，作家就要吃劳动者供献上来的黄油面包了的所谓革命文学家立刻现出原形，有的写悔过书，有的是反转来攻击左联，以显出他今年的见识又进了一步。这虽然并非左联直接的自动，然而也是一种扫荡，这些作者，是无论变与不变，总写不出好的作品来的。

但现存的左翼作家，能写出好的无产阶级文学来么？我想，也很难。这是因为现在的左翼作家还都是读书人——知识阶级，他们要写出革命的实际来，是很不容易的缘故。日本的厨川白村（H. Kuriyagawa）曾经提出过一个问题，说："作家之所以描写，必得是自己经验过的么？"他自答道："不必，因为他能够体察。所以要写偷，他不必亲自去做贼，要写通奸，他不必亲自去私通。"但我以为这是因为作家生长在旧社会里，熟悉了旧社会的情形，看惯了旧社会的人物的缘故，所以他能够体察，对于和他向来没有关系的无产阶级的情形和人物，他就会无能，或者弄成错误的描写了。所以革命文学家，至少是必须和革命共同着生命，或深切地感受着革命的脉搏的（最近左联的提出了"作家的无产阶级化"的口号，就是对于这一点的很正确的理解）。

在现在中国这样的社会中，最容易希望出现的，是反叛的小资产阶级的反抗的或暴露的作品。因为他生长在这正在灭亡着的阶级中，所以他有甚深的了解、甚大的憎恶，而向这刺下去的刀也最为致命与有力。固然，有些貌似革命的作品，也并非要将本阶级或资产阶级推翻，倒在憎恨或失望于他们的不能改良，不能较长久的保持地位，所以从无产阶级的见地看来，不过是"兄弟阋于墙"，两方一样是敌对。但是，那结果，却也能在革命的潮流中，成为一粒泡沫。对于这些的作品，我以为实在无须称之为无产阶级文学，作者也无须为了将来的名誉起见，自称为无产阶级的作家的。

但是，虽是仅仅攻击旧社会的作品，倘若知不清缺点，看不透病根，也就于革命有害，但可惜的是现在的作家，连革命的作家和批评家，也往往不能或不敢正视现社会，知道它的底细，尤其是认为敌人的底细。随手举一个例罢，先前的《列宁青年》上，有一篇评论中国文学界的文章，将这分为三派，首先是创造社，作为无产阶级文学派，讲得很长；其次是语丝社，作为小资产阶级文学派，可就说得短了；第三是新月社，作为资产阶级文学派，却说得更短，到不了一页。这就在表明：这位青年批评家对于愈认为敌人的，就愈是无话可说，也就是愈没有细看。自然，我们看书，倘看反对的东西，总不如看同派的东西的舒服、爽快、有益，但倘是一个战斗者，我以为，在了解革命和敌人上，倒是必须更多的去解剖当面的敌人的。要写文学作品也一样，不但应该知道革命的实际，也必须深知敌人的情形，现在的各方面的状况，再去断定革命的前途。惟有明白旧的，看到新的，了解过去，推断将来，我们的文学的发展才有希望。我想，这是在现在环境下的作家，只要努力，还可以做得到的。

在现在，如先前所说，文艺是在受着少有的压迫与摧残，广泛地现出了饥馑状态。文艺不但是革命的，连那略带些不平色彩的，不但是指摘现状的，连那些攻击旧来积弊的，也往往就受迫害。这情形，即在说明至今为止的统治阶级的革命，不过是争夺一把旧椅子。去推的时候，好像这椅子很可恨，一夺到手，就又觉得是宝贝了，而同时也自觉得自己正和这"旧的"一气。二十多年前，都说朱元璋（明太祖）是民族的革命者，其实是并不然的，他做了皇帝以后，称蒙古朝为"大元"，杀汉人比蒙古人还利害。奴才做了主人，是决不肯废去"老爷"的称呼的，他的摆架子，恐怕比他的主人还十足，还可笑。这正如上海的工人赚了几文钱，开起小小的工厂来，对付工人反而凶到绝顶一样。

在一部旧的笔记小说——我忘了它的书名了——上，曾经载有一个故事，说明朝有一个武官叫说书人讲故事，他便对他讲檀道济——晋朝的一个将军，讲完之后，那武官就吩咐打说书人一顿，人问他什么缘故，他说道："他既然对我讲檀道济，那么，对檀道济是一定去讲我的了。"现在的统治者也神经衰弱到像这武官一样，什么他都怕，因而在出版界上也布置了比先前更进步的流氓，令人看不出流氓的形式而却用着更厉害的流氓手段：用广告，用诬陷，用恐吓，甚至于有几个文学者还拜了流氓做老子，以图得到安稳和利益。因此革命的文学者，就不但应该留心迎面的敌人，还必须防备自己一面的三翻四复[4]的暗探了，较之简单地用着文艺的斗争，就非常费力，而因此也就影响到文艺上面来。

4　现代汉语常用"三番五次"。——编者注现在上海虽然还出版着一大堆的所谓文艺杂志，其实却等于空虚。以营业为目的的书店所出的东西，因为怕遭殃，就竭力选些不关痛痒的文章，如说"命固不可以不革，而亦不可以太革"之类，那特色是在令人从头看到末尾，终于等于不看。至于官办的，或对官场去凑趣的杂志呢，作者又都是乌合之众，共同的目的只在捞几文稿费，什么"英国维多利亚朝的文学"呀，"论刘易士得到诺贝尔奖金"呀，连自己也并不相信所发的议论，连自己也并不着重所做的文章。所以，我说，现在上海所出的文艺杂志都等于空虚，革命者的文艺固然被压迫了，而压迫者所办的文艺杂志上也没有什么文艺可见。然而，压迫者当真没有文艺么？有是有的，不过并非这些，而是通电、告示、新闻、民族主义的"文学"、法官的判词等。例如前几天，《申报》上就记着一个女人控诉她的丈夫强迫鸡奸并殴打得皮肤上成了青伤的事，而法官的判词却道，法律上并无禁止丈夫鸡奸妻子的明文，而皮肤打得发青，也并不算毁损了生理的机能，所以那控诉就不能成立。现在是那男人反在控诉他的女人的"诬告"了。法律我不知道，至于生理学，却学过一点，皮肤被打得发青，肺、肝或肠胃的生理的机能固然不至于毁损，然而发青之处的皮肤的生理的机能却是毁损了的。这在中国的现在，虽然常常遇见，不算什么稀奇事，但我以为这就已经能够很明白的知道社会上的一部分现象，胜于一篇平凡的小说或长诗了。

除以上所说之外，那所谓民族主义文学，和闹得已经很久了的武侠小说之类，是也还应该详细解剖的，但现在时间已经不够，只得待将来有机会再讲了，今天就这样为止罢。

一八艺社习作展览会小引

现在有自以为大有见识的人，在说"为人类的艺术"。然而这样的艺术，在现在的社会里，是断断没有的。看罢，这便是在说"为人类的艺术"的人，也已将人类分为对的和错的，或好的和坏的，而将所谓错的或坏的加以叫咬了。

所以，现在的艺术，总要一面得到蔑视、冷遇、迫害，而一面得到同情、拥护、支持。

一八艺社也将逃不出这例子。因为它在这旧社会里，是新的、年青的、前进的。

中国近来其实也没有什么艺术家。号称"艺术家"者，他们的得名，与其说在艺术，倒是在他们的履历和作品的题目——故意题得香艳、漂渺[1]、古怪、雄深。连骗带吓，令人觉得似乎了不得。然而时代是在不息地进行，现在新的、年青的、没有名的作家的作品站在这里了，以清醒的意识和坚强的努力，在榛莽中露出了日见生长的健壮的新芽。

自然，这是很幼小的，但是，惟其幼小，所以希望就正在这一面。

我的话，也就是只对这一面说的，如上。

一九三一年五月二十二日

1　现代汉语常用"缥缈"。——编者注

答文艺新闻社问

——日本占领东三省的意义

这在一面，是日本帝国主义在"膺惩"他的仆役——中国军阀，也就是"膺惩"中国民众，因为中国民众又是军阀的奴隶；在另一面，是进攻苏联的开头，是要使世界的劳苦群众永受奴隶的苦楚的方针的第一步。

九月二十一日

"民族主义文学"的任务和运命

一

殖民政策是一定保护、养育流氓的。从帝国主义的眼睛看来，惟有他们是最要紧的奴才、有用的鹰犬，能尽殖民地人民非尽不可的任务：一面靠着帝国主义的暴力，一面利用本国的传统之力，以除去"害群之马"、不安本分的"莠民"。所以，这流氓，是殖民地上的洋大人的宠儿——不，宠犬，其地位虽在主人之下，但总在别的被统治者之上的。

上海当然也不会不在这例子里。巡警不进帮，小贩虽自有小资本，但倘不另寻一个流氓来做债主，付以重利，就很难立足。到去年，在文艺界上，竟也出现了"拜老头"的"文学家"。

但这不过是一个最露骨的事实。其实是，即使并非帮友，他们所谓"文艺家"的许多人，是一向在尽"宠犬"的职分的，虽然所标的口号种种不同：艺术至上主义呀，国粹主义呀，民族主义呀，为人类的艺术呀，但这仅如巡警手里拿着前膛枪或后膛枪、来复枪、毛瑟枪的不同，那终极的目的却只一个，就是打死反帝国主义即反政府，亦即"反革命"，或仅有些不平的人民。

那些宠犬派文学之中，锣鼓敲得最起劲的，是所谓"民族主义文学"。但比起侦探、巡捕、刽子手们的显著的勋劳来，却还有很多的逊色。这缘故，就因为他们还只在叫，未行直接的咬，而且大抵没有流氓的剽悍，不过是飘飘荡荡的流尸。然而这又正是"民族主义文学"的特色，所以保持其"宠"的。

翻一本他们的刊物来看罢,先前标榜过各种主义的各种人,居然凑合在一起了。这是"民族主义"的巨人的手,将他们抓过来的么?并不,这些原是上海滩上久已沉沉浮浮的流尸,本来散见于各处的,但经风浪一吹,就漂集一处,形成一个堆积,又因为各个本身的腐烂,就发出较浓厚的恶臭来了。

这"叫"和"恶臭"有能够较为远闻的特色,于帝国主义是有益的,这叫做"为王前驱",所以流尸文学仍将与流氓政治同在。

二

但上文所说的风浪是什么呢?这是因无产阶级的勃兴而卷起的小风浪。先前的有些所谓文艺家,本未尝没有半意识的或无意识的觉得自身的溃败,于是就自欺欺人的用种种美名来掩饰,曰高逸,曰放达(用新式话来说就是"颓废"),画的是裸女、静物、死,写的是花月、圣地、失眠、酒、女人。一到旧社会的崩溃愈加分明,阶级的斗争愈加锋利的时候,他们也就看见了自己的死敌,将创造新的文化,一扫旧来的污秽的无产阶级,并且觉到了自己就是这污秽,将与在上的统治者同其运命,于是就必然漂集于为帝国主义所宰制的民族中的顺民所竖起的"民族主义文学"的旗帜之下,来和主人一同做一回最后的挣扎了。

所以,虽然是杂碎的流尸,那目标却是同一的:和主人一样,用一切手段来压迫无产阶级,以苟延残喘。不过究竟是杂碎,而且多带着先前剩下的皮毛,所以自从发出宣言以来,看不见一点鲜明的作品,宣言是一小群杂碎胡乱凑成的杂碎,不足为据的。

但在《前锋月刊》第五号上,却给了我们一篇明白的作品,据编辑者说,这是"参加讨伐阎冯军事的实际描写"。描写军事的小说并不足奇，奇特的是这位"青年军人"的作者所自述的在战场上的心绪，这是"民族主义文学家"的自画像，极有郑重引用的价值的——

> 每天晚上站在那闪烁的群星之下，手里执着马枪，耳中听着虫鸣。四周飞动着无数的蚊子，那样都使人想到法国"客军"在菲洲[1]沙漠里与阿剌伯人[2]争斗流血的生活。（黄震遐《陇海线上》）

原来中国军阀的混战，从"青年军人"，从"民族主义文学者"看来，是并非驱同国人民互相残杀，却是外国人在打别一外国人，两个国度，两个民族，在战地上一到夜里，自己就飘飘然觉得皮色变白，鼻梁加高，成为腊丁[3]民族的战士，站在野蛮的菲洲了。那就无怪乎看得周围的老百姓都是敌人，要一个一个的打死。法国人对于菲洲的阿剌伯人，就民族主义而论，原是不必爱惜的。仅仅这一节，大一点，则说明了中国军阀为什么做了帝国主义的爪牙，来毒害屠杀中国的人民，那是因为他们自己以为是"法国的客军"的缘故；小一点，就说明中国的"民族主义文学家"根本上只同外国主子休戚相关，为什么倒称"民族主义"来朦混[4]读者，那是因为他们自己觉得有时好像腊丁民族，条顿民族了的缘故。

三

黄震遐先生写得如此坦白，所说的心境当然是真实的，不过据

1　现译"非洲"。——编者注
2　现译"阿拉伯人"。——编者注
3　现译"拉丁"。——编者注
4　现代汉语常用"蒙混"。——编者注

他小说中所显示的知识推测起来，却还有并非不知而故意不说的一点讳饰。这是他将"法国的安南兵"含糊的改作"法国的客军"了，因此就较远于"实际描写"，而且也招来了上节所说的是非。

但作者是聪明的，他听过"友人傅彦长君平时许多谈论……许多地方不可讳地是受了他的熏陶"，并且考据中外史传之后，接着又写了一篇较切"民族主义"这个题目的剧诗，这回不用法兰西人了，是《黄人之血》（《前锋月刊》七号）。

这剧诗的事迹，是黄色人种的西征，主将是成吉思汗的孙子拔都元帅，真正的黄色种。所征的是欧洲，其实专在斡罗斯 [5]（俄罗斯）——这是作者的目标；联军的构成是汉、鞑靼、女真、契丹人——这是作者的计划；一路胜下去，可惜后来四种人不知"友谊"的要紧和"团结的力量"，自相残杀，竟为白种武士所乘了——这是作者的讽喻，也是作者的悲哀。

但我们且看这黄色军的威猛和恶辣罢——

    …………

       恐怖呀，煎着尸体的沸油；

       可怕呀，遍地的腐骸如何凶丑；

       死神捉着白姑娘拼命地搂；

       美人蛾首变成狞猛的髑髅；

       野兽般的生番在故宫里蛮争恶斗；

       十字军战士的脸上充满了哀愁；

       千年的棺材泄出它凶秽的恶臭；

       铁蹄践着断骨，骆驼的鸣声变成怪吼；

       上帝已逃，魔鬼扬起了火鞭复仇；

5　即"斡罗思"，现译"罗斯"。——编者注

黄祸来了！黄祸来了！

亚细亚勇士们张大吃人的血口。

这德皇威廉因为要鼓吹"德国德国，高于一切"而大叫的"黄祸"，这一张"亚细亚勇士们张大"的"吃人的血口"，我们的诗人却是对着"斡罗斯"，就是现在无产者专政的第一个国度，以消灭无产阶级的模范——这是"民族主义文学"的目标。但究竟因为是殖民地顺民的"民族主义文学"，所以我们的诗人所奉为首领的，是蒙古人拔都，不是中华人赵构，张开"吃人的血口"的是"亚细亚勇士们"，不是中国勇士们，所希望的是拔都的统驭之下的"友谊"，不是各民族间的平等的友爱——这就是露骨的所谓"民族主义文学"的特色，但也是青年军人的作者的悲哀。

四

拔都死了。在亚细亚的黄人中，现在可以拟为那时的蒙古的只有一个日本。日本的勇士们虽然也痛恨苏俄，但也不爱抚中华的勇士，大唱"日支亲善"虽然也和主张"友谊"一致，但事实又和口头不符，从中国"民族主义文学者"的立场上，在己觉得悲哀，对他加以讽喻，原是势所必至，不足诧异的。

果然，诗人的悲哀的预感好像证实了，而且还坏得远。当"扬起火鞭"焚烧"斡罗斯"将要开头的时候，就像拔都那时的结局一样，朝鲜人乱杀中国人，日本人"张大吃人的血口"，吞了东三省了。莫非他们因为未受傅彦长先生的熏陶，不知"团结的力量"之重要，竟将中国的"勇士们"也看成菲洲的阿剌伯人了吗？

五

这实在是一个大打击。军人的作者还未喊出他勇壮的声音，我们现在所看见的是"民族主义"旗下的报章上所载的小勇士们的愤激和绝望。这也是势所必至，无足诧异的。理想和现实本来易于冲突，理想时已经含了悲哀，现实起来当然就会绝望。于是小勇士们要打仗了——

> 战啊，下个最后的决心，
> 杀尽我们的敌人，
> 你看敌人的枪炮都响了，
> 快上前，把我们的肉体筑一座长城。
> 雷电在头上咆哮，
> 浪涛在脚下吼叫，
> 热血在心头燃烧，
> 我们向前线奔跑。
>
> （苏凤：《战歌》。《民国日报》载。）

> 去，战场上去，
> 我们的热血在沸腾，
> 我们的肉身好像疯人，
> 我们去把热血锈住贼子的枪头，
> 我们去把肉身塞住仇人的炮口。
> 去，战场上去。
> 凭着我们一股勇气，

凭着我们一点纯爱的精灵，

去把仇人驱逐，

不，去把仇人杀尽。

（甘豫庆:《去上战场去》。《申报》载。）

同胞，醒起来罢，

踢开了弱者的心，

踢开了弱者的脑。

看，看，看，

看同胞们的血喷出来了，

看同胞们的肉割开来了，

看同胞们的尸体挂起来了。

（邵冠华:《醒起来罢同胞》。同上。）

这些诗里很明显的是作者都知道没有武器，所以只好用"肉体"，用"纯爱的精灵"，用"尸体"。这正是《黄人之血》的作者的先前的悲哀，而所以要追随拔都元帅之后，主张"友谊"的缘故。武器是主子那里买来的，无产者已都是自己的敌人，倘主子又不谅其衷，要加以"惩膺"，那么，惟一的路也实在只有一个死了——

我们是初训练的一队，

有坚卓的志愿，

有沸腾的热血，

来扫除强暴的歹类。

同胞们，亲爱的同胞们，

快起来准备去战，

快起来奋斗，

战死是我们生路。

（沙珊:《学生军》。同上。）

天在啸，

地在震，

人在冲，兽在吼，

宇宙间的一切在咆哮，

朋友哟，

准备着我们的头颅去给敌人砍掉。

（徐之津:《伟大的死》。同上。）

　　一群是发扬踔厉，一群是慷慨悲歌，写写固然无妨，但倘若真要这样，却未免太不懂得"民族主义文学"的精义了，然而，却也尽了"民族主义文学"的任务。

六

　　《前锋月刊》上用大号字题目的《黄人之血》的作者黄震遐诗人，不是早已告诉我们过理想的元帅拔都了吗？这诗人受过傅彦长先生的熏陶，查过中外的史传，还知道"中世纪的东欧是三种思想的冲突点"，岂就会偏不知道赵家末叶的中国，是蒙古人的淫掠场？拔都元帅的祖父成吉思皇帝侵入中国时，所至淫掠妇女，焚烧庐舍，到山东曲阜看见孔老二先生像，元兵也要指着骂道："说'夷狄之有君，不如诸夏之无也'的，不就是你吗？"夹脸就给他一箭。这是宋人的笔记里垂涎而道的，正如现在常见于报章上的流泪文章一样。

黄诗人所描写的"斡罗斯"那"死神捉着白姑娘拼命地搂……"那些妙文，其实就是那时出现于中国的情形。但一到他的孙子，他们不就携手"西征"了吗？现在日本兵"东征"了东三省，正是"民族主义文学家"理想中的"西征"的第一步，"亚细亚勇士们张大吃人的血口"的开场。不过先得在中国咬一口，因为那时成吉思皇帝也像对于"斡罗斯"一样，先使中国人变成奴才，然后赶他打仗，并非用了"友谊"，送束帖来敦请的。所以，这沈阳事件，不但和"民族主义文学"毫无冲突，而且还实现了他们的理想境，倘若不明这精义，要去硬送头颅，使"亚细亚勇士"减少，那实在是很可惜的。

那么，"民族主义文学"无须有那些呜呼阿呀死死活活的调子吗？谨对曰：要有的，他们也一定有的。否则不抵抗主义，城下之盟，断送土地这些勾当，在沉静中就显得更加露骨。必须痛哭怒号，摩拳擦掌，令人被这扰攘嘈杂所惑乱，闻悲歌而泪垂，听壮歌而愤泄，于是那"东征"即"西征"的第一步，也就悄悄的隐隐的跨过去了。落葬的行列里有悲哀的哭声，有壮大的军乐，那任务是在送死人埋入土中，用热闹来掩过了这"死"，给大家接着就得到"忘却"。现在"民族主义文学"的发扬踔厉或慷慨悲歌的文章，便是正在尽着同一的任务的。

但这之后，"民族主义文学者"也就更加接近了他的哀愁。因为有一个问题更加临近，就是将来主子是否不至于再蹈拔都元帅的覆辙，肯信用而且优待忠勇的奴才，不，勇士们呢？这实在是一个很要紧、很可怕的问题，是主子和奴才能否"同存共荣"的大关键。

历史告诉我们：不能的。这正如连"民族主义文学者"也已经知道一样，不会有这一回事。他们将只尽些送丧的任务，永含着恋主的哀愁，须到无产阶级革命的风涛怒吼起来、刷洗山河的时候，这才能脱出这沉滞猥劣和腐烂的运命。

沉滓的泛起

日本占据了东三省以后的在上海一带的表示，报章上叫作"国难声中"。在这"国难声中"，恰如用棍子搅了一下停滞多年的池塘，各种古的沉滓、新的沉滓，就都翻着筋斗漂上来，在水面上转一个身，来趁势显示自己的存在了。

自信现在可以说能打仗的，是要操练久不想起的洋枪了，但也有现在也不想说去打仗的，那就照欧洲大战时候的德意志帝国的例，来"头脑动员"，以尽"国民一份子[1]"的义务。有的去查《唐书》，说日本古名"倭奴"；有的去翻字典，说倭是矮小之意；有的记得了文天祥、岳飞、林则徐——但自然，更积极的是新的文艺界。

先说一点另外的事罢，这叫作"和平声中"。在这样的声中，是"胡展堂先生"到了上海，据说还告诫青年，教他们要养"力"勿使"气"。灵药就有了。第二天在报上便见广告道："胡汉民先生说，对日外交，应确定一坚强之原则，并劝勉青年须养力，毋泄气。养力就是强身，泄气就是悲观，要强身祛悲观，须先心花怒放，大笑一次。"但这样的宝贝是什么呢？是美国的一张旧影片，将探险滑稽化以博小市民一笑的《两亲家游非洲》。

至于真的"国难声中的兴奋剂"呢，那是"爱国歌舞表演"，自己说，"是民族性的活跃，是歌舞界的精髓，促进同胞的努力，达到最后的胜利"的。倘有知道这立奏奇功的大明星是谁么？曰：王人美、薛玲仙、黎莉莉。

然而终于"上海文艺界大团结"了。《草野》（六卷七号）上记着

1　现代汉语常用"分子"。——编者注

盛况道："上海文艺界同人，平时很少联络，在严重时期，除各个参加其他团体的工作外，复由谢六逸、朱应鹏、徐蔚南三人发起……集会讨论。在十月六日下午三点钟，已陆续到了东亚食堂……略进茶点，即开始讨论，颇多发挥……最后定名为上海文艺界救国会"云。

"发挥"我们还无从知道，仅据眼前的方法看起来，是先看《两亲家游非洲》以养力，又看"爱国的歌舞表演"以兴奋，更看《日本小品文选》和《艺术三家言》并且略进茶点而发挥。那么，中国就得救了。

不成。这恐怕不必文学青年，就是文学小囡囡，也未必会相信。没有法子，只得再加上两个另外的好消息，就是目前的爱国文艺家所主宰的《申报》所发表出来的——

十月五日的《自由谈》里叶华女士云：

> 无办法之国民，如何有办法之政府。国联绝望矣……际兹一发千钧，全国国民宜各立所志，各尽所能，各抒所见，余也不才，谨以战犬问题商诸国人……各犬中，要以德国警犬最称职，余极主张吾国可选择是犬作战……

同月二十五日也是《自由谈》里"甦民自汉口寄"云：

> 日者寓书沪友王子仲良，间及余之病状，而以不能投身义勇军为憾。王子……竟以灵药一裹见寄，云为培生制药公司所出益金草，功能治肺痨咳血，可一试之……余立行试服，则咳果止，兼旬而后，体气渐复，因念……一旦国家有事，吾必身列戎行，一展平生之壮志，灭此朝食，行有日矣……

　　那是连病夫也立刻可以当兵，警犬也将帮同爱国，在爱国文艺家的指导之下，真是大可乐观，要"灭此朝食"了。只可惜不必是文学青年，就是文学小囡囡，也会觉得逐段看去，即使不称为"广告"的，也都不过是出卖旧货的新广告，要趁"国难声中"或"和平声中"将利益更多的榨到自己的手里的。

　　因为要这样，所以都得在这个时候，趁势在表面来泛一下，明星也有，文艺家也有，警犬也有，药也有……也因为趁势，泛起来就格外省力。但因为泛起来的是沉滓，沉滓又究竟不过是沉滓，所以因此一泛，他们的本相倒越加分明，而最后的命运，也还是仍旧沉下去。

十月二十九日

以脚报国

今年八月三十一日《申报》的《自由谈》里，又看见了署名"寄萍"的《杨缦华女士游欧杂感》，其中的一段，我觉得很有趣，就照抄在下面：

> ……有一天我们到比利时一个乡村里去，许多女人争着来看我的脚，我伸起脚来给伊们看。才平服伊们好奇的疑窦，一位女人说："我们也向来不曾见过中国人，但从小就听说中国人是有尾巴的（即辫发），都要讨姨太太的。女人都是小脚，跑起路来一摇一摆的。如今才明白这话不确实，请原谅我们的错念。"还有一人自以为熟悉东亚情形的，带着讥笑的态度说。"中国的军阀如何专横，到处闹的是兵匪，人民过着地狱的生活。"这种似是而非的话说了一大堆。我说："此种传说。全无根据。"同行的某君，也报以很滑稽的话："我看你们那里会知道立国数千年的大中华民国，等我们革命成功之后，简直要把显微镜来照你们比利时呢。"就此一笑而散。

我们的杨女士虽然用她的尊脚征服了比利时女人，为国增光，但也有两点"错念"。其一，是我们中国人的确有过尾巴（即辫发）的，缠过小脚的，讨过姨太太的，虽现在也在讨。其二，是杨女士的脚不能代表一切中国女人的脚，正如留学的女生不能代表一切中国的女性一般。留学生大多数是家里有钱，或由政府派遣，为的是将来给家族或国家增光，贫穷和受不到教育的女人怎么能同日而语？所以，虽在现在，其实是缠着小脚，"跑起路来一摇一摆的"女人还不少。

至于困苦，那是用不着多谈，只要看同一的《申报》上，记载着多少"呼吁和平"的文电，多少募集急赈的广告，多少兵变和绑票的记事，留学外国的少爷小姐们虽然相隔太远，可以说不知道，但既然能想到用显微镜，难道就不能想到用望远镜吗？况且又何必用望远镜呢，同一的《杨缦华女士游欧杂感》里就又说：

> ……据说使领馆的穷困，不自今日始，不过近几年来有每况愈下之势。譬如逢到我国国庆或是重大纪念日，照例须招待外宾、举行盛典，意思是庆祝国运方兴，兼之联络各友邦的感情。以前使领馆必备盛宴，款待上宾。到了去年，为馆费支绌，改行茶会。以目前的形势推测，将后恐怕连茶会都开不成呢。在国际上最讲究体面的要算日本国，他们政府行政费的预算，宁可特别节省，惟独于驻外使领馆的经费十分充足。单就这一点来比较，我们已相形见绌了。

使馆和领事馆是代表本国，如杨女士所说，要"庆祝国运方兴"的，而竟有"每况愈下之势"，孟子曰："百姓不足，君孰与足？"则人民的过着什么生活，也就可想而知了。然而小国比利时的女人们究竟是单纯的，终于请求了原谅，假使她们真"知道立国数千年的大中华民国"的国民，往往有自欺欺人的不治之症，那可真是没有面子了。

假如这样，又怎么办呢？我想，也还是"就此一笑而散"罢。

唐朝的钉梢 [1]

上海的摩登少爷要勾搭摩登小姐，首先第一步，是追随不舍，术语谓之"钉梢"。"钉"者，坚附而不可拔也，"梢"者，末也，后也，译成文言，大约可以说是"追踪"。据钉梢专家说，那第二步便是"扳谈"，即使骂，也就大有希望，因为一骂便可有言语来往，所以也就是"扳谈"的开头。我一向以为这是现在的洋场上才有的，今看《花间集》，乃知道唐朝就已经有了这样的事，那里面有张泌的《浣溪沙》调十首，其九云：

> 晚逐香车入凤城，东风斜揭绣帘轻，慢回娇眼笑盈盈。
> 消息未通何计是，便须伴醉且随行，依稀闻道"太狂生"。

这分明和现代的钉梢法是一致的。倘要译成白话诗，大概可以是这样：

> 夜赶洋车路上飞，
> 东风吹起印度绸衫子，显出腿儿肥，
> 乱丢俏眼笑迷迷。
> 难以扳谈有什么法子呢？
> 只能带着油腔滑调且钉梢，
> 好像听得骂道"杀千刀！"

但恐怕在古书上，更早的也还能够发现，我极希望博学者见教，因为这是对于研究"钉梢史"的人极有用处的。

1　现代汉语常用"盯梢"。——编者注

《夏娃日记》小引

马克·吐温（Mark Twain）无须多说，只要一翻美国文学史，便知道他是前世纪末至现世纪初有名的幽默家[1]（Humorist）。不但一看他的作品，要令人眉开眼笑，就是他那笔名，也含有一些滑稽之感的。

他本姓克莱门斯（Samuel Langhorne Clemens，1835—1910），原是一个领港，在发表作品的时候，便取量水时所喊的讹音，用作了笔名。作品很为当时所欢迎，他即被看作讲笑话的好手。但到一九一六年，他的遗著 *The Mysterious Stranger* [2] 一出版，却分明证实了他是很深的厌世思想的怀抱者了。

含着哀怨而在嘻笑[3]，为什么会这样的？

我们知道，美国出过爱伦·坡（Edgar Allan Poe），出过霍桑（N. Hawthorne），出过惠特曼（W. Whitman），都不是这么表里两样的。然而这是南北战争以前的事，这之后，惠特曼先就唱不出歌来，因为这之后，美国已成了产业主义的社会，个性都得铸在一个模子里，不再能主张自我了。如果主张，就要受迫害。这时的作家之所注意，已非应该怎样发挥自己的个性，而是怎样写去，才能有人爱读，卖掉原稿，得到声名。连有名如豪威尔斯（W. D. Howells）的，也以为文学者的能为世间所容，是在他给人以娱乐。于是有些野性未驯的，便站不住了，有的跑到外国，如詹姆斯（Henry James），有的讲讲笑话，就是马克·吐温。

1　现译"幽默作家"。——编者注
2　即"神秘的陌生人"。——编者注
3　现代汉语常用"嬉笑"。——编者注

那么，他的成了幽默家，是为了生活，而在幽默中又含着哀怨，含着讽刺，则是不甘于这样的生活的缘故了。因为这一点点的反抗，就使现在新土地里的儿童，还笑道："马克·吐温是我们的。"

这《夏娃日记》(*Eve's Diary*)出版于一九〇六年，是他的晚年之作，虽然不过一种小品，但仍是在天真中露出弱点，叙述里夹着讥评，形成那时的美国姑娘，而作者以为是一切女性的肖像，但脸上的笑影，却分明是有了年纪的了。幸而靠了作者的纯熟的手腕，令人一时难以看出，仍不失为活泼泼的作品 [4]，又得译者将丰神传达，而且朴素无华，几乎要令人觉得倘使夏娃用中文来做日记，恐怕也就如此一样：更加值得一看了。

莱勒孚(Lester Ralph)的五十余幅白描的插图，虽然柔软，却很清新，一看布局，也许很容易使人记起中国清季的任渭长的作品，但他所画的是仙侠高士，瘦削怪诞，远不如这些的健康。而且对于中国现在看惯了斜眼削肩的美女图的眼睛，也是很有澄清的益处的。

　　一九三一年九月二十七夜，记

4　此处原文为"仍不失为活泼泼地的作品"，疑为原文多字，故更正。——编者注

新的 "女将"

在上海制图版，比别处便当，也似乎好些，所以日报的星期附录画报呀，书店的什么什么月刊画报呀，也出得比别处起劲。这些画报上，除了一排一排的坐着大人先生们的什么什么会开会或闭会的纪念照片而外，还一定要有 "女士"。

"女士" 的尊容，为什么要介绍于社会的呢？我们只要看那说明，就可以明白了。例如：

"A 女士，B 女校皇后，性喜音乐。"

"C 女士，D 女校高材生，爱养叭儿狗。"

"E 女士，F 大学肄业，为 G 先生之第五女公子。"

再看装束：春天都是时装，紧身窄袖；到夏天，将裤脚和袖子都撤掉了，坐在海边，叫作 "海水浴"，天气正热，那原是应该的；入秋，天气凉了，不料日本兵恰恰侵入了东三省，于是画报上就出现了白长衫的看护服或托枪的戎装的女士们。

这是可以使读者喜欢的，因为富于戏剧性。中国本来喜欢玩把戏，乡下的戏台上，往往挂着一副对子，一面是 "戏场小天地"，一面是 "天地大戏场"。做起戏来，因为是乡下，还没有《乾隆帝下江南》之类，所以往往是《双阳公主追狄》《薛仁贵招亲》，其中的女战士，看客称之为 "女将"。她头插雉尾，手执双刀（或两端都有枪尖的长枪），一出台，看客就看得更起劲，明知不过是做做戏的，然而看得更起劲了。

练了多年的军人，一声鼓响，突然都变了无抵抗主义者。于是远路的文人学士，便大谈什么 "乞丐杀敌" "屠夫成仁" "奇女子救国"一流的传奇式古典，想一声锣响，出于意料之外的人物来"为国增光"。而同时，画报上也就出现了这些传奇的插画，但还没有提起剑仙的一道白光，总算还是切实的。

但愿不要误解。我并不是说，"女士"们都得在绣房里关起来，我不过说，雄兵解甲而密斯托枪，是富于戏剧性的而已。

还有事实可以证明。一，谁也没有看见过日本的"惩膺中国军"的看护队的照片；二，日本军里是没有女将的。然而确已动手了。这是因为日本人做事是做事[1]，做戏是做戏，决不混合起来的缘故。

1　此处原文为"这是因为日本人是做事是做事"，疑为原文多字，故更正。——编者注

宣传与做戏

就是那刚刚说过的日本人，他们做文章论及中国的国民性的时候，内中往往有一条叫作"善于宣传"。看他的说明，这"宣传"两字却又不像是平常的"Propaganda"，而是"对外说谎"的意思。

这宗话，影子是有一点的。譬如罢，教育经费用光了，却还要开几个学堂，装装门面。全国的人们十之九不识字，然而总得请几位博士，使他对西洋人去讲中国的精神文明。至今还是随便拷问，随便杀头，一面却总支撑维持着几个洋式的"模范监狱"，给外国人看看。还有，离前敌很远的将军，他偏要大打电报，说要"为国前驱"。连体操班也不愿意上的学生少爷，他偏要穿上军装，说是"灭此朝食"。

不过，这些究竟还有一点影子，究竟还有几个学堂，几个博士，几个模范监狱，几个通电，几套军装。所以说是"说谎"，是不对的。这就是我之所谓"做戏"。

但这普遍的做戏，却比真的做戏还要坏。真的做戏，是只有一时，戏子做完戏，也就恢复为平常状态的。杨小楼做《单刀赴会》，梅兰芳做《黛玉葬花》，只有在戏台上的时候是关云长，是林黛玉，下台就成了普通人，所以并没有大弊。倘使他们扮演一回之后，就永远提着青龙偃月刀或锄头，以关老爷、林妹妹自命，怪声怪气，唱来唱去，那就实在只好算是发热昏了。

不幸因为是"天地大戏场"，可以普遍的做戏者，就很难有下台的时候。例如杨缦华女士用自己的天足踢破小国比利时女人的"中国女人缠足说"，为面子起见，用权术来解围，这还可以说是很该原谅的。但我以为应该这样就拉倒，现在回到寓里，做成文章，这就是进了后台还不肯放下青龙偃月刀，而且又将那文章送到中国的《申报》上来发表，则简直是提着青龙偃月刀一路唱回自己的家里来了。难道作者真已忘记了中国女人曾经缠脚，至今也还有正在缠脚的么？还是以为中国人都已经自己催眠，觉得全国女人都已穿了高跟皮鞋了呢？

这不过是一个例子罢了，相像的还多得很，但恐怕不久天也就要亮了。

知难行难

中国向来的老例，做皇帝做牢靠和做倒霉的时候，总要和文人学士扳一下子相好。做牢靠的时候是"偃武修文"，粉饰粉饰；做倒霉的时候是又以为他们真有"治国平天下"的大道，再问问看，要说得直白一点，就是见于《红楼梦》上的所谓"病笃乱投医"了。

当"宣统皇帝"逊位逊到坐得无聊的时候，我们的胡适之博士曾经尽过这样的任务。

见过以后，也奇怪，人们不知怎的先问他们怎样的称呼，博士曰：

"他叫我先生，我叫他皇上。"

那时似乎并不谈什么国家大计，因为这"皇上"后来不过做了几首打油白话诗，终于无聊，而且还落得一个赶出金銮殿。现在可要阔了，听说想到东三省再去做皇帝呢。而在上海，又以"蒋召见胡适之、丁文江"闻：

南京专电：丁文江、胡适，来京谒蒋，此来系奉蒋召，对大局有所垂询……（十月十四日《申报》）

现在没有人问他怎样的称呼。

为什么呢？因为是知道的，这回是"我称他主席！"……

安徽大学校长刘文典教授，因为不称"主席"而关了好多天，好容易才交保出外，老同乡、旧同事、博士当然是知道的，所以，"我称他主席！"

也没有人问他"垂询"些什么。

为什么呢？因为这也是知道的，是"大局"。而且这"大局"也并无"国民党专政"和"英国式自由"的争论的麻烦，也没有"知难行易"和"知易行难"的争论的麻烦，所以，博士就出来了。

"新月派"的罗隆基博士曰："根本改组政府……容纳全国各项人才代表各种政见的政府……政治的意见，是可以牺牲的，是应该牺牲的。"(《沈阳事件》)

代表各种政见的人才组成政府，又牺牲掉政治的意见，这种"政府"实在是神妙极了，但"知难行易"竟"垂询"于"知难，行亦不易"，倒也是一个先兆。

几条"顺"的翻译

在这一个多年之中，拼死命攻击"硬译"的名人，已经有了三代：首先是祖师梁实秋教授，其次是徒弟赵景深教授，最近就来了徒孙杨晋豪大学生。但这三代之中，却要算赵教授的主张最为明白而且彻底了，那精义是——

> 与其信而不顺，不如顺而不信。

这一条格言虽然有些希奇古怪[1]，但对于读者是有效力的。因为"信而不顺"的译文，一看便觉得费力，要借书来休养精神的读者，自然就会佩服赵景深教授的格言。至于"顺而不信"的译文，却是倘不对照原文，就连那"不信"在什么地方都不知道。然而用原文来对照的读者，中国有几个呢？这时候，必须读者比译者知道得更多一点，才可以看出其中的错误，明白那"不信"的所在。否则，就只好胡里胡涂[2]的装进脑子里去了。

我对于科学是知道得很少的，也没有什么外国书，只好看看译本，但近来往往遇见疑难的地方。随便举几个例子罢，《万有文库》里的周太玄先生的《生物学浅说》里，有这样的一句——

> 最近如尼尔及厄尔两氏之对于麦……

1　现代汉语常用"稀奇古怪"。——编者注
2　现代汉语常用"糊里糊涂"。——编者注

据我所知道，在瑞典有一个生物学名家 Nilsson-Ehle 是考验小麦的遗传的，但他是一个人而兼两姓，应该译作"尼尔生厄尔 [3]"才对。现在称为"两氏"，又加了"及"，顺是顺的，却很使我疑心是别的两位了。不过这是小问题，虽然要讲生物学，连这些小节也不应该忽略，但我们姑且模模胡胡 [4] 罢。

今年的三月号《小说月报》上冯厚生先生译的《老人》里，又有这样的一句——

他由伤寒病变为流行性的感冒（Influenza）的重病……

这也是很"顺"的，但据我所知道，流行性感冒并不比伤寒重，而且一个是呼吸系病，一个是消化系病，无论你怎样"变"，也"变"不过去的。须是"伤风"或"中寒"，这才变得过去。但小说不比《生物学浅说》，我们也姑且模模胡胡罢。这回另外来看一个奇特的实验。

这一种实验，是出在何定杰及张志耀两位合译的美国 Conklin [5] 所作的《遗传与环境》里面的。那译文是——

……他们先取出兔眼睛内髓质之晶体，注射于家禽，等到家禽眼中生成一种"代晶质"，足以透视这种外来的蛋白质精以后，再取出家禽之血清，而注射于受孕之雌兔。雌兔经此番注射，每不能堪，多遭死亡，但是他们的眼睛或晶体并不见有若何之伤害，并且他们卵巢内所蓄之卵，亦不见有什么特别之伤害，因为，就他们以后所生的小兔看来，并没有生而具残缺不

3　现译"尼尔逊·埃尔"。——编者注
4　现代汉语常用"模模糊糊"。——编者注
5　即"康克林"。——编者注

212

全之眼者。

这一段文章，也好像是颇 "顺"，可以懂得的。但仔细一想，却不免不懂起来了。一，"髓质之晶体" 是什么？因为水晶体是没有髓质皮质之分的。二，"代晶质" 又是什么？三，"透视外来的蛋白质" 又是怎么一回事？我没有原文能对，实在苦恼得很，想来想去，才以为恐怕是应该改译为这样的——

> 他们先取兔眼内的制成浆状（以便注射）的水晶体，注射于家禽，等到家禽感应了这外来的蛋白质（即浆状的水晶体）而生 "抗晶质"（即抵抗这浆状水晶体的物质）。然后再取其血清，而注射于怀孕之雌兔……

以上不过随手引来的几个例，此外情随事迁，忘却了的还不少，有许多为我所不知道的，那自然就都溜过去，或者照样错误地装在我的脑里了。但即此几个例子，我们就已经可以决定，译得 "信而不顺" 的至多不过看不懂，想一想也许能懂，译得 "顺而不信" 的却令人迷误，怎样想也不会懂，如果好像已经懂得，那么你正是入了迷途了。

风马牛

　　主张"顺而不信"译法的大将赵景深先生，近来却并没有译什么大作，他大抵只在《小说月报》上将"国外文坛消息"来介绍给我们，这自然是很可感谢的。那些消息，是译来的呢，还是介绍者自去打听来，研究来的？我们无从捉摸。即使是译来的罢，但大抵没有说明出处，我们也无从考查。自然，在主张"顺而不信"译法的赵先生，这是都不必注意的，如果有些"不信"，倒正是贯彻了宗旨。

　　然而，疑难之处，我却还是遇到的。

　　在二月号的《小说月报》里，赵先生将"新群众作家近讯"告诉我们，其一道："格罗泼已将马戏的图画故事 *Alay Oop* 脱稿。"这是极"顺"的，但待到看见了这本图画，却不尽是马戏。借得英文字典来，将书名下面注着的两行英文 "Life and Love Among the Acrobats Told Entirely in Pictures" 查了一通，才知道原来并不是"马戏"的故事，而是"做马戏的戏子们"的故事。这么一说，自然有些"不顺"了。但内容既然是这样的，另外也没有法子想。必须是"马戏子"，这才会有"Love"。

　　《小说月报》到了十一月号，赵先生又告诉了我们"塞意斯完成四部曲"，而且"连最后的一册《半人半牛怪》(*Der Zentaur*)也已于今年出版"了。这一下"Der"，就令人眼睛发白，因为这是茄门话，就是想查字典，除了同济学校也几乎无处可借，哪里还敢发生什么贰心[1]。然而那下面的一个名词，却不写尚可，一写倒成了疑难杂症。这字大约是源于希腊的，英文字典上也就有，我们还常常看见用它

1　现代汉语常用"二心"。——编者注

做画材的图画，上半身是人，下半身却是马，不是牛。牛马同是哺乳动物，为了要"顺"，固然混用一回也不关紧要，但究竟马是奇蹄类，牛是偶蹄类，有些不同，还是分别了好，不必"出到最后的一册"的时候，偏来"牛"一下子的。

"牛"了一下之后，使我联想起赵先生的有名的"牛奶路"来了。这很像是直译或"硬译"，其实却不然，也是无缘无故的"牛"了进去的。这故事无须查字典，在图画上也能看见。却说希腊神话里的大神宙斯是一位很有些喜欢女人的神，他有一回到人间去，和某女士生了一个男孩子。物必有偶，宙斯太太却偏又是一个很有些嫉妒心的女神。她一知道，拍桌打凳的（？）大怒了一通之后，便将那孩子取到天上，要看机会将他害死。然而孩子是天真的，他满不知道，有一回，碰着了宙太太的乳头，便一吸，太太大吃一惊，将他一推，跌落到人间，不但没有被害，后来还成了英雄。但宙太太的乳汁，却因此一吸，喷了出来，飞散天空，成为银河，也就是"牛奶路"——不，其实是"神奶路"。但白种人是一切"奶"都叫"Milk"的，我们看惯了罐头牛奶上的文字，有时就不免于误译，是的，这也是无足怪的事。

但以对于翻译大有主张的名人，而遇马发昏，爱牛成性，有些"牛头不对马嘴"的翻译，却也可当作一点谈助——不过当作别人的一点谈助，并且借此知道一点希腊神话而已，于赵先生的"与其信而不顺，不如顺而不信"的格言，却还是毫无损害的，这叫作"乱译万岁！"

再来一条"顺"的翻译

这"顺"的翻译出现的时候，是很久远了，而且是大文学家和大翻译理论家谁都不屑注意的。但因为偶然在我所搜集的"顺译模范文大成"稿本里翻到了这一条，所以就再来一下子。

却说这一条，是出在中华民国十九年八月三日的《时报》里的，在头号字的《针穿两手……》这一个题目之下，做着这样的文章：

> 被共党捉去以钱赎出由长沙逃出之中国商人，与从者二名，于昨日避难到汉，彼等主仆，均鲜血淋漓，语其友人曰，长沙有为共党作侦探者，故多数之资产阶级，于廿九日晨被捕，予等系于廿八夜捕去者，即以针穿手，以秤秤之，言时出其两手，解布以示其所穿之穴，尚鲜血淋漓……（汉口二日电通电）

这自然是"顺"的，虽然略一留心，即容或会有多少可疑之点。譬如罢，其一，主人是资产阶级，当然要"鲜血淋漓"的了，二仆大概总是穷人，为什么也要一同"鲜血淋漓"的呢？其二，"以针穿手，以秤秤之"干什么？莫非要照斤两来定罪么？但是，虽然如此，文章也还是"顺"的，因为在社会上，本来说得共党的行为是古里古怪，况且只要看过《玉历钞传》，就都知道十殿阎王的某一殿里，有用天秤来秤犯人的办法，所以"以秤秤之"，也还是毫不足奇。只有秤的时候，不用称钩[1]而用"针"，却似乎有些特别罢了。

幸而，我在同日的一种日本文报纸《上海日报》上，也偶然见到

1　现代汉语常用"秤钩"。——编者注

了电通社的同一的电报，这才明白《时报》是因为译者不拘拘于"硬译"，而又要"顺"，所以有些不"信"了。倘若译得"信而不顺"一点，大略是应该这样的：

> ……彼等主仆，将为恐怖和鲜血所渲染之经验谈，语该地之中国人曰，共产军中，有熟悉长沙之情形者……予等系于廿八日之半夜被捕，拉去之时，则在腕上刺孔，穿以铁丝，数人或数十人为一串。言时即以包着沁血之布片之手示之……

这才分明知道，"鲜血淋漓"的并非"彼等主仆"，乃是他们的"经验谈"，两位仆人，手上实在并没有一个洞。穿手的东西，日本文虽然写作"针金"，但译起来须是"铁丝"，不是"针"，针是做衣服的。至于"以秤秤之"，却连影子也没有。

我们的"友邦"好友，顶喜欢宣传中国的古怪事情，尤其是"共党"的。四年以前，将"裸体游行"说得像煞有介事，于是中国人也跟着叫了好几个月。其实是，警察用铁丝穿了殖民地的革命党的手，一串一串的牵去，是所谓"文明"国民的行为，中国人还没有知道这方法，铁丝也不是农业社会的产品。从唐到宋，因为迷信，对于"妖人"虽然曾有用铁索穿了锁骨，以防变化的法子，但久已不用，知道的人也几乎没有了。文明国人将自己们所用的文明方法，硬栽到中国来，不料中国人却还没有这样文明，连上海的翻译家也不懂，偏不用铁丝来穿，就只照阎罗殿上的办法，"秤"了一下完事。

造谣的和帮助造谣的，一下子都显出本相来了。

中华民国的新"堂·吉诃德"们

十六世纪末尾的时候，西班牙的文人塞万提斯做了一大部小说叫作《堂·吉诃德》，说这位吉先生，看武侠小说看呆了，硬要去学古代的游侠，穿一身破甲，骑一匹瘦马，带一个跟丁，游来游去，想斩妖服怪，除暴安良。谁知当时已不是那么古气盎然的时候了，因此只落得闹了许多笑话，吃了许多苦头，终于上个大当，受了重伤，狼狈回来，死在家里，临死才知道自己不过一个平常人，并不是什么大侠客。

这一个古典，去年在中国曾经很被引用了一回，受到这个谥法的名人，似乎还有点很不高兴的样子。其实是，这种书呆子，乃是西班牙书呆子，向来爱讲"中庸"的中国，是不会有的。西班牙人讲恋爱，就天天到女人窗下去唱歌；信旧教，就烧杀异端；一革命，就捣烂教堂，踢出皇帝。然而我们中国的文人学子，不是总说女人先来引诱他，诸教同源，保存庙产，宣统在革命之后，还许他许多年在宫里做皇帝吗？

记得先前的报章上，发表过几个店家的小伙计，看剑侠小说入了迷，忽然要到武当山去学道的事，这倒很和"堂·吉诃德"相像的。但此后便看不见一点后文，不知道是也做出了许多奇迹，还是不久就又回到家里去了？以"中庸"的老例推测起来，大约以回了家为合式。

这以后的中国式的"堂·吉诃德"的出现，是"青年援马团"。不是兵，他们偏要上战场；政府要诉诸国联，他们偏要自己动手；政府不准去，他们偏要去；中国现在总算有一点铁路了，他们偏要一步一步的走过去；北方是冷的，他们偏只穿件夹袄；打仗的时候，兵器是顶要紧的，他们偏只着重精神。这一切等等，确是十分"堂·吉诃德"的了。然而究竟是中国的"堂·吉诃德"，所以他只一个，他们是一团；送他的是嘲笑，送他们的是欢呼；迎他的是诧异，而迎他们的也是欢呼；他驻扎在深山中，他们驻扎在真茹镇；他在磨坊里打风磨，他们在常州玩梳篦，又见美女，何幸如之（见十二月《申报》《自由谈》）。其苦乐之不同，有如此者，呜呼！

不错，中外古今的小说太多了，里面有"舆榇"，有"截指"，有"哭秦庭"，有"对天立誓"。耳濡目染，诚然也不免来抬棺材，砍指头，哭孙陵，宣誓出发的。然而五四运动时胡适之博士讲文学革命的时候，就已经要"不用古典"，现在在行为上，似乎更可以不用了。

讲二十世纪战事的小说，旧一点的有雷马克的《西线无战事》、棱的《战争》，新一点的有绥拉菲靡维奇的《铁流》、法捷耶夫的《毁灭》，里面都没有这样的"青年团"，所以他们都实在打了仗。

《野草》英文译本序

　　冯 Y. S. 先生由他的友人给我看《野草》的英文译本，并且要我说几句话，可惜我不懂英文，只能自己说几句，但我希望，译者将不嫌我只做了他所希望的一半的。

　　这二十多篇小品，如每篇末尾所注，是一九二四至二六年在北京所作，陆续发表于期刊《语丝》上的，大抵仅仅是随时的小感想。因为那时难于直说，所以有时措辞就很含糊了。

　　现在举几个例罢。因为讽刺当时盛行的失恋诗，作《我的失恋》，因为憎恶社会上旁观者之多，作《复仇》第一篇，又因为惊异于青年之消沉，作《希望》。《这样的战士》是有感于文人学士们帮助军阀而作。《腊叶》是为爱我者的想要保存我而作的。段祺瑞政府枪击徒手民众后，作《淡淡的血痕中》，其时我已避居别处；奉天派和直隶派军阀战争的时候，作《一觉》，此后我就不能住在北京了。

　　所以，这也可以说，大半是废弛的地狱边沿的惨白色小花，当然不会美丽，但这地狱也必须失掉。这是由几个有雄辩和辣手，而那时还未得志的英雄们的脸色和语气所告诉我的，我于是作《失掉的好地狱》。

　　后来，我不再作这样的东西了。日在变化的时代，已不许这样的文章，甚而至于这样的感想存在，我想，这也许倒是好的罢。为译本而作的序言，也应该在这里结束了。

十一月五日

"知识劳动者"万岁

"劳动者"这句话成了"罪人"的代名词，已经足足四年了。压迫罢，谁也不响；杀戮罢，谁也不响。文学上一提起这句话，就有许多"文人学士"和"正人君子"来笑骂，接着又有许多他们的徒子徒孙来笑骂。劳动者呀劳动者，真要永世不得翻身了。

不料竟又有人记得你起来。

不料帝国主义老爷们还嫌党国屠杀得不赶快，竟来亲自动手了，炸的炸，轰的轰。称"人民"为"反动分子"，是党国的拿手戏，而不料帝国主义老爷也有这妙法，竟称不抵抗的顺从的党国官军为"贼匪"，大加以"膺惩"！冤乎枉哉，这真有些"顺""逆"不分、玉石俱焚之慨了！

于是又记得了劳动者。

于是久不听到了的"亲爱的劳动者呀"的亲热喊声，也在文章上看见了；久不看见了的"知识劳动者"的奇妙官衔，也在报章上发现了；还因为"感于有联络的必要"，组织了"协会"，举了干事樊仲云、汪馥泉呀这许多新任"知识劳动者"先生们。

有什么"知识"？有什么"劳动"？"联络"了干什么？"必要"在那里？这些这些，暂且不谈罢，没有"知识"的体力劳动者，也管不着的。

"亲爱的劳动者"呀！你们再替这些高贵的"知识劳动者"起来干一回罢！给他们仍旧可以坐在房里"劳动"他们那高贵的"知识"，即使失败，失败的也不过是"体力"，"知识"还在着的！

"知识"劳动者万岁！

"友邦惊诧"论

　　只要略有知觉的人就都知道，这回学生的请愿，是因为日本占据了辽吉，南京政府束手无策，单会去哀求国联，而国联却正和日本是一伙。读书呀，读书呀，不错，学生是应该读书的，但一面也要大人老爷们不至于葬送土地，这才能够安心读书。报上不是说过，东北大学逃散，冯庸大学逃散，日本兵看见学生模样的就枪毙吗？放下书包来请愿，真是已经可怜之至。不道国民党政府却在十二月十八日通电各地军政当局文里，又加上他们"捣毁机关，阻断交通，殴伤中委，拦劫汽车，攒击路人及公务人员，私逮刑讯，社会秩序，悉被破坏"的罪名，而且指出结果，说是"友邦人士，莫名惊诧，长此以往，国将不国"了！

　　好个"友邦人士"！日本帝国主义的兵队强占了辽吉，炮轰机关，他们不惊诧；阻断铁路，追炸客车，捕禁官吏，枪毙人民，他们不惊诧；中国国民党治下的连年内战，空前水灾，卖儿救穷，砍头示众，秘密杀戮，电刑逼供，他们也不惊诧。在学生的请愿中有一点纷扰，他们就惊诧了！

　　好个国民党政府的"友邦人士"！是些什么东西！

　　即使所举的罪状是真的罢，但这些事情，是无论那一个"友邦"也都有的，他们的维持他们的"秩序"的监狱，就撕掉了他们的"文明"的面具。摆什么"惊诧"的臭脸孔呢？

　　可是"友邦人士"一惊诧，我们的国府就怕了，"长此以往，国将不国"了，好像失了东三省，党国倒愈像一个国；失了东三省谁也不响，党国倒愈像一个国；失了东三省只有几个学生上几篇"呈文"，党国倒愈像一个国，可以博得"友邦人士"的夸奖，永远"国"下去一样。

几句电文，说得明白极了：怎样的党国，怎样的"友邦"。"友邦"要我们人民身受宰割，寂然无声，略有"越轨"，便加屠戮；党国是要我们遵从这"友邦人士"的希望，否则，他就要"通电各地军政当局"，"即予紧急处置，不得于事后借口无法劝阻，敷衍塞责"了！

因为"友邦人士"是知道的，日兵"无法劝阻"，学生们怎会"无法劝阻"？每月一千八百万的军费、四百万的政费，作什么用的呀，"军政当局"呀？

写此文后刚一天，就见二十一日《申报》登载南京专电云：

"考试院部员张以宽，盛传前日为学生架去重伤。兹据张自述，当时因车夫误会，为群众引至中大，旋出校回寓，并无受伤之事。至行政院某秘书被拉到中大，亦当时出来，更无失踪之事。"而"教育消息"栏内，又记本埠一小部分学校赶京请愿学生死伤的确数，则云："中公死二人，伤三十人，复旦伤二人，复旦附中伤十人，东亚失踪一人（系女性），上中失踪一人，伤三人，文生氏死一人，伤五人……"可见学生并未如国府通电所说，将"社会秩序，破坏无余"，而国府则不但依然能够镇压，而且依然能够诬陷、杀戮。"友邦人士"从此可以不必"惊诧莫名"，只请放心来瓜分就是了。

答中学生杂志社问

假如先生面前站着一个中学生，处此内忧外患交迫的非常时代，将对他讲怎样的话，作努力的方针？

编辑先生：

请先生也许我回问你一句，就是："我们现在有言论的自由么？"假如先生说"不"，那么我知道一定也不会怪我不作声的。假如先生竟以"面前站着一个中学生"之名，一定要逼我说一点，那么，我说："第一步要努力争取言论的自由。"

答北斗杂志社问

—— 创作要怎样才会好？

编辑先生：

来信的问题，是要请美国作家和中国上海教授们做的，他们满肚子是"小说法程"和"小说作法"。我虽然做过二十来篇短篇小说，但一向没有"宿见"，正如我虽然会说中国话，却不会写"中国语法入门"一样。不过高情难却，所以只得将自己所经验的琐事写一点在下面——

一，留心各样的事情，多看看，不看到一点就写。

二，写不出的时候不硬写。

三，模特儿不用一个一定的人，看得多了，凑合起来的。

四，写完后至少看两遍，竭力将可有可无的字、句、段删去，毫不可惜。宁可将可作小说的材料缩成 Sketch，决不将 Sketch 材料拉成小说。

五，看外国的短篇小说，几乎全是东欧及北欧作品，也看日本作品。

六，不生造除自己之外谁也不懂的形容词之类。

七，不相信"小说作法"之类的话。

八，不相信中国的所谓"批评家"之类的话，而看看可靠的外国批评家的评论。

现在所能说的，如此而已。此复，即请

编安！

十二月二十七日

关于小说题材的通信

来信

L. S. 先生：

要这样冒昧地麻烦先生的心情，是抑制得很久的了，但像我们心目中的先生，大概不会淡漠一个热忱青年的请教的吧。这样几度地思量之后，终于唐突地向你表示我们在文艺上——尤其是短篇小说上的迟疑和犹豫了。

我们曾手写了好几篇短篇小说，所采取的题材：一个是专就其熟悉的小资产阶级的青年，把那些在现时代所显现和潜伏的一般的弱点，用讽刺的艺术手腕表示出来；一个是专就其熟悉的下层人物——在现时代大潮流冲击圈外的下层人物，把那些在生活重压下强烈求生的欲望的朦胧反抗的冲动，刻划在创作里面。不知这样内容的作品，究竟对现时代，有没有配说得上有贡献的意义？我们初则迟疑，继则提起笔又犹豫起来了。这须请先生给我们一个指示，因为我们不愿意在文艺上的努力，对于目前的时代，成为白费气力、毫无意义的。

我们决定在这一个时代里，把我们的精力放在有意义的文艺上，借此表示我们应有的助力和贡献，并不是先生所说的那一辈略有小名便去而之他的文人。因此，目前如果先生愿给我们以指示，这指示便会影响到我们终身的。虽然也曾看见过好些普罗作家的创作，但总不愿把一些虚构的人物使其翻一个身就革命起来，却喜欢捉几个熟悉的模特儿，真真实实地刻划出来——这脾气是否妥

当，确又没有十分的把握了。所以三番五次的思维，只有冒昧地来唐突先生了。即祝

近好！

Ts-c. Y 及 Y-f. T. 上　十一月廿九日

回信

Y 及 T 先生：

接到来信后，未及回答，就染了流行性感冒，头重眼肿，连一个字也不能写，近几天总算好起来了，这才来写回信。同在上海，而竟拖延到一个月，这是非常抱歉的。

两位所问的，是写短篇小说的时候，取来应用的材料的问题。而作者所站的立场，如信上所写，则是小资产阶级的立场。如果是战斗的无产者，只要所写的是可以成为艺术品的东西，那就无论他所描写的是什么事情，所使用的是什么材料，对于现代以及将来一定是有贡献的意义的。为什么呢？因为作者本身便是一个战斗者。

但两位都并非那一阶级，所以当动笔之先，就发生了来信所说似的疑问。我想，这对于目前的时代，还是有意义的，然而假使永是这样的脾气，却是不妥当的。

别阶级的文艺作品，大抵和正在战斗的无产者不相干。小资产阶级如果其实并非与无产阶级一气，则其憎恶或讽刺同阶级，从无产者看来，恰如较有聪明才力的公子憎恨家里的没出息子弟一样，是一家子里面的事，无须管得，更说不到损益。例如法国的戈蒂叶，痛恨资产阶级，而他本身还是一个道道地地[1]资产阶级的作家。倘写下层人物（我以为他们是不会"在现时代大潮流冲击圈外"的）

1　现代汉语常用"地地道道"。——编者注

罢，所谓客观其实是楼上的冷眼，所谓同情也不过空虚的布施，于无产者并无补助，而且后来也很难言。例如也是法国人的波特莱尔，当巴黎公社初起时，他还很感激赞助，待到势力一大，觉得于自己的生活将要有害，就变成反动了。但就目前的中国而论，我以为所举的两种题材，却还有存在的意义。如第一种，非同阶级是不能深知的，加以袭击，撕其面具，当比不熟悉此中情形者更加有力。如第二种，则生活状态当随时代而变更，后来的作者，也许不及看见，随时记载下来，至少也可以作这一时代的记录。所以对于现在以及将来，还是都有意义的。不过即使"熟悉"，却未必便是"正确"，取其有意义之点，指示出来，使那意义格外分明、扩大，那是正确的批评家的任务。

因此我想，两位是可以各就自己现在能写的题材，动手来写的。不过选材要严，开掘要深，不可将一点琐屑的没有意思的事故，便填成一篇，以创作丰富自乐。这样写去，到一个时候，我料想必将觉得写完——虽然这样的题材的人物，即使几十年后，还有作为残滓而存留，但那时来加以描写刻划的，将是别一种作者，别一样看法了。然而两位都是向着前进的青年，又抱着对于时代有所助力和贡献的意志，那时也一定能逐渐克服自己的生活和意识，看见新路的。

总之，我的意思是：现在能写什么，就写什么，不必趋时，自然更不必硬造一个突变式的革命英雄，自称"革命文学"，但也不可苟安于这一点，没有改革，以致沉没了自己——也就是消灭了对于时代的助力和贡献。此复，即颂
近佳。

L. S. 启　十二月二十五日

关于翻译的通信

来信

敬爱的同志：

你译的《毁灭》出版，当然是中国文艺生活里面的极可纪念的事迹。翻译世界无产阶级革命文学的名著，并且有系统的介绍给中国读者（尤其是苏联的名著，因为它们能够把伟大的十月、国内战争、五年计画[1] 的"英雄"，经过具体的形象，经过艺术的照耀，而供献给读者）——这是中国普罗文学者的重要任务之一。虽然，现在做这件事的，差不多完全只是你个人和 Z 同志的努力，可是，谁能够说这是私人的事情？谁？《毁灭》《铁流》等等的出版，应当认为一切中国革命文学家的责任。每一个革命的文学战线上的战士，每一个革命的读者，应当庆祝这一个胜利，虽然这还只是小小的胜利。

你的译文，的确是非常忠实的，"决不欺骗读者"这一句话，决不是广告！这也可见得一个诚挚、热心、为着光明而斗争的人，不能够不是刻苦而负责的。二十世纪的才子和欧化名士可以用"最少的劳力求得最大的"声望，但是，这种人物如果不彻底的脱胎换骨，始终只是"纱笼"（Salon）里的哈叭狗[2]。现在粗制滥造的翻译，不是这班人干的，就是一些书贾的投机。你的努力——我以及大家都希望这种努力变成团体的——应当继续，应当扩大，应当加深。所以我也许和你自己一样，看着这本《毁灭》，简直非常的激动：我爱

1　现代汉语常用"计划"。——编者注
2　现代汉语常用"哈巴狗"。——编者注

它，像爱自己的儿女一样。咱们的这种爱，一定能够帮助我们，使我们的精力增加起来，使我们的小小的事业扩大起来。

翻译——除出能够介绍原本的内容给中国读者之外——还有一个很重要的作用，就是帮助我们创造出新的中国的现代言语。中国的言语（文字）是那么穷乏，甚至于日常用品都是无名氏的。中国的言语简直没有完全脱离所谓"姿势语"的程度——普通的日常谈话几乎还离不开"手势戏"。自然，一切表现细腻的分别和复杂的关系的形容词、动词、前置词，几乎没有。宗法封建的中世纪的余孽，还紧紧的束缚着中国人的活的言语（不但是工农群众！）这种情形之下，创造新的言语是非常重大的任务。欧洲先进的国家，在二三百年、四五百年以前已经一般的完成了这个任务。就是历史上比较落后的俄国，也在一百五六十年以前就相当的结束了"教堂斯拉夫文"。他们那里，是资产阶级的文艺复兴运动和启蒙运动做了这件事。例如俄国的罗蒙诺索夫、普希金……中国的资产阶级可没有这个能力。固然，中国的欧化的绅商，例如胡适之之流，开始了这个运动，但是，这个运动的结果等于它的政治上的主人。因此，无产阶级必须继续去彻底完成这个任务，领导这个运动。翻译，的确可以帮助我们造出许多新的字眼、新的句法、丰富的字汇和细腻的精密的正确的表现。因此，我们既然进行着创造中国现代的新的言语的斗争，我们对于翻译，就不能够不要求绝对的正确和绝对的中国白话文。这是要把新的文化的言语介绍给大众。

严几道的翻译，不用说了。他是：

译须信雅达，

文必夏殷周。

其实，他是用一个"雅"字打消了"信"和"达"。最近商务还翻印

"严译名著"，我不知道这"是何居心"[3]！这简直是拿中国的民众和青年来开玩笑。古文的文言怎么能够译得"信"？对于现在的将来的大众读者，怎么能够"达"？

现在赵景深之流，又来要求：

宁错而务顺，

毋拗而仅信！

赵老爷的主张，其实是和城隍庙里演说西洋故事的一鼻孔出气。这是自己懂得了（？）外国文，看了些书报，就随便拿起笔来乱写几句所谓通顺的中国文。这明明白白的欺侮中国读者，信口开河的来乱讲海外奇谈。第一，他的所谓"顺"，既然是宁可"错"一点儿的"顺"，那么，这当然是迁就中国的低级言语而抹杀原意的办法。这不是创造新的言语，而是努力保存中国的野蛮人的言语程度，努力阻挡它的发展。第二，既然要宁可"错"一点儿，那就是要朦蔽[4]读者，使读者不能够知道作者的原意。所以我说：赵景深的主张是愚民政策，是垄断知识的学阀主义，一点儿也没有过分的。还有，第三，他显然是暗示的反对普罗文学（好个可怜的"特殊走狗"）！他这是反对普罗文学，暗指着普罗文学的一些理论著作的翻译和创作的翻译。这是普罗文学敌人的话。

但是，普罗文学的中文书籍之中，的确有许多翻译是不"顺"的。这是我们自己的弱点，敌人乘这个弱点来进攻。我们的胜利的道路当然不仅要迎头痛打、打击敌人的军队，而且要更加整顿自己的队伍。我们的自己批评的勇敢，常常可以解除敌人的武装。现在，所谓翻译论战的结论，我们的同志却提出了这样的结语：

3　此处原文为"我不知道这是'是何居心'"，疑为原文多字，故更正。——编者注

4　现代汉语常用"蒙蔽"。——编者注

翻译绝对不容许错误。可是，有时候，依照译品内容的性质，为着保存原作精神，多少的不顺，倒可以容忍。

这只是个"防御的战术"[5]。而普列汉诺夫说：辩证法的唯物论者应当要会"反守为攻"。第一，当然我们首先要说明：我们所认识的所谓"顺"，和赵景深等所说的不同。第二，我们所要求的是：绝对的正确和绝对的白话。所谓绝对的白话，就是朗诵起来可以懂得的。第三，我们承认：一直到现在，普罗文学的翻译还没有做到这个程度，我们要继续努力。第四，我们揭穿赵景深等自己的翻译，指出他们认为是"顺"的翻译，其实只是梁启超和胡适之交媾出来的杂种——半文不白、半死不活的言语，对于大众仍旧是不"顺"的。

这里，讲到你最近出版的《毁灭》，可以说：这是做到了"正确"，还没有做到"绝对的白话"。

翻译要用绝对的白话，并不就不能够"保存原作的精神"。固然，这是很困难、很费功夫的。但是，我们是要绝对不怕困难，努力去克服一切的困难。

一般的说起来，不但翻译，就是自己的作品也是一样，现在的文学家、哲学家、政论家，以及一切普通人，要想表现现在中国社会已经有的新的关系、新的现象、新的事物、新的观念，就差不多人人都要做"仓颉"。这就是说，要天天创造新的字眼、新的句法。实际生活的要求是这样。难道一九二五年初我们没有在上海小沙渡替群众造出"罢工"这一个字眼吗？还有"游击队""游击战争""右倾""左倾""尾巴主义"，甚至于普通的"团结""坚决""动摇"等等等类……这些说不尽的新的字眼，渐渐的容纳到群众的口头上的言语里去了，即使还没有完全容纳，那也已经有了可以容纳的可能了。

<hr>

5 此处原文为"这是只是个'防御的战术'"，疑为原文多字，故更正。——编者注

讲到新的句法，比较起来要困难一些，但是，口头上的言语里面，句法也已经有了很大的改变，很大的进步。只要拿我们自己演讲的言语和旧小说里的对白比较一下，就可以看得出来。可是，这些新的字眼和句法的创造，无意之中自然而然的要遵照着中国白话的文法公律。凡是"白话文"里面，违反这些公律的新字眼、新句法——就是说不上口的——自然淘汰出去，不能够存在。

所以说到什么是"顺"的问题，应当说：真正的白话就是真正通顺的现代中国文，这里所说的白话，当然不限于"家务琐事"的白话，这是说：从一般人的普通谈话，直到大学教授的演讲的口头上的白话。中国人现在讲哲学、讲科学、讲艺术……显然已经有了一个口头上的白话。难道不是如此？如果这样，那么，写在纸上的说话（文字），就应当是这一种白话，不过组织得比较紧凑、比较整齐罢了。这种文字，虽然现在还有许多对于一般识字很少的群众，仍旧是看不懂的，因为这种言语，对于一般不识字的群众，也还是听不懂的——可是，第一，这种情形只限于文章的内容，而不在文字的本身，所以，第二，这种文字已经有了生命，它已经有了可以被群众容纳的可能性。它是活的言语。

所以，书面上的白话文，如果不注意中国白话的文法公律，如果不就着中国白话原来有的公律去创造新的，那就很容易走到所谓"不顺"的方面去。这是在创造新的字眼、新的句法的时候，完全不顾普通群众口头上说话的习惯，而用文言做本位的结果。这样写出来的文字，本身就是死的言语。

因此，我觉得对于这个问题，我们要有勇敢的自己批评的精神，我们应当开始一个新的斗争。你以为怎么样？

我的意见是：翻译应当把原文的本意完全正确的介绍给中国读者，使中国读者所得到的概念等于英、俄、日、德、法……读者从原文得来的概念，这样的直译，应当用中国人口头上可以讲得出来的白话来写。为着保存原作的精神，并不用着容忍"多少的不顺"。相反的，容忍着"多少的不顺"（就是不用口头上的白话），反而要多少的丧失原作的精神。

当然，在艺术的作品里，言语上的要求是更加苛刻，比普通的论文要更加来得精细。这里有各种人不同的口气、不同的字眼、不同的声调、不同的情绪……并且这并不限于对白。这里，要用穷乏的中国口头上的白话来应付，比翻译哲学、科学……的理论著作，还要来得困难。但是，这些困难只不过愈加加重我们的任务，可并不会取消我们的这个任务的。

现在，请你允许我提出《毁灭》的译文之中的几个问题。我还没有能够读完，对着原文读的只有很少几段。这里，我只把弗理契序文里引的原文来校对一下（我顺着序文里的次序，编着号码写下去，不再引你的译文，请你自己照着号码到书上去找罢。序文的翻译有些错误，这里不谈了。）

（一）"结算起来，还是因为他心上有一种——

"对于新的极好的有力量的慈善的人的渴望，这种渴望是极大的，无论什么别的愿望都比不上的。"

更正确些：

"结算起来，还是因为他心上——

"渴望着一种新的极好的有力量的慈善的人，这个渴望是极大的，无论什么别的愿望都比不上的。"

（二）"在这种时候，极大多数[6]的几万万人，还不得不过着这种原始的可怜的生活，过着这种无聊得一点儿意思都没有的

6　现代汉语常用"绝大多数"。——编者注

生活——怎么能够谈得上什么新的极好的人呢？"

（三）"他在世界上，最爱的始终还是他自己——他爱他自己的雪白的肮脏的没有力量的手，他爱他自己的唉声叹气的声音，他爱他自己的痛苦，自己的行为——甚至于那些最可厌恶的行为。"

（四）"这算收场了，一切都回到老样子，仿佛什么也不曾有过——华理亚想着——又是旧的道路，仍旧是那一些纠葛——一切都要到那一个地方……可是，我的上帝，这是多么没有快乐呵！"

（五）"他自己都从没有知道过这种苦恼，这是忧愁的、疲倦的、老年人似的苦恼，——他这样苦恼着的想：他已经二十七岁了，过去的每一分钟，都不能够再回过来，重新换个样子再过它一过，而以后，看来也没有什么好的……（这一段，你的译文有错误，也就特别来得'不顺'）现在木罗式加觉得，他一生一世，用了一切力量，都只是竭力要走上那样的一条道路，他看起来是一直的、明白的、正当的道路，像莱奋生、巴克拉诺夫、图瞒夫那样的人，他们所走的正是这样的道路，然而似乎有一个什么人在妨碍他走上这样的道路呢。而因为他无论什么时候也想不到这个仇敌就在他自己的心里面，所以，他想着他的痛苦是因为一般人的卑鄙，他就觉得特别的痛快和伤心。"

（六）"他只知道一件事——工作。所以，这样正当的人，是不能够不信任他，不能够不服从他的。"

（七）"开始的时候，他对于他生活的这方面的一些思想，很不愿意去思索，然而，渐渐的他起劲起来了，他竟写了两张纸……在这两张纸上，居然有许多这样的字眼——谁也想不到莱奋生会知道这些字的。"（这一段，你的译文里比俄文原文多了几句副句，也许是你引了相近的另外一句了罢？或者是你把弗理契空出的虚点填满了？）

（八）"这些受尽磨难的忠实的人，对于他是亲近的，比一切其他的东西都更加亲近，甚至于比他自己还要亲近。"

（九）"……沉默的，还是潮湿的眼睛，看了一看那些打麦场上的疏远的人——这些人，他应当很快就把他们变成功自己的亲近的人，像那十八个人一样，像那不做声[7]的，在他后面走着的人一样。"（这里，最后一句，你的译文有错误。）

这些译文请你用日本文和德文校对一下，是否是正确的直译，可以比较得出来的。我的译文，除出按照中国白话的句法和修辞法，有些比起原文来是倒装的，或者主词、动词、宾词是重复的，此外，完完全全是直译的。

这里，举一个例：第（八）条"……甚至于比他自己还要亲近。"这句话的每一个字都和俄文相同。同时，这在口头上说起来的时候，原文的口气和精神完全传达得出。而你的译文："较之自己较之别人，还要亲近的人们"，是有错误的（也许是日德文的错误。）错误是在于：（一）丢掉了"甚至于"这一个字眼；（二）用了中国文言的文法，就不能够表现那句话的神气。

所有这些话，我都这样不客气的说着，仿佛自称自赞的。对于一班庸俗的人，这自然是"没有礼貌"。但是，我们是这样亲密的人，没有见面的时候就这样亲密的人。这种感觉，使我对于你说话的时候，和对自己说话一样，和自己商量一样。

再则，还有一个例子，比较重要的，不仅仅关于翻译方法的。这就是第（一）条的"新的……人"的问题。

7　现代汉语常用"不作声"。——编者注

《毁灭》的主题是新的人的产生。这里，弗理契以及法捷耶夫自己用的俄文字眼，是一个普通的"人"字的单数。不但不是人类，而且不是"人"字的复数。这意思是指着革命，国内战争……的过程之中产生着一种新式的人，一种新的"路数"（Type）——文雅的译法叫做典型，这是在全部《毁灭》里面看得出来的。现在，你的译文，写着"人类"，莱奋生渴望着一种新的……人类，这可以误会到另外一个主题，仿佛是一般的渴望着整个的社会主义的社会。而事实上，《毁灭》的"新人"，是当前的战斗的迫切的任务：在斗争过程之中去创造，去锻炼，去改造成一种新式的人物，和木罗式加、美谛克等等不同的人物。这可是现在的人，是一些人，是做群众之中的骨干的人，而不是一般的人类，不是笼统的人类，正是群众之中的一些人，领导的人，新的整个人类的先辈。

这一点是值得特别提出来说的，当然，译文的错误，仅仅是一个字眼上的错误："人"是一个字眼，"人类"是另外一个字眼。整本的书仍旧在我们面前，你的后记也很正确的了解到《毁灭》的主题。可是翻译要精确，就应当估量每一个字眼。

《毁灭》的出版，始终是值得纪念的，我庆祝你。希望你考虑我的意见，而对于翻译问题，对于一般的言语革命问题，开始一个新的斗争。

J. K.　一九三一，十二，五

回信

敬爱的 J. K. 同志：

看见你那关于翻译的信以后，使我非常高兴。从去年的翻译洪水泛滥以来，使许多人攒眉叹气，甚而至于讲冷话。我也是一个偶而[8]译书的人，本来应该说几句话的，然而至今没有开过口。"强聒不舍"虽然是勇壮的行为，但我所奉行的，却是"不可与言而与之言，失言"这一句古老话。况且前来的大抵是纸人纸马，说得耳熟一点，那便是"阴兵"，实在是也无从迎头痛击。就拿赵景深教授老爷来做例子罢，他一面专门攻击科学的文艺论译本之不通，指明被压迫的作家匿名之可笑，一面却又大发慈悲，说是这样的译本，恐怕大众不懂得。好像他倒天天在替大众计划方法，别的译者来搅乱了他的阵势似的。这正如俄国革命以后，欧美的富家奴去看了一看，回来就摇头皱脸，做出文章，慨叹着工农还在怎样吃苦，怎样忍饥，说得满纸凄凄惨惨。仿佛惟有他却是极希望一个筋斗，工农就都住王宫，吃大菜，躺安乐椅子享福的人。谁料还是苦，所以俄国不行了，革命不好了，阿呀阿呀了，可恶之极了。对着这样的哭丧脸，你同他说什么呢？假如觉得讨厌，我想，只要拿指头轻轻的在那纸糊架子上挖一个窟窿就可以了。

赵老爷评论翻译，拉了严又陵，并且替他叫屈，于是累得他在你的信里也挨了一顿骂，但由我看来，这是冤枉的，严老爷和赵老爷，在实际上，有虎狗之差。极明显的例子，是严又陵为要译书，曾经查过汉晋六朝翻译佛经的方法，赵老爷引严又陵为地下知己，却没有看这严又陵所译的书。现在严译的书都出版了，虽然没有什么意义，但他所用的工夫，却从中可以查考。据我所记得，译得最费力，也令人看起来最吃力的，是《穆勒名学》和《群己权界论》的一篇作者自序，其次就是这论，后来不知怎地又改称为《权界》，连书名也很费解了。最好懂的自然是《天演论》，桐城气息十足，连字的平仄也都留心，摇头晃脑的读起来，真是音调铿锵，使人不自觉

8　现代汉语常用"偶尔"。——编者注

其头晕。这一点竟感动了桐城派老头子吴汝纶,不禁说是"足与周秦诸子相上下"了。然而严又陵自己却知道这太"达"的译法是不对的,所以他不称为"翻译",而写作"侯官严复达恉",序例上发了一通"信达雅"之类的议论之后,结末却声明道:"什法师云,'学我者病',来者方多,慎勿以是书为口实也!"好像他在四十年前,便料到会有赵老爷来谬托知己,早已毛骨悚然一样。仅仅这一点,我就要说,严赵两大师,实有虎狗之差,不能相提并论的。

那么,他为什么要干这一手把戏呢?答案是:那时的留学生没有现在这么阔气,社会上大抵以为西洋人只会做机器——尤其是自鸣钟——留学生只会讲鬼子话,所以算不了"士"人的。因此他便来铿锵一下子,铿锵得吴汝纶也肯给他作序,这一序,别的生意也就源源而来了,于是有《名学》,有《法意》,有《原富》,等等。但他后来的译本,看得"信"比"达""雅"都重一些。

他的翻译,实在是汉唐译经历史的缩图。中国之译佛经,汉末质直,他没有取法。六朝真是"达"而"雅"了,他的《天演论》的模范就在此。唐则以"信"为主,粗粗一看,简直是不能懂的,这就仿佛他后来的译书。译经的简单的标本,有金陵刻经处汇印的三种译本《大乘起信论》,也是赵老爷的一个死对头。

但我想,我们的译书,还不能这样简单,首先要决定译给大众中的怎样的读者。将这些大众,粗粗的分起来:甲,有很受了教育的;乙,有略能识字的;丙,有识字无几的。而其中的丙,则在"读者"的范围之外,启发他们是图画、演讲、戏剧、电影的任务,在这里可以不论。但就是甲乙两种,也不能用同样的书籍,应该各有供给阅读的相当的书。供给乙的,还不能用翻译,至少是改作,最好还是创作,而这创作又必须并不只在配合读者的胃口,讨好了,读的多就够。至于供给甲类的读者的译本,无论什么,我是至今主张

"宁信而不顺"的。自然，这所谓"不顺"，决不是说"跪下"要译作"跪在膝之上"，"天河"要译作"牛奶路"的意思，乃是说，不妨不像吃茶淘饭一样几口可以咽完，却必须费牙来嚼一嚼。这里就来了一个问题：为什么不完全中国化，给读者省些力气呢？这样费解，怎样还可以称为翻译呢？我的答案是：这也是译本。这样的译本，不但在输入新的内容，也在输入新的表现法。中国的文或话，法子实在太不精密了，作文的秘诀，是在避去熟字，删掉虚字，就是好文章，讲话的时候，也时时要辞不达意[9]，这就是话不够用，所以教员讲书，也必须借助于粉笔。这语法的不精密，就在证明思路的不精密，换一句话，就是脑筋有些胡涂。倘若永远用着胡涂话，即使读的时候，滔滔而下，但归根结蒂，所得的还是一个胡涂的影子。要医这病，我以为只好陆续吃一点苦，装进异样的句法去，古的，外省外府的，外国的，后来便可以据为己有，这并不是空想的事情。远的例子，如日本，他们的文章里，欧化的语法是极平常的了，和梁启超做《和文汉读法》时代大不相同；近的例子，就如来信所说，一九二五年曾给群众造出过"罢工"这一个字眼，这字眼虽然未曾有过，然而大众已都懂得了。

我还以为即使为乙类读者而译的书，也应该时常加些新的字眼、新的语法在里面，但自然不宜太多，以偶尔遇见，而想一想，或问一问就能懂得为度。必须这样，群众的言语才能够丰富起来。

什么人全都懂得的书，现在是不会有的，只有佛教徒的"唵"字，据说是"人人能解"，但可惜又是"解各不同"。就是数学或化学书，里面何尝没有许多"术语"之类，为赵老爷所不懂，然而赵老爷并不提及者，太记得了严又陵之故也。

说到翻译文艺，倘以甲类读者为对象，我是也主张直译的。我

9　现代汉语常用"词不达意"。——编者注

自己的译法，是譬如"山背后太阳落下去了"，虽然不顺，也决不改作"日落山阴"，因为原意以山为主，改了就变成太阳为主了。虽然创作，我以为作者也得加以这样的区别。一面尽量的输入，一面尽量的消化、吸收，可用的传下去了，渣滓就听他剩落在过去里。所以在现在容忍"多少的不顺"，倒并不能算"防守"，其实也还是一种的"进攻"。在现在民众口头上的话，那不错，都是"顺"的，但为民众口头上的话搜集来的话胚，其实也还是要顺的，因此我也是主张容忍"不顺"的一个。

但这情形也当然不是永远的，其中的一部分，将从"不顺"而成为"顺"，有一部分，则因为到底"不顺"而被淘汰，被踢开。这最要紧的是我们自己的批判。如来信所举的译例，我都可以承认比我译得更"达"，也可推定并且更"信"，对于译者和读者，都有很大的益处。不过这些只能使甲类的读者懂得，于乙类的读者是太艰深的。由此也可见现在必须区别了种种的读者层，有种种的译作。

为乙类读者译作的方法，我没有细想过，此刻说不出什么来。但就大体看来，现在也还不能和口语——各处各种的土话——合一，只能成为一种特别的白话，或限于某一地方的白话。后一种，某一地方以外的读者就看不懂了，要它分布较广，势必至于要用前一种，但因此也就仍然成为特别的白话，文言的分子也多起来。我是反对用太限于一处的方言的，例如小说中常见的"别闹""别说"等类罢，假使我没有到过北京，我一定解作"另外捣乱""另外去说"的意思，实在远不如较近文言的"不要"来得容易了然，这样的只在一处活着的口语，倘不是万不得已，也应该回避的。还有章回体小说中的笔法，即使眼熟，也不必尽是采用，例如"林冲笑道：原来，你认得。"和"原来，你认得——林冲笑着说。"这两条，后一例虽然看去有些洋气，其实我们讲话的时候倒常用，听得"耳熟"的。

但中国人对于小说是看的，所以还是前一例觉得"眼熟"，在书上遇见后一例的笔法，反而好像生疏了。没有法子，现在只好采说书而去其油滑，听闲谈而去其散漫，博取民众的口语而存其比较的大家能懂的字句，成为四不像的白话。这白话得是活的，活的缘故，就因为有些是从活的民众的口头取来，有些是要从此注入活的民众里面去。

临末，我很感谢你信末所举的两个例子。一，我将"……甚至于比自己还要亲近"译成"较之自己较之别人，还要亲近的人们"，是直译德日两种译本的说法的。这恐怕因为他们的语法中没有像"甚至于"这样能够简单而确切地表现这口气的字眼的缘故，转几个弯，就成为这么拙笨了。二，将"新的……人"的"人"字译成"人类"，那是我的错误，是太穿凿了之后的错误。莱奋生望见的打麦场上的人，他要造他们成为目前的战斗的人物，我是看得很清楚的，但当他默想"新的……人"的时候，却也很使我默想了好久：（一）"人"的原文，日译本是"人间"，德译本是"Mensch"，都是单数，但有时也可作"人们"解；（二）他在目前就想有"新的极好的有力量的慈善的人"，希望似乎太奢、太空了。我于是想到他的出身，是商人的孩子，是智识[10]分子，由此猜测他的战斗，是为了经过阶级斗争之后的无阶级社会，于是就将他所设想的目前的人，跟着我的主观的错误，搬往将来，并且成为"人们"——人类了。在你未曾指出之前，我还自以为这见解是很高明的哩，这是必须对于读者，赶紧声明改正的。

总之，今年总算将这一部纪念碑的小说，送在这里的读者们的面前了。译的时候和印的时候，颇经过了不少艰难，现在倒也退出了记忆的圈外去，但我真如你来信所说那样，就像亲生的儿子一般

10　现代汉语常用"知识"。——编者注

爱他,并且由他想到儿子的儿子。还有《铁流》,我也很喜欢。这两部小说,虽然粗制,却并非滥造,铁的人物和血的战斗,实在够使描写多愁善病[11]的才子和千娇百媚的佳人的所谓"美文",在这面前淡到毫无踪影。不过我也和你的意思一样,以为这只是一点小小的胜利,所以也很希望多人合力的更来绍介,至少在后三年内,有关于内战时代和建设时代的纪念碑的文学书八种至十种,此外更译几种虽然往往被称为无产者文学,然而还不免含有小资产阶级的偏见(如巴比塞)和基督教社会主义的偏见(如辛克莱)的代表作,加上了分析和严正的批评,好在那里,坏在那里,以备对比参考之用。那么,不但读者的见解,可以一天一天的分明起来,就是新的创作家,也得了正确的师范[12]了。

鲁迅　一九三一,十二,十八

11　现代汉语常用"多愁善感"。——编者注
12　现代汉语常用"示范"。——编者注

现代电影与有产阶级

[日]岩崎昶

一　电影与观众

电影的发明，是新的印刷术的起源。曾经借着活字和纸张，而输运开去、复制出来的思想，是有着使中世的封建底、旧教底社会意识，归于坏灭的力量的。

有产者底社会的勃兴、宗教改革，那些重大的历史底契机，由此得了结果了。现在，在思想的输运上，在观念形态的决定上，电影所负的任务，就更加积极底，更加意识底了。它是阶级社会的拥护，也是新的"宗教改革"。

这新的印刷术，是由于将运动的照相的一系列，印在 Zelluloid 的薄膜上而成立的。那活字，并非将概念传给读者，却给以动作和具象。这在直接地是视觉底的这一种意义上，是无上的通俗底的而同时也是感铭底的活字，在原则底地没有言语这一种意义上，则是国际底活字。作为宣传，煽动手段的电影的效用，就在这一点。

当考察作为宣传，煽动手段的电影之际，比什么都重大的，是电影和在那影响之下的大众的关联。

我想用具体底的数字来描写它[1]。

据英国的电影杂志 *The Cinema* 所发表的统计，则一星期中的

1　此处原文为"我想用了具体底的数目字来描写它"，疑为原文多字，故更正。——编者注

电影看客之数，其非常之多如下。

亚美利加[2]

常设馆数	15,000
人口	106,000,000
每星期的看客数	47,000,000
对于人口的比率	45%

英吉利[3]

常设馆数	3,800
人口	44,000,000
每星期的看客数	14,000,000
对于人口的比率	33.3%

德意志[4]

常设馆数	3,600
人口	63,000,000
每星期的看客数	6,000,000
对于人口的比率	10.5%

（Hans Buchner — Im Banne des Films S. 21.）

又，这些常设馆的收容力的总计，是可以看作每日看客数目的平均底数字的，如下表所示——

常设馆与收容力

	常设馆数	收容人员
亚美利加	15,000	8,000,000
德意志	3,600	1,500,000

---

2 现译"美国"。——编者注
3 现译"英国"。——编者注
4 现译"德国"。——编者注

英吉利	3,800	1,250,000

于这些数字，乘以 365 则得

8,000,000 × 365=2,920,000,000（亚美利加）

1,500,000 × 365=547,500,000（德意志）

1,250,000 × 365=456,250,000（英吉利）

就可以算作一年间的看客总额的大概。

但这些数字，还是一九二五年度的调查，若据较新的统计，则世界各国的常设馆数，总计约在六万五千以上。

内计——

亚美利加	20,000
德意志	4,000
法兰西[5]	3,000
俄罗斯	10,000
意大利	2,000
西班牙	2,000
英吉利	4,000
日本	1,100

（Léon Moussinac—Panoramique du Cinéma, P. 17）[6]

由此看来，则美、德、英三国，在常设馆数上，显示着约三成至一成的增加。于看客数，也可以想定为大约同率的增加。于这三国以外的诸国，也可以推为同样的增加率。

就是，虽在一九二五年度的统计，一年间的电影看客的总额，

5　现译"法国"。——编者注

6　Moussinac 所举的数字，并未揭出调查年度。推想起来，恐怕是一九二七年末的统计罢。据一九二八年度的 *Film-Daily* 及其他的调查，则亚美利加于这数字上，增加 2.5%，有二万零百的常设馆；日本增加 10%，成为千二百；德国增加 30%，成为五千二百六十七（收容座位数一八七六六〇一）了。而这些，还是除掉了移动电影馆、非商业底剧场的数字。

就已经到了在亚美利加是约二十九亿，在欧罗巴[7]是二十亿，在亚细亚[8]、腊丁·亚美利加[9]、加拿大、亚非利加[10]等是十亿，总计五十九亿那样的好像传奇的空想底数字了。

电影所支配的这庞大的观众，以及电影形式的直接性、国际性就证明着电影在分量上、在实质上，都是用于大众底宣传、煽动的绝好的容器。

二 电影与宣传

要正当地认识那作为宣传、煽动手段的电影的价值，必须知道所谓"宣传电影"这一句熟语，以及那概念之无意义。

为了介绍日本的好风景于外国，以招致游客而作的电影富士山、艺伎、日光、温泉等等，我们常常称之为宣传电影。凡这些，有时是因了教导疾病的预防法，奖励邮政储金、劝诱保险之类的目的而照的。那时候，我们便立刻感到装在那些软片之中的目的，领会了肺结核之可怕，开始贮金，加入生命保险去。然而利用了公会堂、小学校讲堂之类来开演的宣传电影，往往是不收费用的，既然白给人看，便会立刻发生疑惑，以为来演的那一面，一定有着白给人看的根由。这种宣传电影，目的意识就马上被看透。

有着衰老而盲目的母亲的独养子一太郎君，得了召集令，将母亲放在她的一切衰老和盲目之中，"为了君国"，出征去"膺惩可恶的仇敌"了。勇壮的日章旗，万岁，一太郎呀！我们往往被给看这种军国美谈的东西。而这些东西，乃是×××电影公司所制的商

7　现译"欧洲"。——编者注
8　现译"亚洲"。——编者注
9　现译"拉丁美洲"。——编者注
10　现译"非洲"。——编者注

业电影,当开演时,也并不叨公会堂和小学校讲堂的光,收取着有名誉的观览费,在普通的常设馆里堂皇地开映。一到这样,善良而无疑的看客,便不觉得这是宣传电影了。他们就将自己的付过正当的观览费这一个事实,做了那影片并非宣传电影的证明。其实,单纯的看客,是没有觉到陷于被那巧妙地布置了的宣传所煽动、所欺骗,然而对于那欺骗,还要付钱的二重欺骗的。

在市民底的用语惯例上的"宣传电影"的无意义,大略就如此。为什么呢?因为没有目的的电影,因而就不是宣传电影的电影之类的东西,不过是幻想的缘故。

我们能够就现在所制成的一切影片,将那隐微的目的——有时这还未意识底地到了目的地步,止是倾向以至趣味的程度罢了,但那倾向以至趣味,结果也是一个重要的宣传价值——摘发出来。那或是向帝国主义战争的进军喇叭,或是爱国主义、君权主义的鼓吹,或是利用了宗教的反动宣传,或是资产者社会的拥护,是对于革命的压抑,是劳资调和的提倡,是向小市民底社会底无关心的催眠药——要之,是只为了资本主义底秩序的利益,专心安排了的思想底布置。

在一九二八年,开在墨斯科的中央委员会的席上,关于电影,有了

> 将电影放在劳动者阶级的手中,关于苏维埃教化和文化的进步的任务,作为指导、教育、组织大众的手段。

的决议了。苏维埃电影的任务,即在世界的电影市场上,抗拒着资本主义底宣传的澎湃的波浪,而作 ××××× 宣传。

世界现今是正在作为第二次大战的准备的观念形态斗争的涡

中。而电影，是和那五十九亿的看客一同，可以在这斗争的秤盘上，加上决定底的重量去的。

三　电影和战争

资本主义底宣传电影之中，占着最重要的部门的，是战争影片。

将战争收入电影里去，已经颇早了。当电影刚要脱离褓褓的时候，我们就看见了罗马、巴比伦、埃及之类的兵卒的打仗。这是那时的电影对于舞台的唯一的长处，为了要使利用了自由的 Location（就地摄影）和巨大的 Set（场内陈设）和大众摄影的光景的魅力，发现到最大限度，所以设法出来的。辉煌的古代的铠甲、环以城垣的都市、神祠、奇怪的偶像、枪、盾、矛、火箭、石弩，这样异域情调的，而在当时，又是壮丽的布置，便忽然眩惑了对于电影还很幼稚的大众的眼，正合了时尚了。

但在初期的这类的战争，归根结蒂，和大排场的马戏，比武之类的把戏，也并无区别。古代罗马和凯尔达戈，都不是现代电影看客的祖国。战争也不过仗了那动底的煽情底的视觉，使他们兴奋、有趣罢了。

引进近代的战争去，而在那里面分明地装入有意识的宣传底要素的最初的电影制作者，我以为恐怕是格里菲斯（D. W. Griffith）罢。他在取材于南北战争的《一民族之诞生》（*Birth of A Nation*）《亚美利加》（*America*）这些影片上，赞美北军的英雄主义，将所谓合众国建国的精神化为正当、化为美丽了。凡这些，虽不如后出的许多好战底影片那样，积极底地鼓吹了对外战争，但那目的，则仍在对于国民中有着驳杂分子的人种博物馆一般的合众国和其居民，涵养其确固的国家底概念、爱国心。"十足的亚美利加人"这一句口号流行起来，成为"亚美利加化"运动的有力的武器，对于从爱尔兰来的巡警、从昔昔利来的菜商，于黑人、于美洲印第安，也都想印上这脸谱去了。

"亚美利加化"的历程，以欧洲大战的勃发、亚美利加的参战，以及和这相伴的急速的帝国主义化为契机而告了完成。

亚美利加和对德宣战同时，还必须送一百万军队到法兰西去，于是开始了速成的募兵，施行了速成的海军扩张。奏着煽动底的进行曲的军乐队，在各处都市的大街上往来，各十字路口帖[11]着传单，报纸独于此时候说些"亚美利加市民"的义务。易受煽动的青年们或者为着不去应募，将被恋人所鄙弃，或者为着对于生活觉得厌倦，或者又为着"进了海军去看看世界"，就来当募兵了。当此之际，亚美利加政府之宣传，也是有史以来的最大规模，而且最见效果的了。

在这宣传之战，充了最主要的脚色[12]的，是新闻和电影。当这时期，在本来的意义上的战争电影，这才制作出来了。

在以根据西班牙的发狂底反对德国者伊巴涅斯（Blasco Ibáñez）的原作《默示录的四骑士》（*Four Horsemen of the Apocalypse*）、《我们的海》（*Mare Nostrum*）为代表作品的战争影片上，亚美利加的支配阶级便描写出德国军队的如何凶残，德国潜艇的如何非人道，巧妙地煽动了单纯的花旗人。

然而花旗帝国主义开始呈露它本来的锐锋，却在欧战收场之后懂得了大众的军国化，是应该在平时不断地安排的时候。

在一九二○年代的前半，切实地支配了全世界人类的脑子的，首先是活泼泼的战争的记忆。于是发生一种欲望，要符世界大战这

11　现代汉语常用"贴"。——编者注
12　现代汉语常用"角色"。——编者注

一个重大的历史底事件，在国民底叙事诗的形态上，艺术底地再现出来，正是自然的事。而所作的电影，就切实地倾向大众的兴味和感情上去，也正是自然的事。将这有利的情势忽然利用了的，是花旗帝国主义。战争的叙事法，便以最为好战底的煽动企图，创作出来了。

战争影片的不绝的系列，产生了。《战地之花》(Big Parade)、《飞机大战》(Wings)以下，许多反动底宣传影片，列举名目就不胜其烦。不消说，那些电影是没有战时的纯粹的煽动影片一般地露骨的，制作之法，是添些乐剧式恋爱的适当的甘甜，以及掩饰些人道主义底的战争批评的药料，弄得易于下咽，使能在较自然、较暗默之中达到宣传的目的。但虽然是十分小心的假面，而其究竟目的之所在，则同是将遮眼的东西给予大众，使不明帝国主义底战争的本质，以及赞美亚美利加军队的英雄主义，有时还宣传军队生活的放恣和有趣罢了（我深惜在这里没有揭出这种战争影片的完全的目录，以那代表底的几个例子，来使我的叙述更加具体起来的纸面和时间了，但我相信将来会有补正的机会的）。

就战争和电影所历叙的这些事实，那自然，也决不是惟亚美利加所独有的特别现象。倒是在别的一切帝国主义强国里，都在争先兴办的。德国将《大战巡洋舰》(Emden)、《世界大战》(Weltkrieg)等呈在我们的眼前，法国是制作了《凡尔登——历史的幻想》(Verdun——Vision d'histoire)、《蔼克巴什》(L'Equipage)等，英国则以《黎明》(Dawn)，日本则以《炮烟弹雨》《地球在回旋》和《蔚山洋西的海战》等，竭力用心于"军事思想"的普及。

当叙述完战争电影之际，而没有提及作为几个例外底现象的反对战争的倾向，怕是不妥当的罢。

我们在《战地之花》里，在几个段落里，虽然是太感伤底的，然而总算也看见了描写着诅咒战争的心情。那心理，在《战地鹃声》(*What Price Glory*)中，就更为积极底地表白着。但在这些影片上，对于战争的确然的批评和态度，并无一定。只有着和卓别林(Charlie Chaplin)曾在《从军梦》(*Shoulder Arms*)里，将战争化为谑画了那样的同一程度的认识。

和这比较起来，技术上非常卓拔的战争影片《帝国旅馆》(*Hotel Imperial*)的导演者 Erich Pommer 所作的《铁条网》(*Barbed Wire*)，倘临末没有那高唱人类爱的可笑的夸张，则和猛烈地讽刺了帝国主义战争的名喜剧《阵后谐兵》(*Behind the Front*)里，大概是可以属于反战争电影的范畴的了。

四 电影与爱国主义

爱国底宣传电影，也是世界大战后的显著的现象。为什么呢？因为这种电影，虽有外形上的差违，但终极之点，是在向帝国主义战争的意识的准备、鼓舞，在那君权主义上，在那好战性上，和战争影片是本质底地相关联的。

那么，那目的是在那里呢？

直接地，是宣传团体观念、国旗之尊严；间接地，是奖励暴力，使民心倾向右翼政党，当和外国争夺资本市场之际，即刻有军事行动的事，成为妥当化。

这种影片的最活泼的影响，大抵见于选举国会议员，选举大总统的时期，如德国的国权党，尤其是能够仗了爱国主义的电影，博得许多的投票。

例如叫作《腓立大王》(*Fridericus Rex*，这在日本，是大加短缩，改题为《莱因悲怆曲》了)的普鲁士勃兴的历史影片，是其中的最获成功的。那正是大战后的张皇的时代，且正值跟着德国革命的失败而来的反动的火头上，这是有产阶级的巧妙的宣传。穷极、饿透了的小市民们，在这影片中，看见精锐的腓立大王的禁军的行进，看见七年战争的冠冕堂皇的胜利，于是想起了往日的皇帝的治世，便在无智的廉价的感激中鼓掌蹈足，吹起口笛来了。

接着这个，而国民底英雄俾斯麦的传记，化成电影了，兴登堡的传记，化成电影了。

《俾斯麦》[13]（ *Bismarck* ）者，单为了那制作，就设起俾斯麦电影公司来，照成了两部二十余卷的巨制，凡在这帝国主义底政治家一生中的一切爱国底、煽情底的要素，都一无遗漏地填进在那里面。

《兴登堡》（ *Hindenburg* ）者，是乘这老将军当选为大统领——这叨光于影片《腓立大王》和《俾斯麦》之处，是多么的大呵——之机，为了他的收罗人心而作的。

一九二七年春，德意志国权党领袖之一，奥古斯德·霞尔书店的事实上的所有者福干培克，乘德国大公司之一乌发公司的财政危机，买进了那股票的过半，坐了乌发公司总经理的交椅了。于是德国的电影事业和那影响力，便全捏在国权党的手里。福干培克立刻在乌发公司的出品计划上露骨地显示了他的政治底主张。那最是世界底的例子，是《世界大战》（ *Weltkrieg* ）的二部作。

对于这，社会民主党的内阁便即刻取了牵制底手段。就是，使德意志银行来对抗福干培克，投资于乌发公司。为了使德国的独占

---

13 《俾斯麦》影片公演时所散布的纲要书上，载着这样的说明——"我们的影片的祖国底的目的（ der vaterlaendische Zweck ），也规定了那内面的结构和事件的时间底限制。所以俾斯麦的少年时代，仅占了极简略的开端。（中略）而且这故事，是应该以一八七一年的德意志建国收场的。为什么呢？就因为跟着发生的国内的纷争，以及他的退隐，是惹起阴沉的回忆，不使观者结合，却使之乖离，有违于这电影全体的祖国底的目的的缘故。这影片的主要部分，是将从一八四七年，俾斯麦入了政治底生活的时候起，至一八七一年止，作为一个完成了的戏曲的。（下略）"

底大电影公司不成为国权党宣传机关，这是不得已的方法。

《世界大战》[14]已有删节的片子，绍介于日本（译者按：在上海，去年也大演了一通），那是有着怎样的倾向和主张的事，大约现在早可以无须详说了罢。

在表面上所标榜的，《世界大战》是将一九一四年至一九一七年的战争中所摄的各国（大抵是德法）的照片，凭了纯粹的历史底客观而编辑的留在软片上的记录。

而且这比起专一描写本国军队的胜利、的勇敢、的爱国的亚美利加式电影来，也真好像近于写实。然而注意较深的观察者，却即刻可以看见。从丹南培克之战起，常只将兴登堡将军的胜利，重复地映出了好几回。而且和写着"在战时屡救祖国的将军，当平和时，也作为大统领而尽力于祖国"等语的字幕一同，这电影也就完结了。[15]

五　电影和宗教

通一切时代，宗教一向在供支配阶级的御用，是已经证明了许多次数的。

14　当《世界大战》开演之际，关于这影片，有一个将军述其所感，登在报上道——"战争是完全可怖的，但我们是认识战争，因为在战争中，再没有较之辱没自己的职务尤为可怖的运命了。我们的青年们，对于战争的恐怖，应该以平静的镇定和确固的意志而进行。所以这影片的凄惨的场面，决不是可以厌恶的东西，却对于这影片给了意义，增了价值。"

15　作为属于这范畴的影片，可以列举出《路易飞迭南公子》（*PrinzLouis Ferdinand*），《乌第九号》（*U. 9.*），《猫桥》（*Katzensteg*），《律查的猛袭》（*Luelzows Wilde Verwegene Jagd*），《希勒的军官们》（*Schillsche Offiziere*），《大战巡洋舰》（*Emden*），《我们的安骞》（*Unser Emden*）及其他的德国影片：《拿破仑》（*Napoléon*），《贞德》（*Jeanned'Are*）——但并非输入日本的 Karl Dreier 的作品——等法国影片；《珂罗内勒和孚克兰岛的海战》（*The Battles of Coroneland Falkland Islands*）等英国影片来。至于亚美利加，则连在《彼得·潘》（*Peter Pan*），《红皮》（*Red Skin*）之类的童话和乐剧中，也发见了训导 Stars and Stripes（译者按：星星和条纹＝花旗）之尊严的机会了。

这在东洋，则教人以佛教底的忍从和蔑视现世；在西方，则成为基督教底平和主义，想阻止现存的阶级社会的积极底改革。

到二十世纪，宗教虽然已经失却了昔日的权威和信仰，但倒是因为失却，所以对于那支配阶级的奴仆状态，也就愈加露骨、故意起来了。

在物质文明发达较迟的国度中，宗教还有着大大的宣传煽动力。资本主义于是将宗教和电影相结合，能够同时利用了。

例如《十诫》(*The Ten Commandments*)、《基督教徒》(*Christian*)、《宾汉》(*Ben Hur*)、《万王之王》(*King of Kings*)、《犹太之王，拿撒勒的耶稣》(*I. N. R. I.*)之类的基督教宣传电影，《亚细亚之光》(*Die Leuchte Asiens*)、《大圣日莲》之类的佛教电影，是和感激之泪一同，从全世界的愚夫愚妇、善男信女的衣袋里，赚得确实的布施，从商业底方面看起来，也是利益最多的影片。一切宗派中，罗马加特力教会是最留意于电影的利用的，每年开一回电影会议，议定着那一年中全世界底宣传的计划。

在我们的周围，宗教之力早已几乎视若无物了。至多，也不过本愿寺、日莲宗之流，组织了巡行电影团，竭力想维系些乡下农民的信仰。然而因此便推定宗教的世界底无力，是不可以的。只要看在苏维埃的文化革命的历程中，还不能放掉对于宗教的斗争，而在实行的事实，大概就可以明白其间情势了 [16]。

六　电影和有产阶级

为资本主义底生产方法和有产者政府的监视所拘束的现今电

16　在最近的苏维埃影片《活尸》(*Der lebende Leichnam*) 中，我们也能够看见将对于宗教的斗争，采为分明的纲要。

影的一切，几乎都被用于拥护有产阶级的事，我相信是已经很明显了的。

但在这里，却将电影和有产阶级的关系限于较狭的意义，只来论及直接服役于市民有产阶级的光荣和支配的电影这一种。

这种电影，可以分成三样概括底区别。

那第一种，是和封建底，乃至贵族底社会相对抗，而尽讴歌有产阶级之胜利的任务的。因此那全部，几乎都是取材于市民底社会的勃兴的历史影片。××，或者 ×× 的野兽底横暴，在其下尝着涂炭之苦的农民、工商阶级。到影片的第七卷，而有产阶级终于蜂起，将电影底的极顶（Climax）和壮大的群集（Mob scene），在这里大行展开，这是那典型底的结构。但在大多数的影片上，有产阶级是决不作为一个阶级底总体而蹶起[17]的，大抵由一个（往往是贵族出身，年青，而又眉目秀丽的）英雄所指导，力点就放在那个人底的英雄主义上。作为那最是性格底的作品，读者只要记起《罗宾汉》（*Robin Hood*）、《斯凯拉谟修》（*Scaramouche*）、《定情之夕》（*A Night of Love*）来，大约就足够了。在日本的时代剧，尤其是剑剧影片之中，我们也有那不少的例子。

但是，我们又能够在那历史底时代，发见新兴有产阶级所演的革命的脚色，和现在的无产阶级的斗争，其间有很大的类似（Analogie）。倘作者将意识底的强音（Akzent）集中于此的时候，是可以产生优秀的作品的。如《熊的结婚》《农奴之翼》《斯各丁城》《忠次旅行日记》等，便是那仅少的代表。

第二种，是反对无产阶级革命的电影。

《党人魂》（*Volga Boatman*）是当内务省检阅之际，惹起了大问题，终于遭了警视厅来制限其开映的忧患的影片，但那内容是什

17　现代汉语常用"崛起"。——编者注

么呢？

《大暴动》(*Tempest*; 译者按: 在上海映演时, 名《狂风暴雨》) 也靠了长有数卷的小插画, 这才好容易得以许可开演的影片, 然而那所选的是怎样的主题呢？

这些影片, 是只在用俄国的无产阶级革命为背景这一点上, 因而遭了禁止或重大的删剪的。但要之, 那所描写, 是将无产阶级革命当作了无统制的暴民的一揆。无教育而不道德的农民和劳动者, 倚恃着多数, 攻入贵族的城堡去, 破坏家具, ×× 美丽的少女, 酗酒, 单喜欢流血。那是在无产阶级的胜利上, 特地蒙上暴虐的假面, 涂些污泥, 使小市民变成反革命起见而作的有产阶级的 ××。我们于此, 看见了如拥护有产者社会而设的宣传电影, 却被 ×××××× 的 ×× 所禁止的那种奇怪而且愉快的现象了。

固然, 在《约翰南伊之爱》(*Liebe der Jeanne Ney*) 和《最后的命令》(*The Last Command*) 上, 剪去了十月革命, 那却是检阅者十分做了他所该做的事的。

最后, 就来了以《大都会》(*Metropolis*; 译者按: 在上海映演时, 名《科学世界》) 为典型的劳资调和电影的一连串。

关于《大都会》, 现在已经无须在这里缕述了。那是揭着 "头和手之间, 非有心脏不可" 这标语的社会民主主义者, 宣讲着资本家和劳动者可以不由战争, 但靠相互底的协力与爱, 即能建设新社会云云的巴培尔塔以前的童话。[18]

18　论难攻击了 *Metropolis* 而显了英雄的英国的改良主义底时行作家威尔士 (H. G. Wells), 在那近著 *The King Who Was a King*——*The Book of a Film* 上, 关于战争的绝灭, 大要着使日内瓦的政治家们也要脸红那样反动底 Demagogie (笼络群众手段), 那是滑稽之至的。

七　电影与小市民

有产阶级的电影底宣传，一到阶级间的对立逐渐鲜明地，决定底地尖锐起来，也就陷在无可避免的绝地里了。

在实际上，电影是以大多数的小市民和无产阶级为看客的。而他们，小市民和无产阶级，早已渐渐地觉察出有产阶级的诡计来了。就是，已经注意于"支配阶级制作了宣布那服从于己的观念形态的影片，而以此来做掠取无产者的衣袋的手段"这事实的真相了。

卢那察尔斯基关于苏维埃电影，曾经说明过"拙劣的煽动，却招致反对的结果"这原则，在这里，却被有产者底地应用了。

露骨的宣传是停止了。最所希望的，是使电影的看客看不见"阶级"这观念。至少，是坐在银幕之前的数小时中，使他们忘却了一切社会底对立。

这样子，就产生了小市民的影片 [19]。

在小市民家庭剧中，有两种特征底的倾向——

19　关于小市民影片的发生，在一九二七年一月所作的拙稿《电影美学以前》里，虽然很简约，却已曾略述过了的。以下数行，请许其拔萃，以便读者的理解。

"（前略）登场人物，是在高大的宫殿里占着王座的富豪。富豪，是良善的。富豪的女儿，是美的。小市民出身的年青的男子，溜出阶级斗争的背后，要高升到富豪的家族里面去。他就简单地只靠了恋爱，走上了一段阶级的梯子。为了他和富豪的女儿，常设馆的可怜的乐队，就奏起结婚进行曲来。

"富豪由此得到恭维。小市民为这飞腾故事所激励，觉得要誓必尽忠于有产阶级。

"但人们，大部分是无产者的人们，这样却还不满足。

"没有破绽的商人，于是来设法。他们便想一切都避开'阶级'这一个观念。

"于是家庭剧发生了。那对于阶级的对立，是彻头彻尾要掩住看客的眼睛，连两个不同的阶级的存在也避开不写。将一切问题和倾向，都置之不顾，但竭力将'谨慎的'小市民的生活，仅在他们的生活圈内描写出来。那'大抵是关于恋爱的柔滑的故事'，或则以母性爱为主题，其中虽一个无产者，一个资本家，也不准登场。只有小市民阶级作为惟一的阶级，在独裁着。（后略）"

一，是那罗曼主义。

二，是那弄玄妙（Sophistication）。

粗粗一看，则现在的电影，尤其是电影剧，乃是写实主义底的。而且许多人们，都抱着这样的幻想。但其实，除了极少数的第一流作品以外，一切全没有什么现实底的申诉的。

自然，虽说是罗曼主义，但和给十九世纪时有产阶级革命的艺术以特征的那生着火焰之翼的罗曼主义，是不一样的。这是为了平庸、近视、乐天底的小市民们而设的，也是平庸、近视、乐天底的罗曼主义。这于迭克萨[20]的农民、芝加各[21]的公司人员、亚理梭那的牧童、纽借那的送牛奶人、纽约的速记生、毕兹巴格的野球选手、东京的中学生、横滨的水手，无不相宜。说起来，就是 Ready-made（现成）的罗曼主义。作为那象征底的形相，则有珂林·谟亚（Collin Moore）、瑙玛·希拉（Norma Shearer）、克拉拉·鲍（Clara Bow），从一九二六年起，顺次登场来了。就是那样程度的罗曼主义。

每星期薪水（美金）二十五元的大学生出身的公司职员和美尔顿百货公司的娇娃的恋爱故事。珂尼·爱兰特、新福特式的跑车、爵兹乐舞、打猎。

至于这花旗罗曼主义上所必要的此外的布置和氛围气，则读者倘一看 *Vanity Fair* 的广告栏，更所希望的，是往就近的电影馆，一赏鉴任何的亚美利加影片，大约便能自己领悟的罢。

读者必须明白，这小市民底的罗曼主义，是和亚美利加资本主义还在走着上行线的这一个公式底认识，有不可分的关联的。这事实，在一方面，是每年将九十亿元的国帑撒在有产阶级的怀中，而使发生了叫作所谓"Four Hundreds"的有闲阶级，利子生活者的

20　现译"得克萨斯"。——编者注
21　现译"芝加哥"。——编者注

大群。[22]

　　而且有闲阶级，利子生活者的大群，则使他本身的消费底文化、娱乐机关极端地发达起来了。而从那消费底文化的母胎中，就酸醇了为一切文化烂熟期之特色的一种像煞有介事、通人趣味、低回趣味、讽刺、冷嘲等。这过度地洗炼[23]了的生活感情，他们称之为Sophistication。卖弄巴黎式的 Chic，以及花旗式地解释了的 hard-boiled 之类的话，都和这相关联，而为人们所欢喜。

　　卓别林在《巴黎一妇人》(*A Woman of Paris*)里，居然表现了那Sophistication 的模范(Prototype)。刘别谦(Ernst Lubitsch)在《婚姻范围》(*Marriage Circle*)里，表现于一套片子上面了。蒙太·培尔、玛尔·辛克莱、泰巴第·达赖尔等许多后继者们，都发挥了电影界的玄妙家腔调。

　　但是，亚美利加虽在那一切的资本主义底兴隆，但本身之中，却已经包藏着到底消除不尽的内底矛盾，而在苦闷。消费不能相副[24]的一面底生产，失了投资市场的大金融资本，荷佛的政府积极底外交，拥抱着五百万失业者的天国亚美利加，现在是正踏在不可掩饰的阶级底对立的顶上了。

　　这社会情势，将怎样地反映在亚美利加影片之中呢？那是很有兴味的将来的问题。

译者附记

　　这一篇文章的题目，原是《作为宣传、煽动手段的电影》。所谓

22　据一九二四年的调查，则在亚美利加，每年收入在一万元以上的人，总数达二十六万。但这还是除掉利息、花红之类的企业利得，只是直接个人底收入的计算，所以事实上的数字，大约还要见得若干成的增加的罢。
23　现代汉语常用"洗练"。——编者注
24　现代汉语常用"相符"。——编者注

"宣传、煽动"者，本是指支配阶级那一面而言，和"造反"并无关系。但这些字面，现在有许多人都不大喜欢，尤其是在支配阶级那方面。那原因，只要看本文第七章《电影与小市民》的前几段，就明白了。

本文又原是《电影和资本主义》中的一部分，但全书尚未完成，这是据发表在《新兴艺术》第一、第二号上的初稿译出来的。作者在篇末有几句声明，现在也译在下面：

> 我的《电影和资本主义》，原要接着本稿，更以社会底逃避的电影，无产阶级方面所作的宣传电影等，作为顺次的问题臻于完成的。但现在，则仅以对于有产阶级电影的如上的研究，暂且搁笔。
>
> 又，本稿不过是对于每一项目，各能写出独立的研究那样的浩瀚的材料，给了极概括底的一瞥，在这一端，是全篇过于常识底了。请许我声明我自己颇以为憾的事。

但我偶然读到了这一篇，却觉得于自己很有裨益。上海的日报上，电影的广告每天大概总有两大张，纷纷然竞夸其演员几万人、费用几百万，"非常的风情、浪漫、香艳（或哀艳）、肉感、滑稽、恋爱、热情、冒险、勇壮、武侠、神怪……空前巨片"，真令人觉得倘不前去一看，怕要死不瞑目似的。现在用这小镜子一照，就知道这些宝贝，十之九都可以归纳在文中所举的某一类，用意如何，目的何在，都明明白白了。但那些影片，本非以中国人为对象而作，所以运入中国的目的，也就和制作时候的用意不同，只如将陈旧枪炮卖给武人一样，多吸收一些金钱而已。而中国人对于这些的见解，当然也和他们的本国人两样，只看广告中借以吸引看客的句子便分明可知，于各类影片，大抵都只见其"非常风情、浪漫、香艳（或哀艳）、肉感……"了。然而，冥冥中也还有功效在，看见他们"勇壮武侠"的战事巨片，不意中也会觉得主人如此英武，自己只好做奴才，看见他们"非常风情浪漫"的爱情巨片，便觉得太太如此"肉感"，真没有法子办——自惭形秽，虽然嫖白俄妓女以自慰，现在是还可以做到的。非洲土人顶喜欢白人的洋枪，美洲黑人常要强奸白人的妇女，虽遭火刑，也不能吓绝，就因看了他们的实际上的"巨片"的缘故。然而文野不同，中国人是古文明国人，大约只是心折而不至于实做的了。

因为自己看过之后，大略发生了如上的感想，因此也想介绍给一部分的读者，费去许多工夫，译出来了。原文本是很简短的，只因为我于电影一道是门外汉，虽是平常的术语，也须查考，这就比别人烦难得多，即如有几个题目，便是从去年的旧报上翻出来的，查不到的，则只好"硬译"，而且误译之处，也恐怕决不能免。但就大体而言，我相信于读者总可以有一些贡献。

去年，美国的"武侠明星"范朋克（Douglas Fairbanks）因为美金积得太多，到东洋来游历了，上海有几个团体便预备欢迎。中国本来有"捧戏子"的脾气，加以唐宋以来，偷生的小市民就已崇拜替自己打不平的"剑侠"，于是《七侠五义》《七剑十八侠》《荒山怪侠》《荒林女侠》……层出不穷；看了电影，就佩服洋《七侠五义》即《三剑客》之类。古洋侠客往矣，只好佩服扮洋侠客的洋戏子，算是"过屠门而大嚼，虽不得肉，亦且快意"，正如捧梅兰芳者，和他所扮的天女、黛玉等辈，决不能说无关一样，原是不足怪的。但有些人们反对了，说他在演《月宫宝盒》（*The Thief of Bagdad*）时摔死蒙古太子，辱没了中国。其实呢，《月宫宝盒》中的英雄，以一偷儿连爬了两段阶级的梯子，终于做了驸马，正是译文第七章细注里所说，要使小市民或无产者"为这飞腾故事所激励，觉得要誓必尽忠于有产阶级"的玩艺[25]，决不是意在辱没中国的东西。况且故事出于《一千一夜[26]》，范朋克并非作家，也不是导演，我们又不是蒙古太子的子孙或奴才，正不必对于他，为美金而演剧的个人，如此之忿忿。但既然无端忿忿了，这也是中国常有的惯例，不足怪的——在见惯者。后来范朋克到了，终于有团体要欢迎，然而大碰钉子，"范氏代表谓范氏绝对不允赴公共宴会"，竟不能得到瞻仰洋侠客的光荣。待到范朋克"到日本后，一切游程，均由日人代为规定，且到东京后，将赴影戏院，与日本民众相见"（见十八年十二月十九日《申报》），我们这里的蒙古王孙乃更不胜其没落之感，上海电影公会有一封宛转抑扬的信，寄给这"大艺术家"。全文是极有可供研究的处所的，但这里限于纸面，只好摘录了一点——

> 曾忆《月宫宝盒》剧中，有一蒙古太子，其表演状态，至为恶劣，足使观者之未知东方历史，未悉东方民族性质者，发生不良之印象，而能成为人类相爱进程上绝大之阻碍。因东方中华民国人民之状态，并不如其所表演之恶劣也。敝会同人，深知电影艺术之能力，转辗为全世界一切民情风俗知识学问之介绍，换言之，亦能引导全世界人彼此之相爱，及世界人类彼此之相憎。敝会同人以爱先生故，以先生为大艺术家故，愿先生为向善之努力，不愿先生如他人之对世界为不真实之介绍，而为盛誉之累也。

---

25 现代汉语常用"玩意""玩意儿"。——编者注
26 现译"一千零一夜"。——编者注

文中说电影对于看客的力量的伟大，是很不错的，但以为蒙古太子就是"中华民国人民"，却与反对欢迎者流同一错误。尤其错误的是要劝范朋克去引"全世界人彼此之相爱"，忘却了他是花旗国里发了财的电影员。因此一念之差，所以竟弄到低声下气，托他去绍介真实的"四千余年历史文化所训练的精神"于世界了——

　　敝会同人更敢以经过四千余年历史文化训练之精神，大声以告先生。我中华人民之尊重美德、深用礼仪，初不异于贵国之人民。更以贵国政府常能于世界国际间主持公道，故为我中华人民所敬爱。先生于此次东游小住中，想已见到真实之证据。今日我中华政治之状态，方在革命完成应经历之过程中，有国内之战争，有不安静之纷扰，然中华人民对于外来宾客如先生者，仍能不忘应有之礼节，表示爱人之风度。此种情形，先生当能于耳目交接之间为真实之明了。虽间有表示不同之言论者，然此种言论，皆为先生代表以及代表引为己助参加发言者不合礼节隔离人情之宣言及表示所造成……

　　希望先生于东游之后，以所得真实之情状，介绍于贵国之同业，进而介绍于世界，使世界之人类与中华所有四万万余之人民为相爱之亲近，勿为相憎之背驰，以形成世界不良之情状。使我中华人民之敬爱先生，一如敬爱美国之政府。

但所说明的精神，一言以蔽之，是咱们蒙古王孙即使国内如何战争、纷扰，而对于洋大人是极其有礼的。就是这一点。

这正是被压服的古国人民的精神，尤其是在租界上。因为被压服了，所以自视无力，只好托人向世界去宣传，而不免有些诌，但又因为自以为是"经过四千余年历史文化训练"的，还可以托人向世界去宣传，所以仍然有些骄。骄和谄相纠结的，是没落的古国人民的精神的特色。

欧美帝国主义者既然用了废枪，使中国战争、纷扰，又用了旧影片使中国人惊异、胡涂。更旧之后，便又运入内地，以扩大其令人胡涂的教化。我想，如《电影和资本主义》那样的书，现在是万不可少了！

一九三〇，一，十六，L

伪自由书

前记

　　这一本小书里的，是从本年一月底起至五月中旬为止的寄给《申报》上的《自由谈》的杂感。

　　我到上海以后，日报是看的，却从来没有投过稿，也没有想到过，并且也没有注意过日报的文艺栏，所以也不知道《申报》在什么时候开始有了《自由谈》，《自由谈》里是怎样的文字。大约是去年的年底罢，偶然遇见郁达夫先生，他告诉我说，《自由谈》的编辑新换了黎烈文先生了，但他才从法国回来，人地生疏，怕一时集不起稿子，要我去投几回稿，我就漫应之曰：那是可以的。

　　对于达夫先生的嘱咐，我是常常"漫应之曰：那是可以的"的。直白的说罢，我一向很回避创造社里的人物。这也不只因为历来特别的攻击我，甚而至于施行人身攻击的缘故，大半倒在他们的一副"创造"脸。虽然他们之中，后来有的化为隐士，有的化为富翁，有的化为实践的革命者，有的也化为奸细，而在"创造"这一面大纛之下的时候，却总是神气十足，好像连出汗打嚏[1]，也全是"创造"似的。我和达夫先生见面得最早，脸上也看不出那么一种创造气，所以相遇之际，就随便谈谈，对于文学的意见，我们恐怕是不能一致的罢，然而所谈的大抵是空话。但这样的就熟识了，我有时要求他写一篇文章，他一定如约寄来，则他希望我做一点东西，我当然应该漫应曰可以。但应而至于"漫"，我已经懒散得多了。

　　但从此我就看看《自由谈》，不过仍然没有投稿。不久，听到了一个传闻，说《自由谈》的编辑者为了忙于事务，连他夫人的临

1　现代汉语常用"打喷嚏"。——编者注

蓐也不暇照管，送在医院里，她独自死掉了。几天之后，我偶然在《自由谈》里看见一篇文章，其中说的是每日使婴儿看看遗照，给他知道曾有这样一个孕育了他的母亲。我立刻省悟了这就是黎烈文先生的作品，拿起笔，想做一篇反对的文章，因为我向来的意见，是以为倘有慈母，或是幸福，然若生而失母，却也并非完全的不幸，他也许倒成为更加勇猛、更无挂碍的男儿的。但是也没有竟做，改为给《自由谈》的投稿了，这就是这本书里的第一篇《崇实》。又因为我旧日的笔名有时不能通用，便改题了"何家干"，有时也用"干"或"丁萌"。

这些短评，有的由于个人的感触，有的则出于时事的刺激，但意思都极平常，说话也往往很晦涩，我知道《自由谈》并非同人杂志，"自由"更当然不过是一句反话，我决不想在这上面去驰骋的。我之所以投稿，一是为了朋友的交情，一则在给寂寞者以呐喊，也还是由于自己的老脾气。然而我的坏处，是在论时事不留面子，砭锢[2]弊常取类型，而后者尤与时宜不合。盖写类型者，于坏处，恰如病理学上的图，假如是疮疽，则这图便是一切某疮某疽的标本，或和某甲的疮有些相像，或和某乙的疽有点相同。而见者不察，以为所画的只是他某甲的疮，无端侮辱，于是就必欲制你画者的死命了。例如我先前的论叭儿狗，原也泛无实指，都是自觉其有叭儿性的人们自来承认的。这要制死命的方法，是不论文章的是非，而先问作者是那一个，也就是别的不管，只要向作者施行人身攻击了。自然，其中也并不全是含愤的病人，有的倒是代打不平的侠客。总之，这种战术，是陈源教授的"鲁迅即教育部佥事周树人"开其端，事隔十年，大家早经[3]忘却了，这回是王平陵先生告发于前，周木斋先生揭露于后，都

2　现代汉语常用"瘤"。——编者注

3　现代汉语常用"早已"。——编者注

是做着关于作者本身的文章，或则牵连而至于左翼文学者。此外为我所看见的还有好几篇，也都附在我的本文之后，以见上海有些所谓文学家的笔战是怎样的东西，和我的短评本身有什么关系。但另有几篇，是因为我的感想由此而起，特地并存以便读者的参考的。

我的投稿，平均每月八九篇，但到五月初，竟接连的不能发表了，我想，这是因为其时讳言时事而我的文字却常不免涉及时事的缘故。这禁止的是官方检查员，还是报馆总编辑呢，我不知道，也无须知道。现在便将那些都归在这一本里，其实是我所指摘，现在都已由事实来证明的了，我那时不过说得略早几天而已。是为序。

一九三三年七月十九夜，于上海寓庐，鲁迅记。

一九三三年

观斗

我们中国人总喜欢说自己爱和平，但其实，是爱斗争的，爱看别的东西斗争，也爱看自己们斗争。

最普通的是斗鸡、斗蟋蟀，南方有斗黄头鸟、斗画眉鸟，北方有斗鹌鹑，一群闲人们围着呆看，还因此赌输赢。古时候有斗鱼，现在变把戏的会使跳蚤打架。看今年的《东方杂志》，才知道金华又有斗牛，不过和西班牙却两样的，西班牙是人和牛斗，我们是使牛和牛斗。

任他们斗争着，自己不与斗，只是看。

军阀们只管自己斗争着，人民不与闻，只是看。

然而军阀们也不是自己亲身在斗争，是使兵士们相斗争，所以频年恶战，而头儿个个终于是好好的，忽而误会消释了，忽而杯酒言欢了，忽而共同御侮了，忽而立誓报国了，忽而……不消说，忽而自然不免又打起来了。

然而人民一任他们玩把戏，只是看。

但我们的斗士，只有对于外敌却是两样的：近的，是"不抵抗"，远的，是"负弩前驱"云。

"不抵抗"在字面上已经说得明明白白。"负弩前驱"呢，弩机的制度早已失传了，必须待考古学家研究出来，制造起来，然后能够负，然后能够前驱。

还是留着国产的兵士和现买的军火，自己斗争下去罢。中国的人口多得很，暂时总有一些子遗在看着的。但自然，倘要这样，则对于外敌，就一定非"爱和平"不可。

一月二十四日

逃的辩护

古时候，做女人大晦气，一举一动，都是错的，这个也骂，那个也骂。现在这晦气落在学生头上了，进也挨骂，退也挨骂。

我们还记得，自前年冬天以来，学生是怎么闹的，有的要南来，有的要北上，南来北上，都不给开车。待到到得首都，顿首请愿，却不料"为反动派所利用"，许多头都恰巧"碰"在刺刀和枪柄上，有的竟"自行失足落水"而死了。

验尸之后，报告书上说道："身上五色。"我实在不懂。

谁发一句质问，谁提一句抗议呢？有些人还笑骂他们。

还要开除，还要告诉家长，还要劝进研究室。一年以来，好了，总算安静了。但不料榆关失了守，上海还远，北平却不行了，因为连研究室也有了危险。住在上海的人们想必记得的，去年二月的暨南大学、劳动大学、同济大学……研究室里还坐得住么？

北平的大学生是知道的，并且有记性，这回不再用头来"碰"刺刀和枪柄了，也不再想"自行失足落水"，弄得"身上五色"了，却发明了一种新方法，是大家走散，各自回家。

这正是这几年来的教育显了成效。

然而又有人来骂了。童子军还在烈士们的挽联上，说他们"遗臭万年"。

但我们想一想罢：不是连语言历史研究所里的没有性命的古董都在搬家了么？不是学生都不能每人有一架自备的飞机么？能用本国的刺刀和枪柄"碰"得瘟头瘟脑，躲进研究室里去的，倒能并不瘟头瘟脑，不被外国的飞机大炮炸出研究室外去么？

阿弥陀佛！

一月二十四日

崇实

事实常没有字面这么好看。

例如这《自由谈》，其实是不自由的，现在叫作《自由谈》，总算我们是这么自由地在这里谈着。

又例如这回北平的迁移古物和不准大学生逃难，发令的有道理，批评的也有道理，不过这都是些字面，并不是精髓。

倘说，因为古物古得很，有一无二，所以是宝贝，应该赶快搬走的罢，这诚然也说得通的。但我们也没有两个北平，而且那地方也比一切现存的古物还要古。禹是一条虫，那时的话我们且不谈罢，至于商周时代，这地方却确是已经有了的。为什么倒撇下不管，单搬古物呢？说一句老实话，那就是并非因为古物的"古"，倒是为了它在失掉北平之后，还可以随身带着，随时卖出铜钱来。

大学生虽然是"中坚分子"，然而没有市价，假使欧美的市场上值到五百美金一名口，也一定会装了箱子，用专车和古物一同运出北平，在租界上外国银行的保险柜子里藏起来的。

但大学生却多而新，惜哉！

费话[1]不如少说，只剥崔颢《黄鹤楼》诗以吊之，曰——

　　阔人已骑文化去，此地空余文化城。
　　文化一去不复返，古城千载冷清清。
　　专车队队前门站，晦气重重大学生。
　　日薄榆关何处抗，烟花场上没人惊。

一月三十一日

1　现代汉语常用"废话"。——编者注

电的利弊

日本幕府时代，曾大杀基督教徒，刑罚很凶，但不准发表，世无知者。到近几年，乃出版当时的文献不少。曾见《切利支丹殉教记》，其中记有拷问教徒的情形，或牵到温泉旁边，用热汤浇身；或周围生火，慢慢的烤炙，这本是"火刑"，但主管者却将火移远，改死刑为虐杀了。

中国还有更残酷的。唐人说部中曾有记载，一县官拷问犯人，四周用火遥焙，口渴，就给他喝酱醋，这是比日本更进一步的办法。现在官厅拷问嫌疑犯，有用辣椒煎汁灌入鼻孔去的，似乎就是唐朝遗下的方法，或则是古今英雄，所见略同。曾见一个因在反省院里的青年的信，说先前身受此刑，苦痛不堪，辣汁流入肺脏及心，已成不治之症，即释放亦不免于死云云。此人是陆军学生，不明内脏构造，其实倒挂灌鼻，可以由气管流入肺中，引起致死之病，却不能进入心中，大约当时因在苦楚中，知觉瞀乱，遂疑为已到心脏了。

但现在之所谓文明人所造的刑具，残酷又超出于此种方法万万。上海有电刑，一上，即遍身痛楚欲裂，遂昏去，少顷又醒，则又受刑。闻曾有连受七八次者，即幸而免死，亦从此牙齿皆摇动，神经亦变钝，不能复原。前年纪念爱迪生，许多人赞颂电报电话之有利于人，却没有想到同是一电，而有人得到这样的大害，福人用电气疗病、美容，而被压迫者却以此受苦，丧命也。

外国用火药制造子弹御敌，中国却用它做爆竹敬神；外国用罗盘针航海，中国却用它看风水；外国用鸦片医病，中国却拿来当饭吃。同是一种东西，而中外用法之不同有如此，盖不但电气而已。

一月三十一日

航空救国三愿

现在各色的人们大喊着各种的救国，好像大家突然爱国了似的。其实不然，本来就是这样，在这样地救国的，不过现在喊了出来罢了。

所以银行家说贮蓄[1]救国，卖稿子的说文学救国，画画儿的说艺术救国，爱跳舞的说寓救国于娱乐之中，还有，据烟草公司说，则就是吸吸马占山将军牌香烟，也未始非救国之一道云。

这各种救国，是像先前原已实行过来一样，此后也要实行下去的，决不至于五分钟。

只有航空救国较为别致，是应该刮目相看的，那将来也很难预测，原因是在主张的人们自己大概不是飞行家。

那么，我们不妨预先说出一点愿望来。

看过去年此时的上海报的人们恐怕还记得，苏州不是有一队飞机来打仗的么？后来别的都在中途"迷失"了，只剩下领队的洋烈士的那一架，双拳不敌四手，终于给日本飞机打落，累得他母亲从美洲路远迢迢的跑来，痛哭一场，带几个花圈而去。听说广州也有一队出发的，闺秀们还将诗词绣在小衫上，赠战士以壮行色。然而，可惜得很，好像至今还没有到。

所以我们应该在防空队成立之前，陈明两种愿望——

一，路要认清；

二，飞得快些。

还有更要紧的一层，是我们正由"不抵抗"以至"长期抵抗"

1　现代汉语常用"储蓄"。——编者注

而入于"心理抵抗"的时候，实际上恐怕一时未必和外国打仗，那时战士技痒了，而又苦于英雄无用武之地，不知道会不会炸弹倒落到手无寸铁的人民头上来的？

所以还得战战兢兢的陈明一种愿望，是——

三，莫杀人民！

二月三日

不通两种

人们每当批评文章的时候，凡是国文教员式的人，大概是着眼于"通"或"不通"，《中学生》杂志上还为此设立了病院。然而做中国文其实是很不容易"通"的，高手如太史公司马迁，倘将他的文章推敲起来，无论从文字、文法、修辞的任何一种立场去看，都可以发见"不通"的处所。

不过现在不说这些，要说的只是在笼统的一句"不通"之中，还可由原因而分为几种。大概的说，就是：有作者本来还没有通的，也有本可以通，而因了种种关系，不敢通或不愿通的。

例如，去年十月三十一日《大晚报》的记载"江都清赋风潮"，在《乡民二度兴波作浪[1]》这一个巧妙的题目之下，述陈友亮之死云：

> 陈友亮见官方军警中，有携手枪之刘金发，竟欲夺刘之手枪，当被子弹出膛，饮弹而毙，警察队亦开空枪一排，乡民始后退……

"军警"上面不必加上"官方"二字之类的费话，这里也且不说。最古怪的是子弹竟被写得好像活物，会自己飞出膛来似的，但因此而累得下文的"亦"字不通了。必须将上文改作"当被击毙"，才妥。倘要保存上文，则将末两句改为"警察队空枪亦一齐发声，乡民始后退"，这才铢两悉称，和军警都毫无关系——虽然文理总未免有点希奇[2]。

1　现代汉语常用"兴风作浪"。——编者注
2　现代汉语常用"稀奇"。——编者注

现在，这样的希奇文章，常常在刊物上出现。不过其实也并非作者的不通，大抵倒是恐怕"不准通"，因而先就"不敢通"了的缘故。头等聪明人不谈这些，就成了"为艺术的艺术"家；次等聪明人竭力用种种法来粉饰这不通，就成了"民族主义文学"者，但两者是都属于自己"不愿通"，即"不肯通"这一类里的。

二月三日

【因此引起的通论】：

"最通的" 文艺
王平陵

鲁迅先生最近常常用何家干的笔名，在黎烈文主编的《申报》的《自由谈》发表不到五百字长的短文。好久不看见他老先生的文了，那种富于幽默性的讽刺的味儿，在中国的作家之林，当然还没有人能超过鲁迅先生。不过，听说现在的鲁迅先生已跑到十字街头，站在革命的队伍里去了。那么，像他这种有闲阶级的幽默的作风，严格言之，实在不革命。我以为也应该转变一下才是！譬如：鲁迅先生不喜欢第三种人，讨厌民族主义的文艺，他尽可痛快地直说，何必装腔做势³，吞吞吐吐，打这么许多湾⁴儿。在他最近所处的环境，自然是除了那些恭颂苏联德政的献词以外，便没有更通的文艺的。他认为第三种人不谈这些，是比较最聪明的人；民族主义文艺者故意找出理

---

3 现代汉语常用"装腔作势"。——编者注
4 现代汉语常用"弯"。——编者注

由来文饰自己的不通，是比较次聪明的人。其言可谓尽深刻恶毒之能事。不过，现在最通的文艺，是不是仅有那些对苏联当局摇尾求媚的献词，不免还是疑问。如果先生们真是为着解放劳苦大众而呐喊，犹可说也。假使仅仅是为着个人的出路，故意制造一块容易招摇的金字商标，以资号召而已。那么，我就看不出先生们的苦心孤行，比到被你们所不齿的第三种人，以及民族主义文艺者，究竟是高多少。

其实，先生们个人的生活，由我看来，并不比到被你们痛骂的小资作家更穷苦些。当然，鲁迅先生是例外，大多数的所谓革命的作家，听说常常在上海的大跳舞场、拉斐花园里，可以遇见他们伴着娇美的爱侣，一面喝香槟，一面吃朱古力，兴高采烈地跳着狐步舞，倦舞意懒，乘着雪亮的汽车，奔赴预定的香巢，度他们真个消魂[5]的生活。明天起来，写工人呵、斗争呵之类的东西，拿去向书贾们所办的刊物换取稿费，到晚上，照样是生活在红绿的灯光下，沉醉着、欢唱着、热爱着。像这种优裕的生活，我不懂先生们还要叫什么苦，喊什么冤，你们的猫哭耗子的仁慈，是不是能博得劳苦大众的同情，也许，在先生们自己都不免是绝大的疑问吧！

如果中国人不能从文化的本身上做一点基础的工夫，就这样大家空喊一阵口号，糊闹[6]一阵，我想，把世界上无论那种最新颖最时髦的东西拿到中国来，都是毫无用处。我们承认现在的苏俄，确实是有了他相当的成功，但这不是偶然。他们从前所遗留下来的一部分文化的遗产是多么丰富，我们回溯到十月革命以前的俄国文学、音乐、美术、哲学、科学，那一件不是已

5　现代汉语常用"销魂"。——编者注
6　现代汉语常用"胡闹"。——编者注

经到达国际文化的水准。他们有了这些充实的根基，才能产生现在这些学有根蒂的领袖。我们仅仅渴慕人家的成功而不知道努力文化的根本的建树，再等十年百年，乃至千年万年，中国还是这样，也许比现在更坏。

不错，中国的文化运动，也已有二十年的历史了。但是，在这二十年中，在文化上究竟收获到什么？欧美的名著，在中国是否能有一册比较可靠的译本，文艺上的各种派别、各种主义，我们是否都拿得出一种代表作，其他如科学上的发明、思想上的创造，是否能有一种值得我们记忆？唉！中国的文化低落到这步田地，还谈得到什么呢！

要是中国的文艺工作者，如不能从今天起，大家立誓做一番基本的工夫，多多地转运一些文艺的粮食，多多地树艺一些文艺的种子，我敢断言：在现代的中国，决不会产生"最通的"文艺的。

二月二十日《武汉日报》的《文艺周刊》

【通论的拆通】：

官话而已

家干

这位王平陵先生我不知道是真名还是笔名，但看他投稿的地方、立论的腔调，就明白是属于"官方"的。一提起笔，就向上司下属控告了两个人，真是十足的官家派势。

说话弯曲不得，也是十足的官话。植物被压在石头底下，只好弯曲的生长，这时俨然自傲的是石头。什么"听说"，什么"如果"，说得好不自在。听了谁说？如果不"如果"呢？"对苏联当局摇尾求媚的献词"是那些篇，"倦舞意懒，乘着雪亮的汽车，奔赴预定的香巢"的"所谓革命作家"是那些人呀？是的，曾经有人当开学之际，命大学生全体起立，向着鲍罗廷一鞠躬，拜得他莫名其妙，也曾经有人做过《孙中山与列宁》，说得他们俩真好像没有什么两样，至于聚敛享乐的人们之多，更是社会上大家周知的事实，但可惜那都并不是我们。平陵先生的"听说"和"如果"，都成了无的放矢、含血喷人了。

于是乎还要说到"文化的本身"上。试想就是几个弄弄笔墨的青年，就要遇到监禁、枪毙、失踪的灾殃，我做了六篇"不到五百字"的短评，便立刻招来了"听说"和"如果"的官话，叫作"先生们"，大有一网打尽之概。则做"基本的工夫"者，现在舍官许的"第三种人"和"民族主义文艺者"之外还能靠谁呢？"唉！"

然而他们是做不出来的。现在只有我的"装腔作势、吞吞吐吐"的文章，倒正是这社会的产物。而平陵先生又责为"不革命"，好像他乃是真正老牌革命党，这可真是奇怪了——但真正老牌的官话也正是这样的。

七月十九日

赌咒

"天诛地灭，男盗女娼"——是中国人赌咒的经典，几乎像诗云子曰一样。现在的宣誓，"誓杀敌，誓死抵抗，誓……"似乎不用这种成语了。

但是，赌咒的实质还是一样，总之是信不得。他明知道天不见得来诛他，地也不见得来灭他，现在连人参都"科学化地"含起电气来了，难道"天地"还不科学化么！至于男盗和女娼，那是非但无害，而且有益：男盗——可以多刮几层地皮，女娼——可以多弄几个"裙带官儿"的位置。

我的老朋友说：你这个"盗"和"娼"的解释都不是古义。我回答说——你知道现在是什么时代！现在是盗也摩登，娼也摩登，所以赌咒也摩登，变成宣誓了。

二月九日

战略关系

首都《救国日报》上有句名言:

> 浸使[1]为战略关系,须暂时放弃北平,以便引敌深入……应严厉责成张学良,以武力制止反对运动,虽流血亦所不辞。(见《上海日报》二月九日转载。)

虽流血亦所不辞! 勇敢哉战略大家也!

血的确流过不少,正在流的更不少,将要流的还不知道有多多少少,这都是反对运动者的血。为着什么? 为着战略关系。

战略家在去年上海打仗的时候,曾经说:"为战略关系,退守第二道防线",这样就退兵,过了两天又说,为战略关系,"如日军不向我军射击,则我军不得开枪,着士兵一体遵照",这样就停战。此后,"第二道防线"消失,上海和议开始,谈判、签字、完结。那时候,大概为着战略关系也曾经见过血,这是军机大事,小民不得而知——至于亲自流过血的虽然知道,他们又已经没有了舌头。究竟那时候的敌人为什么没有"被诱深入"?

现在我们知道了,那次敌人所以没有"被诱深入"者,决不是当时战略家的手段太不高明,也不是完全由于反对运动者的血流得"太少",而另外还有个原因:原来英国从中调停——暗地里和日本有了谅解,说是日本呀,你们的军队暂时退出上海,我们英国更进一步来帮你的忙,使满洲[2]国不至于被国联否认——这就是现在国

1　现代汉语常用"假使"。——编者注
2　该词的使用并无贬义,共有两种含义。一是满族的旧称。1635 年,皇太极改女真为满洲,辛亥革命后称满族。二是旧时指我国东北一带,清末日俄势力入侵,称东三省为满洲。——编者注

联的什么什么草案，什么什么委员的态度。这其实是说，你不要在这里深入——这里是有赃大家分——你先到北方去深入再说。深入还是要深入，不过地点暂时不同。

因此，"诱敌深入北平"的战略目前就需要了，流血自然又要多流几次。

其实，现在一切准备停当，行都陪都色色俱全，文化古物和大学生也已经各自乔迁。无论是黄面孔、白面孔、新大陆、旧大陆的敌人，无论这些敌人要深入到什么地方，都请深入罢。至于怕有什么反对运动，那我们的战略家"虽流血亦所不辞"！放心，放心。

二月九日

【备考】：

奇文共赏
周敬侪

大人先生们把"故宫古物"看得和命（当然不是小百姓的命）一般坚决南迁，无非因为"古物"价值不止"连城"，并且容易搬动、容易变钱的原故[3]，这也值得你们大惊小怪、冷嘲热讽！我正这样想着的时候，居然从首都一家报纸上见到赞成"古物南迁"的社论，并且建议"武力制止反对"，"流血在所不辞"，请求政府"保持威信""贯彻政策！"这样的宏词高论，我实在不忍使它湮没无闻，因特不辞辛苦，抄录出来，献给大众：

3　现代汉语常用"缘故"。——编者注

……北平各团体之反对古物南迁，为有害北平将来之繁荣，此种自私自利完全蔑视国家利益之理由，北平各团体竟敢说出，吾人殊服其厚颜无耻。彼等只为北平之繁荣，必须以数千年古物冒全被敌人劫夺而去之大危险，所见未免太小，使政府为战略关系，须暂时放弃北平，以便引敌深入，聚而歼之，则古物必被敌人劫夺而去。试问将来北平之繁荣何由维持？故不如先行迁移，俟打倒日本，北平安如泰山后，再行迁回。北平各团体自私自利，固可恶可耻，其无远虑，亦可怜也，其反对迁移之又一理由，则谓政府应先顾全土地，此言似是而实非，盖放弃一部分土地供敌人一时之占领，以歼灭敌人，然后再行恢复。古今中外，其例甚多，如一八一二年之役，俄人不但放弃莫斯科，且将莫斯科烧毁，以困拿破仑；欧战时，比利时、塞尔维亚皆放弃全部领土，供敌人蹂躏，卒将强德击破，盖领土被占，只须[4]不与敌人媾和，签字于割让条约，则敌人固无如该土何。至于故宫古物，若不迁移，设不幸北平被敌人占领，将古物劫夺而去，试问中国将何法以恢复之？行见中国文明结晶，供敌人战利品，可耻孰甚……最后吾人奉告政府，政府迁移古物之政策，既已决定，则不论遇如何阻碍，应求其贯彻，若一经无见识无远虑之群愚反对，即行中止，政府威信何在？故吾主张严责张学良，使以武力制止反对运动，若不得已，虽流血亦所不辞……

二月十三日，《申报·自由谈》

4　现代汉语常用"只需"。——编者注

颂萧

萧伯纳未到中国之前,《大晚报》希望日本在华北的军事行动会因此而暂行停止,呼之曰"和平老翁"。

萧伯纳既到香港之后,各报由"路透电"译出他对青年们的谈话,题之曰"宣传共产"。

萧伯纳"语路透访员曰,君甚不像华人,萧并以中国报界中人全无一人访之为异,问曰,彼等其幼稚至于未识余乎?"(十一日路透电)

我们其实是老练的,我们很知道香港总督的德政、上海工部局的章程,要人的谁和谁是亲友,谁和谁是仇雠,谁的太太的生日是那一天,爱吃的是什么。但对于萧——惜哉,就是作品的译本也只有三四种。

所以我们不能认识他在欧洲大战以前和以后的思想,也不能深识他游历苏联以后的思想。但只就十四日香港"路透电"所传,在香港大学对学生说的"如汝在二十岁时不为赤色革命家,则在五十岁时将成不可能之僵石,汝欲在二十岁时成一赤色革命家,则汝可得在四十岁时不致落伍之机会"的话,就知道他的伟大。

但我所谓伟大的,并不在他要令人成为赤色革命家,因为我们有"特别国情",不必赤色,只要汝今天成为革命家,明天汝就失掉了性命,无从到四十岁。我所谓伟大的,是他竟替我们二十岁的青年想到了四五十岁的时候,而且并不离开了现在。

阔人们会搬财产进外国银行,坐飞机离开中国地面,或者是想到明天的罢。"政如飘风,民如野鹿",穷人们可简直连明天也不能想了，况且也不准想，不敢想。

又何况二十年、三十年之后呢？这问题极平常，然而是伟大的。

此之所以为萧伯纳！

二月十五日

【又招恼了大主笔】：

萧伯纳究竟不凡
《大晚报》社论

"你们批评英国人做事，觉得没有一件事怎样的好，也没有一件事怎样的坏，可是你们总找不出那一件事给英国人做坏了。他做事多有主义的。他要打你，他提倡爱国主义来；他要抢你，他提出公事公办的主义；他要奴役你，他提出帝国主义大道理；他要欺侮你，他又有英雄主义的大道理。他拥护国王，有忠君爱国的主义，可是他要斫掉国王的头，又有共和主义的道理。他的格言是责任，可是他总不忘记一个国家的责任与利益发生了冲突就要不得了。"

这是萧伯纳老先生在《命运之人》中批评英国人的尖刻语。我们举这一个例来介绍萧先生，要读者认识大伟人之所以伟大，也自有其秘诀在。这样子的冷箭，充满在萧氏的作品中，令受者难堪、听者痛快，于是萧先生的名言警句，家传户诵，而一代文豪也确定了他的伟大。

借主义，成大名，这是现代学者一时的风尚，萧先生有嘴说英国人，可惜没有眼估量自己。我们知道萧先生是泛平主义的先进，终身拥护这渐进社会主义，他的戏剧、小说、批评、散文中充塞着这种主义的宣传品，萧先生之于社会主义，可说是个彻头彻尾的忠实信徒。然而，我们又知道，萧先生是铢锱必较[1]的积产专家，是反对慈善事业最力的理论家，结果，他坐拥着百万巨资面团团早成了个富家翁。萧先生唱着平均资产的高调，为被压迫的劳工鸣不平，向寄生物性质的资本家冷嘲热讽，因此而赢得全民众的同情。一书出版，大家抢着买，一剧登场，一百多场做下去，不愁没有人看，于是萧先生坐在提倡共产主义的安乐椅里，笑嘻嘻地自鸣得意，借主义以成名，挂羊头卖狗肉的戏法，究竟巧妙无穷。

现在，萧先生功成名就，到我们穷苦的中国来玩玩了。多谢他提携后进的热诚，在香港告诉我们学生道："二十岁不为赤色革命家，五十岁要成僵石；二十岁做了赤色革命家，四十岁可不致落伍。"原来做赤色革命家的原因，只为自己怕做僵石、怕落伍而已。主义本身的价值如何，本来与个人的前途没有多大关系。我们要在社会里混出头，只求不僵，只求不落伍，这是现代人立身处世的名言，萧先生坦白言之，安得不叫我们五体投地，真不愧"圣之时者也"的现代孔子了。

然而，萧先生可别小看了这老大的中国，像你老先生这样时髦的学者，我们何尝没有。坐在安乐椅里发着尖刺的冷箭来宣传什么主义的，不须先生指教，戏法已耍得十分纯熟了。我想先生知道了，一定要莞尔而笑曰："我道不孤！"

然而，据我们愚蠢的见解，伟大人格的素质，重要的是个诚字。你信仰什么主义，就该诚挚地力行，不该张大了嘴唱着好听。

1　现代汉语常用"锱铢必较"。——编者注

若说萧先生和他的同志真信仰共产主义的,就请他散尽了家产再说话。可是,话也得说回来,萧先生散尽了家产,真穿着无产同志的褴褛装束,坐着三等舱来到中国,又有谁去睬他呢? 这样一想,萧先生究竟不凡。

二月十七日

【也不佩服大主笔】:

前文的案语
乐雯

这种"不凡"的议论的要点是:(一)尖刻的冷箭,"令受者难堪、听者痛快",不过是取得"伟大"的秘诀;(二)这秘诀还在于"借主义,成大名,挂羊头,卖狗肉的戏法";(三)照《大晚报》的意见,似乎应当为着自己的"主义"——高唱"神武的大文","张开血盆似的大口"去吃人,虽在二十岁就落伍,就变为僵石,亦所不惜;(四)如果萧伯纳不赞成这种"主义",就不应当坐安乐椅,不应当有家财,赞成了那种主义,当然又当别论。

可惜,这世界的崩溃,偏偏已经到了这步田地:小资产的知识阶层分化出一些爱光明不肯落伍的人,他们向着革命的道路上开步走。他们利用自己的种种可能,诚恳的赞助革命的前进。他们在以前,也许客观上是资本主义社会关系的拥护者。但是,他们偏要变成资产阶级的"叛徒",而叛徒常常比敌人更可恶。

卑劣的资产阶级心理,以为给了你"百万家财",给了你世界的大名，你还要背叛，你还有什么不满意？"实属可恶之至"。这自然是"借主义，成大名"了。对于这种卑劣的市侩，每一件事情一定有一种物质上的荣华富贵的目的。这是道地²的"唯物主义"——名利主义。萧伯纳不在这种卑劣心理的意料之中，所以可恶之至。

而《大晚报》还推论到一般的时代风尚，推论到中国也有"坐在安乐椅里发着尖刺的冷箭来宣传什么什么主义的，不须先生指教"。这当然中外相同的道理，不必重新解释了。可惜的是，独有那吃人的"主义"，虽然借用了好久，然而还是不能够"成大名"，呜呼！

至于可恶可怪的萧——他的伟大，却没有因为这些人"受着难堪"就缩小了些。所以像中国历代的离经叛道的文人似的，活该被皇帝判决"抄没家财"。

《萧伯纳在上海》

2　现代汉语常用"地道"。——编者注

对于战争的祈祷

——读书心得

热河的战争开始了。

三月一日——上海战争的结束的"纪念日"也快到了。"民族英雄"的肖像一次又一次的印刷着,出卖着,而小兵们的血、伤痕、热烈的心,还要被人糟蹋多少时候?回忆里的炮声和几千里外的炮声,都使得我们带着无可如何的苦笑,去翻开一本无聊的,但是,倒也很有几句"警句"的闲书。这警句是:

"喂,排长,我们到底上那里去哟?"——其中的一个问。

"走吧,我也不晓得。"

"丢那妈,死光就算了,走什么!"

"不要吵,服从命令!"

"丢那妈的命令!"

然而丢那妈归丢那妈,命令还是命令,走也当然还是走,四点钟的时候,中山路复归于沉寂,风和叶儿沙沙的响,月亮躲在青灰色的云海里,睡着,依旧不管人类的事。

这样,十九路军就向西退去。

(黄震遐:《大上海的毁灭》)

什么时候"丢那妈"和"命令"不是这样各归各,那就得救了。不然呢?还有"警句"可以回答这个问题:

十九路军打，是告诉我们说，除掉空说以外，还有些事好做！

十九路军胜利，只能增加我们苟且、偷安与骄傲的迷梦！

十九路军死，是警告我们活得可怜、无趣！

十九路军失败，才告诉我们非努力，还是做奴隶的好！

（见同书。）

这是警告我们，非革命，则一切战争，命里注定的必然要失败。现在，主战是人人都会的了——这是一二八的十九路军的经验：打是一定要打的，然而切不可打胜，而打死也不好，不多不少刚刚适宜的办法是失败。"民族英雄"对于战争的祈祷是这样的，而战争又的确是他们在指挥着，这指挥权是不肯让给别人的。战争，禁得起主持的人预定着打败仗的计画么？好像戏台上的花脸和白脸打仗，谁输谁赢是早就在后台约定了的。呜呼，我们的"民族英雄"！

二月二十五日

从讽刺到幽默

讽刺家是危险的。

假使他所讽刺的是不识字者、被杀戮者、被囚禁者、被压迫者罢，那很好，正可给读他文章的所谓有教育的知识者嘻嘻一笑，更觉得自己的勇敢和高明。然而现今的讽刺家之所以为讽刺家，却正在讽刺这一流所谓有教育的知识者社会。

因为所讽刺的是这一流社会，其中的各分子便各各觉得好像刺着了自己，就一个个的暗暗的迎出来，又用了他们的讽刺，想来刺死这讽刺者。

最先是说他冷嘲，渐渐的又七嘴八舌的说他谩骂、俏皮话、刻毒、可恶、学匪、绍兴师爷，等等，等等。然而讽刺社会的讽刺，却往往仍然会"悠久得惊人"的，即使捧出了做过和尚的洋人或专办了小报来打击，也还是没有效，这怎不气死人也么哥呢！

枢纽是在这里：他所讽刺的是社会，社会不变，这讽刺就跟着存在，而你所刺的是他个人，他的讽刺倘存在，你的讽刺就落空了。

所以，要打倒这样的可恶的讽刺家，只好来改变社会。

然而社会讽刺家究竟是危险的，尤其是在有些"文学家"明明暗暗的成了"王之爪牙"的时代。人们谁高兴做"文字狱"中的主角呢？但倘不死绝，肚子里总还有半口闷气，要借着笑的幌子，哈哈的吐他出来。笑笑既不至于得罪别人，现在的法律上也尚无国民必须哭丧着脸的规定，并非"非法"，盖可断言的。

我想，这便是去年以来，文字上流行了"幽默"的原因，但其中单是"为笑笑而笑笑"的自然也不少。

　　然而这情形恐怕是过不长久的，"幽默"既非国产，中国人也不是长于"幽默"的人民，而现在又实在是难以幽默的时候，于是虽幽默也就免不了改变样子了，非倾于对社会的讽刺，即堕入传统的"说笑话"和"讨便宜"。

三月二日

从幽默到正经

　　"幽默"一倾于讽刺，失了它的本领且不说，最可怕的是有些人又要来"讽刺"，来陷害了，倘若堕于"说笑话"，则寿命是可以较为长远，流年也大致顺利的，但愈堕愈近于国货，终将成为洋式徐文长。当提倡国货声中，广告上已有中国的"自造舶来品"，便是一个证据。

　　而况我实在恐怕法律上不久也就要有规定国民必须哭丧着脸的明文了。笑笑，原也不能算"非法"的。但不幸东省沦陷，举国骚然，爱国之士竭力搜索失地的原因，结果发见了其一是在青年的爱玩乐、学跳舞。当北海上正在嘻嘻哈哈的溜冰的时候，一个大炸弹抛下来，虽然没有伤人，冰却已经炸了一个大窟窿，不能溜之大吉了。

　　又不幸而榆关失守，热河吃紧了，有名的文人学士也就更加吃紧起来，做挽歌的也有，做战歌的也有，讲文德的也有，骂人固然可恶，俏皮也不文明，要大家做正经文章，装正经脸孔，以补"不抵抗主义"之不足。

　　但人类究竟不能这么沉静，当大敌压境之际，手无寸铁，杀不得敌人，而心里却总是愤怒的，于是他就不免寻求敌人的替代。这时候，笑嘻嘻的可就遭殃了，因为他这时便被叫作"陈叔宝全无心肝"。所以知机的人，必须也和大家一样哭丧着脸，以免于难。"聪明人不吃眼前亏"，亦古贤之遗教也，然而这时也就"幽默"归天，"正经"统一了剩下的全中国。

　　明白这一节，我们就知道先前为什么无论贞女与淫女，见人时都得不笑不言；现在为什么送葬的女人，无论悲哀与否，在路上定要放声大叫。

这就是"正经",说出来么,那就是"刻毒"。

三月二日

王道诗话

"人权论"是从鹦鹉开头的。据说古时候有一只高飞远走的鹦哥儿，偶然又经过自己的山林，看见那里大火，它就用翅膀蘸着些水洒在这山上。人家说它那一点水怎么救得熄这样的大火，它说："我总算在这里住过的，现在不得不尽点儿心。"（事出《栎园书影》，见胡适《人权论集》序所引）鹦鹉会救火，人权可以粉饰一下反动的统治，这是不会没有报酬的。胡博士到长沙去演讲一次，何将军就送了五千元程仪，价钱不算小，这"叫做"实验主义。

但是，这火怎么救，在《人权论》时期（一九二九—三〇年）还不十分明白，五千元一次的零卖价格做出来之后，就不同了。最近（今年二月二十一日）《字林西报》登载胡博士的谈话说：

> 任何一个政府都应当有保护自己而镇压那些危害自己的运动的权利，固然，政治犯也和其他罪犯一样，应当得着法律的保障和合法的审判……

这就清楚得多了！这不是在说"政府权"了么？自然，博士的头脑并不简单，他不至于只说"一只手拿着宝剑，一只手拿着经典！"如什么主义之类，他是说还应当拿着法律。

中国的帮忙文人，总有这一套秘诀，说什么王道、仁政。你看孟夫子多么幽默，他教你离得杀猪的地方远远的，嘴里吃着肉，心里还保持着不忍人之心，又有了仁义道德的名目。不但骗人，还骗了自己，真所谓心安理得，实惠无穷。

诗曰：

文化班头博士衔，人权抛却说王权，
朝廷自古多屠戮，此理今凭实验传。

人权王道两翻新，为感君恩奏圣明，
虐政何妨援律例，杀人如草不闻声。

先生熟读圣贤书，君子由来道不孤，
千古同心有孟子，也教肉食远庖厨。

能言鹦鹉毒于蛇，滴水微功漫自夸，
好向侯门卖廉耻，五千一掷未为奢。

三月五日

伸冤

李顿报告书采用了中国人自己发明的"国际合作以开发中国的计划",这是值得感谢的。最近南京市各界的电报已经"谨代表京市七十万民众敬致慰念之忱",称他"不仅为中国好友,且为世界和平及人道正义之保障者"(三月一日南京中央社电)了。

然而李顿也应当感谢中国才好:第一,假使中国没有"国际合作学说",李顿爵士就很难找着适当的措辞来表示他的意思,岂非共管没有了学理上的根据? 第二,李顿爵士自己说的:"南京本可欢迎日本之扶助以拒共产潮流",他就更应当对于中国当局的这种苦心孤诣表示诚恳的敬意。

但是,李顿爵士最近在巴黎的演说(路透社二月二十日巴黎电)却提出了两个问题,一个是:"中国前途,似系于如何? 何时及何人对于如此伟大人力予以国家意识的统一力量? 日内瓦乎? 莫斯科乎?"还有一个是:"中国现在倾向日内瓦,但若日本坚持其现行政策,而日内瓦失败,则中国纵非所愿,亦将变更其倾向矣。"这两个问题都有点儿侮辱中国的国家人格。国家者,政府也。李顿说中国还没有"国家意识的统一力量",甚至于还会变更其对于日内瓦之倾向! 这岂不是不相信中国国家对于国联的忠心,对于日本的苦心?

为着中国国家的尊严和民族的光荣起见,我们要想答复李顿爵士已经好多天了,只是没有相当的文件,这使人苦闷得很。今天突然在报纸上发见了一件宝贝,可以拿来答复李大人,这就是"汉口警部三月一日的布告"。这里可以找着"铁一样的事实",来反驳李大人的怀疑。

例如这布告(原文见《申报》三月一日汉口专电)说:"在外资

下劳力之劳工，如劳资间有未解决之正当问题，应禀请我主管机关代表为交涉或救济，绝对不得直接交涉，违者拿办，或受人利用，故意以此种手段，构成严重事态者，处死刑。"这是说外国资本家遇见"劳资间有未解决之正当问题"，可以直接任意办理，而劳工方面如此这般者……就要处死刑。这样一来，我们中国就只剩得"用国家意识统一了的"劳工了。因为凡是违背这"意识"的，都要请他离开中国的"国家"——到阴间去。李大人难道还能够说中国当局不是"国家意识的统一力量"么？

再则统一这个"统一力量"的，当然是日内瓦，而不是莫斯科。"中国现在倾向日内瓦"，——这是李顿大人自己说的。我们这种倾向十二万分的坚定，例如那布告上也说："如有奸民流痞受人诱买勾串，或直受驱使，或假托名义，以图破坏秩序安宁，与构成其他不利于我国家社会之重大犯行者，杀无赦。"这是保障"日内瓦倾向"的坚决手段，所谓"虽流血亦所不辞"。而且"日内瓦"是讲世界和平的，因此，中国两年以来都没有抵抗，因为抵抗就要破坏和平。直到一二八，中国也不过装出挡挡炸弹枪炮的姿势。最近的热河事变，中国方面也同样的尽在"缩短阵线"。不但如此，中国方面埋头剿匪，已经宣誓在一两个月内肃清匪共，"暂时"不管热河。这一切都是要证明"日本……见中国南方共产潮流渐起，为之焦虑"是不必的，日本很可以无须亲自出马。中国方面这样辛苦的忍耐的工作着，无非是为着要感动日本，使它悔悟，达到远东永久和平的目的，国际资本可以在这里分工合作。而李顿爵士要还怀疑中国会"变更其倾向"，这就未免太冤枉了。

总之，"处死刑，杀无赦"，是回答李顿爵士的怀疑的历史文件。请放心罢，请扶助罢。

三月七日

曲的解放

"词的解放"已经有过专号，词里可以骂娘，还可以"打打麻将"。

曲为什么不能解放，也来混账混账？不过，"曲"一解放，自然要"直"——后台戏搬到前台——未免有失诗人温柔敦厚之旨，至于平仄不调，声律乖谬，还在其次。

《平津会》杂剧

（生上）：连台好戏不寻常，攘外期间安内忙。只恨热汤滚得快，未敲锣鼓已收场。

（唱）：

〔短柱天净纱[1]〕　　　　　　热汤混账——逃亡！

　　　　　　　　　　　　装腔抵抗——何妨？

（旦上唱）：　　　　　　　　模仿中央榜样：

　　　　　　　　　　　　　　——整装西望，

　　　　　　　　　　　　商量奔向咸阳。

（生）：你你你……低声！你看咱们那汤儿呀，他那里无心串演，我这里有口难分，一出好戏，就此糟糕，好不麻烦人也！

（旦）：那有什么？再来一出"查办"好了。咱们一夫一妇，一正一副，也还够唱的。

（生）：好罢！

1　现代汉语常用"天净沙"。——编者注

（唱）：

〔颠倒阳春曲〕　　　　　　　　人前指定可憎张，

　　　　　　　　　　　　　　　骂一声，不抵抗！

　　（旦背人唱）：　　　　　　百忙里算甚糊涂账？

　　　　　　　　　　　　　　　　只不过假装腔，

　　　　　　　　　　　　　　　　　便骂骂又何妨？

　　（丑携包里急上）：阿呀呀[2]，唦唦不得了了！

　　（旦抱丑介）：我儿呀，你这么心慌！你应当在前面多挡这么几挡，让我们好收拾收拾。

　　（唱）：

〔颠倒阳春曲〕　　　　　　　　背人搂定可怜汤，

　　　　　　　　　　　　　　　骂一声，枉抵抗。

　　　　　　　　　　　　　　　戏台上露甚慌张相？

　　　　　　　　　　　　　　　　只不过理行装，

　　　　　　　　　　　　　　　　　便等等又何妨？

　　（丑哭介）：你们倒要理行装！我的行装先就不全了，你瞧。（指包裹介。）

　　（旦）：我儿快快走扶桑，

　　（生）：雷厉风行查办忙。

　　（丑）：如此牺牲还值得，堂堂大汉有风光。（同下。）

　　　　　　　　　　　　　　　　　　　　　　　三月九日

2　现代汉语常用"哎呀"。——编者注

文学上的折扣

有一种无聊小报，以登载诬蔑一部分人的小说自鸣得意，连姓名也都给以影射的，忽然对于投稿，说是"如含攻讦个人或团体性质者恕不揭载"了，便不禁想到了一些事——

凡我所遇见的研究中国文学的外国人中，往往不满于中国文章之夸大。这真是虽然研究中国文学，恐怕到死也还不会懂得中国文学的外国人。倘是我们中国人，则只要看过几百篇文章，见过十来个所谓"文学家"的行径，又不是刚刚"从民间来"的老实青年，就决不会上当。因为我们惯熟了，恰如钱店伙计的看见钞票一般，知道什么是通行的，什么是该打折扣的，什么是废票，简直要不得。

譬如说罢，称赞贵相是"两耳垂肩"，这时我们便至少将他打一个对折，觉得比通常也许大一点，可是决不相信他的耳朵像猪猡一样。说愁是"白发三千丈"，这时我们便至少将他打一个二万扣，以为也许有七八尺，但决不相信它会盘在顶上像一个大草囤。这种尺寸，虽然有些模胡，不过总不至于相差太远。反之，我们也能将少的增多，无的化有，例如戏台上走出四个拿刀的瘦伶仃的小戏子，我们就知道这是十万精兵；刊物上登载一篇俨乎其然的像煞有介事的文章，我们就知道字里行间还有看不见的鬼把戏。

又反之，我们并且能将有的化无，例如什么"枕戈待旦"呀、"卧薪尝胆"呀、"尽忠报国"呀，我们也就即刻会看成白纸，恰如还未定影的照片，遇到了日光一般。

但这些文章，我们有时也还看。苏东坡贬黄州时，无聊之至，有客来，便要他谈鬼，客说没有。东坡道："你姑且胡说一通罢。"

我们的看，也不过这意思，但又可知道社会上有这样的东西，是费去了多少无聊的眼力。人们往往以为打牌、跳舞有害，实则这种文章的害还要大，因为一不小心，就会给它教成后天的低能儿的。

《颂》诗早已拍马，《春秋》已经隐瞒，战国时谈士蜂起，不是以危言耸听，就是以美词动听，于是夸大、装腔、撒谎，层出不穷。现在的文人虽然改著了洋服，而骨髓里却还埋着老祖宗，所以必须取消或折扣，这才显出几分真实。

"文学家"倘不用事实来证明他已经改变了他的夸大、装腔、撒谎……的老脾气，则即使对天立誓，说是从此要十分正经，否则天诛地灭，也还是徒劳的。因为我们也早已看惯了许多家都钉着"假冒王麻子灭门三代"的金漆牌子的了，又何况他连小尾巴也还在摇摇摇呢。

三月十二日

迎头经

中国现代圣经——迎头经曰："我们……要迎头赶上去，不要向后跟着。"

传曰："追赶总只有向后跟着，普通是无所谓迎头追赶的。然而圣经决不会错，更不会不通，何况这个年头一切都是反常的呢。所以赶上偏偏说迎头，向后跟着，那就说不行！"

现在通行的说法是："日军所至，抵抗随之。"至于收复失地与否，那么，当然"既非军事专家，详细计画，不得而知"。不错呀，"日军所至，抵抗随之"，这不是迎头赶上是什么！日军一到，迎头而"赶"：日军到沈阳，迎头赶上北平；日军到闸北，迎头赶上真茹；日军到山海关，迎头赶上塘沽；日军到承德，迎头赶上古北口……以前有过行都洛阳，现在有了陪都西安，将来还有"汉族发源地"昆仑山——西方极乐世界。至于收复失地云云，则虽非军事专家亦得而知焉，于经有之，曰"不要向后跟着"也。证之已往的上海战事，每到日军退守租界的时候，就要"严饬所部切勿越界一步"。这样，所谓迎头赶上和勿向后跟，都是不但见于经典而且证诸实验的真理了。右传之一章。

传又曰："迎头赶和勿后跟，还有第二种的微言大义——"

报载热河实况曰："义军皆极勇敢，认扰乱及杀戮日军为兴奋之事……唯张作相接收义军之消息发表后，张作相既不亲往抚慰，热汤又停止供给义军汽油，运输中断，义军大都失望，甚至有认替张作相立功为无谓者。""日军既至凌源，其时张作相已不在，吾人闻讯出走，热汤扣车运物已成目击之事实，证以日军从未派飞机至承德轰炸……可知承德实为妥协之放弃。"（张慧冲君在上海东北难民救济会席上所谈）虽然据张慧冲君所说，"享名最盛之义军领袖，其忠勇之精神，未能悉如吾人之意想"，然而义军的兵士的确是极勇敢的小百姓。正因为这些小百姓不懂得圣经，所以也不知道迎头式的策略。于是小百姓自己就自然要碰见迎头的抵抗了：热汤放弃承德之后，北平军委分会下令"固守古北口，如义军有欲入口者，即开枪迎击之"。这是说，我的"抵抗"只是随日军之所至，你要换个样子去抵抗，我就抵抗你。何况我的退后是预先约好了的，你既不肯妥协，那就只有"不要你向后跟着"，而要把你"迎头赶上"梁山了。右传之二章。

诗云："惶惶"大军，迎头而奔，"嗤嗤"小民，勿向后跟！赋也。

三月十四日

这篇文章被检查员所指摘，经过改正，这才能在十九日的报上登出来了。

原文是这样的——

第三段"现在通行的说法"至"当然既"，原文为"民国廿二年春 × 三月某日，当局谈话曰：'日军所至，抵抗随之……至收复失地及反攻承德，须视军事进展如何而定，余。'"又"不得而知"下有注云（《申报》三月十二日第三张）。

第五段"报载热河……"上有"民国廿二年春 × 三月"九字。

三月十九夜记

"光明所到……"

中国监狱里的拷打，是公然的秘密。上月里，民权保障同盟曾经提起了这问题。

但外国人办的《字林西报》就揭载了二月十五日的《北京通信》，详述胡适博士曾经亲自看过几个监狱，"很亲爱的"告诉这位记者，说"据他的慎重调查，实在不能得最轻微的证据……他们很容易和犯人谈话，有一次胡适博士还能够用英国话和他们会谈。监狱的情形，他（胡适博士——干注）说是不能满意的，但是，虽然他们很自由的（哦，很自由的——干注）诉说待遇的恶劣侮辱，然而关于严刑拷打，他们却连一点儿暗示也没有……"

我虽然没有随从这回的"慎重调查"的光荣，但在十年以前，是参观过北京的模范监狱的。虽是模范监狱，而访问犯人，谈话却很不"自由"，中隔一窗，彼此相距约三尺，旁边站一狱卒，时间既有限制，谈话也不准用暗号，更何况外国话。

而这回胡适博士却"能够用英国话和他们会谈"，真是特别之极了。莫非中国的监狱竟已经改良到这地步，"自由"到这地步？还是狱卒给"英国话"吓倒了，以为胡适博士是李顿爵士的同乡，很有来历的缘故呢？

幸而我这回看见了《招商局三大案》上的胡适博士的题辞[1]：

"公开检举，是打倒黑暗政治的唯一武器，光明所到，黑暗自消。"（原无新式标点，这是我僭加的——干注）

我于是大彻大悟。监狱里是不准用外国话和犯人会谈的，但胡

---

1 现代汉语常用"题词"。——编者注

适博士一到，就开了特例，因为他能够"公开检举"，他能够和外国人"很亲爱的"谈话，他就是"光明"，所以"光明"所到，"黑暗"就"自消"了。他于是向外国人"公开检举"了民权保障同盟，"黑暗"倒在这一面。

但不知这位"光明"回府以后，监狱里可从此也永远允许别人用"英国话"和犯人会谈否？

如果不准，那就是"光明一去，黑暗又来"了也。

而这位"光明"又因为大学和庚款委员会的事务忙，不能常跑到"黑暗"里面去，在第二次"慎重调查"监狱之前，犯人们恐怕未必有"很自由的"再说"英国话"的幸福了罢。呜呼，光明只跟着"光明"走，监狱里的光明世界真是暂时得很！

但是，这是怨不了谁的，他们千不该万不该是自己犯了"法"，"好人"就决不至于犯"法"。倘有不信，看这"光明"！

三月十五日

止哭文学

前三年，"民族主义文学家"敲着大锣大鼓的时候，曾经有一篇《黄人之血》说明了最高的愿望是在追随成吉思皇帝的孙子拔都元帅之后，去剿灭"斡罗斯"。斡罗斯者，今之苏俄也。那时就有人指出，说是现在的拔都的大军就是日本的军马，而在"西征"之前，尚须先将中国征服，给变成从军的奴才。

当自己们被征服时，除了极少数人以外，是很苦痛的。这实例，就如东三省的沦亡、上海的爆击，凡是活着的人们，毫无悲愤的怕是很少很少罢。但这悲愤，于将来的"西征"是大有妨碍的。于是来了一部《大上海的毁灭》，用数目字告诉读者以中国的武力，决定不如日本，给大家平平心，而且以为活着不如死亡（"十九路军死，是警告我们活得可怜，无趣！"），但胜利又不如败退（"十九路军胜利，只能增加我们苟且，偷安与骄傲的迷梦！"）。总之，战死是好的，但战败尤其好，上海之役，正是中国的完全的成功。

现在第二步开始了。据中央社消息，则日本已有与满洲[1]国签订一种"中华联邦帝国密约"之阴谋。那方案的第一条是："现在世界只有两种国家，一种系资本主义，英、美、日、意、法；一种系共产主义，苏俄。现在要抵制苏俄，非中日联合起来……不能成功"云。（详见三月十九日《申报》）

要"联合起来"了。这回是中日两国的完全的成功，是从"大上海的毁灭"走到"黄人之血"路上去的第二步。

---

1 该词的使用并无贬义，共有两种含义。一是满族的旧称。1635 年，皇太极改女真为满洲，辛亥革命后称满族。二是旧时指我国东北一带，清末日俄势力入侵，称东三省为满洲。——编者注

固然，有些地方正在爆击，上海却自从遭到爆击之后，已经有了一年多，但有些人民不悟"西征"的必然的步法，竟似乎还没有完全忘掉前年的悲愤。这悲愤和目前的"联合"就大有妨碍的。在这景况中，应运而生的是给人们一点爽利和慰安，好像"辣椒和橄榄"的文学。这也许正是一服苦闷的对症药罢，为什么呢？就因为是"辣椒虽辣，辣不死人，橄榄虽苦，苦中有味"的。明乎此，也就知道苦力为什么吸鸦片。

而且不独无声的苦闷而已，还据说辣椒是连"讨厌的哭声"也可以停止的。王慈先生在《提倡辣椒救国》这一篇名文里告诉我们说：

> ……还有北方人自小在母亲怀里，大哭的时候，倘使母亲拿一只辣茄子给小儿咬，很灵验的可以立止大哭……
>
> 现在的中国，仿佛是一个在大哭时的北方婴孩，倘使要制止他讨厌的哭声，只要多多的给辣茄子他咬。(《大晚报》副刊第十二号)

辣椒可以止小儿的大哭，真是空前绝后的奇闻，倘是真的，中国人可实在是一种与众不同的特别"民族"了。然而也很分明的看见了这种"文学"的企图，是在给人一辣而不死，"制止他讨厌的哭声"，静候着拔都元帅。

不过，这是无效的，远不如哭则"格杀勿论"的灵验。此后要防的是"道路以目"了，我们等待着遮眼文学罢。

三月二十日

提倡辣椒救国

王慈

记得有一次跟着一位北方朋友上天津点心馆子里去，坐定了以后，堂倌跑过来问道：

"老乡！吃些什么东西？"

"两盘锅贴儿！"那位北方朋友用纯粹的北方口音说。

随着锅贴儿端来的，是一盆辣椒。

我看见那位北方朋友把锅贴和着多量的辣椒津津有味的送进嘴里去，触起了我的好奇心，探险般的把一个锅贴悄悄的蘸上一点儿辣椒，送下肚去，只觉得舌尖顿时麻木得失了知觉，喉间痒辣得怪难受，眼眶里不自主涌着泪水，这时，我大大的感觉到痛苦。

那位北方朋友看见了我这个样子，大笑了起来，接着他告诉我，北方人的善吃辣椒是出于天性，他们是抱着"饭菜可以不要，辣椒不能不吃"的主义的，他们对于辣椒已经是仿佛吸鸦片似的上了瘾！还有北方人自小在母亲怀里，大哭的时候，倘使母亲拿一只辣茄子给小儿咬，很灵验的可以立止大哭……

现在的中国，仿佛是一个大哭时的北方婴孩，倘使要制止他讨厌的哭声，只要多多的给辣茄子他咬。

中国的人们，等于我的那位北方朋友，不吃辣椒是不会兴奋的！

三月十二日，《大晚报》副刊《辣椒与橄榄》

【硬要用辣椒止哭】：

不要乱咬人
王慈

当心咬着辣椒

上海近来多了赵大爷、赵秀才一批的人，握了尺棒，拼命想找到"阿Q相"的人来出气。还好，这一批文人从有色的近视眼镜里望出来认为"阿Q相"的，偏偏不是真正的阿Q。

不知道是什么来历的何家干，看了我的《提倡辣椒救国》（见本刊十二号），认北方小孩的爱嗜辣椒为"空前绝后"的"奇闻"。倘使我那位北方朋友告诉我，是吹的牛皮，那末，的确可以说空前。而何家干既不是数千年前的刘伯温，在某报上做文章，却是像在造《推背图》。北方小孩子爱嗜辣椒，若使可以算是"奇闻"，那么吸鸦片的父母生育出来的婴孩，为什么也有烟瘾呢？

何家干既抓不到可以出气的对象，他在扑了一个空之后，却还要振振有词，说什么："倘使是真的，中国人可实在是一种与众不同的特别民族了。"

敢问何家干，戴了有色近视眼镜捧读《提倡辣椒救国》的时候，有没有看见"北方"两个字？（何家干既把有这两个字的句子，录在他的谈话里，显然的是看到了）既已看到了，那末，请问斯德丁是不是可以代表整个的日耳曼？亚伯丁是不是可以代表整个的不列颠群岛？

在这里我真怀疑，何家干的脑筋，怎的是这么简单？会前后矛盾到这个地步！

赵大爷和赵秀才一类的人，想结党来乱咬人。我可以先告

诉他们，我和《辣椒与橄榄》的编者是素不相识的，我也从没有
写过《黄人之血》，请何家干若使一定要咬我一口，我劝他再架
一副可以透视的眼镜，认清了目标再咬。否则咬着了辣椒，哭
笑不得的时候，我不能负责。

三月二十八日，《大晚报》副刊《辣椒与橄榄》

【但到底是不行的】：

这叫作愈出愈奇
家干

斯德丁实在不可以代表整个的日耳曼的，北方也实在不可
以代表全中国。然而北方的孩子不能用辣椒止哭，却是事实，
也实在没有法子想。

吸鸦片的父母生育出来的婴孩也有烟瘾，是的确的。然而
嗜辣椒的父母生育出来的婴孩却没有辣椒瘾，和嗜醋者的孩子
没有醋瘾相同。这也是事实，无论谁都没有法子想。

凡事实，靠发少爷脾气还是改不过来的[2]。格里莱阿说地球
在回旋，教徒要烧死他，他怕死，将主张取消了，但地球仍然在
回旋。为什么呢？就因为地球是实在在回旋的缘故。

所以，即使我不反对，倘将辣椒塞在哭着的北方（！）孩子
的嘴里，他不但不止，还要哭得更加利害的。

七月十九日

2　此处原文为"靠发少爷脾气是还是改不过来的"，疑为原文多字，故更正。——编者注

"人话"

记得荷兰的作家凡·伊登（Evan Eeden）——可惜他去年死掉了——所做的童话《小约翰》里，记着小约翰听两种菌类相争论，从旁批评了一句"你们俩都是有毒的"，菌们便惊喊道："你是人么？这是人话呵！"

从菌类的立场看起来，的确应该惊喊的。人类因为要吃它们，才首先注意于有毒或无毒，但在菌们自己，这却完全没有关系，完全不成问题。

虽是意在给人科学知识的书籍或文章，为要讲得有趣也往往太说些"人话"。这毛病，是连法布尔（J. H. Fabre）做的大名鼎鼎的《昆虫记》（*Souvenirs Entomologiques*），也是在所不免的。随手抄撮的东西不必说了。近来在杂志上偶然看见一篇教青年以生物学上的知识的文章，内有这样的叙述——

> 鸟粪蜘蛛……形体既似鸟粪，又能伏着不动，自己假做鸟粪的样子。
> 动物界中，要残食自己亲丈夫的很多，但最有名的，要算前面所说的蜘蛛和现今要说的螳螂了……

这也未免太说了"人话"。鸟粪蜘蛛只是形体原像鸟粪，性又不大走动罢了，并非它故意装作鸟粪模样，意在欺骗小虫豸。螳螂界中也尚无五伦之说，它在交尾中吃掉雄的，只是肚子饿了，在吃东西，何尝知道这东西就是自己的家主公。但经用"人话"一写，一个就成了阴谋害命的凶犯，一个是谋死亲夫的毒妇了，实则都是冤枉的。

"人话"之中，又有各种的"人话"：有英人话，有华人话。华人话中又有各种：有"高等华人话"，有"下等华人话"。浙西有一个讥笑乡下女人之无知的笑话——

"是大热天的正午，一个农妇做事做得正苦，忽而叹道：'皇后娘娘真不知道多么快活。这时还不是在床上睡午觉，醒过来的时候，就叫道：太监，拿个柿饼来！'"

然而这并不是"下等华人话"，倒是高等华人意中的"下等华人话"，所以其实是"高等华人话"。在下等华人自己，那时也许未必这么说，即使这么说，也并不以为笑话的。

再说下去，就要引起阶级文学的麻烦来了，"带住"。

现在很有些人做书，格式是写给青年或少年的信。自然，说的一定是"人话"了，但不知道是那一种"人话"？为什么不写给年龄更大的人们？年龄大了就不屑教诲么？还是青年和少年比较的纯厚，容易诓骗呢？

三月二十一日

出卖灵魂的秘诀

几年前，胡适博士曾经玩过一套"五鬼闹中华"的把戏，那是说：这世界上并无所谓帝国主义之类在侵略中国，倒是中国自己该着"贫穷""愚昧"……等五个鬼，闹得大家不安宁。现在，胡适博士又发见了第六个鬼，叫做仇恨。这个鬼不但闹中华，而且祸延友邦，闹到东京去了。因此，胡适博士对症发药，预备向"日本朋友"上条陈。

据博士说："日本军阀在中国暴行所造成之仇恨，到今日已颇难消除"，"而日本决不能用暴力征服中国"（见报载胡适之的最近谈话，下同）。这是值得忧虑的：难道真的没有方法征服中国么？不，法子是有的。"九世之仇，百年之友，均在觉悟不觉悟之关系头上"——"日本只有一个方法可以征服中国，即悬崖勒马，彻底停止侵略中国，反过来征服中国民族的心。"

这据说是"征服中国的唯一方法"。不错，古代的儒教军师，总说"以德服人者王，其心诚服也"。胡适博士不愧为日本帝国主义的军师，但是，从中国小百姓方面说来，这却是出卖灵魂的唯一秘诀。中国小百姓实在"愚昧"，原不懂得自己的"民族性"，所以他们一向会仇恨，如果日本陛下大发慈悲，居然采用胡博士的条陈，那么，所谓"忠孝仁爱信义和平"的中国固有文化，就可以恢复，因为日本不用暴力而用软功的王道，中国民族就不至于再生仇恨，因为没有仇恨，自然更不抵抗，因为更不抵抗，自然就更和平、更忠孝……中国的肉体固然买到了，中国的灵魂也被征服了。

可惜的是这"唯一方法"的实行，完全要靠日本陛下的觉悟。

如果不觉悟,那又怎么办?胡博士回答道:"到无可奈何之时,真的接受一种耻辱的城下之盟"好了。那真是无可奈何的呵——因为那时候"仇恨鬼"是不肯走的,这始终是中国民族性的污点,即为日本计,也非万全之道。

因此,胡博士准备出席太平洋会议,再去"忠告"一次他的日本朋友:征服中国并不是没有法子的,请接受我们出卖的灵魂罢,何况这并不难,所谓"彻底停止侵略",原只要执行"公平的"李顿报告——仇恨自然就消除了!

三月二十二日

文人无文

在一种姓"大"的报的副刊上，有一位"姓张的"在"要求中国有为的青年切勿借了'文人无行'的幌子，犯着可诟病的恶癖。"这实在是对透了的。但那"无行"的界说，可又严紧透顶了。据说："所谓无行，并不一定是指不规则或不道德的行为，凡一切不近人情的恶劣行为，也都包括在内。"

接着就举了一些日本文人的"恶癖"的例子，来作中国的有为的青年的殷鉴，一条是"宫地嘉六爱用指爪搔头发"，还有一条是"金子洋文喜舐嘴唇"。

自然，嘴唇干和头皮痒，古今的圣贤都不称它为美德，但好像也没有斥为恶德的。不料一到中国上海的现在，爱搔喜舐，即使是自己的嘴唇和头发罢，也成了"不近人情的恶劣行为"了。如果不舒服，也只好熬着。要做有为的青年或文人，真是一天一天的艰难起来了。

但中国文人的"恶癖"，其实并不在这些，只要他写得出文章来，或搔或舐，都不关紧要，"不近人情"的并不是"文人无行"，而是"文人无文"。

我们在两三年前，就看见刊物上说某诗人到西湖吟诗去了，某文豪在做五十万字的小说了，但直到现在，除了并未预告的一部《子夜》而外，别的大作都没有出现。

拾些琐事，做本随笔的是有的；改首古文，算是自作的是有的。讲一通昏话，称为评论，编几张期刊，暗捧自己的是有的。收罗猥谈，写成下作，聚集旧文，印作评传的是有的。甚至于翻些外国文坛消息，就成为世界文学史家，凑一本文学家辞典，连自己也塞在里面，就成为世界的文人的也有。然而，现在到底也都是中国的金字招牌的"文人"。

文人不免无文，武人也一样不武。说是"枕戈待旦"的，到夜还没有动身，说是"誓死抵抗"的，看见一百多个敌兵就逃走了。只是通电宣言之类，却大做其骈体，"文"得异乎寻常。"偃武修文"，古有明训，文星全照到营子里去了。于是我们的"文人"就只好不舐嘴唇，不搔头发，揣摩人情，单落得一个"有行"完事。

三月二十八日

【备考】：

恶癖
若谷

"文人无行"久为一般人所诟病。

所谓"无行"，并不一定是不规则或不道德的行为，凡一切不近人情的恶劣行为，也都包括在内。

只要是人，谁都容易沾染不良的习惯，特别是文人，因为专心文字著作的缘故，在日常生活方面，自然免不了有怪异的举动，而且，或者也因为工作劳苦的缘故，十人中九人是染着不良嗜好，最普通的，是喜欢服用刺激神经的兴奋剂、卷烟与咖啡，是成为现代文人流行的嗜好品了。

现代的日本文人，除了抽烟喝咖啡之外，各人都犯着各样的怪奇恶癖。前田河广一郎爱酒若命，醉后呶呜不休；谷崎润一郎爱闻女人的体臭和尝女人的痰涕；今东光喜欢自炫学问宣传自己；金子洋文喜舐嘴唇；细田源吉喜作猥谈，朝食后熟睡二小时；宫地嘉六爱用指爪搔头发；宇野浩二醺醉后侮慢侍妓；林房雄有奸通癖；山本有三乘电车时喜横膝斜坐；胜本清一郎谈话时喜用拇指挖鼻孔。形形色色，不胜枚举。

日本现代文人所犯的恶癖，正和中国旧时文人辜鸿鸣[1]喜闻女人金莲同样的可厌，我要求现代中国有为的青年，不但是文人，都要保持着健全的精神，切勿借了"文人无行"的幌子，再犯着和日本文人同样可诟病的恶癖。

三月九日，《大晚报》副刊《辣椒与橄榄》

【风凉话？】：

第四种人
周木斋

四月四日《申报》《自由谈》，载有何家干先生《文人无文》一文，论中国的文人，有云：

"不近人情"的并不是"文人无行"，而是"文人无文"。拾些琐事，做本随笔的是有的；改首古文，算是自作的是有的。讲一通昏话，称为评论，编几张期刊，暗捧自己的是有的；收罗猥谈，写成下作，聚集旧文，印作评传的是有的。甚至于翻些外国文坛消息，就成为世界文学史专家，凑一本文学家辞典，连自己也塞在里面，就成为世界的文人的也有。然而，现在到

1　应作"辜鸿铭"。——编者注

底也都是中国的金字招牌的文人。

诚如这文所说,"这实在是对透了的"。

然而例外的是:

直到现在,除了并未预告的一部《子夜》而外,别的大作却没有出现。

"文"的"界说",也可借用同文的话,"可又严紧透顶了"。

这文的动机,从开首的几句,可以知道直接是因"一种姓'大'的副刊上一位'姓×的'"关于"文人无行"的话而起的。此外,听说"何家干"就是鲁迅先生的笔名。

可是议论虽"对透","文"的"界说"虽"严紧透顶",但正惟因为这样,却不提防也把自己套在里面了,纵然鲁迅先生是以"第四种人"自居的。

中国文坛的充实而又空虚,无可讳言也不必讳言,不过在矮子中间找长人,比较还是有的。我们企望先进比企图谁某总要深切些,正因熟田比荒地总要容易收获些。以鲁迅先生的素养及过去的造就,总还不失为中国的金钢钻 [2] 招牌的文人吧。但近年来又是怎样?单就他个人的发展而言,却中画了,现在不下一道罪己诏,顶倒置身事外,说些风凉话,这是"第四种人"了。名的成人!

"不近人情"的固是"文人无文",最要紧的还是"文人不行"("行"为动词)。"进,吾往也!"

四月十五日,《涛声》二卷十四期

---

2 现代汉语常用"金刚钻"。——编者注

【乘凉】：

两误一不同

家干

这位木斋先生对我有两种误解，和我的意见有一点不同。

第一是关于"文"的界说。我的这篇杂感，是由《大晚报》副刊上的《恶癖》而来的，而那篇中所举的文人，都是小说作者。这事木斋先生明明知道，现在混而言之者，大约因为作文要紧，顾不及这些了罢，《第四种人》这题目，也实在时新得很。

第二是要我下"罪己诏"。我现在作一个无聊的声明：何家干诚然就是鲁迅，但并没有做皇帝。不过好在这样误解的人们也并不多。

意见不同之点，是：凡有所指责时，木斋先生以自己包括在内为"风凉话"；我以自己不包括在内为"风凉话"，如身居上海，而责北平的学生应该赴难，至少是不逃难之类。

但由这一篇文章，我可实在得了很大的益处。就是：凡有指摘社会全体的症结的文字，论者往往谓之"骂人"。先前我是很以为奇的，至今才知道一部分人们的意见，是认为这类文章，决不含自己在内，因为如果兼包自己，是应该自下罪己诏的，现在没有诏书而有攻击，足见所指责的全是别人了，于是乎谓之"骂"。且从而群起而骂之，使其人背着一切所指摘的症结，沉入深渊，而天下于是乎太平。

七月十九日

最艺术的国家

我们中国的最伟大最永久，而且最普遍的"艺术"是男人扮女人。这艺术的可贵，是在于两面光，或谓之"中庸"——男人看见"扮女人"，女人看见"男人扮"。表面上是中性，骨子里当然还是男的。然而如果不扮，还成艺术么？譬如说，中国的固有文化是科举制度，外加捐班之类。当初说这太不像民权，不合时代潮流，于是扮成了中华民国。然而这民国年久失修，连招牌都已经剥落殆尽，仿佛花旦脸上的脂粉。同时，老实的民众真个要起政权来了，竟想革掉科甲出身和捐班出身的参政权。这对于民族是不忠，对于祖宗是不孝，实属反动之至。现在早已回到恢复固有文化的"时代潮流"，那能放任这种不忠不孝？因此，更不能不重新扮过一次，草案如下：第一，谁有代表国民的资格，须由考试决定。第二，考出了举人之后，再来挑选一次，此之谓选（动词）举人，而被挑选的举人，自然是被选举人了。照文法而论，这样的国民大会的选举人，应称为"选举人者"，而被选举人，应称为"被选之举人"。但是，如果不扮，还成艺术么？因此，他们得扮成宪政国家的选举的人和被选举人，虽则实质上还是秀才和举人。这草案的深意就在这里：叫民众看见是民权，而民族祖宗看见是忠孝——忠于固有科举的民族，孝于制定科举的祖宗。此外，像上海已经实现的民权，是纳税的方有权选举和被选，使偌大上海只剩四千四百六十五个大市民。这虽是捐班——有钱的为主，然而他们一定会考中举人，甚至不补考也会赐同进士出身的，因为洋大人膝下的榜样，理应遵照，何况这也并不是一面违背固有文化，一面又扮得很像宪政民权呢？此其一。

其二，一面交涉，一面抵抗。从这一方面看过去是抵抗，从那一面看过来其实是交涉。其三，一面做实业家、银行家，一面自称"小贫而已"。其四，一面日货销路复旺，一面对人说是"国货年"……诸如此类，不胜枚举，而大都是扮演得十分巧妙，两面光滑的。

呵，中国真是个最艺术的国家，最中庸的民族。

然而小百姓还要不满意，呜呼，君子之中庸，小人之反中庸也！

三月三十日

现代史

从我有记忆的时候起，直到现在，凡我所曾经到过的地方，在空地上，常常看见有"变把戏"的，也叫作"变戏法"的。

这变戏法的，大概只有两种——

一种，是教一个猴子戴起假面，穿上衣服，耍一通刀枪，骑了羊跑几圈。还有一匹用稀粥养活、已经瘦得皮包骨头的狗熊玩一些把戏。末后是向大家要钱。

一种，是将一块石头放在空盒子里，用手巾左盖右盖，变出一只白鸽来。还有将纸塞在嘴巴里，点上火，从嘴角鼻孔里冒出烟焰。其次是向大家要钱。要了钱之后，一个人嫌少，装腔作势的不肯变了，一个人来劝他，对大家说再五个。果然有人抛钱了，于是再四个、三个……

抛足之后，戏法就又开了场。这回是将一个孩子装进小口的坛子里面去，只见一条小辫子，要他再出来，又要钱。收足之后，不知怎么一来，大人用尖刀将孩子刺死了，盖上被单，直挺挺躺着，要他活过来，又要钱。

"在家靠父母，出家靠朋友……Huazaa！Huazaa！"变戏法的装出撒钱的手势，严肃而悲哀的说。

别的孩子，如果走近去想仔细的看，他是要骂的，再不听，他就会打。

果然有许多人 Huazaa 了。待到数目和预料的差不多，他们就捡起钱来，收拾家伙，死孩子也自己爬起来，一同走掉了。

看客们也就呆头呆脑的走散。

这空地上暂时是沉寂了。过了些时，就又来这一套。俗语说："戏法人人会变，各有巧妙不同。"其实是许多年间，总是这一套，也总有人看，总有人 Huazaa，不过其间必须经过沉寂的几日。

我的话说完了，意思也浅得很，不过说大家 Huazaa Huazaa 一通之后，又要静几天了，然后再来这一套。

到这里我才记得写错了题目，这真是成了"不死不活"的东西。

四月一日

推背图

我这里所用的"推背"的意思，是说：从反面来推测未来的情形。

上月的《自由谈》里，就有一篇《正面文章反看法》，这是令人毛骨悚然的文字。因为得到这一个结论的时候，先前一定经过许多苦楚的经验，见过许多可怜的牺牲。本草家提起笔来，写道："砒霜，大毒。"字不过四个，但他却确切知道了这东西曾经毒死过若干性命的了。

里巷间有一个笑话：某甲将银子三十两埋在地里面，怕人知道，就在上面竖一块木板，写道："此地无银三十两。"隔壁的阿二因此却将这掘去了，也怕人发觉，就在木板的那一面添上一句道，"隔壁阿二勿曾偷。"这就是在教人"正面文章反看法"。

但我们日日所见的文章，却不能这么简单。有明说要做，其实不做的；有明说不做，其实要做的；有明说做这样，其实做那样的；有其实自己要这么做，倒说别人要这么做的；有一声不响，而其实倒做了的。然而也有说这样，竟这样的。难就在这地方。

例如近几天报章上记载着的要闻罢：

一，×× 军在 ×× 血战，杀敌 ×××× 人。

二，×× 谈话：决不与日本直接交涉，仍然不改初衷，抵抗到底。

三，芳泽来华，据云系私人事件。

四，共党联日，该伪中央已派干部 ×× 赴日接洽。

五，××××……

倘使都当反面文章看，可就太骇人了。但报上也有"莫干山路草棚船百余只大火"，"×××× 廉价只有四天了"等大概无须"推背"的记载，于是乎我们就又胡涂起来。

听说，《推背图》本是灵验的，某朝某帝怕他淆惑人心，就添了些假造的在里面，因此弄得不能预知了，必待事实证明之后，人们这才恍然大悟。

我们也只好等着看事实，幸而大概是不很久的，总出不了今年。

四月二日

《杀错了人》异议

看了曹聚仁先生的一篇《杀错了人》，觉得很痛快，但往回一想，又觉得有些还不免是愤激之谈了，所以想提出几句异议——

袁世凯在辛亥革命之后，大杀党人，从袁世凯那方面看来，是一点没有杀错的，因为他正是一个假革命的反革命者。

错的是革命者受了骗，以为他真是一个筋斗从北洋大臣变了革命家了，于是引为同调，流了大家的血，将他浮上总统的宝位去。到二次革命时，表面上好像他又是一个筋斗从"国民公仆"变了吸血魔王似的。其实不然，他不过又显了本相。

于是杀，杀，杀。北京城里，连饭店客栈中都满布了侦探；还有"军政执法处"，只见受了嫌疑而被捕的青年送进去，却从不见他们活着走出来；还有，《政府公报》上，是天天看见党人脱党的广告，说是先前为友人所拉，误入该党，现在自知迷谬，从此脱离，要洗心革面的做好人了。

不久就证明了袁世凯杀人的没有杀错，他要做皇帝了。

这事情，一转眼竟已经是二十年，现在二十来岁的青年，那时还在吸奶，时光是多么飞快呵。

但是，袁世凯自己要做皇帝，为什么留下他真正对头的旧皇帝呢？这无须多议论，只要看现在的军阀混战就知道。他们打得你死我活，好像不共戴天似的，但到后来，只要一个"下野"了，也就会客客气气的，然而对于革命者呢，即使没有打过仗，也决不肯放过一个。他们知道得很清楚。

所以我想，中国革命的闹成这模样，并不是因为他们"杀错了人"，倒是因为我们看错了人。

临末，对于"多杀中年以上的人"的主张，我也有一点异议，但因为自己早在"中年以上"了，为避免嫌疑起见，只将眼睛看着地面罢。

四月十日

记得原稿在"客客气气的"之下，尚有"说不定在出洋的时候，还要大开欢送会"这类意思的句子，后被删去了。

四月十二日记

【备考】：

杀错了人
曹聚仁

前日某报载某君述长春归客的谈话，说日人在伪国已经完成"专卖鸦片"和"统一币制"的两大政策。这两件事，从前在老张、小张时代，大家认为无法整理，现在他们一举手之间，办得有头有绪。所以某君叹息道："愚尝与东北人士论币制紊乱之害，咸以积重难返，诿为难办。何以日人一刹那间，即毕乃事？'是不为也，非不能也。'此为国人一大病根！"

岂独"病根"而已哉！中华民族的灭亡和中华民国的颠覆，也就在这肺痨病上。一个社会，一个民族，到了衰老期，什么都"积重难返"，所以非"革命"不可。革命是社会的突变过程，在过程中，好人、坏人与不好不坏的人总要杀了一些。杀了一些人，并不是没有代价的：于社会起了隔离作用，旧的社会和新的社会截然分成两段，恶的势力不会传染到新的组织中来。所以革命杀人应该有标准，应该多杀中年以上的人，多杀代表旧势力的人。法国大革命的成功，即在大恐慌时期的扫荡旧势力。

可是中国每一回的革命，总是反了常态。许多青年因为参加革命运动，做了牺牲；革命进程中，旧势力一时躲开去，一些也不曾铲除掉；革命成功以后，旧势力重复涌了出来，又把青年来做牺牲品，杀了一大批。孙中山先生辛辛苦苦做了十来年革命工作，辛亥革命成功了，袁世凯拿大权，天天杀党人，甚至连十五六岁的孩子都要杀。这样的革命，不但不起隔离作用，简直替旧势力作保镖。因此民国以来，只有暮气，没有朝气，任何事业都不必谈改革，一谈改革，必"积重难返，诿为难办"。其恶势力一直注到现在。

这种反常状态，我名之曰："杀错了人。"我常和朋友说："不流血的革命是没有的，但'流血'不可流错了人。早杀溥仪，多杀郑孝胥之流，方是邦国之大幸。若乱杀二十五岁以下的青年，倒行逆施，斫丧社会元气，就可以得'亡国灭种'的'眼前报'。"

《自由谈》，四月十日

中国人的生命圈

"蝼蚁尚知贪生"，中国百姓向来自称"蚁民"，我为暂时保全自己的生命计，时常留心着比较安全的处所，除英雄豪杰之外，想必不至于讥笑我的罢。

不过，我对于正面的记载，是不大相信的，往往用一种另外的看法。例如罢，报上说，北平正在设备防空，我见了并不觉得可靠。但一看见载着古物的南运，却立刻感到古城的危机，并且由这古物的行踪，推测中国乐土的所在。

现在，一批一批的古物，都集中到上海来了，可见最安全的地方，到底也还是上海的租界上。

然而，房租是一定要贵起来的了。

这在"蚁民"，也是一个大打击，所以还得想想另外的地方。

想来想去，想到了一个"生命圈"。这就是说，既非"腹地"，也非"边疆"，是介乎两者之间，正如一个环子、一个圈子的所在，在这里倒或者也可以"苟延性命于 × 世"的。

"边疆"上是飞机抛炸弹。据日本报，说是在剿灭"兵匪"；据中国报，说是屠戮了人民，村落市廛，一片瓦砾。"腹地"里也是飞机抛炸弹。据上海报，说是在剿灭"共匪"，他们被炸得一塌胡涂；"共匪"的报上怎么说呢？我们可不知道。但总而言之，边疆上是炸、炸、炸；腹地里也是炸、炸、炸。虽然一面是别人炸，一面是自己炸，炸手不同，而被炸则一。只有在这两者之间的，只要炸弹不要误行落下来，倒还有可免"血肉横飞"的希望，所以我名之曰"中国人的生命圈"。

再从外面炸进来，这"生命圈"便收缩而为"生命线"；再炸进来，大家便都逃进那炸好了的"腹地"里面去，这"生命圈"便完结而为"生命〇"。

其实，这预感是大家都有的，只要看这一年来，文章上不大见有"我中国地大物博，人口众多"的套话了，便是一个证据。而有一位先生，还在演说上自己说中国人是"弱小民族"哩。

但这一番话，阔人们是不以为然的，因为他们不但有飞机，还有他们的"外国"！

四月十日

内外

古人说内外有别，道理各各不同。丈夫叫"外子"，妻叫"贱内"。伤兵在医院之内，而慰劳品在医院之外，非经查明，不准接收。对外要安，对内就要攘，或者嚷。

何香凝先生叹气："当年唯恐其不起者，今日唯恐其不死。"然而死的道理也是内外不同的。

庄子曰："哀莫大于心死，而身死次之。"次之者，两害取其轻也。所以，外面的身体要它死，而内心要它活，或者正因为那心活，所以把身体治死，此之谓治心。

治心的道理很玄妙：心固然要活，但不可过于活。

心死了，就明明白白地不抵抗，结果，反而弄得大家不镇静。心过于活了，就胡思乱想，当真要闹抵抗，这种人，"绝对不能言抗日"。

为要镇静大家，心死的应该出洋，留学是到外国去治心的方法。而心过于活的，是有罪，应该严厉处置，这才是在国内治心的方法。

何香凝先生以为"谁为罪犯是很成问题的"——这就因为她不懂得内外有别的道理。

四月十一日

透底

凡事彻底是好的，而"透底"就不见得高明。因为连续的向左转，结果碰见了向右转的朋友，那时候彼此点头会意，脸上会要辣辣的。要自由的人，忽然要保障复辟的自由，或者屠杀大众的自由——透底是透底的了，却连自由的本身也漏掉了，原来只剩得一个无底洞。

譬如反对八股是极应该的。八股原是蠢笨的产物。一来是考官嫌麻烦——他们的头脑大半是阴沉木做的——甚么代圣贤立言，甚么起承转合，文章气韵，都没有一定的标准，难以捉摸，因此，一股一股地定出来，算是合于功令的格式，用这格式来"衡文"，一眼就看得出多少轻重。二来，连应试的人也觉得又省力、又不费事了。这样的八股，无论新旧，都应当扫荡。但是，这是为着要聪明，不是要更蠢笨些。

不过要保存蠢笨的人，却有一种策略。他们说："我不行，而他和我一样。"——大家活不成，拉倒大吉！而等"他"拉倒之后，旧的蠢笨的"我"却总是偷偷地又站起来，实惠是属于蠢笨的。好比要打倒偶像，偶像急了，就指着一切活人说："他们都像我。"于是你跑去把貌似偶像的活人统统打倒。回来，偶像会赞赏一番，说打倒偶像而打倒"打倒"者，确是透底之至。其实，这时候更大的蠢笨笼罩了全世界。

开口诗云子曰，这是老八股，而有人把"达尔文说、普列汉诺夫曰"也算做新八股。于是要知道地球是圆的，人人都要自己去环游地球一周；要制造汽机的，也要先坐在开水壶前格物……这自然透底之极。其实，从前反对卫道文学，原是说那样吃人的"道"不应该卫，而有人要透底，就说什么道也不卫，这"什么道也不卫"难道不也是一种"道"么？所以，真正最透底的，还是下列的一个故事：

古时候一个国度里革命了，旧的政府倒下去，新的站上来。旁人说："你这革命党，原先是反对有政府主义的，怎么自己又来做政府？"那革命党立刻拔出剑来，割下了自己的头。但是，他的身体并不倒，而变成了僵尸，直立着，喉管里吞吞吐吐地似乎是说："这主义的实现原本要等三千年之后呢。"

四月十一日

【来信】：

家干先生：

昨阅及大作《透底》一文，有引及晚前发表《论新八股》之处，至为欣幸。惟所"譬"云云，实出误会。鄙意所谓新八股者，系指有一等文，本无充实内容，只有时髦幌子，或利用新时装包裹旧皮囊而言。因为是换汤不换药，所以"这个空虚的宇宙"仍与"且夫天地之间"同为八股。因为是挂羊头卖狗肉，所以"达尔文说""普列汉诺夫说"仍与"子曰诗云"毫无二致。故攻击不在"达尔文说""普列汉诺夫说"，与"这个宇宙"本身（其实"子曰""诗云"，如做起一本中国文学史来，仍旧要引用，断无所谓八股之理），而在利用此而成为新八股之形式。先生所举"地球""机器"之例、"透底""卫道"之理，三尺之童，亦知其非，以此作比，殊觉曲解。

今日文坛，虽有蓬勃新气，然一切狐鼠魍魉，仍有改头换面、衣锦逍遥，如礼拜六礼拜五派等以旧货新装出现者，此种新皮毛旧骨髓之八股，未审先生是否认为应在扫除之列？

又有借时代招牌歪曲革命学说，口念阿弥，心存罔想[1]者，此种借他人边幅，盖自己臭脚之新八股，未审先生亦是否认为应在扫除之列？

"透底"言之，譬如，古之皇帝，今之主席，在实质上固知大有区别，但仍有今之主席与古之皇帝一模一样者，则在某一意义上非难主席，其意自明，苟非志在捉虱，未必不能两目了然也。

予生也晚，不学无术，但虽无"彻底"之聪明，亦不致如"透底"之蠢笨，容或言而未"透"，致招误会耳。尚望赐教到"底"，感"透"感"透"！

祝秀侠上

【回信】：

秀侠先生：

接到你的来信，知道你所谓新八股是礼拜五六派等流。其实礼拜五六派的病根并不全在他们的八股性。

八股无论新旧，都在扫荡之列，我是已经说过了。礼拜五六派有新八股性，其余的人也会有新八股性。例如只会"辱骂""恐吓"，甚至于"判决"，而不肯具体地切实地运用科学所求得的公式，去解释每天的新的事实、新的现象，而只抄一通公式，往一切事实上乱凑，这也是一种八股。即使明明是你理直，

1　现代汉语常用"妄想"。——编者注

也会弄得读者疑心你空虚，疑心你已经不能答辩，只剩得"国骂"了。

至于"歪曲革命学说"的人，用些"普列汉诺夫曰"等来掩盖自己的臭脚，那他们的错误难道就在他写了"普……曰"等等么？我们要具体的证明这些人是怎样错误，为什么错误。假使简单地把"普列汉诺夫曰"等等和"诗云子曰"等量齐观起来，那就一定必然的要引起误会，先生来信似乎也承认这一点。这就是我那《透底》里所以要指出的原因。

最后，我那篇文章是反对一种虚无主义的一般倾向的，你的《论新八股》之中的那一句，不过是许多例子之中的一个，这是必须解除的一个"误会"，而那文章却并不是专为这一个例子写的。

家干

"以夷制夷"

我还记得，当去年中国有许多人一味哭诉国联的时候，日本的报纸上往往加以讥笑，说这是中国祖传的"以夷制夷"的老手段。粗粗一看，也仿佛有些像的，但是，其实不然。那时的中国的许多人，的确将国联看作"青天大老爷"，心里何尝还有一点儿"夷"字的影子？

倒相反，"青天大老爷"们却常常用着"以华制华"的方法的。

例如罢，他们所深恶的反帝国主义的"犯人"，他们自己倒是不做恶人的，只是松松爽爽的送给华人，叫你自己去杀去。他们所痛恨的腹地的"共匪"，他们自己是并不明白表示意见的，只将飞机炸弹卖给华人，叫你自己去炸去。对付下等华人的有黄帝子孙的巡捕和西崽，对付知识阶级的有"高等华人"的学者和博士。

我们自夸了许多日子的"大刀队"，好像是无法制伏的了，然而四月十五日的《××报》上，有一个用头号字印《我斩敌二百》的题目。粗粗一看，是要令人觉得胜利的，但我们再来看一看本文罢——

（本报今日北平电）昨日喜峰口右翼，仍在滦阳城以东各地，演争夺战。敌出现大刀队千名，系新开到者，与我大刀队对抗。其刀特长，敌使用不灵活。我军挥刀砍抹，敌招架不及，连刀带臂，被我砍落者纵横满地，我军伤亡亦达二百余……

那么，这其实是"敌斩我军二百"了，中国的文字，真是像"国步"一样，正在一天一天的艰难起来，但我要指出来的却并不在此。

我要指出来的是"大刀队"乃中国人自夸已久的特长，日本人虽有击剑，大刀却非素习。现在可是"出现"了，这不必迟疑，就可决定是满洲[1]的军队。满洲从明末以来，每年即大有直隶、山东人迁居，数代之后，成为土著，则虽是满洲军队，而大多数实为华人，也决无疑义。现在已经各用了特长的大刀，在滦东相杀起来，一面是"连刀带臂，纵横满地"，一面是"伤亡亦达二百余"，开演了极显著的"以华制华"的一幕了。

至于中国的所谓手段，由我看来，有是也应该说有的，但决非[2]"以夷制夷"，倒是想"以夷制华"。然而"夷"又那有这么愚笨呢？却先来一套"以华制华"给你看。

这例子常见于中国的历史上，后来的史官为新朝作颂，称此辈的行为曰："为王前驱！"

近来的战报是极可诧异的，如同日同报记冷口失守云："十日以后，冷口方面之战，非常激烈，华军……顽强抵抗，故继续未曾有之大激战。"但由宫崎部队以十余兵士，作成人梯，前仆后继，"卒越过长城，因此宫崎部队牺牲二十三名之多云"。越过一个险要，而日军只死了二十三人，但已云"之多"，又称为"未曾有之大激战"，也未免有些费解。所以大刀队之战，也许并不如我所猜测，但既经写出，就姑且留下以备一说罢。

四月十七日

---

1 该词的使用并无贬义，共有两种含义。一是满族的旧称。1635年，皇太极改女真为满洲，辛亥革命后称满族。二是旧时指我国东北一带，清末日俄势力入侵，称东三省为满洲。——编者注
2 现代汉语常用"绝非"。——编者注

【跳踉】：

"以华制华"
李家作

报纸不可不看。在报上不但可以看到虔修功德如念念阿弥陀佛，选拔国士如征求飞檐走壁之类的"善"文，还可以随时长许多见识。譬如说杀人，以前只知道有斫头绞颈子，现在却知道还有吃人肉，而且还有"以夷制夷""以华制华"等等的分别。经明眼人一说，是越想越觉得不错的。

尤其是"以华制华"，那样的手段真是越想越觉得多的。原因是人太多了，华对华并不会亲热，而且为了自身的利害要坐大交椅，当然非解决别人不可，所以那"制"是无论如何要"制"的。假如因为制人而能得到好处，或是因为制人而能讨得上头的欢心，那自然更起劲[3]。这心理，夷人就很善于利用，从侵略土地到卖卖肥皂，都是用的这"华人"善于"制华"的美点。然而，华人对华人，其实也很会利用这种方法，而且非常巧妙。双方不必明言，彼此心照，各得其所，旁人看来，不露痕迹，据说那被利用的人便是哈吧狗[4]，即走狗。但细细甄别起来，倒并不只是哈吧狗一种，另外还有一种是警犬。

做哈吧狗与做警犬，当然都是"以华制华"，但其中也不无分别。哈吧狗只能听主人吩咐，向仇人摇摇尾，狂吠几声，他知道他是什么样的身分[5]，警犬则不然：老于世故者往往如此。他只认定自己是一个好汉，是一个权威，是一个执大义以

3　此处原文为"那自然更其起劲"，疑为原文多字，故更正。——编者注
4　现代汉语常用"哈巴狗"。——编者注
5　现代汉语常用"身份"。——编者注

绳天下者。在那门庭间的方寸之地上,只有他可以彷徨彷徨,呐喊呐喊。他的威风没有人敢冒犯,和哈吧狗比较起来,哈吧狗真是浅薄得可怜。但何以也是"以华制华"呢?那是因为虽然老于世故,也不免露出破绽。破绽是:他俨若嫉恶如仇,平时蹲在地上冷眼旁观,一看到有类乎"可杀"的情形时,就踪身[6]向前,猛咬一口。可是,他决不是乱咬,他早已看得分明,凡在他寄身的地段上的(他当然不能不有一个寄身的地方),他决不伤害,有了也只当不看见,以免引起"不便"。他咬,是咬圈子外头的,尤其是圈子外头最碍眼的仇人。这便是勇,这便是执大义,同时,既可显出自己的权威,又可博得主人底欢心,因为,他所咬的,往往会是他和他东家的共同的敌人。主人对于他所痛恨,自己是并不明白表示意见的,只给你一些供养和地位,叫你自己去咬去。因此有接二连三的奋勇和吹毛求疵的找机会。旁观者不免有点不明白,觉得这仇太深,却不知道这正是老于世故者的做人之道,所谓向恶社会"搏战""周旋"是也。那样的用心,真是很苦!

所可哀者,为了要挣扎在替天行道的大旗之下,竟然不惜受员外府君之类的供奉,把那旗子斜插在庄院的门楼边,暂且作个"江湖一应水碗不得骚扰"的招贴纸儿。也可见得做中国人的不容易,和"以华制华"的效劳,虽贤者亦不免焉。

——二二,四,二一

四月二十二日,《大晚报》副刊《火炬》

---

6 现代汉语常用"纵身"。——编者注

【摇摆】：

过而能改
傅红蓼

孔老夫子在从前教训着那么许多门生说："过而能改，善莫大焉！"意思是错误人人都有，只要能够回头。我觉得孔老夫子这句话尚有未尽意处，譬如说："过而能改，善莫大焉"之后，再加上一句："知过不改，罪孽深重"，那便觉得天衣无缝了。

譬如说现在前线打得落花流水的时候，而有人觉得这种为国牺牲是残酷，是无聊，便主张不要打，而且更主张不要讲和，只说索性藏起头来，等个五十年。俗谚常有"十年生聚，十年教训"，看起来五十年的教训，大概什么都够了。凡事有了错误，才有教训，可见中国人尚还有些救药，国事弄得乌烟瘴气到如此，居然大家都恍然大觉大悟自己内部组织的三大不健全，更而发现武器的不充足，眼前须要几十个年头来作准备。言至此，吾人对于热河一直到滦东的失守，似乎应当有些感到失得不大冤枉。因为吾党（借用）建基以至于今日，由军事而至于宪政，尚还没有人肯认过错，则现在失掉几个国土，使一些负有自信天才的国家栋梁、学贯中西的名儒居然都肯认错，所谓"过而能改，善莫大焉"，塞翁失马，又安知非福的聊以自慰，也只得闭着眼睛喊两声了，不过假使今后"知过尚不能改，罪孽的深重"，比写在讣文上，大概也更要来得使人注目了。

譬如再说，四月二十二日本刊上李家作的"以华制华"里说的警犬。警犬咬人，是蹲在地上冷眼旁观，等到有可杀的时候，便一跃上前，猛咬一口，不过，有的时候那警犬被人们提起棍子，向着当头一棒，也会把专门咬人的警犬打得藏起头来，伸出舌头在暗地里发急。这种发急，大概便又是所谓"过"了。因为警犬虽然野性，但有时被棍子当头一击，也会被打出自己的错误来的，于是"过而能改"的警犬在暗地里发急时，自又便会想忏悔，假使是不大晓得改过的警犬在暗地发急之余，还想乘机再试，这种犬，大概是"罪孽深重"的了。

中国人只晓得说过而能改，善莫大焉，可惜都忘记了底下那一句。

四月二十六日，《大晚报》副刊《火炬》

【只要几句】：

案语
家干

以上两篇，是一星期之内，登在《大晚报》附刊《火炬》上的文章，为了我的那篇《"以夷制夷"》而发的，揭开了"以华制华"的黑幕，他们竟有如此的深恶痛嫉[7]，莫非真是太伤了此辈的心么？

但是，不尽然的。大半倒因为我引以为例的《××报》其实是《大晚报》，所以使他们有这样的跳踉和摇摆。然而无论怎样的跳踉和摇摆，所引的记事具在，旧的《大晚报》也具在，终究挣不脱这一个本已扣得紧紧的笼头。

此外也无须多话了，只要转载了这两篇，就已经由他们自己十足的说明了《火炬》的光明，露出了他们真实的嘴脸。

七月十九日

7　现代汉语常用"深恶痛绝"。——编者注

言论自由的界限

看《红楼梦》，觉得贾府上是言论颇不自由的地方。焦大以奴才的身分，仗着酒醉，从主子骂起，直到别的一切奴才，说只有两个石狮子干净。结果怎样呢？结果是主子深恶，奴才痛嫉，给他塞了一嘴马粪。

其实是，焦大的骂，并非要打倒贾府，倒是要贾府好，不过说主奴如此，贾府就要弄不下去罢了，然而得到的报酬是马粪。所以这焦大，实在是贾府的屈原，假使他能做文章，我想，恐怕也会有一篇《离骚》之类。

三年前的新月社诸君子，不幸和焦大有了相类的境遇。他们引经据典，对于党国有了一点微词，虽然引的大抵是英国经典，但何尝有丝毫不利于党国的恶意，不过说："老爷，人家的衣服多么干净，您老人家的可有些儿脏，应该洗它一洗"罢了。不料"荃不察余之中情兮"，来了一嘴的马粪：国报同声致讨，连《新月》杂志也遭殃。但新月社究竟是文人学士的团体，这时就也来了一大堆引据三民主义、辨明心迹的"离骚经"。现在好了，吐出马粪，换塞甜头，有的顾问，有的教授，有的秘书，有的大学院长，言论自由，《新月》也满是所谓"为文艺的文艺"了。

这就是文人学士究竟比不识字的奴才聪明，党国究竟比贾府高明，现在究竟比乾隆时候光明：三明主义。

然而竟还有人在嚷着要求言论自由。世界上没有这许多甜头，我想，该是明白的罢，这误解，大约是在没有悟到现在的言论自由，只以能够表示主人的宽宏大度的说些"老爷，你的衣服……"为限，而还想说开去。

这是断乎不行的。前一种，是和《新月》受难时代不同，现在好像已有的了，这《自由谈》也就是一个证据，虽然有时还有几位拿着马粪前来探头探脑的英雄。至于想说开去，那就足以破坏言论自由的保障。要知道现在虽比先前光明，但也比先前利害，一说开去，是连性命都要送掉的。即使有了言论自由的明令，也千万大意不得。这我是亲眼见过好几回的，非"卖老"也，不自觉其做奴才之君子，幸想一想而垂鉴焉。

四月十七日

大观园的人才

早些年，大观园里的压轴戏是刘姥姥骂山门，那是要老旦出场的，老气横秋地大"放"一通，直到裤子后穿而后止。当时指着手无寸铁或者已被缴械的人大喊："杀，杀，杀！"那呼声是多么雄壮。所以它——男角扮的老婆子，也可以算得一个人才。

而今时世大不同了，手里拿刀，而嘴里却需要"自由，自由，自由"，"开放 ××"云云，压轴戏要换了。

于是人才辈出，各有巧妙不同，出场的不是老旦，却是花旦了，而且这不是平常的花旦，而是海派戏广告上所说的"玩笑旦"。这是一种特殊的人物，他（她）要会媚笑，又要会撒泼，要会打情骂俏，又要会油腔滑调。总之，这是花旦而兼小丑的角色。不知道是时世[1]造英雄（说"美人"要妥当些），还是美人儿多年阅历的结果？

美人儿而说"多年"，自然是阅人多矣的徐娘了，她早已从窑姐儿升任了老鸨婆，然而她丰韵犹存，虽在卖人，还兼自卖。自卖容易，而卖人就难些。现在不但有手无寸铁的人，而且有了……况且又遇见了太露骨的强奸。要会应付这种非常之变，就非有非常之才不可。你想想，现在的压轴戏是要似战似和，又战又和，不降不守，亦降亦守！这是多么难做的戏。没有半推半就、假作娇痴的手段是做不好的。孟夫子说，"以天下与人易。"其实，能够简单地双手捧着"天下"去"与人"，倒也不为难了。问题就在于不能如此，所以要一把眼泪一把鼻涕，哭哭啼啼，而又刁声浪气的诉苦说："我不入火坑，谁入火坑？"

1　现代汉语常用"时势"。——编者注

　　然而娼妓说她自己落在火坑里，还是想人家去救她出来，而老鸨婆哭火坑，却未必有人相信她，何况她已经申明：她是敞开了怀抱，准备把一切人都拖进火坑的。虽然，这新鲜压轴戏的玩笑却开得不差，不是非常之才，就是挖空了心思也想不出的。

　　老旦进场，玩笑旦出场，大观园的人才着实不少！

四月二十四日

文章与题目

　　一个题目，做来做去，文章是要做完的，如果再要出新花样，那就使人觉得不是人话[1]。然而只要一步一步的做下去，每天又有帮闲的敲边鼓，给人们听惯了，就不但做得出，而且也行得通。

　　譬如近来最主要的题目，是"安内与攘外"罢，做的也着实不少了。有说安内必先攘外的，有说安内同时攘外的，有说不攘外无以安内的，有说攘外即所以安内的，有说安内即所以攘外的，有说安内急于攘外的。

　　做到这里，文章似乎已经无可翻腾了，看起来，大约总可以算是做到了绝顶。

　　所以再要出新花样，就使人会觉得不是人话，用现在最流行的谥法来说，就是大有"汉奸"的嫌疑。为什么呢？就因为新花样的文章，只剩了"安内而不必攘外"，"不如迎外以安内"，"外就是内，本无可攘"这三种了。

　　这三种意思，做起文章来，虽然实在希奇，但事实却有的，而且不必远征晋、宋，只要看看明朝就够。满洲[2]人早在窥伺了，国内却是草菅民命，杀戮清流，做了第一种。李自成进北京了，阔人们不甘给奴子做皇帝，索性请"大清兵"来打掉他，做了第二种。至于第三种，我没有看过《清史》，不得而知，但据老例，则应说是爱新觉罗氏之先，原是轩辕黄帝第几子之苗裔，遁于朔方，厚泽深仁，

1　此处原文为"那就使人会觉得不是人话"，疑为原文多字，故更正。——编者注
2　该词的使用并无贬义，共有两种含义。一是满族的旧称。1635 年，皇太极改女真为满洲，辛亥革命后称满族。二是旧时指我国东北一带，清末日俄势力入侵，称东三省为满洲。——编者注

遂有天下，总而言之，咱们原是一家子云。

后来的史论家，自然是力斥其非的，就是现在的名人，也正痛恨流寇。但这是后来和现在的话，当时可不然，鹰犬塞途，干儿当道，魏忠贤不是活着就配享了孔庙么？他们那种办法，那时都有人来说得头头是道的。

前清末年，满人出死力以镇压革命，有"宁赠友邦，不给家奴"的口号，汉人一知道，更恨得切齿。其实汉人何尝不如此？吴三桂之请清兵入关，便是一想到自身的利害，即"人同此心"的实例了。

四月二十九日

附记：
原题是《安内与攘外》。

五月五日

新药

　　说起来就记得,诚然,自从九一八以后,再没有听到吴稚老的妙语了,相传是生了病。现在刚从南昌专电中飞出一点声音来,却连改头换面的,也是自从九一八以后就再没有一丝声息的民族主义文学者们,也来加以冷冷的讪笑。

　　为什么呢? 为了九一八。

　　想起来就记得,吴稚老的笔和舌,是尽过很大的任务的,清末的时候,五四的时候,北伐的时候,清党的时候,清党以后的还是闹不清白的时候。然而他现在一开口,却连躲躲闪闪的人物儿也来冷笑了。九一八以来的飞机,真也炸着了这党国的元老吴先生,或者是炸大了一些躲躲闪闪的人物儿的小胆子。

　　九一八以后,情形就有这么不同了。

　　旧书里有过这么一个寓言,某朝某帝的时候,宫女们多数生了病,总是医不好。最后来了一个名医,开出神方道:壮汉若干名。皇帝没有法,只得照他办。若干天之后,自去察看时,宫女们果然个个神采焕发了,却另有许多瘦得不像人样的男人,拜伏在地上。皇帝吃了一惊,问:"这是什么呢?"宫女们就嗫嚅的答道:"是药渣。"

　　照前几天报上的情形看起来,吴先生仿佛就如药渣一样,也许连狗子都要加以践踏了。然而他是聪明的,又很恬淡,决不至于不顾自己,给人家熬尽了汁水。不过因为九一八以后,情形已经不同,要有一种新药出卖是真的,对于他的冷笑,其实也就是新药的作用。

　　这种新药的性味,是要很激烈,而和平。譬之文章,则须先讲烈士的殉国，再叙美人的殉情；一面赞希特勒的组阁，一面颂苏联的成功；军歌唱后，来了恋歌；道德谈完，就讲妓院；因国耻日而悲杨柳，逢五一节而忆蔷薇；攻击主人的敌手，也似乎不满于它自己的主人……总而言之，先前所用的是单方，此后出卖的却是复药了。

复药虽然好像万应，但也常无一效的，医不好病，即毒不死人。不过对于误服这药的病人，却能够使他不再寻求良药，拖重了病症而至于胡里胡涂的死亡。

四月二十九日

"多难之月"

前月底的报章上，多说五月是"多难之月"。这名目，以前是没有见过的，现在这"多难之月"已经临头了。从经过了的日子来想一想，不错，五一是"劳动节"，可以说很有些"多难"，五三是济南惨案纪念日，也当然属于"多难"之一的。但五四是新文化运动的发扬，五五是革命政府成立的佳日，为什么都包括在"难"字堆里的呢？这可真有点儿希奇古怪！

不过只要将这"难"字，不作国民"受难"的"难"字解，而作令人"为难"的"难"字解，则一切困难，可就涣然冰释了。

时势也真改变得飞快，古之佳节，后来自不免化为难关。先前的开会，是听大众在空地上开的，现在却要防人"乘机捣乱"了，所以只得函请代表，齐集洋楼，还要由军警维持秩序。先前的要人，虽然出来要"清道"（俗名"净街"），但还是走在地上的，现在却更要防人"谋为不轨"了，必得坐着飞机，须到出洋的时候，才能放心送给朋友。名人逛一趟古董店，先前也不算奇事情的，现在却"微服""微服"的嚷得人耳聋，只好或登名山，或入古庙，比较的免掉大惊小怪。总而言之，可靠的国之柱石，已经多在半空中，最低限度也上了高楼峻岭了，地上就只留着些可疑的百姓，实做了"下民"，且又民匪难分，一有庆吊，总不免"假名滋扰"。向来虽靠"华洋两方当局，先事严防"，没有闹过什么大乱子，然而总比平时费力的，这就令人为难，而五月也成了"多难之月"，纪念的是好是坏，日子的为戚为喜，都不在话下。

但愿世界上大事件不要增加起来；但愿中国里惨案不要再有；

但愿也不再有什么政府成立；但愿也不再有伟人的生日和忌日增添。否则，日积月累，不久就会成个"多难之年"，不但华洋当局，老是为难，连我们走在地面上的小百姓，也只好永远身带"嫌疑"，奉陪戒严，呜呼哀哉，不能喘气了。

五月五日

不负责任的坦克车

新近报上说，江西人第一次看了坦克车。自然，江西人的眼福很好。然而也有人惴惴然，唯恐又要掏腰包，报效坦克捐。我倒记起了另外一件事：

有一个自称姓"张"的说过："我是拥护言论不自由者……唯其言论不自由，才有好文章做出来，所谓冷嘲、讽刺、幽默和其他形形色色，不敢负言论责任的文体，在压迫钳制之下，都应运产生出来了。"这所谓不负责任的文体，不知道比坦克车怎样？

讽刺等类为什么是不负责任，我可不知道。然而听人议论"风凉话"怎么不行，"冷箭"怎么射死了天才，倒也多年了。既然多年，似乎就很有道理。大致是骂人不敢充好汉、胆小。其实，躲在厚厚的铁板——坦克车里面，砰砰碰碰的轰炸，是着实痛快得多，虽然也似乎并不胆大。

高等人向来就善于躲在厚厚的东西后面来杀人的。古时候有厚厚的城墙，为的要防备盗匪和流寇。现在就有钢马甲、铁甲车、坦克车。就是保障"民国"和私产的法律，也总是厚厚的一大本。甚至于自天子以至卿大夫的棺材，也比庶民的要厚些。至于脸皮的厚，也是合于古礼的。

独有下等人要这么自卫一下，就要受到"不负责任"等类的嘲笑：

"你敢出来！出来！躲在背后说风凉话不算好汉！"

但是，如果你上了他的当，真的赤膊奔上前阵，像许褚似的充好汉，那他那边立刻就会给你一枪，老实不客气，然后，再学着金圣叹批《三国演义》的笔法，骂一声"谁叫你赤膊的"——活该。总之，死活都有罪。足见做人实在很难，而做坦克车要容易得多。

五月六日

从盛宣怀说到有理的压迫

盛氏的祖宗积德很厚，他们的子孙就举行了两次"收复失地"的盛典：一次还是在袁世凯的民国政府治下，一次就在当今国民政府治下了。

民元的时候，说盛宣怀是第一名的卖国贼，将他的家产没收了。不久，似乎是二次革命之后，就发还了。那是没有什么奇怪的，因为袁世凯是"物伤其类"，他自己也是卖国贼。不是年年都在纪念五七和五九么？袁世凯签订过二十一条，卖国是有真凭实据的。

最近又在报上发见这么一段消息，大致是说："盛氏家产早已奉命归还，如苏州之留园，江阴、无锡之典当等，正在办理发还手续。"这却叫我吃了一惊。打听起来，说是民国十六年国民革命军初到沪宁的时候，又没收了一次盛氏家产，那次的罪名大概是"土豪劣绅"，绅而至于"劣"，再加上卖国的旧罪，自然又该没收了。可是为什么又发还了呢？

第一，不应当疑心现在有卖国贼，因为并无真凭实据——现在的人早就誓不签订辱国条约，他们不比盛宣怀和袁世凯。第二，现在正在募航空捐，足见政府财政并不宽裕。那么，为什么呢？

学理上研究的结果是——压迫本来有两种：一种是有理的，而且永久有理的，一种是无理的。有理的，就像逼小百姓还高利贷、交田租之类。这种压迫的"理"写在布告上："借债还钱本中外所同之定理，租田纳税乃千古不易之成规。"无理的，就是没收盛宣怀的家产等等了。这种"压迫"巨绅的手法，在当时也许有理，现在早已变成无理的了。

初初看见报上登载的《五一告工友书》上说："反抗本国资本家无理的压迫"，我也是吃了一惊的。这不是提倡阶级斗争么？后来想想也就明白了。这是说，无理的压迫要反对，有理的不在此例。至于怎样有理，看下去就懂得了，下文是说："必须克苦[1]耐劳，加紧生产……尤应共体时艰，力谋劳资间之真诚合作，消弭劳资间之一切纠纷。"还有说"中国工人没有外国工人那么苦"等等的。

我心上想，幸而没有大惊小怪地叫起来，天下的事情总是有道理的，一切压迫也是如此，何况对付盛宣怀等的理由虽然很少，而对付工人总不会没有的。

五月六日

1　现代汉语常用"刻苦"。——编者注

王化

中国的王化现在真是"光被四表格于上下"的了。

溥仪的弟媳妇跟着一位厨司务,卷了三万多元逃走了。于是中国的法庭把她缉获归案,判定"交还夫家管束"。满洲[1]国虽然"伪",夫权是不"伪"的。

新疆的回民闹乱子,于是派出宣慰使。

蒙古的王公流离失所了,于是特别组织"蒙古王公救济委员会"。

对于西藏的怀柔,是请班禅喇嘛诵经念咒。

而最宽仁的王化政策,要算广西对付瑶民的办法。据《大晚报》载,这种"宽仁政策"是在三万瑶民之中杀死三千人,派了三架飞机到瑶洞里去"下蛋",使他们"惊诧为天神天将而不战自降"。事后,还要挑选瑶民代表到外埠来观光,叫他们看看上国的文化,例如马路上红头阿三的威武之类。

而红头阿三说的是:"勿要哗啦哗啦!"

这些久已归化的"夷狄",近来总是"哗啦哗啦",原因是都有些怨了。王化盛行的时候,"东面而征西夷怨,南面而征北狄怨。"这原是当然的道理。

不过我们还是东奔西走,南征北剿,决不偷懒。虽然劳苦些,但"精神上的胜利"是属于我们的。

等到"伪"满的夫权保障了,蒙古的王公救济了,喇嘛的经咒念完了,回民真的安慰了,瑶民"不战自降"了,还有什么事可以做

1　该词的使用并无贬义,共有两种含义。一是满族的旧称。1635 年,皇太极改女真为满洲,辛亥革命后称满族。二是旧时指我国东北一带,清末日俄势力入侵,称东三省为满洲。——编者注

呢？自然只有修文德以服"远人"的日本了。这时候，我们印度阿三式的责任算是尽到了。

呜呼，草野小民，生逢盛世，唯有遄听欢呼，闻风鼓舞而已！

五月七日

这篇被新闻检查处抽掉了，没有登出。幸而既非瑶民，又居租界，得免于国货的飞机来"下蛋"，然而"勿要哗啦哗啦"却是一律的，所以连"欢呼"也不许——然则惟有一声不响，装死救国而已！

十五夜记

天上地下

中国现在有两种炸，一种是炸进去，一种是炸进来。

炸进去之一例曰："日内除飞机往匪区轰炸外，无战事，三四两队，七日晨迄申，更番成队飞宜黄以西、崇仁以南掷百二十磅弹两三百枚，凡匪足资屏蔽处炸毁几平，使匪无从休养……"（五月十日《申报》南昌专电）

炸进来之一例曰："今晨六时，敌机炸蓟县，死民十余，又密云今遭敌轰四次，每次二架，投弹盈百，损害正详查中……"（同日《大晚报》北平电）

应了这运会而生的，是上海小学生的买飞机和北平小学生的挖地洞。

这也是对于"非安内无以攘外"或"安内急于攘外"的题目做出来的两股好文章。

住在租界里的人们是有福的。但试闭目一想，想得广大一些，就会觉得内是官兵在天上，"共匪"和"匪化"了的百姓在地下，外是敌军在天上，没有"匪化"了的百姓在地下。"损害正详查中"，而太平之区，却造起了宝塔。释迦出世，一手指天，一手指地曰："天上地下，惟我独尊！"此之谓也。

但又试闭目一想，想得久远一些，可就遇着难题目了。假如炸进去慢，炸进来快，两种飞机遇着了，又怎么办呢？停止了"安内"，回转头来"迎头痛击"呢，还是仍然只管自己炸进去，一任他跟着炸进来，一前一后，同炸"匪区"，待到炸清了，然后再"攘"他们出去呢？

不过这只是讲笑话，事实是决不会弄到这地步的。即使弄到这地步，也没有什么难解决：外洋养病，名山拜佛，这就完结了。

五月十六日

记得末尾的三句，原稿是："外洋养病，背脊生疮，名山上拜佛，小便里有糖，这就完结了。"

十九夜补记

保留

这几天的报章告诉我们：新任政务整理委员会委员长黄郛的专车一到天津，即有十七岁的青年刘庚生掷一炸弹，犯人当场捕获，据供系受日人指使，遂于次日绑赴新站外枭首示众云。

清朝的变成民国，虽然已经二十二年，但宪法草案的民族民权两篇，日前这才草成，尚未颁布。上月杭州曾将西湖抢犯当众斩决，据说奔往赏鉴者有"万人空巷"之概。可见这虽与"民权篇"第一项的"提高民族地位"稍有出入，却很合于"民族篇"第二项的"发扬民族精神"。南北统一，业已八年，天津也来挂一颗小小的头颅，以示全国一致，原也不必大惊小怪的。

其次，是中国虽说"惟女子与小人为难养也"，但一有事故，除三老通电，二老宣言，九四老人题字之外，总有许多"童子爱国""佳人从军"的美谈，使壮年男儿索然无色。我们的民族，好像往往是"小时了了，大未必佳"，到得老年，才又脱尽暮气，据讣文，死的就更其了不得。则十七岁的少年而来投掷炸弹，也不是出于情理之外的。

但我要保留的，是"据供系受日人指使"这一节，因为这就是所谓卖国。二十年来，国难不息，而被大众公认为卖国者，一向全是三十以上的人，虽然他们后来依然逍遥自在。至于少年和儿童，则拼命的使尽他们稚弱的心力和体力，携着竹筒或扑满，奔走于风沙泥泞中，想于中国有些微的裨益者，真不知有若干次数了。虽然因为他们无先见之明，这些用汗血求来的金钱，大抵反以供虎狼的一舐，然而爱国之心是真诚的，卖国的事是向来没有的。

　　不料这一次却破例了，但我希望我们将加给他的罪名暂时保留，再来看一看事实，这事实不必待至三年，也不必待至五十年，在那挂着的头颅还未烂掉之前，就要明白了：谁是卖国者。

　　从我们的儿童和少年的头颅上，洗去喷来的狗血罢！

五月十七日

　　这一篇和以后的三篇，都没有能够登出。

七月十九日

再谈保留

因为讲过刘庚生的罪名，就想到开口和动笔，在现在的中国，实在也很难的，要稳当，还是不响的好。要不然，就常不免反弄到自己的头上来。

举几个例在这里——

十二年前，鲁迅作的一篇《阿Q正传》，大约是想暴露国民的弱点的，虽然没有说明自己是否也包含在里面。然而到得今年，有几个人就用"阿Q"来称他自己了，这就是现世的恶报。

八九年前，正人君子们办了一种报，说反对者是拿了卢布的，所以在学界捣乱。然而过了四五年，正人又是教授，君子化为主任，靠俄款享福，听到停付，就要力争了。这虽然是现世的善报，但也总是弄到自己的头上来。

不过用笔的人，即使小心，也总不免略欠周到的。最近的例，则如各报章上，"敌"呀，"逆"呀，"伪"呀，"傀儡国"呀，用得沸反盈天。不这样写，实在也不足以表示其爱国，且将为读者所不满。谁料得到"某机关通知：御侮要重实际，逆敌一类过度刺激字面，无裨实际，后宜屏用"，而且黄委员长抵平，发表政见，竟说是"中国和战皆处被动，办法难言，国难不止一端，亟谋最后挽救"（并见十八日《大晚报》北平电）的呢？……

幸而还好，报上果然只看见"日机威胁北平"之类的题目，没有"过度刺激字面"了，只是"汉奸"的字样却还有。日既非敌，汉何云奸，这似乎不能不说是一个大漏洞。好在汉人是不怕"过度刺激字面"的，就是砍下头来，挂在街头，给中外士女欣赏，也从来不会有人来说一句话。

这些处所，我们是知道说话之难的。

从清朝的文字狱以后，文人不敢做野史了，如果有谁能忘了三百年前的恐怖，只要撮取报章，存其精英，就是一部不朽的大作。但自然，也不必神经过敏，预先改称为"上国"或"天机"的。

五月十七日

"有名无实"的反驳

新近的《战区见闻记》有这么一段记载：

> 记者适遇一排长，甫由前线调防于此，彼云，我军前在石门寨、海阳镇、秦皇岛、牛头关、柳江等处所做阵地及掩蔽部……化洋三四十万元，木材重价尚不在内……艰难缔造，原期死守，不幸冷口失陷，一令传出，即行后退，血汗金钱所合并成立之阵地，多未重用，弃若敝屣，至堪痛心。不抵抗将军下台，上峰易人，我士兵莫不额手相庆……结果心与愿背。不幸生为中国人！尤不幸生为有名无实之抗日军人！（五月十七日《申报》特约通信）

这排长的天真，正好证明未经"教训"的愚劣人民，不足与言政治。第一，他以为不抵抗将军下台，"不抵抗"就一定跟着下台了，这是不懂逻辑。将军是一个人，而不抵抗是一种主义，人可以下台，主义却可以仍旧留在台上的。第二，他以为化了三四十万大洋建筑了防御工程，就一定要死守的了（总算还好，他没有想到进攻），这是不懂策略。防御工程原是建筑给老百姓看看的，并不是教你死守的阵地，真正的策略却是"诱敌深入"。第三，他虽然奉令后退，却敢于"痛心"，这是不懂哲学。他的心非得治一治不可！第四，他"额手称庆"，实在高兴得太快了，这是不懂命理。中国人生成是苦命的。如此痴呆的排长，难怪他连叫两个"不幸"，居然自己承认是"有名无实的抗日军人"。其实究竟是谁"有名无实"，他是始终没有懂得的。

至于比排长更下等的小兵，那不用说，他们只会"打开天窗说亮话，咱们弟兄，处于今日局势，若非对外，鲜有不哗变者"（同上通信）。这还成话么？古人说："无敌国外患者，国恒亡。"以前我总不大懂得这是什么意思：既然连敌国都没有了，我们的国还会亡给谁呢？现在照这兵士的话就明白了，国是可以亡给"哗变者"的。

结论：要不亡国，必须多找些"敌国外患"来，更必须多多"教训"那些痛心的愚劣人民，使他们变成"有名有实"。

　　　　　　　　　　　　　　　　五月十八日

不求甚解

文章一定要有注解，尤其是世界要人的文章。有些文学家自己做的文章还要自己来注释，觉得很麻烦。至于世界要人就不然，他们有的是秘书，或是私淑弟子，替他们来做注释的工作。然而另外有一种文章，却是注释不得的。

譬如说，世界第一要人美国总统发表了"和平"宣言，据说是要禁止各国军队越出国境。但是，注释家立刻就说："至于美国之驻兵于中国，则为条约所许，故不在罗斯福总统所提议之禁止内"（十六日路透社华盛顿电）。再看罗氏的原文："世界各国应参加一庄严而确切之不侵犯公约，及重行庄严声明其限制及减少军备之义务，并在签约各国能忠实履行其义务时，各自承允不派遣任何性质之武装军队越出国境。"要是认真注解起来，这其实是说：凡是不"确切"，不"庄严"，并不"自己承允"的国家，尽可以派遣任何性质的军队越出国境。至少，中国人且慢高兴，照这样解释，日本军队的越出国境，理由还是十足的，何况连美国自己驻在中国的军队，也早已声明是"不在此例"了。可是，这种认真的注释是叫人扫兴的。

再则，像"誓不签订辱国条约"一句经文，也早已有了不少传注。传曰："对日妥协，现在无人敢言，亦无人敢行。"这里，主要的是一个"敢"字。但是签订条约有敢与不敢的分别，这是拿笔杆的人的事，而拿枪杆的人却用不着研究敢与不敢的为难问题——缩短防线、诱敌深入之类的策略是用不着签订的。就是拿笔杆的人也不至于只会签字，假使这样，未免太低能。所以又有一说，谓之"一面交涉"。于是乎注疏就来了:"以不承认为责任者之第三者,用不合理之方法,以口头交涉……清算无益之抗日。"这是日本电通社的消息。这种泄漏天机的注解也是十分讨厌的,因此,这不会不是日本人的"造谣"。

总之,这类文章浑沌[1]一体,最妙是不用注解,尤其是那种使人扫兴或讨厌的注解。

小时候读书讲到陶渊明的"好读书,不求甚解",先生就给我讲了,他说:"不求甚解"者,就是不去看注解,而只读本文的意思。注解虽有,确有人不愿意我们去看的。

五月十八日

1　现代汉语常用"混沌"。——编者注

后记

我向《自由谈》投稿的由来，《前记》里已经说过了。到这里，本文已完，而电灯尚明，蚊子暂静，便用剪刀和笔，再来保存些因为《自由谈》和我而起的琐闻，算是一点余兴。

只要一看就知道，在我的发表短评时中，攻击得最烈的是《大晚报》，这也并非和我前生有仇，是因为我引用了它的文字。但我也并非和它前生有仇，是因为我所看的只有《申报》和《大晚报》两种，而后者的文字往往颇觉新奇，值得引用，以消愁释闷。即如我的眼前，现在就有一张包了香烟来的三月三十日的旧《大晚报》在，其中有着这样的一段——

> 浦东人杨江生，年已四十有一，貌既丑陋，人复贫穷，向为泥水匠，曾佣于苏州人盛宝山之泥水作场。盛有女名金弟，今方十五龄，而矮小异常，人亦猥琐。昨晚八时，杨在虹口天潼路与盛相遇，杨奸其女。经捕头向杨询问，杨毫不抵赖，承认自去年一二八以后，连续行奸十余次，当派探员将盛金弟送往医院，由医生验明确非处女，今晨解送第一特区地方法院，经刘毓桂推事提审，捕房律师王耀堂以被告诱未满十六岁之女子，虽其后数次皆系该女自往被告家相就，但按法亦应强奸罪论，应请讯究。旋传女父盛宝山讯问，据称初不知有此事，前晚因事责女后，女忽失踪，直至昨晨才归，严诘之下，女始谓留住被告家，并将被告诱奸经过说明，我方得悉，故将被告扭入捕房云。继由盛金弟陈述，与被告行奸，自去年二月至今，

已有十余次，每次均系被告将我唤去，并着我不可对父母说知云。质之杨江生供，盛女向呼我为叔，纵欲奸犹不忍下手，故绝对无此事，所谓十余次者，系将盛女带出游玩之次数等语。刘推事以本案尚须调查，谕被告收押，改期再讯。

在记事里分明可见，盛对于杨，并未说有"伦常"关系，杨供女称之为"叔"，是中国的习惯，年长十年左右，往往称为叔伯的。然而《大晚报》用了怎样的题目呢？是四号和头号字的——

拦途扭往捕房控诉
　　干叔奸侄女
　　　女自称被奸过十余次
　　　　男指系游玩并非风流

它在"叔"上添一"干"字，于是"女"就化为"侄女"，杨江生也因此成了"逆伦"或准"逆伦"的重犯了。中国之君子，叹人心之不古，憎匪人之逆伦，而惟恐人间没有逆伦的故事，偏要用笔铺张扬厉起来，以耸动低级趣味读者的眼目。杨江生是泥水匠，无从看见，见了也无从抗辩，只得一任他们的编排，然而社会批评者是有指斥的任务的。但还不到指斥，单单引用了几句奇文，他们便什么"员外"什么"警犬"的狂噪起来，好像他们的一群倒是吸风饮露，带了自己的家私来给社会服务的志士。是的，社长我们是知道的，然而终于不知道谁是东家，就是究竟谁是"员外"，倘说既非商办，又非官办，则在报界里是很难得的。但这秘密，在这里不再研究它也好。

和《大晚报》不相上下，注意于《自由谈》的还有《社会新闻》，但手段巧妙得远了，它不用不能通或不愿通的文章，而只驱使着真伪杂糅的记事。即如《自由谈》的改革的原因，虽然断不定所说是真是假，我倒还是从它那第二卷第十三期（二月七日出版）上看来的——

从《春秋》与《自由谈》说起

中国文坛，本无新旧之分，但到了五四运动那年，陈独秀在《新青年》上一声号炮，别树一帜，提倡文学革命，胡适之、钱玄同、刘半农等在后摇旗呐喊。这时中国青年外感外侮的压迫，内受政治的刺激，失望与烦闷，为了要求光明的出路，各种新思潮遂受青年热烈的拥护，使文学革命建了伟大的成功。从此之后，中国文坛新旧的界限判若鸿沟，但旧文坛势力在社会上有悠久的历史，根深蒂固，一时不易动摇。那时旧文坛的机关杂志是著名的《礼拜六》，几乎集了天下摇头摆尾的文人于《礼拜六》一炉！至《礼拜六》所刊的文字，十九是卿卿我我、哀哀唧唧的小说，把民族性陶醉萎靡到极点了！此即所谓鸳鸯蝴蝶派的文字。其中如徐枕亚、吴双热、周瘦鹃等，尤以善谈鸳鸯蝴蝶著名，周瘦鹃且为礼拜六派之健将。这时新文坛对于旧势力的大本营《礼拜六》攻击颇力，卒以新兴势力，实力单薄，旧派有封建社会为背景，有恃无恐，两不相让，各行其是。此后新派如文学研究会、创造社等陆续成立，人才渐众，势力渐厚，《礼拜六》应时势之推移，终至"寿终正寝"！惟礼拜六派之残余分子，迄今犹四出活动，无肃清之望，上海各大报中之文艺编辑，至今大都仍是所谓鸳鸯蝴蝶派所把持。可是只要放眼在最近的出版界中，新兴文艺出版数量的可惊已有使旧势力不能抬头之势！礼拜六派文人之在今日，已不敢复以《礼拜六》的头衔以相召号[1]，盖已至强弩之末的时期了！最近守旧的《申报》忽将《自由谈》编辑礼拜六派的巨子周瘦鹃撤职，换了一个新派作家黎烈文，这对于旧势力当然是件非常的变动，遂形成了今日新旧文坛剧烈的冲突。周瘦鹃一方面策动各小报，对黎烈文作总攻击，我们只要看郑逸梅主编的《金刚钻》，主张周瘦鹃仍返《自由谈》原位，让黎烈文主编《春秋》，也足见旧派文人终不能忘情于已失的地盘。而另一方面，周瘦鹃在自己编的《春秋》内说各种副刊有各种副刊的特性，作河水不犯井水之论，也足见周瘦鹃犹惴惴于他现有地位的危殆。周同时还硬拉非苏州人的严独鹤加入周所主持的纯苏州人的文艺团体"星社"，以为拉拢而固地位之计。不图旧派势力的失败，竟以周启其端。据我所闻，周的不能安于其位，也有原因：他平日对于选稿方面，太刻薄而私心，只要是认识的人投去的稿，不看内容，见篇即登。同时无名小卒或为周所陌生的投稿者，则也不看内容，整堆的作为字纸篓的虏俘。因周所编的刊物，总是几个夹袋里的人物，私心自用，以致内容糟不可言！外界对他的攻击日甚，如许啸天主编之《红叶》，也对周有数次剧烈的抨击，史量才为了外界对他的不满，所以才把他撤去。那知这次史量才的一动，周竟作了导火线，造成了今日新旧两派短兵相接战斗愈烈的境界！以后想好戏还多，读者请拭目俟之。

〔微知〕

但到二卷廿一期（三月三日）上，就已大惊小怪起来，为"守旧

---

1 现代汉语常用"号召"。——编者注

文化的堡垒"的动摇惋惜——

左翼文化运动的抬头
水手

关于左翼文化运动，虽然受过各方面严厉的压迫，及其内部的分裂，但近来又似乎渐渐抬起头了。在上海，左翼文化在共产党"联络同路人"的路线之下，的确是较前稍有起色。在杂志方面，甚至连那些第一块老牌杂志也左倾起来。胡愈之主编的《东方杂志》，原是中国历史最久的杂志，也是最稳健不过的杂志，可是据王云五老板的意见，胡愈之近来太左倾了，所以在愈之看过的样子，他必须再重看一遍。但虽然是经过王老板大刀阔斧的删段以后，《东方杂志》依然还嫌太左倾，于是胡愈之的饭碗不能不打破，而由李某来接他的手了。又如《申报》的《自由谈》在礼拜六派的周某主编之时，陈腐到太不像样，但现在也在左联手中了。鲁迅与沈雁冰现在已成了《自由谈》的两大台柱了。《东方杂志》是属于商务印书馆的，《自由谈》是属于《申报》的，商务印书馆与申报馆是两个守旧文化的堡垒，可是这两个堡垒现在似乎是开始动摇了，其余自然是可想而知。此外，还有几个中级的新的书局，也完全在左翼作家手中，如郭沫若、高语罕、丁晓先与沈雁冰等，都各自抓着了一个书局，而做其台柱，这些都是著名的红色人物，而书局老板现在竟靠他们吃饭了。

…………

过了三星期，便确指鲁迅与沈雁冰为《自由谈》的"台柱"（三月廿四日第二卷第廿八期）——

黎烈文未入文总

《申报·自由谈》编辑黎烈文系留法学生，为一名不见于经传之新进作家。自彼接办《自由谈》后，《自由谈》之论调为之一变，而执笔为文者，亦由星社《礼拜六》之旧式文人，易为左翼普罗作家。现《自由谈》资为台柱者，为鲁迅与沈雁冰两氏，鲁迅在《自由谈》上发表文稿尤多，署名为"何家干"。除鲁迅与沈雁冰外，其他作品亦什九系左翼作家之作，如施蛰存、曹聚仁、李辉英辈是。一般人以《自由谈》作文者均系中国左翼文化总同盟（简称文总），故疑黎氏本人，亦系文总中人，但黎氏对此，加以否认，谓彼并未加入文总，与以上诸人仅友谊关系云。

〔逸〕

又过了一个多月，则发见这两人的"雄图"（五月六日第三卷第十二期）了——

鲁迅沈雁冰的雄图

自从鲁迅、沈雁冰等以《申报·自由谈》为地盘，发抒阴阳怪气的论调后，居然又能吸引群众，取得满意的收获了。在鲁（？）沈的初衷，当然这是一种有作用的尝试，想复兴他们的文化运动。现在，听说已到组织团体的火候了。

　　参加这个运动的台柱,除他们二人外有郁达夫、郑振铎等,交换意见的结果,认为中国最早的文化运动,是以语丝社、创造社及文学研究会为中心,而消散之后,语丝、创造的人分化太大了,惟有文学研究会的人大部分都还一致——如王统照、叶绍钧、徐雉之类。而沈雁冰及郑振铎一向是文学研究派的主角,于是决定循此路线进行。最近,连田汉都愿意率众归附,大概组会一事,已在必成,而且可以在这红五月中实现了。

〔农〕

　　这些记载于编辑者黎烈文是并无损害的,但另有一种小报式的期刊所谓《微言》却在《文坛进行曲》里刊了这样的记事——

　　曹聚仁经黎烈文等绍介,已加入左联。(七月十五日,九期)

　　这两种刊物立说的差异,由于私怨之有无,是可不言而喻的。但《微言》却更为巧妙:只要用寥寥十五字,便并陷两者,使都成为必被压迫或受难的人们。

　　到五月初,对于《自由谈》的压迫,逐日严紧起来了,我的投稿后来就接连的不能发表。但我以为这并非因了《社会新闻》之类的告状,倒是因为这时正值禁谈时事,而我的短评却时有对于时局的愤言;也并非仅在压迫《自由谈》,这时的压迫,凡非官办的刊物,所受之度大概是一样的。但这时候,最适宜的文章是鸳鸯蝴蝶的游泳和飞舞,而《自由谈》可就难了,到五月廿五日,终于刊出了这样的启事——

编辑室

　　这年头，说话难，摇笔杆尤难。这并不是说"祸福无门，惟人自召"，实在是"天下有道"，"庶人"相应"不议"。编者谨掬一瓣心香，吁请海内文豪，从兹多谈风月，少发牢骚，庶作者编者，两蒙其休。若必论长议短，妄谈大事，则塞之字簏既有所不忍，布之报端又有所不能，陷编者于两难之境，未免有失恕道。语云：识时务者为俊杰，编者敢以此为海内文豪告。区区苦衷，伏乞矜鉴！

编者

　　这现象，好像很得了《社会新闻》群的满足了，在第三卷廿一期（六月三日）里的"文化秘闻"栏内，就有了如下的记载——

"自由谈"态度转变

　　《申报·自由谈》自黎烈文主编后，即吸收左翼作家鲁迅沈、雁冰及乌鸦主义者曹聚仁等为基本人员，一时论调不三不四，大为读者所不满。且因嘲骂"礼拜五派"而得罪张若谷等；抨击"取消式"之社会主义理论而与严灵峰等结怨；腰斩《时代与爱的歧途》，又招张资平派之反感。计黎主编《自由谈》数月之结果，已形成一种壁垒，而此种壁垒，乃营业主义之《申报》所最忌者。又史老板在外间亦耳闻有种种不满之论调，乃特下警告，否则为此则惟有解约。最后结果伙计当然屈伏[2]于老板，

2　现代汉语常用"屈服"。——编者注

于是"老话""小旦收场"之类之文字，已不复见于近日矣。

〔闻〕

而以前的五月十四日午后一时，还有了丁玲和潘梓年的失踪的事，大家多猜测为遭了暗算，而这猜测也日益证实了。谣言也因此非常多，传说某某也将同遭暗算的也有，接到警告或恐吓信的也有。我没有接到什么信，只有一连五六日有人打电话到内山书店的支店去询问我的住址。我以为这些信件和电话都不是实行暗算者们所做的，只不过几个所谓文人的鬼把戏，就是"文坛"上，自然也会有这样的人的。但倘有人怕麻烦，这小玩意是也能发生些效力，六月九日《自由谈》上《蘧庐絮语》之后有一条下列的文章，我看便是那些鬼把戏的见效的证据了——

编者附告：昨得子展先生来信，现以全力从事某项著作，无暇旁骛，《蘧庐絮语》，就此完结。

终于，《大晚报》静观了月余，在六月十一的傍晚，从它那文艺附刊的《火炬》上发出毫光来了，它愤慨得很——

到底要不要自由
法鲁

久不曾提起的"自由"这问题，近来又有人在那里大论特谈，因为国事总是热辣辣的不好惹，索性莫谈，死心再来谈"风月"，可是"风月"又谈得不称心，不免喉底里喃喃地漏出几声要"自由",又觉得问题严重,喃喃几句倒是可以,明言直语似有不便,于是正面问题不敢直接提起来论,大刀阔斧不好当面晃起来,却弯弯曲曲,兜着圈子,叫人摸不着棱角,摸着正面,却要把它当做反面看,这原是看"幽默"文字的方法也。

心要自由,口又不明言,口不能代表心,可见这只口本身已经是不自由的了。因为不自由,所以才讽讽刺刺,一回儿[3]"要自由",一回儿又"不要自由",过一回儿再"要不自由的自由"和"自由的不自由",翻来复去[4],总叫头脑简单的人弄得"神经衰弱",把捉不住中心。到底要不要自由呢?说清了,大家也好顺风转舵,免得闷在葫芦里,失掉听懂的自由。照我这个不是"雅人"的意思,还是粗粗直直地说:"咱们要自由,不自由就来拼个你死我活!"

本来"自由"并不是个非常问题,给大家一谈,倒严重起来了。——问题到底是自己弄严重的,如再不使用大刀阔斧,将何以冲破这黑漆一团?细针短刺毕竟是雕虫小技,无助于大题,讥刺嘲讽更已属另一年代的老人所发的呓语。我们聪明的知识份子[5]又何尝不知道讽刺在这时代已失去效力,但是要想弄起刀斧,却又觉左右掣肘,在这一年代,科学发明,刀斧自然不及枪炮;生贱于蚁,本不足惜,无奈我们无能的知识份子偏吝惜他的生命何!

这就是说,自由原不是什么稀罕的东西,给你一谈,倒谈得难能可贵起来了。你对于时局,本不该弯弯曲曲的讽刺,现在他对于讽刺者,是"粗粗直直地"要求你去死亡。作者是一位心直口快的

3　现代汉语常用"一会儿"。——编者注
4　现代汉语常用"翻来覆去"。——编者注
5　现代汉语常用"分子"。——编者注

人，现在被别人累得"要不要自由"也摸不着头脑了。

然而六月十八日晨八时十五分，中国民权保障同盟的副会长杨杏佛（铨）遭了暗杀[6]。

这总算拼了个"你死我活"，法鲁先生不再在《火炬》上说亮话了。只有《社会新闻》却在第四卷第一期（七月三日出）里还描出左翼作家的懦怯来——

左翼作家纷纷离沪

在五月，上海的左翼作家曾喧闹一时，好像什么都要染上红色，文艺界全归左翼。但在六月下旬，情势显然不同了，非左翼作家的反攻阵线布置完成，左翼的内部也起了分化，最近上海暗杀之风甚盛，文人的脑筋最敏锐，胆子最小而脚步最快，他们都以避暑为名离开了上海。据确讯，鲁迅赴青岛，沈雁冰在浦东乡间，郁达夫杭州，陈望道回家乡，连蓬[7]子、白薇之类的踪迹都看不见了。

〔道〕

西湖是诗人避暑之地，牯岭乃阔老消夏之区，神往尚且不敢，而况身游。杨杏佛一死，别人也不会突然怕热起来的。听说青岛也是好地方，但这是梁实秋教授传道的圣境，我连遥望一下的眼福也没有过。"道"先生有道，代我设想的恐怖，其实是不确的。否则，

6　此处原文为"是中国民权保障同盟的副会长杨杏佛（铨）遭了暗杀"，疑为原文多字，故更正。——编者注
7　现代汉语常用"莲蓬"。——编者注

一群流氓、几枝[8]手枪，真可以治国平天下了。

但是，嗅觉好像特别灵敏的《微言》却在第九期（七月十五日出）上载着另一种消息——

自由的风月

顽石

黎烈文主编之《自由谈》，自宣布"只谈风月，少发牢骚"以后，而新进作家所投真正谈风月之稿，仍拒登载，最近所载者非老作家化名之讽刺文章，即其刺探们无聊之考古。闻此次辩论旧剧中的锣鼓问题，署名"罗复"者，即陈子展，"何如"者，即曾经被捕之黄素。此一笔糊涂官司，颇骗得稿费不少。

这虽然也是一种"牢骚"，但"真正谈风月"和"曾经被捕"等字样，我觉得是用得很有趣的。惜"化名"为"顽石"，灵气之不钟于鼻子若我辈者，竟莫辨其为"新进作家"抑"老作家"也。

《后记》本来也可以完结了，但还有应该提一下的，是所谓"腰斩张资平"案。

《自由谈》上原登着这位作者的小说，没有做完，就被停止了，有些小报上，便轰传[9]为"腰斩张资平"。当时也许有和编辑者往复驳难的文章的，但我没有留心，因此就没有收集。现在手头的只有《社会新闻》，第三卷十三期（五月九日出）里有一篇文章，据说是罪魁祸首又是我，如下——

---

8 现代汉语常用"支"。——编者注
9 现代汉语常用"哄传"。——编者注

张资平挤出《自由谈》
粹公

今日的《自由谈》，是一块有为而为的地盘，是"乌鸦""阿Q"的播音台，当然用不着"三角四角恋爱"的张资平混迹其间，以至不得清一。

然而有人要问：为什么那个色欲狂的"迷羊"——郁达夫却能例外？他不是同张资平一样发源于创造吗？一样唱着"妹妹我爱你"吗？我可以告诉你，这的确是例外。因为郁达夫虽则是个色欲狂，但他能流入"左联"，认识"民权保障"的大人物，与今日《自由谈》的后台老板鲁（？）老夫子是同志，成为"乌鸦""阿Q"的伙伴了。

据《自由谈》主编人黎烈文开革张资平的理由，是读者对于《时代与爱的歧路》一文发生了不满之感，因此中途腰斩，这当然是一种遁词。在肥胖得走油的申报馆老板，固然可以不惜几千块钱，买了十洋一千字的稿子去塞纸篓，但在靠卖文为活的张资平，却比宣布了死刑都可惨，他还得见见人呢！

而且《自由谈》的写稿，是在去年十一月，黎烈文请客席上请他担任的，即使鲁（？）先生要扫清地盘，似乎也应当客气一些，而不能用此辣手。问题是这样的，鲁先生为了要复兴文艺（？）运动，当然第一步先须将一切的不同道者打倒，于是乃有批评曾今可、张若谷、章衣萍等为"礼拜五派"之举。张资平如若识相，自不难感觉到自己正醋卧在他们榻旁，而立刻滚蛋！无如十洋一千使他眷恋着，致触了这个大霉头。当然，打倒人是愈毒愈好，管他是死刑还是徒刑呢！

在张资平被挤出《自由谈》之后，以常情论，谁都咽不下这口冷水，不过张资平的阔懦是著名的，他为了老婆小孩子之故，是不能同他们斗争，而且也不敢同他们摆好了阵营的集团去斗争，于是，仅仅在《中华日报》的《小贡献》上发了一条软弱无力的冷箭，以作遮羞。

现在什么事都没有了，《红萝卜须》已代了他的位置，而沈雁冰新组成的文艺观摹团，将大批的移植到《自由谈》来。

还有，是《自由谈》上曾经攻击过曾今可的"解放词"，据《社会新闻》第三卷廿二期（六月六日出）说，原来却又是我在闹的了，如下——

曾今可准备反攻

曾今可之为鲁迅等攻击也，实至体无完肤，固无时不想反攻，特以力薄能鲜，难于如愿耳！且知鲁迅等有"左联"作背景，人多手众，此呼彼应，非孤军抗战所能抵御，因亦着手拉拢，凡曾受鲁等侮辱者更所欢迎。近已拉得张资平、胡怀琛、张凤、龙榆生等十余人，组织一文艺漫谈会，假新时代书店为地盘，计划一专门对付左翼作家之半月刊，本月中旬即能出版。

〔如〕

那时我想，关于曾今可，我虽然没有写过专文，但在《曲的解放》（本书第十五篇）里确曾涉及，也许可以称为"侮辱"罢；胡怀琛虽然和我不相干，《自由谈》上是嘲笑过他的"墨翟为印度人说"

的。但张、龙两位是怎么的呢？彼此的关涉，在我的记忆上竟一点也没有。这事直到我看见二卷二十六期的《涛声》（七月八日出），疑团这才冰释了——

《文艺座谈》遥领记
聚仁

《文艺座谈》者，曾词人之反攻机关报也，遥者远也，领者领情也，记者记不曾与座谈而遥领盛情之经过也。

解题既毕，乃述本事。

有一天，我到暨南去上课，休息室的台子上赫然一个请帖，展而恭读之，则《新时代月刊》之请帖也，小子何幸，乃得此请帖！折而藏之，以为传家之宝。

《新时代》请客而《文艺座谈》生焉，而反攻之阵线成焉。报章煌煌记载，有名将在焉。我前天碰到张凤老师，带便问一个口讯，他说："谁知道什么座谈不座谈呢？他早又没说，签了名，第二天，报上都说是发起人啦。"昨天遇到龙榆生先生，龙先生说："上海地方真不容易做人，他们再三叫我去谈谈，只吃了一些茶点，就算数了，我又出不起广告费。"我说："吃了他家的茶，自然是他家人啦！"

我幸而没有去吃茶，免于被强奸，遥领盛情，志此谢谢！

但这"文艺漫谈会"的机关杂志《文艺座谈》第一期，却已经罗列了十多位作家的名字，于七月一日出版了。其中的一篇是专为我而作的——

内山书店小坐记

白羽遐

  某天的下午，我同一个朋友在上海北四川路散步。走着走着，就走到北四川路底了。我提议到虹口公园去看看，我的朋友却说先到内山书店去看看有没有什么新书，我们就进了内山书店。

  内山书店是日本浪人内山完造开的，他表面是开书店，实在差不多是替日本政府做侦探。他每次和中国人谈了点什么话，马上就报告日本领事馆。这也已经成了"公开的秘密"了，只要是略微和内山书店接近的人都知道。

  我和我的朋友随便翻看着书报，内山看见我们就连忙跑过来和我们招呼，请我们坐下来，照例地闲谈。因为到内山书店来的中国人大多数是文人，内山也就知道点中国的文化。他常和中国人谈中国文化及中国社会的情形，却不大谈到中国的政治，自然是怕中国人对他怀疑。

  "中国的事都要打折扣，文字也是一样。'白发三千丈'这就是一个天大的诳！这就得大打其折扣。中国的别的问题，也可以以此类推……哈哈！哈！"

  内山的话我们听了并不觉得一点难为情，诗是不能用科学方法去批评的。内山不过是一个九州角落里的小商人，一个暗探，我们除了用微笑去回答之外，自然不会拿什么话语去向他声辩了。不久以前，在《自由谈》上看到何家干先生的一篇文字，就是内山所说的那些话。原来所谓"思想界的权威"，所谓"文坛老将"，连一点这样的文章都非"出自心裁"！

内山还和我们谈了好些，"航空救国"等问题都谈到，也有些是已由何家干先生抄去在《自由谈》发表过的。我们除了勉强敷衍他之外，不大讲什么话，不想理他。因为我们知道内山是个什么东西，而我们又没有请他救过命，保过险，以后也决不预备请他救命或保险。

我同我的朋友出了内山书店，又散步散到虹口公园去了。

不到一礼拜（七月六日），《社会新闻》（第四卷二期）就加以应援，并且廓大到"左联"去了。其中的"茅盾"，是本该写作"鲁迅"的故意的错误，为的是令人不疑为出于同一人的手笔——

内山书店与"左联"

《文艺座谈》第一期上说，日本浪人内山完造在上海开书店，是侦探作用，这是确属的，而尤其与"左联"有缘。记得郭沫若由汉逃沪，即匿内山书店楼上，后又代为买船票渡日。茅盾在风声紧急时，亦以内山书店为惟一避难所。然则该书店之作用究何在者？盖中国之有共匪，日本之利也，所以日本杂志所载调查中国匪情文字，比中国自身所知者为多。而此类材料之获得，半由受过救命之恩之共党文艺份子所供给，半由共党自行送去，为张扬势力之用，而无聊文人为其收买甘愿为其刺探者亦大有人在。闻此种侦探机关，除内山以外，尚有日日新闻社、满铁调查所等，而著名侦探除内山完造外，亦有田中、小岛、中村等。

〔新皖〕

这两篇文章中，有两种新花样：一，先前的诬蔑者都说左翼作家是受苏联的卢布的，现在则变了日本的间接侦探；二，先前的揭发者说人抄袭是一定根据书本的，现在却可以从别人的嘴里听来，专凭他的耳朵了。至于内山书店，三年以来，我确是常去坐，检书谈话，比和上海的有些所谓文人相对还安心，因为我确信他做生意是要赚钱的，却不做侦探；他卖书是要赚钱的，却不卖人血：这一点，倒是凡有自以为人，而其实是狗也不如的文人们应该竭力学学的！

但也有人来抱不平了，七月五日的《自由谈》上，竟揭载了这样的一篇文字——

谈"文人无行"
谷春帆

虽说自己也忝列于所谓"文人"之"林"，但近来对于"文人无行"这句话，却颇表示几分同意，而对于"人心不古""世风日下"的感喟，也不完全视为"道学先生"的偏激之言。实在，今日"人心"险毒得太令人可怕了，尤其是所谓"文人"，想得出，做得到，种种卑劣行为如阴谋中伤、造谣诬蔑、公开告密、卖友求荣、卖身投靠的勾当，举不胜举。而在另一方面自吹自擂，觍然以"天才"与"作家"自命，偷窃他人唾余，还沾沾自喜的种种怪象，也是"无丑不备有恶皆臻"，对着这些痛心的事实，我们还能够否认"文人无行"这句话的相当真实吗？（自然，我也并不是说凡文人皆无行）我们能不兴起"世道人心"的感喟吗？

自然，我这样的感触并不是毫没来由的。举实事来说，过去有曾某其人者，硬以"管他娘"与"打打麻将"等屁话来实行其所谓"词的解放"，被人斥为"轻薄少年"与"色情狂的急色儿"，曾某却唠唠叨叨辩个不休，现在呢，新的事实又证明了曾某不仅是一个轻薄少年，而且是阴毒可憎的蛇蝎，他可以借崔万秋的名字为自己吹牛（见二月崔在本报所登广告），甚至硬把日本一个打字女和一个中学教员派做"女诗人"和"大学教授"，把自己吹捧得无微不至；他可以用最卑劣的手段投稿于小报，指他的朋友为×××，并公布其住址，把朋友公开出卖（见第五号《中外书报新闻》）。这样的大胆，这样的阴毒，这样的无聊，实在使我不能相信这是一个有廉耻有人格的"人"——尤其是"文人"所能做出。然而曾某却真想得到，真做得出，我想任何人当不能不佩服曾某的大无畏的精神。

听说曾某年纪还不大，也并不是没有读书的机会，我想假如曾某能把那种吹牛拍马的精力和那种阴毒机巧的心思用到求实学一点上，所得不是要更多些吗？然而曾某却偏要日以吹拍为事，日以造谣中伤为事，这一方面固愈足以显曾某之可怕，另一方面亦正见青年自误之可惜。

不过，话说回头，就是受过高等教育的也未必一定能束身自好，比如以专写三角恋爱小说出名，并发了财的张××，彼固动辄以日本某校出身自炫者，然而他最近也会在一些小报上泼辣叫嚣，完全一副满怀毒恨的"弃妇"的脸孔，他会阴谋中伤，造谣挑拨，他会硬派人像布哈林或列宁，简直想要置你于死地，其人格之卑污，手段之恶辣，可说空前绝后，这样看来，高等教育又有何用？还有新出版之某无聊刊物上有署名"白羽遐"者作《内山书店小坐记》一文，公然说某人常到内山书店，曾请内山书店救过命、保过险。我想，这种公开告密的勾当，大概也就是一流人化名玩出的花样。

　　然而无论他们怎样造谣中伤，怎样阴谋陷害，明眼人一见便知。害人不着，不过徒然暴露他们自己的卑污与无人格而已。

　　但我想，"有行"的"文人"，对于这班丑类，实在不应当像现在一样，始终置之不理，而应当振臂奋起，把它们驱逐于文坛以外，应当在污秽不堪的中国文坛做一番扫除的工作！

　　于是祸水就又引到《自由谈》上去，在次日的《时事新报》上，便看见一则启事，是方寸大字的标名——

张资平启事

　　五日《申报·自由谈》之《谈"文人无行"》，后段大概是指我而说的。我是坐不改名、行不改姓的人，纵令有时用其他笔名，但所发表文字，均自负责，此须申明者一；白羽遐另有其人，至《内山小坐记》亦不见是怎样坏的作品，但非出我笔，我未便承认，此须申明者二；我所写文章均出自信，而发见关于政治上主张及国际情势之研究有错觉及乱视者，均不惜加以纠正。至示"造谣伪造信件及对于意见不同之人，任意加以诬毁"皆为我生平所反对，此须申明者三；我不单无资本家的出版者为我后援，又无姊妹[10]嫁作大商人为妾，以谋得一编辑以自豪，更进而行其"诬毁造谣假造信件"等卑劣的行动。我连想发表些关于对政治对国际情势之见解都无从发表，故凡容纳我的这类文章之刊物，我均愿意投稿。但对于该刊物之其他文字则不能负责，此须申明者四。今后凡有利用以资本家为背景之

―――――――――――――――――――――――――――
10　现代汉语常用"姐妹"。——编者注

刊物对我诬毁者，我只视作狗吠，不再答复，特此申明。

这很明白，除我而外，大部分是对于《自由谈》编辑者黎烈文的。所以又次日的《时事新报》上，也登出相对的启事来——

黎烈文启事

烈文去岁游欧洲归来，客居沪上，因《申报》总理史量才先生系世交长辈，故常往访候，史先生以烈文未曾入过任何党派，且留欧时专治文学，故令加入申报馆编辑《自由谈》。不料近两月来，有三角恋爱小说商张资平，因烈文停登其长篇小说，怀恨入骨，常在各大小刊物造谣诬蔑，挑拨陷害，无所不至，烈文因其手段与目的过于卑劣，明眼人一见自知，不值一辩，故至今绝未置答，但张氏昨日又在《青光》栏上登一启事，含沙射影，肆意诬毁，其中有"又无姊妹嫁作大商人为妾"一语，不知何指。张氏启事既系对《自由谈》而发，而烈文现为《自由谈》编辑人，自不得不有所表白，以释群疑。烈文只胞妹两人，长应元未嫁早死，次友元现在长沙某校读书，亦未嫁人，均未出过湖南一步。且据烈文所知，湘潭黎氏同族姊妹中不论亲疏远近，既无一人嫁人为妾，亦无一人得与"大商人"结婚，张某之言，或系一种由衷的遗憾（没有姊妹嫁作大商人为妾的遗憾），或另有所指，或系一种病的发作，有如疯犬之狂吠，则非烈文所知耳。

此后还有几个启事，避烦不再剪贴了。总之：较关紧要的问题，是"姊妹嫁作大商人为妾"者是谁？但这事须问"行不改名、坐不改姓"的好汉张资平本人才知道。

可是中国真也还有好事之徒，竟有人不怕中暑的跑到真茹的"望岁小农居"这洋楼底下去请教他了。《访问记》登在《中外书报新闻》的第七号（七月十五日出）上，下面是关于"为妾"问题等的一段——

（四）启事中的疑问

以上这些话还只是讲刊登及停载的经过，接着，我便请他解答启事中的几个疑问。

"对于你的启事中，有许多话，外人看了不明白，能不能让我问一问？"

"是那几句？"

"'姊妹嫁作商人妾'，这不知道有没有什么影射。"

"这是黎烈文他自己多心，我不过顺便在启事中，另外指一个人。"

"那个人是谁呢？"

"那不能公开。"自然他既然说了不能公开的话，也就不便追问了。

"还有一点，你所谓'想发表些关于对政治对国际情势之见解都无从发表'，这又何所指？"

"那是讲我在文艺以外的政治见解的东西，随笔一类的东西。"

"是不是像《新时代》上的《望岁小农居日记》一样的东西呢？"（参看《新时代》七月号）我插问。

"那是对于鲁迅的批评，我所说的是对政治的见解，《文艺

座谈》上面有。"(参看《文艺座谈》一卷一期《从早上到下午》)

"对于鲁迅的什么批评？"

"这是题外的事情了，我看关于这个，请你还是不发表好了。"

这真是"胸中不正，则眸子眊焉"，寥寥几笔，就画出了这位文学家的嘴脸。《社会新闻》说他"阘懦"，固然意在博得社会上"济弱扶倾"的同情，不足置信，但启事上的自白，却也须照中国文学上的例子，大打折扣的（倘白羽遐先生在"某天"又到"内山书店小坐"，一定又会从老板口头听到），因为他自己在"行不改姓"之后，也就说"纵令有时用其他笔名"，虽然"但所发表文字，均自负责"，而无奈"还是不发表好了"何？但既然"还是不发表好了"，则关于我的一笔，我也就不再深论了。

一枝[11]笔不能兼写两件事，以前我实在闲却了《文艺座谈》的座主，"解放词人"曾今可先生了。但写起来却又很简单，他除了"准备反攻"之外，只在玩"告密"的玩艺。

崔万秋先生和这位词人，原先是相识的，只为了一点小纠葛，他便匿名向小报投稿，诬陷老朋友去了。不幸原稿偏落在崔万秋先生的手里，制成铜版，在《中外书报新闻》（五号）上精印了出来——

崔万秋加入国家主义派

《大晚报》屁股编辑崔万秋自日回国，即住在愚园坊六十八号左舜生家，旋即由左与王造时介绍于《大晚报》工作。近为国家主义及广东方面宣传极力，夜则留连[12]于舞场或八仙桥庄上云。

---

11 现代汉语常用"支"。——编者注
12 现代汉语常用"流连"。——编者注

有罪案，有住址，逮捕起来是很容易的，而同时又诊出了一点小毛病，是这位词人曾经用了崔万秋的名字，自己大做了一通自己的诗的序，而在自己所做的序里又大称赞了一通自己的诗。轻恙重症，同时夹攻，渐使这柔嫩的诗人兼词人站不住，他要下野了，而在《时事新报》（七月九日）上却又是一个启事，好像这时的文坛是入了"启事时代"似的——

曾今可启事

鄙人不日离沪旅行，且将脱离文字生活。以后对于别人对我造谣诬蔑，一概置之不理。这年头，只许强者打，不许弱者叫，我自然没有什么话可说。我承认我是一个弱者，我无力反抗，我将在英雄们胜利的笑声中悄悄地离开这文坛。如果有人笑我是"懦夫"，我只当他是尊我为"英雄"。此启。

这就完了。但我以为文字是有趣的，结末两句，尤为出色。

我剪贴在上面的《谈"文人无行"》，其实就是这曾张两案的合论。

但由我看来，这事件却还要坏一点，便也做了一点短评，投给《自由谈》。久而久之，不见登出，索回原稿，油墨手印满纸，这便是曾经排过，又被谁抽掉了的证据，可见纵"无姊妹嫁作大商人为妾"，"资本家的出版者"也还是为这一类名公"后援"的。但也许因为恐怕得罪名公，就会立刻给你戴上一顶红帽子，为性命计，不如不登的也难说。现在就抄在这里罢——

驳 "文人无行"

"文人"这一块大招牌，是极容易骗人的。虽在现在，社会上的轻贱文人实在还不如所谓"文人"的自轻自贱之甚。看见只要是"人"，就决不肯做的事情，论者还不过说他"无行"，解为"疯人"，恕其"可怜"。其实他们却原是贩子，也一向聪明绝顶，以前的种种，无非"生意经"，现在的种种，也并不是"无行"，倒是他要"改行"了。

生意的衰微使他要"改行"。虽是极低劣的三角恋爱小说，也可以卖掉一批的。我们在夜里走过马路边，常常会遇见小瘪三从暗中来，鬼鬼祟祟的问道："阿要春宫？阿要春宫？中国的、东洋的、西洋的都有。阿要勿？"生意也并不清淡。上当的是初到上海的青年和乡下人。然而这至多也不过四五回，他们看过几套，就觉得讨厌，甚且要作呕了，无论你"中国的、东洋的、西洋的都有"也无效。而且因时势的迁移，读书界也起了变化，一部份 [13] 是不再要看这样的东西了，一部份是简直去跳舞，去嫖妓，因为所化的钱 [14]，比买手淫小说全集还便宜。这就使三角家之类觉得没落。我们不要以为造成了洋房，人就会满足的，每一个儿子，至少还得给他赚下十万块钱呢。

于是乎暴躁起来。然而三角上面，是没有出路了的。于是勾结一批同类，开茶会，办小报，造谣言，其甚者还竟至于卖朋友，好像他们的鸿篇巨制的不再有人赏识，只是因为有几个人用一手掩尽了天下人的眼目似的。但不要误解，以为他真在这

13　现代汉语常用"部分"。——编者注
14　现代汉语常用"所花的钱"。——编者注

样想。他是聪明绝顶，其实并不在这样想的，现在这副嘴脸，也还是一种"生意经"，用三角钻出来的活路。总而言之，就是现在只好经营这一种买卖，才又可以赚些钱。

譬如说罢，有些"第三种人"也曾做过"革命文学家"，借此开张书店，吞过郭沫若的许多版税，现在所住的洋房，有一部份怕还是郭沫若的血汗所装饰的。此刻那里还能做这样的生意呢？此刻要合伙攻击左翼，并且造谣陷害了知道他们的行为的人，自己才是一个干净刚直的作者，而况告密式的投稿，还可以大赚一注钱呢。

先前的手淫小说，还是下部的勾当，但此路已经不通，必须上进才是，而人们——尤其是他的旧相识——的头颅就危险了。这那里是单单的"无行"文人所能做得出来的？

上文所说，有几处自然好像带着了曾今可、张资平这一流，但以前的"腰斩张资平"，却的确不是我的意见。这位作家的大作，我自己是不要看的，理由很简单：我脑子里不要三角四角的这许多角。倘有青年来问我可看与否，我是劝他不必看的，理由也很简单：他脑子里也不必有三角四角的那许多角。若夫他自在投稿取费，出版卖钱，即使他无须养活老婆儿子，我也满不管，理由也很简单：我是从不想到他那些三角四角的角不完的许多角的。

然而多角之辈，竟谓我策动"腰斩张资平"，既谓矣，我乃简直以 X 光照其五脏六腑了。

《后记》这回本来也真可以完结了，但且住，还有一点余兴的余兴。因为剪下的材料中，还留着一篇妙文，倘使任其散失，是极为可惜的，所以特地将它保存在这里。

这篇文章载在六月十七日《大晚报》的《火炬》里——

新儒林外史

柳丝

第一回　揭旗扎空营　兴师布迷阵

却说卡尔和伊理基两人这日正在天堂以上讨论中国革命问题，忽见下界中国文坛的大戈壁上面杀气腾腾，尘沙弥漫。左翼防区里面，一位老将紧追一位小将，战鼓震天，喊声四起。忽然那位老将牙缝开处，吐出一道白雾，卡尔闻到气味立刻晕倒，伊理基拍案大怒道：“毒瓦斯，毒瓦斯！”扶着卡尔赶快走开去了。原来下界中国文坛的大戈壁上面，左翼防区里头，近来新扎一座空营，揭起小资产阶级革命文学之旗，无产阶级文艺营至受了奸人挑拨，大兴问罪之师。这日大军压境，新扎空营的主将兼官佐又兼士兵杨邨人提起笔枪，跃马相迎，只见得战鼓震天，喊声四起，为首先锋扬刀跃马而来，乃老将鲁迅是也。那杨邨人打拱，叫声“老将军别来无恙？”老将鲁迅并不答话，跃马直冲扬刀便刺，那杨邨人笔枪挡住又道：“老将有话好讲，何必动起干戈？小将别树一帜，自扎空营，只因事起仓卒[15]，未及呈请指挥，并非倒戈相向，实则独当一面，此心此志，天人共鉴。老将军试思左翼诸将，空言克服，骄盈自满，战术既不研究，武器又不制造。临阵则军容不整，出马则拖枪而逃，如果长此以往，何以维持威信？老将军整顿纪纲之不暇，劳师远征，窃以为大大对不起革命群众的呵！”老将鲁迅又不

15　现代汉语常用“仓促”。——编者注

答话，圆睁环眼，倒竖虎须，只见得从他的牙缝里头嘘出一道白雾，那小将杨邨人知道老将放出毒瓦斯，说的迟那时快[16]，已经将防毒面具戴好了，正是：情感作用无理讲，是非不明只天知！欲知老将究竟能不能将毒瓦斯闷死那小将，且待下回分解。

　　第二天就收到一封编辑者的信，大意说：兹署名有柳丝者（"先生读其文之内容或不难想象其为何人"），投一滑稽文稿，题为《新儒林外史》，但并无伤及个人名誉之事，业已决定为之发表，倘有反驳文章，亦可登载云云。使刊物暂时化为战场，热闹一通，是办报人的一种极普通办法，近来我更加"世故"，天气又这么热，当然不会去流汗同翻筋斗的。况且"反驳"滑稽文章，也是一种少有的奇事，即使"伤及个人名誉事"，我也没有办法，除非我也作一部《旧儒林外史》，来辩明"卡尔和伊理基"的话的真假。但我并不是巫师，又怎么看得见"天堂"？"柳丝"是杨邨人先生还在做"无产阶级革命文学者"时候已经用起的笔名，这无须看内容就知道，而曾几何时，就在"小资产阶级革命文学"的旗子下做着这样的幻梦，将自己写成了这么一副形容了。时代的巨轮，真是能够这么冷酷地将人们辗碎的。但也幸而有这一辗，因为韩侍桁先生倒因此从这位"小将"的腔子里看见了"良心"了。

　　这作品只是第一回，当然没有完，我虽然毫不想"反驳"，却也愿意看看这有"良心"的文学，不料从此就不见了，迄今已有月余，听不到"卡尔和伊理基"在"天堂"上和"老将""小将"在地狱里的消息。但据《社会新闻》（七月九日，四卷三期）说，则又是"左联"阻止的——

16　现代汉语常用"说时迟那时快"。——编者注

杨邨人转入 AB 团

叛左联而写揭小资产战斗之旗的杨邨人，近已由汉来沪，闻寄居于 AB 团小卒徐翔之家，并已加入该团活动矣。前在《大晚报》署名柳丝所发表的《新封神榜》一文，即杨手笔，内对鲁迅大加讽刺，但未完即止，闻因受"左联"警告云。

〔预〕

左联会这么看重一篇"讽刺"的东西，而且仍会给"叛左联而写揭小资产战斗之旗的杨邨人"以"警告"，这才真是一件奇事。据有些人说，"第三种人"的"忠实于自己的艺术"，是已经因了左翼理论家的凶恶的批评而写不出来了，现在这"小资产战斗"的英雄，又因了左联的警告而不再"战斗"，我想，再过几时，则一切割地吞款，兵祸水灾，古物失踪，阔人生病，也要都成为左联之罪，尤其是鲁迅之罪了。

现在使我记起了蒋光慈先生。

事情是早已过去，恐怕有四五年了，当蒋光慈先生组织太阳社和创造社联盟，率领"小将"来围剿我的时候，他曾经做过一篇文章，其中有几句，大意是说，鲁迅向来未曾受人攻击，自以为不可一世，现在要给他知道知道了。其实这是错误的，我自作评论以来，即无时不受攻击，即如这三四月中，仅仅关于《自由谈》的，就已有这许多篇，而且我所收录的，还不过一部份。先前何尝不如此呢，但它们都与如驶的流光一同消逝，无踪无影，不再为别人所觉察罢了。这回趁几种刊物还在手头,便转载一部份到《后记》里,这其实也并非专为我自己,战斗正未有穷期,老谱将不断的袭用,对于别人的攻击,想来也还要用这一类的方法,但自然要改变了所攻击的人名。将来的战斗的青年,倘在类似的境遇中能偶然看见这记录,我想是必能开颜一笑,更明白所谓敌人者是怎样的东西的。

所引的文字中,我以为很有些篇倒是出于先前的"革命文学者"。但他们现在是另一个笔名、另一副嘴脸了。这也是必然的。革命文学者若不想以他的文学助革命更加深化、展开,却借革命来推销他自己的"文学",则革命高扬的时候,他正是狮子身中的害虫,而革命一受难,就一定要发现以前的"良心",或以"孝子"之名,或以"人道"之名,或以"比正在受难的革命更加革命"之名,走出阵线之外,好则沉默,坏就成为叭儿的。这不是我的"毒瓦斯",这是彼此看见的事实!

一九三三年七月二十日午,记。